名家文丛

粤派评论丛书

饶芃子集

饶芃子 著

本项目受广东省宣传文化发展专项资金资助出版

SPM
南方出版传媒
广东人民出版社
·广州·

图书在版编目（CIP）数据

饶芃子集 / 饶芃子著. —广州：广东人民出版社，2018.1
（粤派评论丛书）
ISBN 978-7-218-12461-2

Ⅰ.①饶… Ⅱ.①饶… Ⅲ.①中国文学—当代文学—文学评论—文
集 Ⅳ.①I206.7-53

中国版本图书馆CIP数据核字（2017）第321809号

RAO PENGZI JI
饶芃子集　　　　　　饶芃子　著　　　　　　版权所有　翻印必究

出 版 人：肖风华

责任编辑：古海阳
装帧设计：张绮华
排　　版：广州市奔流文化传播有限公司
责任技编：周　杰　易志华

出版发行：广东人民出版社
地　　址：广州市大沙头四马路10号（邮政编码：510102）
电　　话：（020）83798714（总编室）
传　　真：（020）83780199
网　　址：http://www.gdpph.com
印　　刷：珠海市鹏腾宇印务有限公司
开　　本：787毫米×1092毫米　1/16
印　　张：20.75　字　　数：320千
版　　次：2018年1月第1版　2018年1月第1次印刷
定　　价：88.00元

如发现印装质量问题，影响阅读，请与出版社（020-83795749）联系调换。
售书热线：（020）83795240

总　序

　　近百年来中国文坛，"京派批评""海派批评"以及20世纪80年代崛起的"闽派批评"已是大家公认的文学现象，但"粤派评论"却极少被人提起。事实上，不论从地域精神、文化气质，还是文脉的历史传承，抑或批评的影响力来看，"粤派评论"都有着独特精神气质和文化品格，有它的优势和辉煌。只不过，由于历史、现实、文化和地域的诸多原因，"粤派评论"一直被低估、忽视乃至遮蔽。有鉴于此，我们认为，以百年粤派文学以及美术、音乐、戏剧、影视等评论为切入点，出版一套"粤派评论丛书"，挖掘被历史和某种文化偏见所遮蔽的"粤派评论"的价值，彰显粤派文学与文化的独特内涵和深厚底蕴，不仅能更好地展示广东文艺评论的力量，让"粤派评论"发出更响亮的声音，而且有助于增强广东文化的自信，提升广东文化的影响力，促进区域文化的繁荣发展。

　　出版这套丛书，有厚实、充分的历史、现实、文化和地域等方面的依据。

　　第一，传统文化的影响。岭南文化明显不同于北方文化。如汉代以降以陈钦、陈元为代表的"经学"注释，便明显不同于北方"经学"的严密深邃与繁复，呈现出轻灵简易的特点，并因此被称为"简易之学"。六祖惠能则为佛学禅宗注进了日常化、世俗化的内涵。明代大儒陈白沙主张"学贵知疑"，强调独立思考，提倡较为自由开放的学风，逐渐形成一个有粤派特点的哲学学派。这种不同于北方的文化传统，势必对"粤派评论"的形成起到潜移默化的作用。

　　第二，文论传统的依据。"粤派评论"的起源可追溯到晚清，黄遵宪的"诗界革命"，梁启超的"小说界革命"的倡导，开创了一个时代的风潮，在全国产生了普泛的影响。上世纪二三十年代,黄药眠在《创造周报》发表大量文艺大众化、诗歌民族化的文章,风行一时。钟敬文措意于民间文学,被视为中国民间文学的创始人。新中国建立后的"十七年","粤派评论"的代表人物有黄秋耘、萧殷、梁宗岱等人。新时期以来,"粤派评论"也涌现出不少在全国具有一定知名度的文艺评论家。如饶芃子、黄树森、黄修己、黄伟宗、洪子诚、刘斯奋、杨义、温儒敏、谢望新、李钟声、古远清、蒋述卓、陈平原、程文超、林岗、陈剑晖、郭小东、宋剑华、陈志红等,其阵容和影响力虽不及"京派批评"和"海派批评",但其深厚力量堪比"闽派批评",超越国内大多数地域的文艺评论阵营。如果视野和范围再开放拓展,加上饶宗颐、王起、黄天骥等老一辈学者的纯学术研究,则"粤派评论"更是蔚为壮观。

第三,地理环境的优势。从地理上看,广东占有沿海之利,在沟通世界方面具有得天独厚的优势;同时,广东处于边缘,这既是劣势也是优势。近现代以来,粤派学者在中西文化交汇的背景下,感受并接受多种文明带来的思想启迪。他们视野开阔,思维活跃,不安现状,积极进取,敢为人先,因此能走在时代变革的前列。黄遵宪、康有为、梁启超、孙中山等是这方面的代表人物。他们秉承中国学术的传统,又开创了"粤派评论"的先河。这种地缘、文化土壤的内在培植作用,在"粤派评论"的发展过程中是显而易见的。

"粤派评论"有属于自己的鲜明特点。

第一,中国现当代文学史写作,是"粤派评论"最为鲜亮的一道风景线。在这方面,"粤派评论"几乎占了文学史写作的半壁江山,而且处于前沿位置,有的甚至成为中国现当代文学史写作的高地。比如20世纪80年代,钱理群、陈平原、黄子平联合发表的著名论文《论二十世纪中国文学》,其中陈平原、黄子平均为粤人。洪子诚的《中国当代文学史》以方法先进、富于问题意识、善于整合中西传统资源和吸纳同时代前沿研究成果著称,它与陈思和的《中国当代文学史教程》被学界誉为中国现当代文学史的"南北双璧"。杨义的三卷本《中国现代小说史》是比较方法运用在文学史写作的有效实践,该著材料扎实,眼光独到,分析文本有血有肉,堪与夏志清的《中国现代小说史》比肩。此外,温儒敏的《中国现代文学批评史》、黄修己的《中国现代文学发展史》、古远清的港台文学史写作,也都各具特色,体现出自己的史观、史识和史德。

第二，"粤派评论"注重文艺、文化评论的日常化、本土经验和实践性。粤派评论家追求发现创新，但不拒绝深刻宽厚；追求实证内敛，而不喜凌空高蹈；追求灵动圆融，而厌恶哗众取宠。这就体现了前瞻视野与务实批评的结合，经济文化与文艺批评的合流，全球眼光与岭南乡土文化挖掘的齐头并进，灵活敏锐与学问学理的相得益彰，多元开放与独立文化人格的互为表里。粤派评论家有自己的批评立场、批评观念，亦有自己的学术立足点和生长点。他们既面向时代和生活，感受文艺风潮的脉动，又高度重视审美中的文化积累和文化传承；既追求批评的理论性、学理性和体系建构，又强调批评的实践性，注重感性与诗性的个性呈现。

我们认为，建构"粤派评论"，不能沿袭传统的流派范畴与标准，它不是一种具有特定文化立场、一致追求趋向和自觉结社的理论阐释行动。它只是一个松散的、没有理论宣言与主张的群体。因此，没有必要纠结"粤派评论"究竟是一个学派，还是一个地域性的概念，但有一点可以肯定："粤派评论"已是一个客观存在的文化实体，即虽具有地方身份标识，却不局限于一地之见的文艺理论家、批评家群体。

党的十九大报告指出，发展中国特色社会主义文化，就是以马克思主义为指导，坚守中华文化立场，立足当代中国现实，结合当今时代条件，发展面向现代化、面向世界、面向未来的，民族的科学的大众的社会主义文化，推动社会主义精神文明和物质文明协调发展。广东省委宣传部策划、组织、指导编纂出版"粤派评论丛书"，是贯彻落实十九大关于文化建设发展精神的一项重要举措，是讲好中国故事、传播中国声音、阐发中国精神、展现中国风貌的一次文化实践。我们坚信，扎根广东、辐射全国的"粤派评论"必将成为新时代坚定文化自信、实现中华民族伟大复兴路上其中一块最稳固的基石。

"粤派评论丛书"编辑委员会

作者近照

作者简介：

饶芃子，女，1935年生于广东潮州市，1957年毕业于中山大学中文系。暨南大学中文系教授、博士生导师，历任暨南大学中文系主任、副校长、校学位委员会主席。曾任广东省社会科学联合会副主席，广东省作家协会副主席，广东省文艺批评家协会副主席，中国文艺理论学会副会长，中国比较文学学会副会长，中国世界华文文学学会会长，中国作家协会文学理论批评委员会委员。现任中国世界华文文学学会名誉会长，世界华文文学联会副会长。著有《文学批评与比较文学》《中西小说比较》《中西文学戏剧比较论文集》《中西比较文艺学》《比较诗学》《比较文学与海外华文文学》等16部著作（含合著），主编《中西戏剧比较教程》《海外华文文学教程》及学术丛书多种。1992年起享受国务院颁发的政府特殊津贴，2011年被评为首届"广东省优秀社会科学家"，2015年获"中国比较文学终身成就奖"。

目录

前言： 诗性与跨界的探寻 / 1

名家名作解读

宛转动人　缠绵悱恻
　　——白居易《长恨歌》的艺术个性 / 2
能立于纸上的语言
　　——李清照词的语言美和声调美 / 7
《红楼梦》的艺术结构和悲剧意蕴 / 11
文化影响的"宫廷模式"
　　——《三国演义》在泰国 / 20
一幕有艺术魅力的戏
　　——曹禺《雷雨》第二幕的艺术结构 / 27
张爱玲和张爱玲的"冷" / 31
论歌德的历史悲剧《葛兹·冯·伯利欣根》 / 36

文学批评与理论

关于文学批评的思考 / 48

中国文学批评现代转型的起点

    ——论王国维《红楼梦评论》及其他 / 54

论"形象大于思想" / 62

萧殷文艺批评风格论 / 67

关于诗的絮语 / 73

全球化语境中的雅俗文学 / 76

中西文学比较

新时期比较文学在中国的复兴 / 82

中西戏剧接触、影响和融合 / 93

中西戏剧结构的差异及其成因 / 112

中西小说的渊源、形成过程比较 / 123

中西艺术性格理论比较 / 138

中西灵感说与文化差异 / 152

论中西诗学之比较

    ——《中西比较文艺学》导论 / 162

南粤文学评论

开掘、理解、创造

    ——也谈广东文学创作如何突破 / 176

他找到了自己的"路"

    ——读朱崇山的《流动的雾》 / 180

用艺术沟通大众的感情

    ——程贤章、王杏元的《胭脂河》评析 / 183

在"祸水"深处

    ——读何卓琼的长篇小说《祸水》/ 187

敞亮的情感空间

    ——秦牧散文精选《花街十里》前言 / 190

远去的岁月

    ——评范若丁的散文集《暖雪》/ 194

写画、写人、写心

    ——读国画家林墉的散文 / 198

港澳文学评论

论白洛的小说创作 / 206

诗情·心文·史志

    ——读曾敏之先生的散文 / 215

植根民族文化的瑰丽诗境

    ——读香港诗人秦岭雪的《明月无声》/ 217

澳门文化的历史坐标与未来意义 / 221

文学的澳门与澳门的文学 / 229

"根"的追寻

    ——澳门土生文学中一个难解的情结 / 240

落叶片片

    ——流星子诗集《落叶的季节》序 / 248

澳门散文角

    ——林中英《澳门散文选》序 / 251

海外华文文学研究

海外华文文学在中国学界的兴起及其意义 / 256

海外华文文学与比较文学 / 265

异国的奇葩

　　　——东南亚华文文学一瞥 / 273

那一方的风景

　　　——我看欧洲华文文学 / 278

拓展海外华文文学的诗学研究 / 284

寻找海外华文文学的世界坐标 / 289

百年海外华文文学经典研究之思 / 292

岭南学者书序

中国知识女性的文学画廊

　　　——殷国明、陈志红《中国现当代小说中的知识女性》序 / 302

追逐　探索　思考

　　　——陈剑晖《新时期文学思潮》序 / 306

这里春草青青

　　　——谢望新《历史会记住这些名字》序 / 308

在南粤这边

　　　——钟晓毅《在南方的阅读》序 / 311

一种新的阐释

　　　——林岗《文心探微——明清之际小说评点学之研究》序 / 313

前言： 诗性与跨界的探寻

　　"粤派评论丛书"的策划和出版，旨在挖掘和彰显"粤派评论"的文学价值，展示广东文学批评的力量。作为该丛书的组稿对象，对于这一举措，我在内心深处是十分支持的！我于1957年从中山大学中文系毕业，留校任教，师从元曲专家王起（季思）先生，主修宋元文学史。1958年，暨南大学在广州重建，因工作需要，我被调到暨大中文系，师从文艺评论家萧殷先生，执教文艺理论，在萧殷先生的引领下，参与广东文艺界的各种文学活动，撰写了不同时期作家作品的评论文章，得到文艺界和高等教育界同行的认可。因广东地处祖国南大门，邻近港澳，与东南亚、北美两大地区所属各国文化交流频繁，海外的华文文学作品很早就在此间传播，而暨大是华侨大学，在这方面，往往得风气之先，使我和我的同事有可能比内地的学者更早、更多地接触到海外的华文作家作品，从而在这一进程中不断拓展自己的文艺评论领域，为"粤派"的文艺评论，增添了跨地区、跨国家和跨文化的特色，并且由此而引起了国内外同行对我们这方面评论成果的关注。

　　如今，我已经在大学中文系整整执教60个年头，这当中虽不无曲折和灾难，也有过几次工作变动，但都没有离开过广州的高等院校，而且执教的学科一直是文艺学，也就是讲授中外的文艺理论，授课的对象有本科生、硕士生和博士生。而文艺评论是这个学科必不可少的一种实践，是教学中理论联系实际的一翼，也是我和我的学生必须去面对和参与的。因此，我在看待各种文艺作品、文艺现象的时候，就不仅仅是作为一个普通读者，同时也常常作为一个文艺学学者、一个评论者在思考，即会从各种不同读者的视角、多个方面去考察，无形中就有了更多切入的角度和视点。也由于我所从事专业的关系，我评论的对象，更多是名家名作或者是那些具有某种美学意义、有艺术特色的文学作品，体裁也是多种多样的。我的文学评论不仅评文，同时也谈作家作品在我心中的投影，他们如何唤起我的某种思想和感情，并由此而引发了自己对人生和文学的一些感悟和看法，与其说是评论，不如把它们看作是我同作家和读者的对话，我觉得我能理解作家从事创作的甘苦，我愿意与他们谈心，也愿把自己的认识同更多的读者交流。所以，我的评论文章有对文学的真诚，但不够犀利。

由于家庭的影响，我自幼喜爱文学，曾有过各种各样的文学梦想，直至现在，每次重读中外文学名著，还常常"沉醉"。我始终认为，文学有一种永久的魅力，它能启迪人生，陶冶人的性情，引导人们用心去阅读人生这本"大书"。历史上的文学名著，都是发自那些伟大灵魂的心声，这些声音，穿过时空，到达我们心里，起着"灯"和"镜"的作用，使我们在漫漫的人生途程上，多一点清醒，纵使免不了有坎坷和痛苦，也不至于迷失，能一步一步地走向成熟，这是多么难得又多么值得我们珍惜的事！在文学的方方面面中，文学评论是比较理性的。文学评论家的劳动不是创造艺术形象，而是解读艺术形象，不断地用自己的笔解开一个又一个文学之"谜"，展示出文学与人生的血肉关系。我走向文学，是受文学名著的影响，我写文学评论是有感于文学评论，对于作者和读者都是不可缺少的。历史上那些优秀的文学评论，往往有艺术哲学的底蕴，具有对美的审视的魅力。记得我大学时代，读歌德的《说不尽的莎士比亚》、屠格涅夫的《哈姆雷特与堂·吉诃德》和《给果戈理的一封信》、杜勃罗留波夫的《什么是奥勃洛莫夫性格？》和《黑暗王国的一线光明》等，就常常不忍释手，它们在我心中所引起的共鸣和激动，并不亚于那些著名的文学作品。这些评论，不仅有新颖独到的见解、精辟深刻的艺术分析，论证的方法也非常严密，有很强的逻辑性和说服力，能启迪我们的思维，解读作品的语言文字也具有鲜明的个性。正是这些说理透彻、闪耀着人道主义和民族主义思想光辉的文学名篇，让我认识到文学评论的价值，愿意结合自己的教学实践，加入这块"园地"的耕作。

回顾我国"五四"以来的现当代文学史，文坛上的潮汐，时起时落，有多少需要去进一步解读的问题，有多少值得沉思的往事；随着历史的脚步不断向前走，又出现了多少名家名作，对中国文学的发展有何创新和推动，这些都需要当代的文学评论家去回望、梳理、探究和评价。我自己时间和能力都很有限，只能写一些具体作家作品的评论，或者是对自己参与过和比较了解的文学领域、文艺学科中的一些学术问题进行论说。收在这个集子里的48篇评论，都是从新时期以来我所写的评论文章中选出来的，而且绝大多数是20世纪80年代中期以后写的。全书共有七组评论文章，按所论问题的类别区分。

第一组"名家名作解读"，选收了我不同时期写的古今中外名家名作的评论七篇，评论的作品有唐代白居易的《长恨歌》、宋代李清照的词作、晚清曹雪芹的《红楼梦》，还有德国著名作家歌德的历史悲剧《葛兹·冯·伯利欣根》和海外华人女作家张爱玲的文学创作。

第二组"文学批评与理论"，选收了我在新时期所写的《关于文学批评的思考》等六篇评论文章，探讨的问题包括中国文学批评现代转型的起点、批评家的批评方法、批评风格以及形象与思想、雅文学与俗文学关系等。

第三组"中西文学比较"。由于以往相当长一段时间，我们在文学学科上所讲的理论，基本上是沿袭西方所使用的范畴、观念和原理，在某种程度上存在一个中国"缺席"的问题。改革开放以来，在新的文化形势下，为了摆脱原先文论研究和言说的这种局限，人们已经逐渐认识到任何体系都是相对的，从近现代的文化史看，一个文化体系要发展，都必须重视文化的外求和横向的开拓，在"他者"文化的参照下，确定与展现自己本土文化在世界的位置。为此，当今的文艺学学者如何从本领域的实际出发，建立新视野，以开放的态度，通过东西方不同国家、地区文学、诗学的比较研究，认识、探讨各类不同文化框架中的普遍文学现象，寻求全球范围内各民族共同拥有的"诗意表达"。这，应是我们21世纪文艺理论学者必须去面对的问题。而在国内学界，我是较早关注这一问题的学者之一，而且在1999年主编出版了《中西比较文艺学》一书。在此，特收入我从不同角度论述这一命题的七篇评论。

第四组"南粤文学评论"，主要是通过对广东老中青七位作家作品的评析，展现他们作品中的粤文化基因和作家的文学个性，以及他们的作品在南粤乃至于广大读者中的影响。

第五组"港澳文学评论"，是从我不同时期所写的关于香港、澳门地区作家作品的诸多文章选出来的八篇评论，评论的对象有小说、诗歌、散文，还有对澳门文化与文学，特别是澳门独特的"土生"文学的总体论说，其中《"根"的追寻——澳门土生文学中一个难解的情结》一文，发表后受到国内外华文文学界的特别关注。

第六组"海外华文文学研究"，是从我20世纪80年代至近期所写的有关这一领域的许多论文和评论中选出来的带有总体性的文章，其中《海外华文文学在中国学界的兴起及其意义》《海外华文文学与比较文学》《拓展海外华文文学的诗学研究》《百年海外华文文学经典研究之思》等文，在国内同行中均有积极的反响和评价。

第七组"岭南学者书序"，是我应约为广东省中青年学者的著作所写的序文，因为是序文，所以不完全是学术性的文字，更多的是写我在阅读时的感觉，有时还插入我对他们研究问题的学术见解，实际上是对他们的文学见解和学术的成果做出各种各样的回应，也可看作是对他们撰写著作的评论。这些著作的作者都是当今岭南文学评论界的中坚，我虽比他们年长很多，但我在写这些序文的时候，特别是在阅读他们著作的过程，已深深地感觉到他们正走向我们的前方。我以为，这是我们南粤文坛学坛的福音！

本书被列入广东省委宣传部重点资助项目"粤派评论丛书"，由广东人民出版社出版。在本书编选过程中，得到华南师范大学文学院陈剑晖教授的积极推动，以及暨南大学陈玉珊博士的协助，在此一并表示深切的感谢！

饶芃子

2017年9月6日于暨大苏州苑

名家名作
解读

宛转动人　缠绵悱恻

——白居易《长恨歌》的艺术个性

《长恨歌》是唐代诗人白居易的著名诗篇，作于元和元年（公元806）。当时诗人35岁，正在盩厔县（县名，在陕西，今已改作周至）任县尉。这首诗是他和友人陈鸿、王质夫同游仙游寺，有感于唐玄宗、杨贵妃的故事而创作的。在这首120句的长诗里，作者以精练的语言、优美的形象、丰富的想象、叙事和抒情结合的手法，向人们叙述了一个绮丽、独特、富有传奇色彩的悲剧故事。

《长恨歌》写的不是一般的爱情悲剧，而是唐玄宗、杨贵妃在安史之乱中的爱情悲剧：他们的爱情被自己酿成的叛乱断送了，正在没完没了地吃着这一精神的苦果。唐玄宗、杨贵妃都是历史上的人物，诗人并不拘泥于历史，而是借着历史的一点影子，根据当时人们的传说、街坊的歌唱，进行艺术的再创造，从中蜕化出一个绮丽的故事，用宛转动人、缠绵悱恻的艺术形式，描摹、歌咏出来。由于诗中的故事、人物都不是简单、平面的，令人一眼见底，而是艺术化了的，是现实中人的复杂真实的再现，所以能够在历代读者的心中激起深深的涟漪。

我国传统的古典诗歌，抒情的居多，客观叙事的较少。白居易的《长恨歌》是以叙事为主，诗人着力追求的是故事本身的艺术魅力。读《长恨歌》，首先给我们艺术美的享受的是诗中那个回环曲折、宛转动人的故事。"长恨歌"，就是歌"长恨"，"长恨"是诗歌的主题、故事的焦点，也是埋在诗里的一颗牵动人心的种子，而"恨"什么？为什么要"长恨"呢？诗人在诗歌中不是直接地抒写出来，而是通过他笔下的故事一层一层地展示给读者，让人们自己去揣摸、去感受、去回味。

　　诗歌开卷第一句"汉皇重色思倾国"，看来很寻常，好像故事原就应该从这里写起，不需要作者花什么心思似的，事实上这七个字含量极大，是全篇的"纲领"，它既揭示了故事的悲剧因素，又唤起和统领着全诗。紧接着，诗人用极其省俭的语言，叙述了唐玄宗如何重色、求色，终于得到了"回眸一笑百媚生，六宫粉黛无颜色"的杨贵妃。描写了杨贵妃的美貌、娇媚，入宫后因有色而得宠，不但自己"新承恩泽"，而且"姊妹弟兄皆列土"。还具体描述了他们在宫中如何纵欲："春宵苦短日高起，从此君王不早朝。"如何行乐："承欢侍宴无闲暇，春从春游夜专夜。"如何终日沉湎于歌舞酒色之中："骊宫高处入青云，仙乐风飘处处闻。缓歌曼舞凝丝竹，尽日君王看不足。"所有这些，就酿成了安史之乱："渔阳鼙鼓动地来，惊破霓裳羽衣曲。"通过这一段宫中生活的写实，诗人向我们介绍了故事的男女主人公：一个重色轻国的帝王，一个娇媚恃宠的妃子，还形象地暗示我们，唐玄宗的荒淫误国，就是他们悲剧的根源。

　　安史之乱的政治悲剧，是唐玄宗的荒淫误国造成的，而这一政治悲剧反过来又导致了唐玄宗和杨贵妃的爱情悲剧，悲剧的制造者最后成为悲剧的主人公，这正是白居易所写的这个故事的特殊、曲折处，也是之所以要"长恨"的原因。"六军不发无奈何，宛转蛾眉马前死。花钿委地无人收，翠翘金雀玉搔头。君王掩面救不得，回看血泪相和流。"写的就是唐玄宗和杨贵妃在安史之乱中生离死别的一幕。"六军不发"，要求处死杨贵妃，是愤于唐玄宗重色误国、引起变乱。杨贵妃的死，在整个故事中，是一个关键性的情节，诗人只用了六句诗，就把她致死的原因，她死后的情状，唐玄宗和杨贵妃死别时，那种不忍割爱但又欲救不得的内心矛盾和痛苦感情，都具体形象地表现出来。因为有这"血泪相和流"的死别，才会有那没完没了的"恨"。下面，诗人用缠绵悱恻的艺术语言，描述了杨贵妃死后唐玄宗在蜀中的寂寞悲伤："蜀江水碧蜀山青，圣主朝朝暮暮情。行宫见月伤心色，夜雨闻铃肠断声。"还都路上的追怀忆旧："天旋地转回龙驭，到此踌躇不能去。马嵬坡下泥土中，不见玉颜空死处。"回宫以后如何见物思人，触景伤情，一年四季物是人非事事休的种种感触。把叙事、写景和抒情和谐地结合在一起，在叙事中抒写，反复描摹，反复渲染，使故事具有一种宛转回肠的艺术魅力。这里，诗人用许多笔墨具体、细致地从各个方面来描写唐玄宗对杨贵妃的思念，但诗歌的故事情节并没有停留在一个感情的点上，而是随着人物内心世界的揭示而向前推移，用人物的思想感情来开拓和推动情节的发展。入蜀，是在杨贵妃死别之后，内心是悲哀和酸楚的，还都，"天旋地转"，应该是高兴的事，但一路上，旧地重经，又唤起了许多伤心的记忆，旧恨新愁还是一段段地添上，回到宫里日日夜夜，孤寂冷清，这种思念的情怀就更难排解、更不由己了。如果没有这段内心世界细腻的描写，没有把人物的感情强化到这样的程度，后面道士的到来、仙境的出现，就是纯粹的空中楼阁和海市蜃楼。

诗的后半部写道士为之求仙，"排云驭气奔如电，升天入地求之遍"。借助想象的彩翼，忽而人间，忽而天上，最后让杨贵妃在美丽的仙境中以"玉容寂寞泪阑干，梨花一枝春带雨"的形象再现，殷勤迎接汉家的使者，含情脉脉，托物、寄词、重申前誓，照应唐玄宗对她的思念，以这种天上人间心心相印的动人形象，进一步深化和渲染"长恨"的主题。诗歌中的仙境，是作者的诗情和想象的美丽结晶，是从唐玄宗对杨贵妃的苦苦思念、追求的感情生发出来的，它并没有离开人物思想感情发展的线索，相反，尽管他写得虚无缥缈、迷离恍惚，却不曾给人以不合情理的感觉，反而给故事增添了异彩，使它变得神奇华美，更加宛转动人。诗歌的末尾，用"天长地久有时尽，此恨绵绵无绝期"结尾，点明题旨，回应开头，而且做到"清音有余"，给读者以联想、回味的余地。

在白居易的《长恨歌》之前，我国文学史上已有过《木兰辞》《孔雀东南飞》等有高度艺术成就的长篇叙事诗，但它们都是民间的创作，叙述故事、塑造人物用的多是民歌的手法，艺术形式也比较朴素。《长恨歌》的故事，虽然是从当时民间传说的基础上蜕化出来的，但在叙述故事和人物塑造上，诗人许多时候是采用了我国传统诗歌擅长的抒写手法，特别是诗中写唐玄宗思念杨贵妃一段，缠绵悱恻，抒情的成分很浓，给这首叙事诗带来了一种特殊的艺术魅力。在古典抒情诗中，作者常常依靠写景的点染，创造情景交融的诗的意境，来抒发自己的思想感情。在这首没有"我"出现的叙事诗里，诗人时而把人物的思想感情注入景物，借着景物的折光来烘托人物的心境；时而抓住人物周围某些富有特征性的景物、事物，通过他对它们的感受，来揭示人物内心的思想感情。例如，"黄埃散漫风萧索，云栈萦纡登剑阁。峨眉山下少人行，旌旗无光日色薄"，写的是唐玄宗入川路上的景物。黄土飞扬，秋风萧索，耸入云端回环曲折的栈道，在高高的山岭下面行人稀少，日色惨淡，连队伍里的旌旗也黯然失色。把一路上的景物写得这样荒凉凄清、这样悲惨，为的是烘托唐玄宗在马嵬坡和杨贵妃死别以后那种寂寞凄凉的心境。这些景物，和着诗中人物的思想感情，是景语，也是情语。又如，写唐玄宗在蜀中，对着青翠碧绿的蜀山蜀水，朝夕不能忘情，行宫中见月伤心，雨夜里闻铃断肠。蜀中的山山水水原是很美的，但是在寂寞悲哀的唐玄宗眼中，那山的"青"、水的"碧"都是很惹人伤心的，大自然的美应该有恬静的心境才能享受它，但他却没有，所以就更增加了内心的痛苦。这是透过美景来写哀情，使感情又深入一层。行宫中的月色、雨夜里的铃声，本来就很撩人思绪，诗人抓住这些寻常但是富有特征性的事物，把人带进伤心、断肠的境界，再加上那一见一闻、一色一声，互相交错，在语言上、声调上也表现出人物内心的愁苦凄清。为了渲染、强化人物的思想感情，诗人还用跌宕、回旋的手法，一层一层，反复渲染，把人物的感情推向高潮，推向顶点，好像波浪一样，回旋曲折。"归来池苑皆依旧，太液芙蓉未央柳。芙蓉如面柳如眉，对此如何不泪垂？"是写唐玄宗回宫以后日间的感受。由于环境和景物的触发，从景物联想到人，景物依旧，人却不在了，禁不住就潸然泪下。其心灵敏感至此，那种悲哀惆怅的情怀就可想而知了。"夕殿萤飞思悄然，孤灯挑尽未成眠。迟迟钟鼓初长夜，耿耿星河欲曙天。"是写他在宫中夜间的感受。前两句是写黄昏到入夜，黄昏时候寂静无声的殿宇，入夜以后辗转不眠的人，后两句是写下半夜的所见所闻，因为不能入睡，所以才会有所闻所见，四句诗从黄昏写到黎明，集中表现了唐玄宗夜里孤单寂寞被情思萦绕久久不能入眠的情景。诗歌里对人物思想感情的揭示，要不流于一般化，就需要借助于对周围环境和景物的点染，把感情形象化。这里的"夕殿萤飞""孤灯挑尽""迟迟钟鼓""耿耿星河"，都有具体的形象，诗人借着它们把人物内心那些看不到摸不着的感情，变成为人们可见、可闻、可感的东西，如果没有这些，诗中人物的种种思绪就无从唤起，感情的表达也就不够具体、真切。"鸳鸯瓦冷霜华重，翡翠衾寒谁与共。悠悠生死别经年，魂魄不曾来入梦。"希望什么，但却没有，形成强烈的对比，艺术效果更强，这是古典诗歌中常见的，写唐玄宗苦苦地思念着、追求着，明知在现实生活里已经是不能再得到了，又把希望寄托于梦境，但"魂魄不曾来入梦"，梦里也得不到，这就更加强化了这种不能安慰的冷清。诗人正是通过这样的层层渲染，让人物的思想感情蕴蓄得更深邃丰富，使诗歌"肌理细腻"，更具有艺术的感染力。

由于《长恨歌》写的是宫廷帝王和后妃的爱情悲剧，也由于诗人对他所写的这个悲剧不是持完全批判的态度，所以围绕诗歌的主题，历来争议很多，但在种种争端中却很少有人否定它的艺术魅力，相反，大家都肯定这首诗在艺术上有牵动人心的力量。艺术的魅力，就是艺术的感染力和诱惑力，《长恨歌》在艺术上以什么感染和诱惑着读者呢？过去许多人谈到它的语言美和声调美，这当然是一个方面，但作为一首"千古绝唱"的叙事诗，宛转动人，缠绵悱恻，恐怕是它最大的艺术个性，也是它能使千百年来的读者受感染、被诱惑的重要原因。

（原载《广州文艺》1981年第2期；后被收入《唐诗鉴赏辞典》，上海辞书出版社1983年版）

能立于纸上的语言

——李清照词的语言美和声调美

李清照的词有语言美、声调美，感情真挚，境深意新。在宋代词坛上，是"独来独往，自成一体"的一大词家。李清照的词填得好，和她善于提炼、驾驭文学语言有很大的关系。词是讲究感情和意境的，而真挚感情的表达、奇妙意境的创造，都离不开精美的文学语言。李清照的语言清新、活泼，明白如话，有很强的表现力，令人一读就懂而又百读不厌。我们读她的《如梦令》：

> 昨夜雨疏风骤，浓睡不消残酒。试问卷帘人，却道海棠依旧。知否？知否？应是绿肥红瘦。

这是一首春天感怀的小词。写的是在一夜的骤风细雨之后，诗人从醉后的酣睡中醒来，天已大亮，心里惦记着昨晚经风受雨的海棠，向卷帘的丫头发问，怎奈丫头却漫不经心地回答，还是原来的那样，所以诗人愠恼地纠正她，知道吗？知道吗？应是叶茂花少！这里头荡漾着诗人在春天里的无限情思。暮春时节，风雨交加，遍地落红，情思无数，这是诗人们写过千百次的，但是在这首小词中，李清照却"用浅俗之语，发清新之思"（《金粟词话》），做到词新意新，给人以新的美的感受，这就不能不归于她驱使文学语言的功力。特别是当中描写满怀感触的诗人和无知的卷帘人的对话，一深一浅，一粗一细，新鲜别致，饶有情趣，在小令中难得创造这样的戏剧场面，这是词作中的绝招。最后用"绿肥红瘦"来形容风雨过后的海棠，借海棠来寄托诗人闺中的情思，不但语言新巧、形象鲜明，感情的表达也十分含蓄幽雅。这里有作者化粗为精、变俗为雅的一番工夫，"肥"在口语中原是很俗的字，被作者用来同

"绿"字配搭，并对之于"红瘦"，就变得雅不可言。红绿本来是很普通的形容词，这里用来代替花和叶，在语言上也是很美的。"绿肥红瘦"可以说是这词的"词眼"，有了它这首词才"贵"了起来。自古来写花咏花、借花抒情的诗词很多，但像她这样遣词用语，写得如此浅白、如此曲折、如此带有戏剧性的，恐怕就只有她"这一个"。

长于文词的李清照，并非专事"画屏金鹧鸪"式的着意雕刻，而是根据自己对现实生活的真实感受，在语言的形象化上，大胆创新，自造新词，自立新意，把无形的思想感情和深刻细腻的内心活动化作新鲜多样的艺术形象，用形象感人。她的"莫道不销魂，帘卷西风，人比黄花瘦"（《醉花阴》），就是这方面的脍炙人口的名句。这里，诗人抒发的是自己内心那种难以排解的离情别绪，但她不直说、明说，而是借助于形象化的语言，描写帘内的人和篱边的黄花，将人和花相比，把自己内心无形的愁思熔铸在"人比黄花瘦"的形象图画里，让读者从她描绘的形象中细细去咀嚼、体会，自己去领悟，创造出一种言有尽而意无穷的艺术效果。又如："只恐双溪舴艋舟，载不动，许多愁。"（《武陵春》）用"舴艋"的"载不动"来表现愁之多、愁之重，使抽象的感情变得形象具体。清代评论家袁枚说："一切诗文，总须字立纸上，不可字卧纸上。人活则立，人死则卧，用笔也然。"（《随园诗话》）李清照的语言就是能立于纸上的。

李清照的语言之所以有很强的表现力，是因为它们来自生活，有许多还是直接从口语中精心提炼出来的。张端义《贵耳集》赞她能"以寻常语度入音律"。正是她从这个"寻常"中认识到它的不寻常。她的《声声慢》下阕，"满地黄花堆积。憔悴损，如今有谁堪摘？守着窗儿，独自怎生得黑？梧桐更兼细雨，到黄昏，点点滴滴。这次第，怎一个愁字了得"，用的全是口语，顿挫凄艳，人工天巧，不是善于从民间口语中汲取养料、精于炼字铸句的诗人，决不能神行如此。朱自清先生说过："用老百姓的腔调来写作，要轻松不难，要活泼自然，也不难，要沉着却难，加上老百姓的词汇，要沉着更难。"（《诗与话》）所谓"沉着"，就是沉挚、含蓄、蕴藉、有深意，而不是流于浮浅。李清照的《声声慢》词，却能够用自然的语言达到沉着的地步，就很不容易。在《漱玉集》中，从民间口语提炼入词的佳句是很多的，如：《念奴娇》的"被冷香消新梦觉，不许愁人不起"；《如梦令》的"争渡，争渡，惊起一滩鸥鹭"；《行香子》的"甚霎儿晴，霎儿雨，霎儿风"；《多丽·咏白菊》的"纵爱惜，不知从此，留得几多时"；《永遇乐》的"如今憔悴，风鬟霜鬓，怕见夜间出去，不如向帘儿底下，听人笑语"这些，都是她"以寻常语度入音律"的范例。鲁迅先生曾经提出要"将活人的唇舌作为源泉"（《写在"坟"后面》），"从活人的嘴上，争取有生命的词汇"（《人生识字糊涂始》）。李清照就是我们古代一个能从活人嘴上去提取文学语言的高手。

诗歌是讲究声律节奏的。词可以入乐，在这方面要求更高。李清照精通音律，她的词有很强的音乐感。《声声慢》开头"寻寻觅觅，冷冷清清、凄凄惨惨戚戚"，一连用14个叠字，不但在词的意义上，在声律上也很能表达诗人那种忧郁凄苦的心情。《声声慢》全词用的多是双声叠韵字，是借助声韵表达感情，去弹动读者的心弦。在诗歌中，节奏是诗和人的情绪状态的表现，它必须应和着那种情绪的强度、速度、中断、持续，以及这一切的交错和变化。重叠是诗歌节奏的主要成分，诗人常常用这样一种回环的形式，来强调自己所要表现的情境，使它更具有艺术的感染力。李清照在词中为了充分抒发她内心深曲的感情，常用叠字，如"庭院深深深几许"（《临江仙》）；"重帘未卷影沉沉"（《浣溪沙》）；"潇潇微雨闻孤馆"（《蝶恋花》）；"黄昏院落，凄凄惶惶，酒醒时往事愁肠"（《行香子》）；"楼上远信谁传，恨绵绵"（《怨王孙》）；"小风疏雨潇潇地，又催下千行泪"（《孙雁儿并序》）。有时还用叠句，下面是她的小词《添字采桑子·芭蕉》：

> 窗前谁种芭蕉树？荫满中庭。荫满中庭，叶叶心心舒卷有余情。
> 伤心枕上三更雨，点滴霖霪。点滴霖霪，愁损离人不惯起来听。

这里，"荫满中庭"和"点滴霖霪"都各自重复了一句，这固然是词的声律的要求，但诗人选填它，却是抒写情怀的需要。她内心有不由自己的感情，在表现的时候，就必然要一而再地去强调它、摹写它，而这种应和着作者感情的重叠，也给这首词带来一种音乐般的节奏。特别是下阕"点滴霖霪"的叠句，直把那枕上人听到的雨打芭蕉、一点一滴的声音送到我们耳边，以声写情，借声音来暗示诗人的情感，让读者去领会她在这种情景里的无限感触。

文学是语言的艺术，语言是文学作品的建筑材料。古往今来优秀的文学家都是杰出的"语言巨匠"。但他们都是他们那个时代的作家、诗人。李清照是距今八个半世纪的古人了，她的艺术创造也是属于她那个时代的。反映今天生活的优美诗歌只能由我们当代的诗人来创造。新的诗歌同样需要诗的语言和美的节奏，有浓郁的富有感染力的意境和新的形象，人们早就期待着诗人们新的创造，希望诗人们用美好的诗和语言，为我们唱出新时代的心歌。

（原载《广州文艺》1980年第11期）

《红楼梦》的艺术结构和悲剧意蕴

　　我并非"红学"家，但我从11岁就开始读《红楼梦》，几十年来，一直把它当作一种精神生命的滋养品，一次又一次地阅读它，从中去领会、吸取我们民族文化艺术的精髓，所获教益良多。在此，我是以一个《红楼梦》爱好者的身份，来和大家分享自己阅读这部经典作品的心得。

　　《红楼梦》原名《石头记》。据"红学"家们的考证，曹雪芹的80回本《石头记》约写于1744—1754年，到现在已有253年。由高鹗续写的120回本《红楼梦》，是程伟元、高鹗于1791年出版的，到现在也有216年。《红楼梦》问世的200多年来，研究的人越来越多，并且形成一种专门的学问——"红学"。不少著名的学者，如王国维、蔡元培、胡适、俞平伯、周汝昌等，都有不同方面的《红楼梦》研究成果，而且影响很大。鲁迅在《中国小说史略》中对它也有很高的评价。20世纪80年代以来，国内研究、言说《红楼梦》的论文和著作，更是数不胜数。影视界、艺术界还把它改编成电影、电视连续剧、芭蕾舞剧、交响乐等，以各种不同的形式表现、演绎这个文本。《红楼梦》不仅在国内影响很大，在国际上也备受关注，据统计，现在世界上已有17种语言、50多种版本的《红楼梦》问世。

　　《红楼梦》在中国的小说史上是一部成就很高、极具美学意蕴、有巨大艺术感发力的古典小说。这部巨著在我们面前展示了许多封建社会的生活图画，塑造出不同阶层众多人物的面貌和灵魂，从各个不同方面描叙封建社会的种种制度和风习，而且这一切都写得栩栩如生，那样炫目，又那样明晰。半个多世纪以来，我曾多次阅读这部著作，但每次阅读都感到它像生活本身一样新鲜和丰富，每次都可以从中发现一些以前没觉察到的有意义的内容。《红楼梦》不仅是中国文学史上一部伟大、不朽的作品，在世界文学史上也是为数不多的伟大作品。

作为古今中外的一部经典著作，《红楼梦》的创作艺术异常迷人，人们可以从多个方面去对它进行解读，因为这是一本永远读不"完"、说不"尽"的奇书。依我个人管窥之见，《红楼梦》最具创意的是它的艺术结构和它的文学、美学的意蕴。在这里，我就着重和大家探讨这两个问题：

一、《红楼梦》的艺术结构

《红楼梦》是一座雄伟壮丽的艺术宫殿，兼之文心极曲，阅读它，该从何处进入，才能得其文心，这是我们面对这部经典著作时首先需要去探究的问题。我以为，应该从小说的"起"处进入，仔细揣摩，方能得其真意，领略其中的新处和妙处。小说的"起"处，就是作家的构思，即作家怎样建立起这座艺术宫殿的。具体说来，就是要跟踪作品情节的"文脉"，弄清作品的艺术结构、布局，才能打开作品的"大门"，走近它的文心。历来研究《红楼梦》的人，都很重视该书的艺术结构、布局，并且赞赏作者在这方面的匠心创意。《红楼梦》是一部构思奇，结构、布局巧的小说。它的奇处和巧处就在于：把一个发生在封建社会中的现实故事，一幕人生的大悲剧，置于一个非现实的梦幻框架之中，运用梦幻叙事和现实叙事双层结构，相互套合，先以神话和梦幻手法，演绎《红楼梦》男女主人公贾宝玉、林黛玉前生在天界的故事，暗示全书立意和故事的悲剧结局；后以写真的手法，在现实情节中有层次地回环展示这一人间的大悲剧。这种"先预示、后展示"的回环式结构，是作者曹雪芹的一大创造，是《红楼梦》艺术结构上最大的特色，在中国古典小说史上也是前无古人的。下面，我分两个层次对这一艺术结构做具体的解读：

1. 作品的梦幻叙事结构

在书中，作者设计了尘界和天界两个空间，一开始就借助神话和梦幻手法告诉读者，作品所叙的是神仙世界青埂峰下一块"无材补天"的石头，在经过修炼成精之后，跟着和尚、道士离开天界，下世漫游，经历了各种人生曲折，又回归天界的故事，并以回归天界石头的口吻，倒叙其在尘世所经历的一切。这是《石头记》书名的由来，也是作品的梦幻框架。

在这一梦幻框架中，通灵成精的石头，转世为贾宝玉，在现实故事中扮演着核心角色。而石头在转世之前，是太虚幻境的神瑛侍者，曾在西方灵河岸上灌溉过一绛珠仙草，仙草受天地精华，换形女身，在石头下世之时，也愿随之下世，用自己一生的眼泪还报他。仙草转世为林黛玉，是现实故事中的女主角。与石头、仙草下世同时，还有一批天界的精灵先后下凡尘界，转世为贾府众多美丽女儿和其他女孩儿。故事末尾，这些人都陆续离开尘界，回归天界。石头、仙草和精灵们在尘界的经历，是《红楼梦》中所演的现实故事，宝、黛在尘界的爱情悲剧，是《红楼梦》所演故事的核心情节。

2. 作品的现实叙事结构

作品的梦幻叙事结构，是小说的一个外围框架。这一梦幻叙事主要是通过作品第一回和第五回的梦幻描写展现出来。现实的情节结构是套合在这个大的外围框架之内，贯穿作品始末，糅合在《红楼梦》120回书的故事情节当中，为了理清作者对这一情节安排和发展的线索，就涉及整部作品的分段。历史上的"红学"家对此都十分重视，但各有不同的看法，我同意周汝昌先生的见解，把全书分为五大段。

《红楼梦》的现实叙事结构，有如一张大的渔网，有"纲"，有"网"。第1—5回是"纲"，第6回以后是"网"。前5回是第一大段。第1回开卷写的是甄士隐和贾雨村，他们是作者精心设计笼罩全书主题思想，为展开故事情节而安排的两个"线"性人物。一是通过甄士隐的"梦"，把神仙世界和现实世界联系起来；一是通过甄士隐资助贾雨村赴京应考，在宦海浮沉中，分别连接贾、林、薛三家，以他为"线"，使贾宝玉、林黛玉、薛宝钗三个中心人物得以在贾府会合，演出宝黛凄美的爱情悲剧。另还借甄士隐和贾雨村这两个人物名字的谐音，暗示所写故事是真事假说，假中有真。第2回通过冷子兴演说荣国府，介绍贾家历史、现状和府中的人物关系，给读者一张《红楼梦》中的主要人物表。第3回通过林黛玉进荣国府，介绍贾府内眷，以及男女主人公的活动环境，重点是写宝黛初次相会。第4回，通过贾雨村徇情枉法判案，介绍薛家，引出薛宝钗，让宝、黛、钗三人在贾府聚首。第5回贾宝玉神游太虚幻境，通过宝玉梦中在太虚幻境看诗、画、判词和听《红楼梦》曲，预示贾府最后的衰败，以及宝黛和众女儿的悲剧人生。这5回书是一个整体，可看作是《红楼梦》的一个"总纲"。过去许多研究者都曾指出，要真正读懂《红楼梦》，必须读懂前5回，因为在这5回书中，有小说故事始末的缩影、主要人物结局命运的蓝图，对全书主题的呈现、情节结构的展开有举足轻重的作用，但一般的读者却往往对此有所忽略。

第6—18回是第二大段，从这段开始，全书故事的"网"就张开了，具有现实核心情节"开端"的本义。这一大段，作者用重笔浓墨着重写了两件大事：秦可卿之死和贾元妃省亲，主要是表现贾府当时之盛。第19—54回是第三大段，一方面是写贾府日常生活的豪华，如饮宴、节庆，大观园女儿们的诸多情事、雅事；一方面是写宝黛爱情曲折发展，直至相互有了默契。第55—80回是第四大段，写贾府内部腐败没落，危机四伏，后继无人，已呈败势；宝黛爱情遭到封建传统势力的抵制，婚姻无望。第80—120回是第五大段，是高鹗的续书。写黛玉泪尽，魂归离恨天，贾府被抄，宝玉出家，树倒猢狲散。其中95回写宝黛爱情悲剧，把黛玉的"焚稿""绝粒""断痴情"同宝玉、宝钗的"成大礼"，将情节推向高潮。最后是甄士隐、贾雨村归结《红楼梦》，与第一回相照应。

由于《红楼梦》中所写的贾府盛衰故事与作者曹雪芹的家族史有相似之处，而且曹家是在雍正六年被抄之后彻底没落的，作者有家族巨变和血泪人生的体验，对封建社会制度的种种弊端有深刻的认识，他在书中揭露封建社会的黑暗和腐朽，批判封建礼教、礼法对人性的戕害。而清代"文网"森严，他设计这样的艺术结构，是与作品的内容和作者自身的处境有密切的关系，一是为远避当时文字狱的祸害，有意将书中的故事与作者的出身、家事、经历隔开，在当中立一道非现实的屏障；一是运用这种"烟雨模糊"的写法和梦幻的假托，使小说情节更具艺术魅力，让读者从中去发现、体悟和品味作者独特的艺术表达之"路"。

二、《红楼梦》的悲剧意蕴

《红楼梦》是一部意蕴非常丰富的小说，它的文学、美学的意蕴之所以特别感人，主要是在于它的悲剧性，而且这种悲剧意蕴是多层次的。

第一层，《红楼梦》通过主人公贾宝玉和他所在的贾府，以及贾府内外的政治、经济、人际关系，展现了一个贵族家庭由盛而衰的悲剧；并围绕这个贵族家庭的兴衰史，以前所未有的深度、广度，具体、生动、真实地反映了封建社会末期的社会风貌和人情世态，使其在某种程度上成为一部封建末世的"形象史"，这在中国古典小说史上是罕见的。这个层面，过去的学者，包括各种古典文学史都论说得比较多，20世纪50—70年代出版的"红学"著作论的多是这个层面，尽管其中有些观点比较绝对化，但在小说的故事情节中，这个贵族家庭的兴衰线索确实是十分明显的。

从艺术手法看，曹雪芹在《红楼梦》中写贾府的由盛而衰，有两个特点：一是通过重大事件写贾府之盛；二是在日常叙事和人物对话中写贾府的衰。这就形成了情节的跌宕，耐人寻味。

作品中表现贾府之盛，主要是通过细写秦可卿的丧事与贾元妃省亲两件大事表现出来。书中第13—14回用浓浓的笔墨写秦可卿的丧事，如写贾珍在给秦氏选棺木时，恣意奢华，一意要寻好板，"几副杉木皆不中意"，最后用了"没人买得起""原系忠义亲王老千岁要的"棺木。出殡的时候排场也很大，清朝八个"国公"除了一个已经去世，另一个是自家，其他六个都来送殡，还有北静王等四个郡王都前来路祭，贾家自己也有百多轿子、车辆，"大殡浩浩荡荡，压得银山一般"。一个重孙媳妇的丧事就这样张扬，真是写尽了贾府之盛。第二件大事是第18回，写贾元妃省亲。贾府为此事专门修建了大观园，费资无数，省亲时园内帐舞蟠龙，帘飞绣凤，金银焕彩，珠玉生辉，连元妃在轿内看了也叹说："太奢华过费了，以后不可如此。"

作品中表现贾府之衰败，则多见诸于日常生活细节的叙写，如写到贾琏为了应酬，央求鸳鸯去偷贾母用不着的银器出来典当；宫中太监来借钱也拿不出来；尤氏到贾母处，贾母临时留她吃饭，丫鬟报说因田庄收成不好，现在每餐的细米饭都是可着人来做的；王熙凤生病要用人参，全府上下都找不到好的，好容易在贾母那里找到一包，却因年久失效不能用，结果只好花钱到外面买；贾琏给尤二姐办丧事，得用平儿的体己；等等。慢慢蓄成衰败之势，一直到第95回元妃病逝，第105回宁府被抄，贾家彻底败落，最后"树倒猢狲散"。

由于曹雪芹的高祖、曾祖、祖父均在朝廷任过要职，康熙六次南巡，有四次就是曹家接驾，其家族显赫，达60年之久。雍正六年（有一说为五年），曹家被抄，从此没落。曹雪芹少年时代过的是富贵荣华的生活，晚年住在北京一个人烟稀少的小山村，"举家食粥"，生活十分困难。因为作者自己经历过贵族家庭的兴衰剧变，有世态炎凉的深切感受，在《红楼梦》中就有他对历史、命运的深刻体验和无限感叹，是他用心血酿成的，所以特别感人。

第二层，《红楼梦》是一部写美好的生命、美好的感情被毁灭的悲剧。这是进一层的悲剧意蕴，其核心的故事就是宝黛的爱情悲剧。曹雪芹在《红楼梦》中展现出来美学思想的核心是一个"情"字，他追求的是一个"有情之天下"。作者在作品中，用许多回目来写宝黛的真挚爱情，例如第8、19、20、23、26、27、28、29、30、32、34回等，对他们爱情的萌发、产生、发展以及最后的悲剧，都给予赞美并赋予深深的同情。他通过这个凄美的爱情故事，肯定"情"在人生中的价值。曹雪芹在《红楼梦》第1回就借空空道人之口说：此书"大旨不过谈情"。早期的红学家脂砚斋曾指出曹雪芹此书是"让天下人共来哭这个'情'字"。近代著名学者王国维也认为《红楼梦》的主旨是：追问人世间的情，情为何物，情为人性。如上所说，作者这一美学思想主要体现在宝黛的爱情故事上，更主要的是体现在宝玉追求人性的解放这个封建社会的叛逆者身上。从作品故事情节看，作者描写赞美的这个"情"，是与当时封建社会的礼法、传统观念相违背的。他的这个"情"的叛逆性在于：既与封建社会的秩序的"法"相对立，也与封建社会的伦理观念的"理"相对立。在曹雪芹看来，"情"是人性的体现，有它存在的理由和价值，不应该被压制、被扼杀，但是封建社会却压制、扼杀这种美好的感情，所以他在作品中以奇特的构思和精美的艺术形象，展示了这种美好的东西如何被毁灭的悲剧。

那么曹雪芹在作品里是如何艺术地表现这种悲剧的呢？他在《红楼梦》中，创造了一个动人、凄美的宝黛爱情悲剧；还创造了一个"有情之天下"——大观园及其被毁灭的过程。在《红楼梦》之前，也有不少写封建社会中男女情爱故事的作品，但碍于封建制度男女之大防，都要设置许多突破这一规范的"条件"，这些作品男女主人公的爱情都是在"非正常"交往下产生的。比如《白蛇传》，是人跟神仙、妖精相爱；《梁山伯与祝英台》是在祝英台女扮男装时才能遇到梁山伯并爱上他；要不就借助偶然因素一见钟情，如《西厢记》《荔镜记》；还有更奇怪的是在梦中相恋，如《牡丹亭》。当然也有一些写平常人的爱情故事，比如杜十娘、李香君等，但这些都是青楼女子，不是正当人家的女儿。而《红楼梦》的男女主人公都是贵族家庭的公子小姐，为什么有可能发生这种违背男女大防的自由恋爱呢？这就有一个环境设置的特殊性，让人们读了，觉得既可能，又可信。在书中，作者苦费心思，重用了贾母和元妃这两个位高言重的人物，正是她们给宝、黛提供这种恋爱的环境。首先是贾母，她喜欢这个含玉而生的孙子宝玉，又爱怜刚刚丧母的外孙女黛玉，因此让他们都跟着自己住，这就为两个男女主角提供了从小就同起同息、亲密无间的环境。其次是元妃，第23回元妃省亲之后，深感大观园被闲置了太浪费，于是下一道谕旨命宝钗等姐妹们到园中去居住；又怕冷落了宝玉，贾母、王夫人心上不喜，故命他也住进去。进大观园之前，宝黛虽彼此契合，还是处在两小无猜的阶段，只有一些说不清道不明的情愫，入住大观园后才真正进入到自由恋爱阶段。在大观园这个诗情画意、没有长辈监管的环境下，爱情迅速成长。在众姐妹进住大观园之后，确实有过一段非常快乐的时光，他们一起结海棠社、咏菊花诗、联句、评诗论画……真是一个"有情之天下"，曾是宝黛的精神家园和乐园。但大观园的这个"乐园"是贾母和元妃给予的，当上方发现了宝、黛的爱情，特别是第57回"慧紫鹃情辞试莽玉"之后，宝玉因此发了一场心病，让宝、黛的爱情公之于众，就引起贾母、王夫人等的警惕，到第73回绣春囊事件，诱发了对大观园的抄检，此后这个乐园就不可能再继续存在了。

正如《红楼梦》第1回所述，尽管宝黛前生有"木石前缘"，却应着神仙世界的"还泪之说"，最后林黛玉还尽了眼泪，魂归离恨天，宝、黛的爱情以悲剧告终。与此同时还有宝玉与宝钗的婚姻悲剧。过去有不少评论都认为宝钗有心计，能取悦贾母等人，所以取代黛玉而成了宝二奶奶。事实上，她和宝玉的婚姻也是悲剧性的。在作品中，宝钗确实比黛玉更会做人，她内敛、随和、世故，人际关系好，更符合贾母等人心目中宝二奶奶的要求；薛家又是皇商，家境富裕，符合贾家封建家庭的需要，但宝、黛不能结合，主要阻力是来自那个封建社会的制度。作者在《红楼梦》第5回曾借《红楼梦引子》的曲词，表明书中所写的是"悲金悼玉"的《红楼梦》，这对全书错综复杂的故事情节起着隐示的作用。因为有情的宝、黛不能结合，可悼；无情的"二宝"却必须成婚，可悲。这是封建社会的制度、伦理、礼教造成的。作者正是这样向我们呈现了美好感情、美好生命如何在封建制度礼法下被活生生地毁灭。

第三层，作者在《红楼梦》中还表现了人生理想破灭的悲剧。这部作品与以往的言情小说不同之处，就是它还追问人生的命运、人生的意义，具有哲理层面的悲剧意识，这当中有作者自己对人生命运的体验和感悟。

在作品中，这一悲剧意识具体表现为两个方面：一是对生命终极意义的追问；二是对命运悲剧的体验和沉思。人的生命是有限的，宇宙是无限的，人的有限生命的存在，它的真正意义是什么？与此相联系的是人的命运的问题。所谓"命运"，是由个人无法选择的因素所决定的。正如第5回《枉凝眉》曲子所言："若说没奇缘，今生偏又遇着他；若说有奇缘，如何心事终虚话？"曲中所说的"缘"，就是一种命运。这正表现了作者对人生命运的思考与无奈。这种对人的存在带有形而上意味的追问和思考，在作品充满诗意和伤感的梦幻描写中，有更深刻的体现。

如上所说，曹雪芹的《红楼梦》在艺术上有一个很突出的特点，就是运用梦幻与写真交叉相间的手法，来表达他对现实社会的批判和人生理想的诉求。如他在第1回和第5回通过甄士隐和贾宝玉的两个梦，在梦境中展示了一个与尘界不同的神仙世界太虚幻境，那是一个不受封建伦理、礼法制约的有"情"世界，也是作者心中的理想世界。他写贾宝玉在梦中来到太虚幻境，第一感觉就是"这个地方儿有趣，我若能在这里过一生，强如被父母天天管束"，表现出对那个美丽澄明世界的无限向往。但这个作者用以寄托自己理想的神仙世界，是一个艺术的乌托邦，是一种空想，空想毕竟不可能变为现实，故他对人生终极追问的结果就更悲凉、绝望，从而加深了他对"尘界"（现实）的批判。

与人生理想破灭相联系的，还有作者对人的"命运"的沉思。由于作者在对人生作形而上的追问中，找不到答案，不知路在何方，深感在如磐的现实面前人的无能为力、无可奈何之中，把这种人间的悲剧归结于"命运"。他在作品第5回中，写贾宝玉在太虚幻境看到"金陵十二钗"正册、副册，又副册，听仙女们所奏的《红楼梦》曲子，当中的画、判词和曲，对贾府和主要人物结局已有所预示，仿佛这一切都是"命运"注定的。他在作品中把人间悲剧推给了"命运"的这种梦幻叙写，正表现了作者在沉思中精神上的窘迫。

《红楼梦》是一部具有反封建倾向的、寻找生命家园的伟大作品。作为一部震撼人心的巨著，我认为它在精神层面上，更具有艺术感染力的是深埋在作品深处的寻找生命家园的意识和情怀，是从作品情节中流露出来的生命和人生的悲剧精神。曹雪芹不但在作品中写了如梦的人生，写了人生中种种美好东西的破灭，还写了在那个社会，梦醒之后不知路在何方。这既是曹雪芹所处时代、历史的局限，也是他所处时代先知先觉者的巨大悲哀。我以为，这应是小说《红楼梦》最具悲剧意蕴的所在。

（原载《香港作家》2008年第2期）

文化影响的"宫廷模式"

——《三国演义》在泰国

对中华文化在国外的影响研究，这些年来，人们更多的眼光是投向西方，事实上，中华文化在东南亚的传播和影响，时间更早，影响也更为深远。其中，中华文化在泰国的传播和影响，具有它独特的内涵和路向。本文的目的，是通过一个文本——《三国演义》在泰国流传轨迹的研究，探索接受者对中华文化的选择、接纳及其"内化"的模式。

中泰两国是友好邻邦，中泰的文化对话很早就开始。早在三国时期，吴国官员奉旨于公元245年出使扶南等国，在他们回国后的著作中，就有关于泰国地区国家的记述。①到了公元7世纪，唐大和尚玄奘的《大唐西域记》②，也提及建于湄南河下游的隋罗钵底国③。中国古籍对隋罗钵底国有很详细的记载，可见当时两国之间已有较深的交往。唐代贞观年间，这个国家曾两度派使节到中国，在长安受到唐朝廷很好的接待。北宋徽宗政和五年（1115），派过使节出访泰国地区的罗斛国。元朝时，罗斛国也先后5次派使节到中国访问。而创建于1238年的素可泰王国④，也十分注意同元王朝建立友好关系，1292年，素可泰王国国王蓝摩甘亨派使节到中国递交友好金叶表文。蓝摩甘亨在位40年，6次遣使访问中国，元朝廷于1299年赐赠他"金缕玉衣"和王子"虎符"⑤。在明王朝取代了元王朝之后，与泰国地区的阿瑜陀耶王国来往密切，

---

① 参见《水经注》卷1引康泰《扶南传》。
② 《大唐西域记》，卷13。
③ 《新元史》，卷255。
④ 素可泰王国，是一个以泰族为主体的国家，有"泰族文明的摇篮"之称。
⑤ 中山大学东南亚研究所编：《泰国史》，1987年版，第36页。

据明史记载，明代270年中，阿瑜陀耶遣使臣到中国访问112次，中国也派使臣访问阿瑜陀耶19次。明太祖朱元璋还专门派使者赐阿瑜陀耶国王"暹罗国王之印"，之后，该国正式称为"暹罗国"①。中泰两国的文化交流，在明朝以后更为活跃。明太祖洪武初年，泰国就派遣留学生来中国的国子监读书。明正德十年，明朝廷还在暹罗贡使随员中，选留通译在"四夷馆"中教授泰语，培养通译泰语人才。明万历六年（1578），在"四夷馆"中增设"暹罗馆"，招收12名学习泰语学生②。数百年来，在中泰频繁的文化交往中，中国文化已深深地渗入泰国，成为泰国文化发展的重要契机之一。

中国文学在泰国的传播，是在中泰互相往来和自觉交流的文化背景下出现的。因历史和地缘的关系，中国很早就有人民移居泰国，特别是中国东南部沿海的广东、福建两省，移居泰国的人更多。中国的古剧、古诗，就是随着这些中国移民入传泰国的。但是，中国文学在泰国传播最广、影响最大的并非戏剧和诗歌，而是中国古典小说，特别是中国历史小说《三国演义》。《三国演义》的入传泰国，是出于泰国曼谷王朝一世王帕佛陀约华（即拉玛一世）的倡导。作为王朝的奠基者，拉玛一世（1782—1809年）即位以后，面临着安邦定国的历史使命，为了摆脱战争和纷乱，他极力恢复和发展封建中央集权的政治制度，而且主动致书清朝政府，请求维持与中国的朝贡关系，拓展与中国的贸易③。为了复兴和繁荣曼谷王朝的文学，他召集过全国僧、俗文人大会，敦请他们发挥专长，致力文学创作，歌颂新王朝。他本人也参与文学创作，著有《抗缅疆场的长歌》。由于当时王宫中设有汉文进修班，王朝中的一些人能直接阅读中文本的中国古典小说，中国的历史小说在他们面前打开了一个新的天地，大大地刺激了他们的中国兴趣，从而表现出一种向中国历史小说要精神财富的极大热情。正是在这样的文化背景下，拉玛一世亲自颁御令任命大臣、诗人昭帕耶帕康负责主持翻译《三国演义》④。

---

① 《明实录·洪武实录》，卷150。

② 《续文献通考》，卷47《学校考》。

③ 中山大学东南亚研究所编：《泰国史》，1987年版，第145页。

④ 参见京兆：《曼谷王朝初期华文小说泰译的概况》，泰国《星暹日报》1987年5月4日第24版、1987年6月1日第10版。

　　《三国演义》译作于1806年完成，先以手抄本的形式在朝廷内外转抄流传，然后才走向民间，在全国上下掀起了一种"三国热"。经过半个多世纪无数次的转抄传播，《三国演义》手抄本于1865年正式印刷发行，出版后供不应求，反复再版，仅拉玛五世在位期间（1868—1910年），就先后再版6次，至20世纪70年代初，共再版15次，是泰译中国古典小说再版最多、印刷量最大的一部。因为手抄本的泰文本《三国》只有87回，1978年泰国作家万纳瓦又翻译出版了《三国演义》的120回本，《三国演义》全译本的问世，再一次把泰国的"三国热"推上了高潮。[①]在这之前的大半个世纪，泰国作家已把泰文本《三国》的一些故事改编成歌舞剧，如献帝的故事、貂蝉与董卓的故事、吕布与董卓的故事、周瑜的故事等，这些歌舞剧在泰国城乡演出，广受群众的欢迎。与此同时，泰国文艺界还出现了以"三国"为题材的戏曲和说唱文学。因为泰国宫廷崇尚中国古典小说，历代王朝的国王又厚爱《三国》，在泰国王宫里的摆设中，还有"桃园三结义""空城计""凤仪亭"等汉字和彩画。一些王公大臣的府邸，中国建筑物上的雕刻和绘画，也多取材于《三国》中的杰出人物和重要事件。因泰国传统的文学作品，诗歌是主要的表现形式，而泰译的《三国》，是用散文翻译的文学作品，它的流行和传播，在泰国形成独树一帜的"三国文体"，促使泰国文学从以诗歌为主体的古典文学向以散文为主体的现代文学转变。《三国演义》在泰国的传播和影响，至今已两个世纪，但势头仍在，直至20世纪中叶以后，泰国文学界还产生了不少用泰文改编、改写的"三国"。这些作品，不是原著的翻译，而是以《三国》的故事和人物为题材，重新创作，注进自己的思想。[②]它们已不是中国意义上的三国故事，而是泰国文化观念在一个特殊框架里的表现。因三国故事在泰国流传广、影响大，泰国教育部曾把泰译本《三国演义》的部分内容编入中学课本，许多泰国人还着令子孙幼年便诵读《三国》。

　　从《三国演义》传入泰国前后的历史文化背景和它传入以后的种种现象

---

　　①　泰文本《三国演义》出版、再版资料转引自威奈·戍柿：《谈中国文学在泰国》，原载《暹罗国家》周刊（泰文版）；中文译文见林牧译：《谈中国文学在泰国》，由泰国《新中原报》1993年1月4日、1月16日、1月22日连载。

　　②　泰国作家创作的"三国"作品，最流行的是作家雅鹄创作的《说书本三国》。

看，这部中国历史小说在泰国的传播和影响，已不仅仅是一个纯文学的现象，而是一个具有更大内涵的文化现象。中国文学作为放送者，《三国演义》流传到泰国是中国古典小说中的一个文学文本，但就泰国王朝和接受者、传播者的主体观念和方法论而言，他们对《三国演义》的选择和接受《三国演义》的视角，更多的因素是非文学的，是为了从这部中国历史小说中学习军事、政治外交和伦理的知识，把它作为一个上述各方面借鉴的范本，化入内心，建设和巩固自己的国家。这就使《三国演义》在泰国产生了一种 "超越影响"，即：把一个文学文本阅读成一个军事文本、政治外交文本和伦理文本，大大地突破了文学文本影响的范围。因而我们考察《三国演义》在泰国的影响和传播时，就应该有一种更为开放的眼光，不能只局限于文学文本的范围之内。

近两个世纪来，《三国演义》在泰国流传的轨迹是：首先进入朝廷，在国王倡导下由朝廷大臣主持译介，继而在朝廷内外转抄传播，然后走向民间，以多种艺术形式广泛流传。路向是由上而下，表现为一种独特的文化影响的 "宫廷模式"。

在世界文化史上，两种文化的化合往往有一个 "文化过滤" 的过程。任何文化接纳外来文化，都会有所选择。这种选择一般是出自 "受方" 本民族的需要——时代的与历史的、社会的与接受者的各种需要。拉玛一世颁御令翻译《三国演义》，是在19世纪初泰国曼谷王朝刚刚摆脱战乱转入创业的时期，出于本土文化的需要，用拉玛一世的继承者拉玛二世的话说，就是因为它对 "国家公务有裨益"。众所周知，《三国演义》讲述的是中国三国时代的故事，书中写的是蜀、魏、吴三国之间政治、外交、军事的斗争，是三国的 "兴亡史"。故事起于刘备、关羽、张飞桃园三结义，终于三国归晋。在小说中，蜀魏矛盾被放在主位，吴蜀、吴魏的矛盾被放在从属地位。此外，还描写了各国内部复杂微妙的斗争。作者通过各种事件，把政治上的斗争经验和人物智慧形象生动地表现出来。从作品的整体看，《三国演义》是一部以战争为主要题材的小说，战争是这部小说情节的基础。小说通过汉末几个封建统治集团的矛盾冲突来展开战争的描写，围绕人物把斗智、斗勇和列阵描写结合起来，着重描写双方的战略、战术，形势的对比，地位的转化，以及双方如何在战前分析局势、部署兵力，如何在战争中出奇制胜，等等，过去中国的一些军事家和农民起义领袖，往往熟读此书，从中学习作战的战略、战术。在泰国历史上，缅甸军队曾多次入侵泰国，曼谷王朝创建初期，为了巩固边陲，特别是预防和对付缅甸的入侵，曾召集御前会议，研究抗击缅军的战略部署，并在此时颁御令翻译《三国演义》，首先是把它作为兵书来学习。这一点，可以在泰国作家万纳瓦为《三国演义》全译本写的《序言》中得到印证。①

在中国文学史上，《三国演义》《水浒》《西游记》都是中国古典长篇小说名著。这三部书的故事，也都是在民间长期流传后，经文人作家加工再创造而成的。三国故事和水浒故事，都是宋代讲史的题材，西游故事是说经话本的题材。三部作品都有很强烈的英雄主义色彩，在艺术上也各有千秋。曼谷王朝的上层人士有不少能直接阅读中文本的中国小说，他们对中国文学的了解和认识，不像欧洲人那样，是借助来自间接的第二手材料，而是直接的感觉和对话。他们应有机会阅读这三部巨著，为何拉玛一世和朝臣特别厚爱《三国演义》？这里就有一个文化"过滤"和选择的问题：三国故事在民间长期流传中，"拥刘反曹"的正统观念十分突出，作品对蜀汉统治集团"忠义"的歌颂，是以他们"救困扶危，上报国家，下安黎庶"为前提的。书中把"义"提到五伦之上，当作一种高尚的道德标准。小说写刘、关、张为了"伸大义于天下的共同理想而结义"，情节十分动人。刘备是蜀汉集团的首领，被作为理想的好皇帝来塑造，他忠于桃园结义的誓言，身上有"仁君"礼贤下士、知人善任的优点。作为忠臣贤相的诸葛亮，是封建时代杰出的政治家和军事家，有安邦定国的宏愿和苦干精神，对蜀汉王朝忠心耿耿，"鞠躬尽瘁，死而后已"，是忠贞和智慧的化身。关羽是刘备手下无敌的将领，是一个具有崇高感情世界的神武英雄，在他身上集中表现了作者的忠义思想，所有这些，对于当时正在努力强化皇权、安邦定国的拉玛一世，都有积极的借鉴作用。与《三国演义》所表现的正统观念相反，《水浒》和《西游记》都不同程度地表现出一种对朝廷的叛逆思想，这应是曼谷王朝在文化上首先选择、接纳、认同《三国演义》

---

① 泰文本120回《三国演义》序言："在泰国，多年来，《三国》不仅是人民普遍阅读的文学作品，还是部队官兵学习的兵书。"此处引用泰国华文作家林牧译文。

的重要原因。

如果说，1806年泰译《三国演义》手抄本在朝廷内外流传，出现了19世纪初泰国围绕"三国热"形成的中泰文化交融热潮，是适应早期统治者治世的需要，那么，后来《三国演义》的印行，一些诗人、作家以泰文改写"三国"、仿作"三国"，或将其精神融会到自己的诗歌、戏剧中去，以及全作译本的问世，则主要是适应广大读者的审美需要。这当中有一个从官方"接受"的"宫廷模式"向非官方"接受"的"民间模式"转变的过程。在一般情况下，一个文学文本的传播，往往是因为文本自身的审美价值，它适应了"受方"读者的审美需要，像早期在泰国传播的中国古剧和傀儡戏，观众接受它们，是出于一种审美的动机，它们是作为一种娱乐文本在民间传播。但《三国演义》在泰国的传播，早期泰国宫廷对它的引进和接纳，虽有文学文本的艺术魅力的作用，对于王朝的接受者，更重要的是治世。阅读眼光和动机已超出了文学文本自身，而是把它作为一个非文学文本使用，其功利动机是十分明显的，是一种有组织、有意识、有目的的自上而下的推广，与出于娱乐动机的民间传播不同。直至拉玛四世（1851—1868年），国家的内外条件已发生了大的变化，王朝注意力放在内部的社会改革，遂把原先掌握在国王手里的翻译中国古典小说的大权下放，转为由朝中大臣管理，翻译的宗旨也由上层军事、政治需要转为供朝野娱乐，不再在朝廷中设立专门翻译的机构。在这之后，《三国演义》等泰文译作就更多地走向民间，作为审美的文学文本为广大读者所接受。由于后来的接受者主要不是官方，而是民众，阅读动机、功能、意义不一样，译介工作也就日益面向大众，泰译的中国古典小说就越来越多，题材也是多种多样的。

从上面对《三国演义》传入泰国"宫廷模式"的展示，我们应该有所发现：在文学的传播过程中，文学文本不完全是文学的文本。对于某些接受者，它可以成为非文学的文本。一部优秀的文字作品，由于它内容的丰富性，在传播中，可以向许多纬度展开它的影响，应该是一个开放型的文本；面对这样一个开放的空间，我们在重新思考和回答什么是文学和文学的作用问题时，恐怕就不能仅仅着眼于单一的"审美",而应当承认文学在历史和现实中有更为广大的天地。

（原载《中国比较文学》1996年第1期；论文英译版发表于新加坡《南洋学报》1999 年12 月第54 卷，并收入曹顺庆主编《比较文学：东方与西方》，巴蜀书社2001年版）

一幕有艺术魅力的戏

—— 曹禺《雷雨》第二幕的艺术结构

　　《雷雨》是优秀剧作家曹禺的代表作，写于1933年。40多年来，它一直活在中外艺术舞台上，在国内外许多读者和观众中有很大的影响。

　　《雷雨》描写的是"五四"以后一个带有封建性的资产阶级家庭的黑暗生活。剧本以周朴园为中心，通过描写周公馆一系列错综复杂的矛盾，把这个家庭30年来的肮脏、丑恶及杀人不见血的罪恶行径，一一展示在读者面前，具有反封建的积极思想意义。《雷雨》在艺术上是成功的，它集中凝练，具有激烈的戏剧冲突，又善于用个性化的语言表现人物的性格和内心活动。《雷雨》反映的是周家近30年来的生活，触到了各种各样矛盾，关系之复杂、头绪之纷繁，非独具匠心的作者是很难驾驭的，但是曹禺却用巧妙的艺术手法，把这一切压缩在十几个小时内，主要是在周公馆的客厅里表现出来，做到了情节、场面和人物的高度集中。在戏剧矛盾的组织上，他从周家现在的矛盾落笔，用过去的矛盾推动今天的矛盾，使戏剧冲突迅速展开，愈来愈激烈，在激烈的戏剧冲突中深刻地刻画出每个人物的性格，使整个戏具有异乎寻常的艺术魅力。

　　没有冲突就没有戏，戏剧的魅力主要来自戏剧冲突。戏剧冲突是社会生活矛盾的反映，在戏剧中它表现为人物与人物之间、人物与社会之间的冲突，有时还表现为人物自己内心的冲突。《雷雨》共有四幕。从全剧看，第二幕的戏是很重要的。在第一幕里作者已向我们交代了幕前的许多情节，介绍剧中的主要人物和他们的关系，让这个家庭的各种矛盾露头。第二幕一开始，戏剧就迅速向前发展，那些人们在第一幕中隐隐约约感觉到的矛盾，随着剧情的进展，一个一个地展现在我们面前，先是周萍和四凤的关系、周萍和繁漪的关系，接着是鲁侍萍和周朴园的关系、鲁大海同周朴园的斗争……这些矛盾有的是刚刚才发生的，有的是过去埋下来的，彼此互相纠缠着，制约着，推动着，越来越复杂，越来越尖锐，终于到了欲罢不能的地步。这一幕戏具体描写的是现实中的矛盾，但戏的重心是在揭露周家的罪恶历史。周朴园和鲁家母子相见一段戏，是这一幕的重要情节。作者通过周朴园和鲁家母子的对话，揭发了周公馆历史上的丑闻，并控诉了周朴园淹死和屠杀工人的血腥暴行，使人们能从历史的发展过程中认识周家这个带封建性的资产阶级家庭的罪恶。有了这一段戏，周、鲁两家30年来的旧恨和新仇才交织起来，现实中周萍和四凤、周萍和繁漪、周朴园和鲁大海的矛盾关系才变得更尖锐复杂、更加纠缠不清。鲁贵、四凤和鲁大海才先后被解雇和开除，才会出现这一幕末尾的那种一触即发之势，使戏剧迅速地向第三幕悲剧的方向发展。在这一幕戏里，作者通过激烈的戏剧冲突，对周、鲁两家八个人物的性格，做了不同程度的揭示。例如，周朴园的伪善、残酷，鲁侍萍的善良、沉着，鲁大海的粗犷、正直，等等。其中刻画得最深刻的是周朴园，作者是一笔一笔地把这个人物雕塑出来的。

高尔基在《论剧本》中说："剧本不容许作者如此随便地进行干涉，在剧本里，他不能对观众指示什么。剧中人物之被创造出来，仅仅是依靠他们的台词，即纯粹的口语，而不是叙述的语言。"所以在剧本里人物的语言负有特殊的重要使命。它必须是性格化的、具有戏剧性的，能表现人物内心世界的语言。《雷雨》第二幕的人物语言就是这样。我们读周朴园和鲁侍萍的对话，周朴园老奸巨猾、深藏不露的伪善家的形象就跃然纸上。周朴园看到鲁侍萍并没有一下子认出她来，听她说30年前也住在无锡，就禁不住向她打听"梅家小姐"的往事。一开始，他小心翼翼地问："30年前在无锡有一家姓梅的。""梅家的一个年轻小姐，很贤惠，也很规矩，有一天夜里，忽然地投水死了。后来，后来——你知道么？"这一段话，周朴园不是随便说出来的。看他说得多么"得体"、多么"巧妙"。不了解内情的人听来，决不会感到其中有什么肮脏的东西，更不会想到他就是这一悲剧的制造者。作者在这里写他既要向人打听，又不按事实的真相说，是用隐蔽的戏剧语言，使我们有所觉察，从而引导我们去窥探人物的内心世界。对于侍萍遭他遗弃不得已投河自杀这件事，周朴园当然是不会忘记的，而且因为当年做得实在狠，至今心有不安，一有机会就要向人打听。他故意把事情改个样子来问，是为了把自己的罪行隐藏起来。这正是他的狡猾、伪善之处。后来侍萍告诉他，梅家的姑娘并没有死，30年来生活很苦，现在也在此地。还问他："想见一见她么？"他就连忙回答："不，不，不用。"在听到这意想不到的消息之后，作者没有让他说更多的话，而是用连忙发出的一迭声的"不"字，表现他内心的惶乱，使我们看到他不但不想见她，而且是很害怕见到"生还"的侍萍。接着，通过旧雨衣和衬衣的事，他发现面前这个人就是侍萍，马上凶相毕露，严厉发问："你来干什么？"又进一步追问："谁指使你来的？"还冷酷无情地说："30年的工夫你还是找到这儿来了。"这短短的三句话，包含着多么丰富的潜台词。透过它，我们看到了人物内在的意向，比任何冗长的描述更能表现周朴园的性格和他当时复杂的内心活动。很显然，他是把侍萍看成来向他进行敲诈勒索的，甚至认为是有人指使她来这样做的，直至侍萍愤于他的这种态度，冲动起来，诉说她30年来的苦和恨，他怕事情闹开去对自己不利，才又转硬为软，一改先前声色俱厉的态度，放慢语气说："你不要以为我的心是死了，你以为一个人做了一件于心不忍的事就会忘了么？你看这些家具都是你从前顶喜欢的东西，多少年我总是留着，为着纪念你。"看到侍萍听了他的这些话，低头不语，又表白自己，说什么每年总记得她的生日，一切都照她是正式嫁过周家的人看，并保留着她的习惯，为的是弥补自己的罪过。这些话，像句句都是真的，但和他眼前对侍萍的态度联系起来，就使人觉得他是虚假的，不但现在的感情是伪装出来的，平时的那些行为也是伪善的。看着善良的侍萍被稳住了，他已经完全看清侍萍的性格"原没大变"，可以不必怕她，但又担心鲁贵不可靠，所以慢慢地说了一句："鲁贵像个很不老实的人。"等到侍萍告诉他："你不要怕。他永远不会知道的。"他就真的什么也不怕了，所以撕去一切伪装，赤裸裸地说："痛痛快快地，你现在要多钱吧！"想用钱来封住侍萍的口，同时也为自己赎回30年前的这桩罪行。这句话，乍读来，觉得有点突然，仔细想，却是一句很"传神"的话，对人物性格起着勾魂摄魄的作用，它把周朴园的冷酷无情和卑鄙丑恶的灵魂都勾勒了出来。读周朴园的这些台词，联系后半幕戏，他与鲁大海交锋时的态度，先是不动声色，继而恼羞成怒等情景，再联系他后来对鲁贵和四凤的解雇，不顾一切地开除鲁大海。这个伪善、残酷的封建家长、资产者就活现在我们眼前。在剧本中，戏剧冲突、人物语言是很重要的，但戏剧的魅力也要借助于结构的艺术。在《雷雨》第三幕中，作者对戏剧情节的安排也是很细心、巧妙的。周、鲁两家出场的人物共有八个，周朴园和鲁侍萍相见，是这一幕最重要的戏。而周朴园是周公馆的"太上皇"，鲁侍萍是女仆四凤的母亲。按他们的身份地位，是很难有机会在一起谈话的。作者选择了周朴园的旧雨衣作为他们相见相识的线索。鲁侍萍到周公馆来，是繁漪的主意，为的是谈四凤的事，按理不应该在这里停留那么长时间，刚好鲁贵来传话说周朴园要繁漪给他找雨衣，鲁侍萍就不得不留在客厅里等候，后来又让周朴园亲自到这里来取雨衣和催繁漪去看病，繁漪一走，他们俩就在无意中相见。接着又借着雨衣带出旧衬衣的事，让周朴园进一步发现侍萍，自然地写出他们这一段不寻常的对话。从这里，我们可以看到作者在情节缝合上的细针密线。剧本的情节结构最忌庞杂、松散，而要求集中。周朴园和鲁侍萍见面以后，由于鲁侍萍的要求，周朴园同意她在不能相认的条件下见一见周萍。如果接着就安排他们母子单独相见，侍萍见到周萍有话不能说，而周萍根本不知道他们的关系，必然是无动于衷，戏一下子就会松下来，所以作者让鲁大海也在这时上场，同周朴园发生正面冲突，揭发他历史的和眼前的罪行，把母子相见和父子相见集中在同一个时间、场面里，正面写鲁大海同周朴园的斗争，但也从侧面揭示鲁侍萍见到周萍以后内心的冲突和矛盾，而让周萍和鲁大海不知道场上四个人的全部关系，仍按自己的性格行动着，这就使矛盾更加复杂，情节更富有戏剧性，大大地加强了戏剧的艺术效果。

（原载《广东教育》1980年第4期）

张爱玲和张爱玲的"冷"

张爱玲是20世纪40年代有突出成就的女作家，她的名字可以和"五四"以来享有盛名的作家相提并论。我一向爱读小说，有感于张爱玲的小说在文学史上有不可取代的地位，曾花心力跟踪、搜集有关她的资料，投入她所创造的小说世界，希望能对她的艺术成就剖视一二。然而张爱玲是一位不喜欢谈论自己的作家，关于她的生平、家世、创作生涯等资料很不完整，也极难寻找，空白点很多，这么些年，张爱玲没有出来公开为人们释疑，台湾的"张爱玲迷"也未能完全填补这些空白。因资料不全，我在拙作《张爱玲小说艺术论》[1]中，只是分析评价她作品的艺术特色，未敢正面论及作者本人。然而作品是作家写出来的，只论作品而不谈作者，总有憾感，为此，我愿尽我所知，在这篇文章里，为作者补上一笔。

张爱玲原籍河北丰润，1920年生于上海，幼居天津，8岁搬回上海。她出身名门，祖父张佩纶曾任清朝御史，祖母则是清朝北洋重臣李鸿章之女，父亲张廷重有一定的西洋文化修养，但遗老遗少的习气很重。母亲黄逸梵则是湘军黄翼升之后。据张爱玲的文字记述，她母亲才貌双全，文艺气质很重，在绘画、音乐等方面都有很好的修养，也喜欢新文学，是一个有自己生活理想和追求的人。张爱玲8岁时父母离异，她跟着父亲在遗老式的家庭里生活，因不满父亲的旧式生活，中学毕业后从家里逃出，与母亲和姑母同住。其间她考取了英国伦敦大学，由于战事未能成行，转入香港大学就读。太平洋战争的爆发断了张爱玲的留学梦，从港大肄业回上海定居。

1943年开始从事文学创作，同年5月在上海《紫罗兰》杂志上发表短篇小

---

① 饶芃子、黄仲文：《张爱玲小说艺术论》，《暨南学报》1987年第4期。

说《沉香屑·第一炉香》，自此张爱玲在上海的《杂志》《万象》《古今》《天地》《东方杂志》《苦竹》等刊物陆续发表了相当数量的小说和散文。1944年9月张爱玲出版了小说集《传奇》，由《杂志》出版发行，内收《沉香屑·第一炉香》《沉香屑·第二炉香》《琉璃瓦》《茉莉香片》《倾城之恋》《金锁记》等10篇小说，约25万字。四天后再版并加序言，依旧热卖。1945年初中国科学公司出版了她的散文集《流言》，共收散文30篇，大致包括了张爱玲在1944年之前所写的散文。1947年上海山河图书公司出版了《传奇》增订本，增收了《留情》《鸿鸾喜》《红玫瑰与白玫瑰》等5篇小说。1944至1945年是张爱玲创作的丰收期。1946年至1951年间作品很少，只有两个电影剧本《不了情》和《太太万岁》，前者后来改编为小说《多少恨》。中篇小说《小艾》和长篇小说《十八春》都是在解放初期所写。

1952年张爱玲以复学的名义到香港，其间写了两部长篇：《秧歌》和《赤地之恋》。1955年秋，张爱玲离开香港前往美国定居至今。1956年与美国作家赖雅结为夫妻，生活拮据。居美30余年，张爱玲少有新作问世，大部分时间为生活奔波劳碌。小说集《惘然记》中的四个短篇《五四遗事》《色·戒》《相见欢》《浮花浪蕊》，是她去美后的作品，其余均是旧作。《怨女》和《半生缘》则分别根据以前的小说《金锁记》《十八春》改写而成。散文集《张看》收入她在美国所写的一些散文和旧作，还出版了两本学术论著《红楼梦魇》和《〈海上花列传〉评注》。

张爱玲是从旧世界来的，她非常熟悉上海租界里旧家庭的生活，她常常在作品中写她在那个"世界"里的所见所闻，写他们的颓败和没落，写各种各样的人生世态和人与人之间微妙复杂的关系。一般的女作家在作品里写到自己过去熟悉的生活，往往会顾影自怜，在张爱玲的作品中我们却看不到这些。她只是静静地、冷冷地写，仿佛这一切都跟她无关，她不过是把客观存在的人和事具体、真实地描摹出来罢了，她根本不想"介入"，也无须她对它们表示什么、解释什么。所以，从表面看，张爱玲对现实、对人生是很"冷"的。但是，我们细读她的作品，就不难发现，在她的"冷"后面有着一种非个人的深刻的悲哀、一种严肃的悲剧式的人生观。张爱玲的艺术世界是属于20世纪40年代的，她的代表作《传奇》就是在这个时候创作出来的。《传奇》的背景是清朝末年到中日战争时期的中国社会，具体描写的是在这个变动的社会中上海租界里遗老遗少们的生活，表现这个环境里的人们没落的意识和心态。《传奇》中的《倾城之恋》，不但题材新颖，情节构思独特，人物性格刻画也十分细腻、深刻，特别是对人物心理的剖析，对流苏那种屈抑而悲凉心态的描写，更是入木三分，使人不能不为作者那支翻云覆雨的健笔叫绝！尤其值得注意的是，这篇作品的名字如此艳丽，实际上写的却是一个庸俗、浅薄和虚伪的爱情故事。作者在作品中描写了两个自私的男女，却没有鞭挞他们的意思。在这里，作者表现的是凄凉的人生，是人的可怜的命运。而我们也正是通过这人生苍凉的一幕，隐隐约约地看到作者的一颗敏感和悲悯的心。夏志清在《中国现代小说史》的第十五章"张爱玲"中说：张爱玲作品中所求表达的是人生"苍凉的意味"①。这一看法极其深刻，可谓深得张爱玲艺术的"真味"。张爱玲的作品确实常常给人一种"苍凉"的感觉，因为她无论写什么，都能揭示出人生悲剧的根底。张爱玲天赋禀慧，人情练达，对生活很敏感，也很冷静，创作上总是写真求实，极少在作品中直接流露自己的感情，而是让故事自身去说明，"让故事自身给它所能给的"，"让读者取得他所能取得的"②。"苍凉"是她作品的气氛，也是她描写生活的底色，绝不同于一般的"叹息"。张爱玲作品中的"苍凉"，不是因为好人遭到不幸引起的，也不是由于作者对人物注入太多的同情导致的，更不是感情上强烈渲染的结果，而是一种对人生的感觉，它深藏在作品当中，形成一种氛围、一种境界、一种深邃的意蕴，它是属于更深层次的东西，是从作家的心底来的。

张爱玲在《自己的文章》中有一段关于"力"和"美"的议论，她说："我发觉许多作品里力的成分大于美的成分。力是快乐的，美却是悲哀的，两者不能独立存在。'死生契阔，与子成说；执子之手，与子偕老'是一首悲哀的诗，然而它的人生态度又是何等肯定。我不喜欢壮烈。我是喜欢悲壮，更喜欢苍凉。壮烈只有力，没有美，似乎缺少人性。悲壮则如大红大绿的配色，是一种强烈的对照。但它的刺激性还是大于启发性。苍凉之所以有更深长的回

① 夏志清著，刘绍铭等译：《中国现代小说史》，友联出版社（香港）1979年版。
② 张爱玲：《流言》，皇冠出版社（台湾）1968年版。

味，就因为它像葱绿配桃红，是一种参差的对照。"又说"我喜欢参差的对照的写法，因为它是较近事实的"①。这是张爱玲美学思想的自白。从这里可以看出，她的"冷"，求的是"真"，她的"苍凉"，求的是"美"，所以，"冷"和"苍凉"，既是她悲剧式人生观的表现，同时也是她对艺术美的一种追求。

张爱玲是一个珍惜人性过于世情的人。对中国传统重视的世情，张爱玲是很淡泊的。她向来看重自己，她做事和写作都是自己思想的实践，从不盲从。在创作上她也很维护自己的个性。她说她不愿意遵照古典的悲剧原则来写小说，"因为人在兽欲和习俗双重重压之下，不可能再像古典悲剧人物那样的有持续的崇高感情或热情的尽量发挥"②。所以她的创作总是面对人间、面对现实，她认为"时代是这么沉重，人们不容易大彻大悟。在生活中不彻底的人物居多，所以她笔下的人物除了《金锁记》里的曹七巧，全是些不彻底的人物，他们不是英雄，他们可是这个时代的广大的负荷者"③。她决心努力表现小说里人物的"力"，而不去代替他们创造出"力"。事实也是如此，她作品里的人物大都不是彻底的好人和坏人，然而却都是真实的人。《金锁记》中的曹七巧，是她笔下唯一写得"彻底"的人物，她在曹七巧身上表现了人性的被毁灭，揭示了这个女人如何在一个不属于她的"世界"里，从人变成魔鬼的心路历程，达到令人不寒而栗的地步，她创造的更多的人物是不彻底的。《红玫瑰和白玫瑰》中的佟振保，出身正道，有学位，有真才实学，在一间老牌子的外商染织公司任高职，从表面看，是中国社会中的理想的男性，但是在这个理想的"外壳"里面，却隐藏着一个自我为中心的自私的灵魂。他平时待人"极好"，却常常觉得别人欠他很多，因此经常自怜、自伤，他的这种内在的心态和他表面的稳重、坚强形成了严重的矛盾，所以不断地出现自我的碰撞，越来越尖锐，最后失去了自我的平衡，走上了堕落的道路。在这个作品里，张爱玲不仅是给我们创造了一个伪君子的典型，同时用她的解剖刀似的笔，向我们展示了一个男人自我建立到自我毁灭的过程，一个表里不一但又不能自控的人的

---

① 《流言》。
② 同上。
③ 同上。

复杂性格和经历。在《茉莉香片》中，她塑造一个精神上的畸形儿聂传庆，他从小失母，同父亲和后母住在一起，感情上受到压抑，因而非常憎恨自己的父亲，又因为自己酷似父亲，所以也憎恨自己，在精神的矛盾中无法自拔，描写了人性的被扭曲，揭示了现实生活中亲子关系的隔阂和不协调。女评论家李子云在《同一社会圈子里的两代人》中说："张爱玲在描写人性上几乎是全力以赴的。"我很同意这一看法，还要补充的是：张爱玲描写人性的成功，是得助于她深度的观察力和足够的艺术才华。

张爱玲有一颗对人类悲悯的心，有一支呼风唤雨的彩笔，她创造的小说世界有点过于"隐冷"，但是，在她那个时代，在她生活的"世界"里，这一切却是非常真实的。

（原载香港《星岛晚报》1989年1月12日）

论歌德的历史悲剧《葛兹·冯·伯利欣根》

恩格斯在《德国状况》中谈到18世纪中叶的德国文学时说："这个时代的每一部杰作都渗透了反抗当时整个德国社会的叛逆的精神，歌德写了《葛兹·冯·伯利欣根》，他在这本书里通过戏剧的形式向一个叛逆者表示哀悼和尊敬。"（《马克思恩格斯全集》第2卷，第633—635页）马克思在1859年4月19日给拉萨尔的信中，对拉萨尔的历史剧《弗兰茨·封·济金根》（以下简称《济金根》）提出批评时，曾经拿拉萨尔笔下的济金根同歌德的葛兹相比较，指出这两个人物都以骑士叛乱形式向皇帝和诸侯进行过悲剧性的反抗，是历史上的堂·吉诃德式的人物。他们认为拉萨尔的《济金根》，不是扎根在客观现实生活的基础上，而是从抽象的观念出发，借济金根来图解他唯心主义的悲剧观念，演绎他对德国革命的机会主义观点，对济金根的叛乱做了违背历史真实的描写，没有正确地揭示出这个人物的悲剧因素，而对歌德以葛兹为题材的历史悲剧，则给以肯定，认为他选择葛兹"做主人公是正确的"。认真研究一下歌德的《葛兹·冯·伯利欣根》（以下简称《葛兹》），对我们掌握马克思主义文艺批评标准，探索评论文艺作品的一些美学原则，正确分析、评价过去和今天的文艺作品，有现实的意义。

一

被恩格斯誉为"杰作"的历史悲剧《葛兹》，是一部充分体现了18世纪德国狂飙突进运动精神的作品。

《葛兹》是歌德青年时期的剧作。写这个剧本时，歌德才22岁，在这之前，他在莱比锡和斯特拉斯堡的大学里学习法律，常写诗歌。1770年，他在斯特拉斯堡大学学习期间，和其他一些作家、诗人一起，共同发动了声势浩大的全国性文学运动——狂飙突进运动。1771年，他获得法学博士学位回到法兰克福，这一年的年底，他阅读了中世纪铁手骑士葛兹·冯·伯利欣根的自传，深受感动，古代自由英雄的形象鼓舞着诗人，他满怀激情创作了历史悲剧《葛兹》。

1771年11月28日歌德在给查兹曼的信中提到这个剧本时写道："我以戏剧的形式体现了一个最高贵的德国人的历史，使大家记住这个出色的人物。"（《歌德文集》第12卷，第122—123页）在剧本中，他热情歌颂葛兹对封建诸侯的反抗精神，公开向当时黑暗的暴政挑战。《葛兹》的问世，使年轻诗人歌德驰名德国，蜚声全欧洲。这个剧本和歌德的另一个著名的作品《少年维特的烦恼》（1774年出版），都是德国狂飙突进运动的代表作。如果说，《少年维特的烦恼》主要是反映当时青年知识分子精神上的苦闷，那么，在《葛兹》中，作家着力表现的却是狂飙运动的反抗的理想。

《葛兹》写于1771年，1773年问世。18世纪中叶的德国，"是一堆正在腐朽和解体的讨厌的东西"（恩格斯《德国状况》），政治、经济都很落后，整个国家仍然处在分裂的状态，三百多个封建小邦各自为政，由各邦诸侯统治着，他们在自己的管辖区内实行封建的专制主义，对人民进行残酷的压迫和剥削。这种长期的封建分裂状态，使德国的资产阶级不可能有大的发展，他们在政治上、经济上都依附于封建宫廷，具有严重的软弱性和妥协性，革命的条件远未具备。但是，这个时期，德国工商业在一些主要城市还是有了一定的发展，资产阶级反对封建割据、要求民族独立的情绪也有所增长，由于他们在政治上没有地位，所以一些有进步思想的知识分子都从文化上寻求发展，这就给18世纪的德国文学带来繁荣，德国18世纪中叶的启蒙运动和18世纪70年代出现的狂飙突进运动，都反映出资产阶级进步的知识分子反封建和追求自由的愿望。狂飙突进运动是启蒙运动的继续和发展，它要求作家冲破封建约束，获取精神自由和个性解放，发扬民族风格，建立新的德国文学。"狂飙"者在运动中提出的这些要求和主张，标志着德国资产阶级民族意识进一步的觉醒。歌德是狂飙突进运动的主要发动者，他在这个时期创作的剧本《葛兹》，虽然是从民族历史中吸取题材，但是作品所表现的叛逆精神和理想，却是从他自己时代的历史潮流中得来的，是和当时人们关心的社会问题密切联系在一起的。《葛兹》实际上是狂飙运动的一面自由和反抗的旗帜，是"狂飙"精神的形象结晶。

二

在剧本《葛兹》中，歌德选择葛兹作为历史悲剧的主人公，着重刻画他的叛逆的性格，以体现当时"狂飙突进"的精神。

葛兹是中世纪的一个"自由骑士"。16世纪初叶，是德意志伟大的农民战争时期。由于长时间"整个社会建筑的等级制度——公爵贵族、名流、市民——的沉重负担都压在农民身上"（《马克思恩格斯文集》第8卷，第125页），他们的生活特别艰苦，比之其他国家的农民更加渴望革命，终于在1524—1525年间，爆发了全国性的农民革命运动，他们要求统一德国和取消封建剥削，声势极大。这场伟大的农民革命，从根本上动摇了天主教会在德国的地位，震撼了德国封建贵族的统治，它本来可以摧毁当时已经极端腐朽的封建社会，但是由于市民阶级的叛卖，也由于德意志长期处在分裂状态，各地的农民军难以建立统一和巩固的革命阵线，造成农民起义军内部力量的涣散，轰轰烈烈的农民革命最后被封建诸侯的同盟军镇压了。葛兹是这一时期贵族阶级的叛逆者，为了反封建和追求自由，他以骑士叛乱的形式，起而抵抗封建诸侯，受到农民和下层人民的崇敬，后来被迫参加农民起义军，担任过当时农民军的主力之一——光明军的军事首领，但他始终不同意农民军对贵族所采取的暴力手段，当农民运动日益激烈起来，他就离开了农民军的队伍，孤立地和诸侯作战，最后失败死于牢中。歌德的《葛兹》取材于这个"自由骑士"的悲剧故事，借葛兹的叛逆形象，来寄托自己的理想和愿望。但是，歌德并没有把中世纪的"自由骑士"写成18世纪的"狂飙英雄"，而是从这个人物所处时代的社会生活出发，描写了他的各种复杂社会关系——葛兹和皇帝、诸侯的关系，他对封建诸侯的抵抗，农民军对葛兹的影响，他和他们的矛盾，等等，揭示出葛兹的叛逆性格和他不可避免的悲剧命运，真实地再现了中世纪"典型环境中的典型性格"。

　　在剧中，歌德通过葛兹和巴姆堡主教的矛盾、对骑士魏斯林根的忠告、同诸侯讨伐军的血战等，形象地展示出他的反抗精神和叛逆性格。残暴专制、老奸巨猾的巴姆堡主教是封建诸侯的代表，他重剥农民，欺压市民，迫害敢以抵抗他们的"自由骑士"，是德国社会黑暗暴政的象征。整个戏剧就是从他无理抓走葛兹的一个少年侍从开始的。为了"回报"主教对少年侍从的无理残害，为了嘲笑诸侯的野心和阴谋，葛兹亲自带领骑兵袭击并且逮住了主教的亲信——骑士魏斯林根，给巴姆堡主教以针锋相对的回击。魏斯林根原是葛兹的朋友，由于迷恋宫廷生活，讨好封建诸侯，投靠在巴姆堡主教门下，成为他们蹂躏人民、坑害人民的工具。葛兹俘虏他，是立足于在精神上拯救他，向他披露诸侯在德国的种种罪行，劝他尽快离开宫廷，不再做他们的帮凶，在魏斯林根表示接受劝告以后，就无条件地释放他，还同意他跟自己妹妹玛丽娅订立婚约。在魏斯林根被俘、葛兹劝说魏斯林根的这场戏里，葛兹的矛头始终对着封建诸侯，表现出他对现实中黑暗暴政的不满和不愿与诸侯同流合污的崇高品格。

　　魏斯林根是一个意志薄弱和贪图享乐的人，他一返回宫廷，就被诸侯的女色和恩宠拉拢过去，背叛了自己的誓言和爱情，变本加厉地出卖灵魂，为了巴姆堡主教的利益，他还到皇帝那里请求出兵，并亲自带领诸侯的同盟军讨伐葛兹。在诸侯讨伐军的重重围困下，葛兹极力抵抗，浴血奋战，表现出他对封建诸侯至死不妥协的叛逆精神。但是，葛兹不是一个革命者，而是一个时刻想着要为皇帝尽忠服务的骑士，在他的统一和自由的口号后面"一直还隐藏着旧日的帝国和强权的梦想"（马克思：《致斐·拉萨尔》，1859年4月19日）。他反对诸侯的暴政，却从来没有想到要背叛皇帝，推翻皇权。相反，他把自己对诸侯的反抗，看成是对皇帝和国家的尽忠，还寄希望于皇帝，幻想借助皇权来限制各邦诸侯的势力，就是在皇帝发出把他逐出教门的命令以后，他还公开宣布："我对皇帝陛下，跟从前一样，怀着敬意。"他自始至终爱戴皇帝，在他心目中，皇帝、皇权是至高无上神圣不可侵犯的。这是葛兹叛逆性格的局限，也是他的抗争之所以显得无力和无效的内在的原因。他只看到诸侯利用皇帝的权力为非作歹，却没能认识到在四分五裂的德国，皇帝马克西米连在政治上、经济上也不能不依附于各邦诸侯，皇帝早已不是骑士的皇帝而是诸侯的皇帝了。这就使他陷入了一种自我无法解脱的矛盾中，最后不能不以悲剧告终。歌德在剧中对这个人物这种内在不可克服的矛盾的揭示，是极其真实和深刻的。

恩格斯在1854年发表的《德国农民战争》中，曾经详尽地分析过当时德国贵族在反对诸侯和改革帝国斗争中的悲剧，他指出："当时在德国只有一切反对党派结成联盟，尤其贵族要与农民结盟，才能使运动成功。但是，恰恰这种联盟在两方面的情况下都是不可能的。贵族既没有到不得不放弃政治特权以及在农民身上享有封建权力的地步，农民也不会根据还很渺茫的希望就和贵族也就是压迫他们最厉害的这一等级结盟。……于是到斗争爆发的时候贵族毕竟是以孤军与诸侯搏斗。"（《马克思恩格斯全集》第7卷，第40页）歌德在剧本中，真实地再现了主人公葛兹的真正的悲剧命运。

作为贵族阶级的叛逆者，葛兹有自己政治自由的理想，剧本第三幕，他对少年侍从乔治说："难道不可以希望：将来对皇帝的崇敬、对邻人的和睦与友谊，和对臣仆的慈爱会成为传给子子孙孙无价的家宝吗？那时每一个人都将保住自己的东西，在他自己范围内经营发展，并不像现在那些人，以为没有损害别人就是一无所获。"由于葛兹具有反对专制、追求自由的理想，他对被诸侯欺侮、压迫的人民大众，总是给以同情和支持，还常常援助遭到诸侯重剥的农民，在人民群众中有一定的威望和影响。但葛兹本质上是一个"路德式的骑士反对派"（马克思语），他虽然不满于现实的黑暗，主张实行政治改革，却反对用革命手段推翻封建统治，不愿意（实际上也不可能）和农民真正结盟。在他看来，农民起义军是叛乱者，而自己是尽忠服务于皇帝的骑士，这种贵族的立场和偏见一直制约着他的行动，他是在不得已的情况下（农民军用城堡、生命的安全威胁他）才出任农民起义军的首领，对农民军的革命斗争行为也很不满，总想摆脱他们。后来，由于诸侯的同盟军对农民起义军的镇压，一些起义军的首领被活活烧死，许多起义军被碾死、刺死、砍头甚于全身被肢解开来，他也"被当作叛逆、凶犯扔进了最幽深的牢狱里"。在牢狱里，他感到最大痛苦的不是起义军被镇压，也不是自己的生命行将结束，而是他的好名声被玷污了，他哀悼自己已经失去的自由、庄园和名誉，渴望着呼吸"自由的空气"，最后在悔恨、忧愤和绝望中死去。

反对诸侯，不反对早已属于诸侯的皇帝，渴望改革，却又害怕暴力，不愿意同当时真正的革命力量——农民军结盟，这就使葛兹在自我矛盾和客观环境的冲突中无法自解，而导致了他不可避免的悲剧。对葛兹这些为他的阶级地位和社会关系所决定的不能克服的悲剧因素，歌德不一定都能够理解，他自己也像葛兹那样看待历史和现实，他参加发动的"狂飙"运动同样是和人民隔离的，具有这一不可克服的矛盾和弱点，但他在反封建和追求自由思想的指引下，力求忠实表现悲剧主人公葛兹的叛逆性格，因而能够形象地再现这一切。

三

马克思在1859年4月19日写给拉萨尔的信中，批评拉萨尔既然想借剧本《济金根》来宣传时代的革命思想，就不能把全部注意力集中在贵族身上，一点也不去描写那个时代真正的革命者农民和市民，不去表现那个时代的农民革命战争这一积极的背景。他认为拉萨尔如果不是只着眼于济金根和胡登，错误地把他们写成"革命者"，而是正确地描写他们的历史环境，描写当时真正的革命力量，"就能够在更高得多的程度上用最朴素的形式把最现代的思想表现出来"。恩格斯在1859年5月18日给拉萨尔的信中，也批评拉萨尔在剧本里没有"充分表现出农民运动在当时已经达到的高潮"，没有"比较有力地强调了气势凶猛的农民运动"，认为拉萨尔应该把"农民运动和平民运动写入戏剧"。

葛兹和济金根同是德意志伟大农民战争时期的"自由骑士"。歌德写《葛兹》比拉萨尔写《济金根》要早88年，他虽然没能真正认识农民战争的伟大意义，对这场曾一度席卷全国的革命运动还有许多剥削阶级的偏见，但他在"狂飙"精神的指引下，还是比较真实地反映了那个时代，从一个侧面展示当时农民运动的"积极背景"，使它成为德国文学史上首次接触中世纪农民战争的剧作。

中世纪的农民战争，是一次发自底层的声势浩大的革命，由于封建统治阶级的残酷镇压和精神禁锢，在《葛兹》问世之前，文学领域里，除了少数民歌以外，并没有得到具体的反映。歌德的这个剧本，也只是从一个侧面接触到它，真正描写和歌颂这场革命的作品，是在19世纪以后才陆续出现的。但是，歌德能够在自己的作品里首先接触它，并且用相当篇幅来描写它，这在当时无论如何是难能可贵的。

剧本的第一幕，写葛兹带着骑兵在弗兰根的什凡尔采堡的旅店附近埋伏，当时在酒店里喝酒的人就有起义农民的领导者梅兹勒和齐佛斯，他们十分赞赏葛兹用武力抵抗诸侯的行为，还暗暗祝愿："但愿有一天，我们也能够这样对付欺侮我们的诸侯。"反映出当时农民起义军的革命情绪。剧本的第三幕，写魏斯林根和皇帝马克西米连在奥格斯堡一座庭园中谈话，从他们谈到农民运动时那种惶惶不可终日的心理状态，间接反映出当时已经到达高潮的气势凶猛的农民运动，以及这一运动对封建统治者的严重威胁和打击。剧本的第五幕，歌德用"农民战争"作为小标题，直接描写当时农民军的斗争生活：他们高喊着"报仇雪恨"的口号，进攻贵族的城堡，烧毁他们的庄园，拿走他们的财物，用各种方法把他们处死。在这一幕戏里，还描写了农民军和同盟军的激烈战斗，农民军和葛兹的关系和联系，给一直在前台活动的葛兹提供了一幅非常宝贵的背景，客观上使剧本的意义大大地加强了。

"歌德并不是一个革命家。他不仅没有可能超越时代，而且更没有充分脱掉中世纪的意识。"（郭沫若《歌德的道路与探索——纪念歌德诞生二百年》）从剧本看，歌德也像剧中的葛兹那样，并不赞成农民起义的革命手段，他所追求和向往的不过是一个乌托邦式的幻想，他虽然在剧中描写了当时如火如荼的农民战争，反映出它的那种不可阻挡的气势和力量，但他在思想上也和他的主人公一样，不愿意叛徒们走"极端"，而希望把他们的反抗行为限制在"合法"的范围内，他笔下的梅兹勒、齐佛斯、林克、柯尔等农民军，都是一些极其粗鲁和野蛮的人，有这些农民军出现的场面，总是和杀人、放火和抢掠分不开的。不难看出，歌德在感情上并不喜欢这些来自社会底层的叛逆者，他自己和人民革命力量一直是隔离着的。但是，歌德确实不满意那种旧式的腐朽的封建统治，不满意德国的黑暗现实，他那反封建、向往自由的思想和力求"忠于自然"的美学原则，使他能够尊重客观的现实生活，在剧本里真实地反映了16世纪初叶德国的现实关系和时代精神。

四

歌德的《葛兹》是在他最向往莎士比亚的年代写成的，是一个"莎士比亚化"的剧作。

1771年，歌德在他的一篇纪念莎士比亚的文章里写道："我读完莎士比亚作品的第一页，它就使我终身倾倒了，我读完了第一部，我就好像一个生下来的盲人，一只奇异的手在转瞬间使我双目看到光明。"（《歌德文集》第10卷，第382页）他的《葛兹》就是依照莎士比亚的剧本体裁来创作的。

莎士比亚戏剧的一个突出的特点，是敢于打破古典戏剧的"三一律"，描写广阔复杂的社会生活。歌德的《葛兹》，描写的是德国16世纪一个骑士的悲剧，在剧本里，围绕着主人公葛兹的活动，不但写了皇帝、诸侯、骑士、侍从，也写了来自下层的农民、市民，教士以及其他的人民群众，是中世纪德国社会生活的一个真实的缩影。剧本所展示的社会生活是相当广阔的：既有宫廷和贵族城堡的生活，也有市肆和农村的情景；既写了诸侯对自由骑士的迫害和他们的反抗，也写了农民起义军轰轰烈烈的革命斗争。整个剧本随着剧情的展开，不断地交换场景，完全不受时间和地点框子的限制，一下子是主教的宫廷，一下子是骑士的城堡，还有树林里的战场、市政府的大厅、充满宗教神秘气氛阴森森的法庭、郊外茨冈人的屯宿地、乡间的酒店和终日不见阳光的牢狱。所有这些，构成了一幅中世纪德国动荡社会的生动画面。

莎士比亚戏剧的另一个突出的特点，是人物的多样化和生动的情节。歌德在《葛兹》中，塑造了众多的人物形象，主要的人物都刻画得栩栩如生，具有鲜明的性格特征。为了把各个人物的性格区别得更加鲜明突出，歌德反复运用艺术上的对比手法。剧中的魏斯林根是作者虚构出来的人物，是一个和葛兹完全不同性格的骑士，歌德以他的意志薄弱、背信弃义、对权贵的奴颜婢膝，来同葛兹的刚强不屈、讲究信义、蔑视权贵、追求自由的崇高品格相对比，使这两个人物的性格显得更有立体感。与此同时，歌德还塑造了两个完全不同的贵族妇女的形象——玛丽娅和阿德尔海特，两个完全不同的少年侍从的形象——乔治和法朗兹。玛丽娅是葛兹的妹妹，一个心地善良、感情纯真、温柔可爱的年轻女子，魏斯林根曾经热烈地追求她，希望得到她的爱情，有过婚约，魏斯林根回到巴姆堡主教的宫廷以后，被阿德尔海特迷住了，背叛这一婚约，她最后嫁给葛兹的好友济金根，成为济金根的贤惠的夫人。阿德尔海特原是一个高级贵族的寡妇，她外表美丽迷人，内心却十分残酷和狠毒，经常出入宫廷，以姿色引诱男人，使他们成为她的奴隶，从中谋取自己的利益，是一个荒淫无耻、品德不端的女人。她是巴姆堡主教宫廷的"贵宾"，主教利用她来吸引魏斯林根，并促成她和魏斯林根的婚事，婚后不久，她迷住了皇位的继承人卡尔，野心勃勃，想当未来的皇后，被魏斯林根发现，她就借侍从法朗兹的手，用毒药毒死魏斯林根，最后被法庭判处死罪。乔治是葛兹的少年侍从，他天真纯洁，勇敢善战，对自己的主人忠心耿耿，用实际行动支持葛兹反对诸侯的斗争，他年纪虽小，但品格高尚，最后牺牲在战场上。乔治在剧中是一个诗一般的人物，是忠诚友谊和恪尽职守的化身。法朗兹是魏斯林根的少年侍从，一个感情脆弱、品格低下的人，他完全被阿德尔海特的姿色所迷住，经常背着主人和阿德尔海特来往，后来被她利用，成为毒死魏斯林根的凶手，自己则跳楼自杀。歌德正是通过这些身份相同、性格不同的人物描写，在他们的相互对比中，把各人的性格表现得更加突出。《葛兹》的情节也很生动，从全剧看，剧情按照几条情节线索展开：一条是葛兹和巴姆堡主教以及他的亲信魏斯林根的矛盾，这是戏剧的中心情节。一条是魏斯林根和玛丽娅、阿德尔海特的爱情、婚约的矛盾，这一情节写得生动感人富有艺术魅力。还有一条是葛兹和农民起义军首领柯尔等人的关系和矛盾，这一情节在剧中写得比较粗，但它是真实再现葛兹悲剧命运必不可少的情节。这几个情节互相交织着，共同推动着戏剧的展开，构成剧情的起伏和跌宕，令人读了久久不忘。

歌德的《葛兹》是德国狂飙突进运动的作品，它表现的是18世纪70年代资产阶级进步知识分子的理想和愿望。马克思、恩格斯在19世纪中叶，还给以它高度的评价。他们之所以赞赏歌德的《葛兹》，是因为他在剧本中真实描写了中世纪"自由骑士"的不可避免的悲剧命运，艺术地再现了历史的真实。《葛兹》中的一些主要人物，都是活跃在他们历史时代里有血有肉的人，他们的欢乐和痛苦，都是和那个时代的社会矛盾分不开的，主人公葛兹的叛逆性格和悲剧命运，也是为他的社会地位和各种复杂的历史关系决定的。作为一个古代争取自由的英雄，歌德把他的思想、他的感情和他的行为，他那大无畏的精神和不切实际的理想，他最后在现实面前的无能为力，都刻画得那么生动和深刻，充分发挥历史悲剧的艺术特点，真正做到用形象化的艺术来实现对社会生活的描绘，成为18世纪德国狂飙突进运动的一面战斗旗帜，而这，正是悲剧《葛兹》的历史和美学的价值。

（原载《世界文学名著选评》第4辑，江西人民出版社1982年版）

文学批评
与理论

关于文学批评的思考

1985年，是我国文学批评领域空前活跃的一年。文学批评方法的讨论，引发了关于文学观念的思考，这对于打破长期以来形成的封闭的思维方式，探讨变革中的文学观念和文艺理论，都是一个良好的开端。在文学观念的探讨中，人们已注意到过去对功利性强调过多而忽略了审美价值的问题，提出要重视文学审美价值的认识和追求，要求把文学作为"一个独立存在的实体"来认识和研究；在分析作品艺术形象时，思路不再只是局限于过去习惯的主题、情节、典型性格、文学语言等几个方面，而注意对艺术形象作不同角度的审视，重视揭示作品内在的情致，艺术形象中的非人物因素，作家在作品中如何以丰富、独特的艺术形式来表现自己对生活的感受，等等。文学观念的变化必然导致批评观念的变化。在对过去文学批评的反思中，人们越来越认识到，作为一门有艺术生命的科学，文学批评对作家的创作和文学的发展具有多方面的作用。

关于文学批评，批评家们在思考中提出了各种不同的看法。有的强调批评的社会性、客观性；有的强调批评的主观性、批评家对作品的体验和感性描述；有的则认为批评过程是作为批评对象的本体与批评主体的互动过程，在观念上现在很难强求一致。笔者认为，文学批评本质上是批评家对作家、作品、评论（对文学评论的批评也是文学批评）价值的判断。对于文学作品来说，就是审美价值的判断。不是所有的批评家都已经建立起文学的价值观，但每个批评家在从事评论实践的时候都有自己的价值观，这种价值观是和他的追求相联系在一起的。对生活、文学追求不同，价值观不同，看法也就不一样。面对当前的现实，文学批评要能够在文学创作和文学发展中，起一种强有力的意识导向作用，应该在实践中坚持和发挥美学的与历史的批评原则。当今的文学，不再是过去那种封闭型的文学，而是一种具有我们鲜明民族特色的开放性的文学。任何优秀的文学作品都是植根于民族文化的深层结构，在自己的土壤上开出来的鲜花。如果没有自己的特色，我们就失去了"自己"，失去了我们在世界文学宝库中别人取代不了的位置。今天，在中外文化交流中，世界之所以要走向我们，我们之所以能够走向世界，正是因为我们拥有那些别人所无、我们民族才有的东西。我们的京剧团到西方演出，在西方人眼中，那是多么神奇和美妙的艺术啊！虽然我们也有很出色的话剧，但是在西方人心目中，真正的中国戏，还是我国传统的戏曲，而不是"五四"前后从西方传来的话剧。富有中国风味的电影《城南旧事》《茶馆》在国外拥有特别多的观众，因为人们从中可以看到真正属于中国的风土人情，透视到属于中国的民族文化心理。

中西文化来自两个不同的源体。西方社会具有商业性和宗教性的特点，因而反映商业社会色彩的叙事文学特别发达，公元前5世纪就出现了举世闻名的史诗和悲剧。亚里士多德的《诗学》，是西方第一部具有独立完整的文学观念的著作，而这一著作所提出和阐发的一整套文学理论，就是建立在对悲剧研究的基础上。亚里士多德以其杰出的智慧研究了戏剧，从古希腊悲剧中总结出理论，来阐释文学，所以《诗学》的出现是和古希腊戏剧的繁荣分不开的。中国社会具有宗法性和农业性的特点，长期处于封闭状态，人与自然的关系十分密切，因而出现了许许多多人与大自然和谐交融的抒情作品，形成了中国文学以抒情为主的传统。中国诗歌中所创造的那种情景交融的意境，是西方诗歌所无法比拟的。就是在一些叙事性的作品中，也常常表现人对自然的爱好、人和自然在情趣上的默契欣合。早在18世纪，德国著名作家歌德第一次阅读法国汉学家阿伯尔·雷米萨特翻译的中国传奇时，就以他锐利、透辟的眼光，捕捉到我国文学的这一特点。他说，在中国，"人和大自然是生活在一起的。你经常听到金鱼在池里跳跃，鸟儿在枝头歌唱不停，白天总是阳光灿烂，夜晚也总是月白风清"①。这是他从当时能够读到的不多的中国作品中直接感受到的。20世纪初，在象征主义文学运动的影响下，英美等国出现了意象派的诗歌运动。这个运动的代表人物非常推崇中国的古典诗歌，特别推崇中国古典诗歌中所创造的意境。美国意象派代表作家庞德在1915年选择和出版了《汉诗译阐》，把

---

① 爱克曼辑录，朱光潜译：《歌德谈话录》，人民文学出版社1978年版，第112页。

我国唐代著名的诗人李白和王维的15首短诗，介绍给西方读者。中国古典诗歌中借景抒情、感物抒情的作品很多，极少是有景无情或有情无景的。意象派的诗常常借生活中的意象来抒发诗人内心的感情，形象新巧、鲜明，这跟他们推崇、学习中国古典诗歌有关。中西文学在不同的文化背景中发展，具有不同的特点，从而形成不同的文学个性。但是文学的民族个性不是凝固的，而是在不断变化发展之中的，它既属于过去，也属于未来。我们的文学批评要有利于发展我们民族的优秀文学传统，要对我们民族的文学个性有所观照。

文学批评不是文学创作的附庸，而是一门有艺术生命力的科学。它要与整个世界文化发展同步，还应该有开放的思想、当代的审美意识，在重视吸取我国传统美学奶汁的同时，注意引进西方科学的美学思想和批评理论，做到"纵向"的拓进和"横向"的借鉴相结合，广采博收，为我所用。"纵向"的拓进，不是原封不动地照搬重复民族传统的东西，而是要用当代的意识去对民族的文学传统进行考察和探索，了解我们民族传统文化的深层结构，把握民族心理建构的原型，思索它的优劣并决定我们的取舍；不断提高民族文化的素质，为建造有当代意识、有高度审美价值和民族特色的文学提供新的基点。"横向"的借鉴，并非一味"西化"，而是借助外来的先进思想，来打破民族文化心理结构的封闭状态，把我们的眼光放远，视野打开。出发点仍然是"自己"，是为了改革自己眼前的现实。正如有的论者所说的，是为了"释放民族'自我'的现代观念的热能"，促使我们走向未来，走向世界。只有这样，才能发展自己，在发扬传统的基础上重铸出一种"中国化"的世界文学，或者叫作"世界性"的中国文学。

从中外的文化史看，西方借鉴东方，东方借鉴西方，从而促进彼此文化发展的事例很多。因为每个民族要打破自己一定历史时期板结的文化结构，都需要从别处吸收一些自身缺少的养料，用以丰富和充实自己，改革民族文化心理的意向。中西两种不同文化的相遇，常常有一种相互吸引的力量。情况往往是这样的：相遇—互相吸引—产生影响—出现融合—引起演变和发展。18世纪初西方曾出现"东方狂热"和"中国狂热"，20世纪上半叶西方许多学者和艺术家也有"朝东看"的倾向。这两种思潮虽然出现在不同的历史背景下，但是究其始末，都是为了他们自己文化的发展，想从东方、从中国的不同文化源体中寻找有利于自己改革的"武器"。中西方文学交流的情况也是这样。18世纪30年代，在法国文化界"中国狂热"的高潮中，耶稣会教士马若瑟第一次把元剧《赵氏孤儿》（纪君祥作）翻译成法文，后被巴黎耶稣会的教士杜赫德收进他编的《中华帝国志》出版。西方对这个来自古老中国的悲剧反应十分强烈，在不长的时间里，它的英译本、德译本、俄译本就相继问世，流行于欧洲，在意大利、法国和英国还先后出现了四个以它为蓝本改编的剧本《中国孤儿》。文学泰斗伏尔泰是法国的《中国孤儿》的改编者，这个剧本在法国公演后产生了很大的影响，伏尔泰之所以重视《赵氏孤儿》这个剧本，并且在德国和腓特烈大帝不欢而散以后，将它改编演出，主要是被戏中的忠义之情所吸引，旨在把中国人的这种美德介绍给欧洲人，希望借助中国戏中的道德力量，去战胜现实中君王的霸道。正是从这一点出发，他把自己改写的这个中国戏称为"五幕礼孝"，并且在前言中这样写道："这是一个巨大的明证，体现了理性和才智最终必然凌驾于愚昧和野蛮。"①用以寄托他晚年所坚持的百科全书派的理想。在这方面，他的目的达到了，因为他的《中国孤儿》公演以后，在欧洲剧坛上确实出现了热潮，人们为剧中所表现的那种献身精神所感动，在一定程度上给欧洲剧坛带来了新的气象。但由于当时西方人对中国戏曲艺术实际上并不了解，改编的《中国孤儿》从剧本到表演都和真正的中国戏剧相去甚远，当中不无误读，不过对于当时盼望改革的欧洲人来说，误读又有什么关系呢？重要的是他们已经借助这一"武器"，打破了现实中的封闭状态。

20世纪上半叶，经历了两次世界大战，西方人深感自己无法主宰自己的命运，对于未来产生了悲观主义的情绪，许多人把目光转向东方，转向中国，引进中国哲学，在道家和佛家的思想中寻求精神慰藉。随着西方人对中国思想、文化的重视，许多作家、艺术家也有意识地从中国文学中吸取营养，获得灵感。他们有的注意吸收中国文学中的抒情性的因素，有的从反写实主义出发，特别重视借鉴中国传统戏剧中的象征主义艺术，从中丰富和充实自己，提出新的文艺主张，创建新的文学流派。现代西方一些有成就的艺术家，之所以能在今日的西方剧场有所开拓，有一个共同之处，就是受到中国传统戏剧艺术的

---

① 伏尔泰：《伏尔泰全集》第1卷，第680页。

影响。西方剧坛上现在流行的开放式结构，与中国传统戏剧艺术传入西方有密切的关系。德国著名作家布莱希特，是一位大家公认的"朝东看"的艺术家。他为了改革严重脱离现实的德国戏剧，创造一种更适合表现现实生活的"剧场"，早在1929年就提出建立叙事体戏剧的主张，认为舞台要通过叙事向观众传授人生知识，唤醒人的行动意志，促进现实的改革。他从中国传统的叙事体戏剧中总结出许多经验，把它们融入自己的理论和实践，提出新的戏剧理论，并且公开宣称他是受到中国戏剧艺术的启发和影响。考察布莱希特的创作实践和他的戏剧理论的形成过程，就不难看出，他是在寻找德国民族戏剧缺少的"自我"时，遇到了中国戏剧，从中发现跟他美学思想相通的东西，主动去靠近它，研究它，从它身上吸取养料，达到了相互的融合；这种吸收和融合并没有使他失去自己，"朝中看"不是中国化，中国传统戏剧的艺术经验，只是为他提出的叙事体戏剧的理论催生。他的理论和作品表现的是德意志的民族精神和性格，他有完全属于自己的美学追求和理想。

为了提高整个民族文化的心理素质，为其走向世界准备条件，西方人"朝中看"，我们也要"朝西看"，要以开放的眼光来促进中西文化交流。回顾我国的文化史，曾经有过五次中西文化的相遇，第一次是明末清初，第二次是鸦片战争以后，第三次是五四运动，第四次是20世纪30—40年代，第五次是现在。每一次都在不同程度上对我们文化的发展有所促进。文学只不过是整体文化的一小部分，但是在文学的产品中却渗透有异常丰富的文化因素。今天，我们的文学要全面、立体地去反映现代人的生活，只靠过去我们已有的方法和技艺是不够用了，中西文化的不同特质不只表现在风俗民情，也表现在人们的灵魂和行为走向，包括意识、观念、精神、思维形式、表现方法等。我们要建立一种新的富于建设性的文学批评观念，一方面要回顾过去，总结历史的经验和教训；一方面要引进西方一些适用于我们的新方法和理论，扩展获得最新信息理论的渠道，在开放中发展新的民族文学，建立新的文学批评。闭关锁国的政策既不利于文学创作的发展，也不利于文学批评的发展，在这方面，先行者们曾经为我们提供一些有益的经验。我国近代的改良主义者康有为、梁启超，在倡导改良的时候，就曾对中西小说进行比较，希望取法欧洲，改革中国的小说创作，以改革国民灵魂。近代著名学者、文艺批评家王国维在《论近年之学术界》《论新学语之输入》①等论文中，也对中西文论进行比较，在比较中阐明其差异；在《红楼梦评论》②中，则引进西方的理论来研究中国文学。五四时期，中西文化有频繁的接触，从而促进了我国新文学的诞生。20世纪30年代，在世界无产阶级文艺运动蓬勃发展的时代，鲁迅、瞿秋白等革命文学家，以"普罗米修斯盗火给人类"的精神，冒着"送军火给起义奴隶"那样的危险，把马克思主义文艺理论介绍到中国来，给我们以科学观察文艺现象的理论和方法，推动了中国革命文艺运动的发展。近几年，在我国文学的发展中，出现了两种导向，一种是强调对民族传统"纵向"的继承和发扬，一种是强调对世界性现代文学"横向"的借鉴和移植。就文学创作来说，特别是具体到某一个作家，这两种追求都有美学的价值，但是从当代文学批评来说，要有大的新的发展，则应该做到这两者相结合。我们的文学批评要做到深入人心，对创作有强的渗透力，既要继承和发扬我们民族优秀的传统，从中获得一种历史的传统意蕴，又要重视借鉴世界中的科学理论，以便多方面、立体地把握批评的客体。这样，才能使文学批评具有更强的参照力、捕捉力和感应力。

中国在走向世界，世界在走向中国，时代在召唤新的文学批评，我们要立足现实，面向未来，根据时代的要求，拓新我们的文学批评，使其与世界文化发展同步。

（原载《广东社会科学》1986年第3期）

---

① 见周锡山校编：《王国维文学美学论著集》，北岳文艺出版社1987年版，第106—114页。

② 见周锡山校编：《王国维文学美学论著集》，北岳文艺出版社1987年版，第1—23页。

中国文学批评现代转型的起点

——论王国维《红楼梦评论》及其他

近十多年来，关于王国维的研究已经成为学术界关注的一个"热"点，出版的专著有十几种，论文就更多，这些成果涉及了王国维和他学术思想的各个侧面。本文仅就他1904年写的《红楼梦评论》所显示的对传统批评的革新思路，探讨他在中国文学批评现代转型中的意义和作用（注：我在狭义上用"批评"一词，系与"文学理论"和"文学史"并列的范畴）。

中国现代文学批评的主流样式——"理论批评"，在思维方式、理论架构和批评话语等各个方面、层面，是同中国传统的文学批评样式完全不同的。中国传统的文学批评样式，主要是两种：一种是评点、妙悟式的批评，如诗话、词话、小说评点等，形式自由，重直觉，重经验和感悟，多为鉴赏式诗意语言，主要是表达一种阅读中的审美经验，启发人去发现美、感受美、评审美，赋予人精神和情感的魅力；一是实证式的考据、注疏和索隐。这样的文学批评样式，不无精微之处，具有自己的民族特色，却缺乏西方那种抽象分析和逻辑思辨，缺少理论系统性。而20世纪初在西方文化影响下发展起来的中国现代文学批评，却已具有西方科学推理的思维特点，是一种"西化"了的"理论批评"，而不是传统的经验性批评。这里，就有一个文学批评古典形态向现代形态转型的问题，我把它称为中国文学批评的现代转型。那么，这一转型始于何时？它是怎样发生？转型前后批评形态有哪些差异？这种新的批评形态为什么会成为中国现代文学批评的主流样式？在这世纪之交，当我们面向未来，正在寻找一种新的自我超越的时候，思考、研究这些问题，总结历史上的经验教训，无疑是很有意义的。

我认为，中国文学批评的现代转型始于王国维的《红楼梦评论》。正是它，在中国文学批评史上第一次突破了传统批评的批评样式，自创一种新的批评范式，我将这一范式名之为"理论批评"。这一新的批评范式后来经过许多人的参与发展成了中国现代批评的主流样式。关于王国维《红楼梦评论》在文学批评史的创新意义，在这之前，已有不少学者在他们的著作中涉及。例如：

叶嘉莹说："《红楼梦评论》一文最初发表于《教育世界》杂志，那是在清光绪三十年（1904）的时代，比蔡元培所写的《〈石头记〉索隐》要早13年（蔡氏索隐初版于1917年），比胡适所写的《红楼梦考证》要早17年（胡氏考证初稿完成于1921年），比俞平伯写的《红楼梦辨》要早19年（俞氏文初版于1923年）。蔡氏之书仍不脱旧红学的附会色彩，以猜谜的方法硬指《红楼梦》为康熙朝之政治小说，固早被胡适讥之为牵强附会，至于胡适《红楼梦考证》之考订作者及版本与俞氏《红楼梦辨》之考订后四十回高鹗续书的真伪得失，在考证方面虽然有不少可观的成绩，可是对于以文学批评观点来衡定《红楼梦》一书之文艺价值一方面，则二者可以说都并没有什么贡献。而早在他们十几年前之静安先生的《红楼梦评论》一文，却是从哲学与美学观点来衡量《红楼梦》一书之文艺价值的一篇专门论著。从中国文学批评的历史来看，则在静安先生此文之前，在中国一向从没有任何一个曾使用这种理论和方法从事过任何一部文学著作的批评，所以静安先生此文在中国文学批评史上实在乃是一部开山之作。"[1]

郭豫适说："王国维的《红楼梦评论》，是《红楼梦》研究史上第一篇比较系统、比较全面地论述有关《红楼梦》诸问题的重要论文。这篇专论的出现，对于以往《红楼梦》研究来说是一个突破，虽然它本身存在着严重的思想缺陷，但在《红楼梦》研究史上却是一篇带有开创意义的著作。"[2]

温儒敏说："1904年王国维写的《红楼梦评论》，就是第一篇具有批评思维方法启蒙意图的论作。"[3]又说："在王国维之前的中国文学批评史上，从未有过以如此系统的哲学与美学理论对作品进行批评的论作，其对《红楼梦》

---

① 叶嘉莹：《王国维及其文学批评》，广东人民出版社1982年版，第175—176页。

② 郭豫适：《简论王国维的〈红楼梦评论〉》，见《王国维学术研究论集》第2辑，华东师范大学出版社1987年版，第403页。

③ 温儒敏：《中国现代文学批评史》，北京大学出版社1993年版，第3页。

艺术价值的总体评价中采用的是富于逻辑思辨的分析推理，这种批评眼光与方法，连同它的文章体式，都使当时学术界与批评界感到惊奇不已。"①

罗钢说："这篇文章的价值并不在于它提出的某种具体结论，而在于它尽管仍然采用的是文言，但却显示了一种与中国传统文学批评完全不同的思维方式、理论架构和批评话语，因此在中国文学批评史上有划时代的意义。"②

这些看法强调的是它的批评思维方法同传统批评的差异及其在文学批评史上的开创意义。本文则在这一基础上，将它作为中国文学批评现代转型的起点来研究。因为中国现代的理论批评是从它开始的（注：所谓"理论批评"和"经验批评"，都只是一种显示"差异"的"事实性陈述"，而不是高下判定的"价值定位"）。

为何称《红楼梦评论》为理论批评？它与传统批评的差异何在？

首先，理论批评的基础或根据是某种"理论"，而不是读者的感性经验或作者的传记材料。王国维的《红楼梦评论》是以叔本华的哲学和美学理论作为批评的理论根据，去研究《红楼梦》的精神价值。它既不是以往那种建立在读者感性经验基础上的随感式、妙悟式的评点，也不像旧红学的考据派、索隐派那样，把批评的基础建立在作者传记材料、作品版本和写作背景上，而是把叔本华的"欲望—解脱哲学"和"悲剧美学"作为论文美学建构的思辨基点。王国维在1905年《静庵文集自序》中谈及《红楼梦评论》这篇论文，就明确地说，其立论"全在叔氏之立脚地"③。对于中国传统文学批评少有理论旨趣问题，王国维早有认识。④他撰写《红楼梦评论》，正是他凭借西方既有之理论体系，来革新传统批评样式的一种尝试。他从叔本华那里借来一套理论，将之应用到《红楼梦》研究中，把着眼点放在作品审美和伦理精神的总体评价上，整个思维特点是智性、思辨和逻辑的，这就使他的论文具有理论的色彩和

---

① 温儒敏：《中国现代文学批评史》，北京大学出版社1993年版，第4页。

② 罗钢：《历史汇流中的抉择——中国现代文艺思想家与西方文艺理论》，中国社会科学出版社1993年版，第13页。

③ 王国维：《静庵文集自序》，周锡山编校《王国维文学美学论著集》，北岳文艺出版社1987年版，第226页。

④ 王国维：《论新学语的输入》，周锡山编校《王国维文学美学论著集》，北岳文艺出版社1987年版，第111页。

深度。

其次，理论批评的结论是某种理论内涵的展开，被评论的作品主要是某种理论意蕴的"例证"和"见证"。在《红楼梦评论》中，作品《红楼梦》显然成了叔本华"欲望—解脱哲学"和"悲剧美学"的证明。《红楼梦评论》全文共五章。第一章"人生及美术之概观"阐述其对人生和美术的看法，实际上是他对自己人生观和文艺观的概述。他借用叔本华有关的哲学观点，重点在说明："'欲'与'生活'与'痛苦'，三者一而已矣。"认为美术之价值在使人"忘物我之关系"，从日常"生活之欲"所导致的"苦痛"中得到"解脱"，表明自己评论《红楼梦》，正是根据这样的美学与伦理的标准。第二章"《红楼梦》之精神"，论断《红楼梦》一书的精神，是借贾宝玉由"欲"所产生的痛苦及其解脱的途径，象征说明"人生之苦痛与其解脱之道"。第三章"《红楼梦》之美学上之价值"，他以叔本华的悲剧理论，阐明《红楼梦》的悲剧类型特征，指出《红楼梦》是中国文学中唯一真正具厌世解脱之精神的"彻头彻尾之悲剧"，是"悲剧中的悲剧"。第四章"《红楼梦》之伦理学上之价值"，承接第二三章所述，说明"解脱"为"伦理学上最高之理想"，《红楼梦》正是"以解脱为理想者"，此即为《红楼梦》伦理学上之价值。第五章"余论"，主要是批评旧红学索隐派、考证派的错误观念。因为"美术之所写者非个人之性质，而人类全体之性质也"，所以文学批评须着重于"美术之性质"，引叔本华"美术之源出于先天"之说，说明《红楼梦》一书的价值，不在于书的主人公是谁，而在其所表现的"人类全体之性质"。①总观全文，《红楼梦评论》确是一篇有严密理论体系、有层次、有组织的论作。在文中，理论与作品之间互证互释，批评者以《红楼梦》来证明叔本华的理论，而叔本华的理论又为作品的意义阐释提供了一种"眼界"、一种"理论视野"，使批评者有可能对《红楼梦》做出全新的意义的阐释，如果没有叔本华的哲学和美学理论框架，这种意义阐释是不可能的。至于王国维这样来阐释《红楼梦》的意义是否"误读"，我留在本文后面再作评论。这里，我关注的是他

---

① 王国维：《〈红楼梦〉评论》，周锡山编校《王国维文学美学论著集》，北岳文艺出版社1987年版，第19页。

"能读出意义"和"为何能读出意义",因为这个问题关系到中国文学的现代转型。传统的鉴赏批评和考证批评不关注作品的"意义",前者关注的是作品的审美价值,后者关注的是有关作者和作品的事实,均难以通向文学作品抽象意义的寻找。而理论批评的功能与旨趣,主要是对作品抽象意义的阐释,也就是王国维说的对作品所具有"人类全体之性质"的意义阐释,这种阐释必须具有"理论价值",是言之有理的。

再次,理论批评话语的基本语词是某些"理论术语",而不是印象形态的"经验术语";批评话语的内在结构是基于这些理论术语之上的"逻辑构成",即是推论式关联而非联想式关联。《红楼梦评论》所运用批评话语的基本语词,如"本质""欲望""意志""解脱""理想""苦痛""悲剧""壮美""优美"等,都是一些具有哲学和美学内涵的"理论术语",而不是"经验语词";基于这些理论术语之上的批评话语的内在结构,是由严密的逻辑关系构成的,它们之间的关联是推论式的关联。我们以它的第一章论生活的本质是"欲"的一段论证为例:

"生活之本质何?欲而已矣。欲之为性无厌,而其原生于不足,不足之状态,'苦痛'是也。既尝一欲,则此欲以终;然欲之被尝者一而不尝者什伯,一欲既终,他欲随之,故究竟之慰藉,终不可得也。即使吾人之欲悉尝,而更无所欲之对象,倦厌之情,即起而乘之,于是吾人自己之生活,若负之而不胜其重。故人生者,如钟表之摆,实往复于苦痛与倦厌之间者也,夫倦厌固可视为苦痛之一种。有能除去此二者,吾人谓之曰'快乐',然当其求快乐也,吾人于固有之苦痛外,又不得不加以努力,而努力亦苦痛之一也。且快乐之后,其感苦痛也弥深。故苦痛而无回复之快乐者有之矣,未有快乐而不先之或继之以苦痛者也。又此苦痛与世界之文化俱增,而不由之而减。何则?文化愈进,其知识弥广,其所欲弥多,又其感苦痛亦弥甚故也。然则人生之所欲既无以逾于生活,而生活之性质又不外乎苦痛,故'欲'与'生活'与'苦痛',三者一而已矣。"①

---

① 王国维:《〈红楼梦〉评论》,周锡山编校《王国维文学美学论著集》,北岳文艺出版社1987年版,第2页。

　　为了说明"欲"与"生活"与"苦痛"三者是合而为一的，人生永远是痛苦的，王国维在这节文字里，进行十分精严的论证，一层一层，不断向纵深推进，整体感很强。他先论证"欲"的本性的"无厌"，"无厌"之"欲"使人永处于"不足之状态"，这就给人带来"苦痛"；其次是论证人的欲望即使"悉尝"，就会产生"倦厌之情"，而"倦厌"也为"苦痛之一种"；接着是论证虽存在可除去"苦痛"与"倦厌"的"快乐"，但为求得"快乐"，就"不得不加以努力"，"而努力也苦痛之一种也"；最后进一步指出，"欲"与"世界之文化俱增"，文化愈进，"欲"弥多，"苦痛也弥甚"。整个论证的过程，有明晰的理论术语、概念，有严密的逻辑推理，层次与层次之间有紧密的内在联系，反映出作者的一个思维过程，完全不同于以往的经验表述。

　　由于王国维的《红楼梦评论》主要立论的基础是叔本华的哲学和美学理论，他想完全用叔本华的理论来解释《红楼梦》，因而在结论上就有许多勉强立说牵强附会之处。例如，他完全以"生活之欲"之"苦痛"与"示人以解脱之道"作为评论《红楼梦》一书的依据，甚至认为贾宝玉之"玉"不过是"生活之欲"的"欲"的代表，就明显与作品的实际与主旨不尽符合，是一种误读。其失误在于他把德国哲学家叔本华的哲学思想，完全等同于曹雪芹在《红楼梦》中所表现的思想，把整部《红楼梦》变成叔本华"欲望—解脱哲学"的文学演绎，认为这部古典名著的价值，正在于宣传了欲望的自我解脱，从而忽略了在《红楼梦》本身去寻找它的哲学和美学的意义，它的"人类全体性质"的思想。关于王国维对《红楼梦》的"误读"问题，过去人们已提出过不少批评，新近又有学者从影响研究和发生学的角度，对王国维与叔本华的美学思想联系，做专门性研究，提出若干新颖的见解。[①]在这里我只想说明：王国维在《红楼梦评论》中对《红楼梦》的具体结论是有缺陷的。但他以哲学与美学为批评之基础，用一种严肃的眼光和观点来探讨文学作品，重视对文学作品做整体的美学评价，在论文中建立起批评理论体系，用自己的批评实践，"尝试了一种现代性的批评视野和方法，以前所未有的理论思辨力给当时学术批评界以

---

① 详见夏中义：《世纪初的苦魂》，上海文艺出版社1995年版。

强烈刺激，一下子打开了人们的眼界"①。其价值和意义是深远的。

回顾20世纪的中国文学批评史，由《红楼梦评论》首开其端的"理论批评"，事实上已成为一种"批评范式"，它规范着中国文学批评的现代转型，并逐步确立为现代文学批评的主流样式，进而雄霸了近一个世纪。这种"理论批评"形态之所以成为中国现代文学批评的主流样式，原因错综复杂，但至少有三点是明显的。一是整个现代思想文化在"西学东渐"影响下的"西化"，"西化"一再成为"现代化"的事实标准。在西方思辨化文论参照下，理论化、明晰化、系统化，是现代批评包括文学批评所要求的；二是由于外在环境的急剧变化，中国传统文学批评的两种主要样式，已经不合适注重精密和系统的现代思维习惯，自身正面临着一场彻底性的变革，需要借助西方的思维模式，来重构一种能适应时代要求的新的批评样式；三是权威学者的价值选择，而这方面是从王国维开始的。我们从《红楼梦评论》首开其端的"理论批评"样式中就可以清楚看到这种"西化"的倾向。到了五四时期，中西文学的大交流，无论在其规模、深度和巨大影响等方面，在中国文学史上都是空前的，那个时期著名的文艺思想家几乎没有一个不受到西方文艺思潮的影响。中国近现代文艺思想家们正是凭借这些西方的思想材料，建构起中国现代文学批评理论的"屋宇"。十分显然，"理论批评"作为中国现代文学批评的主流样式，同样是在"西方参照""西方影响"下逐步形成的。

在弄清楚"理论批评"原本是"西化"的这一事实之后，我们就可以尝试着对中国文学批评的现代转型做一初步的评价：

1. 转向"理论批评"的中国现代批评获得了一个全新的角度或视野，即一个"他者"（西方）的角度或视野，从而使文学批评的"总体空间"扩展了，并增加了批评的维度。但由于这种"理论批评"唯我独尊的霸权地位的确立，以及它本身所具有的内在排他性，贬低、排斥非理性的批评，使中国传统批评失去了合法性而不登"学术"的大雅之堂，从而耽误了我们对传统文学批评的深入认识，在某种意义上也就缩小了我们文学批评的空间。

2. 转向"理论批评"的中国现代批评获得了一种"理论深度"，从而使

① 温儒敏：《中国现代文学批评史》，北京大学出版社1993年版，第7页。

中国文学批评由个人化的感性操作和索隐式的实证，转向某种具有"普遍有效性"的思想性论说。但由于这种"理论批评"发展到后来变成对抽象思辨的无度追逐，从而导致批评与作品之间任何感性关联的脱落。文学批评似乎不再是对作品的批评，而只是用作品作为例子来证实某种理论。

3. 作为中国现代文学批评主流样式的"理论批评"，主要是在西方近代思辨哲学和体系美学的影响下被建构的。所以，它既不同于西方前苏格拉底时代的"神话批评"，又与西方20世纪的"后现代批评"无甚关系，只是到了20世纪80年代末90年代初，这种"理论批评"才因西方后现代思潮的涌入而受到根本的挑战。

由此可见，中国现代文学批评的发展是以放弃、遗忘、忽略中国传统批评的样式为代价的。这一点，尤其是在今天，当我们对西方文学批评有较为深入的了解之后，回过头来看这种"理论批评"就更为清楚。为此，我们应该认真反思：在这一过程中，我们真正得到了什么？失去了什么？21世纪的中国文学批评还能这样下去吗？我们应如何在面对"西方"的同时返回民族文化精神性的泉源？20世纪很快就要过去，21世纪即将来临，世界正处在一个大的文化转型期，在新的中西交汇的热潮中，中国现代文学批评要超越自己，同样需要"他者"的参照，尤其重要的是要做到中西互补，在中西文化、文学的交汇重叠中寻求新的起点，所以对上述问题的思考和回答是我们所不能回避的。

（原载《文艺研究》1996年第1期）

论"形象大于思想"

　　形象思维的反对论者在反对形象思维的时候，对形象大于思想也大张挞伐。在他们看来，承认了"形象大于思想"这一文艺现象，就是反对"思想和形象的辩证同一性"，"抹杀世界观在创作中的作用"。事实并不像他们说的那样。形象大于思想是客观存在的一种比较复杂的文艺现象，这种文艺现象的产生，与文艺的特点——形象思维有关，它是思想和形象、世界观和艺术创作辩证关系的一种表现。

　　形象大于思想，是有特定含义的，它一般是指：一，作品形象的客观意义超过了作者主观的创作思想；二，作者原来的创作意图和作品形象表现出来的思想存在着一定的差异和矛盾。前者如曹雪芹的《红楼梦》。曹雪芹写《红楼梦》是出于他的"补天"思想，为了呼吁"补天"，他揭露了封建社会的"脓疮"，但是我们今天读它，却能从这部作品所展示的艺术形象里，看到封建统治阶级的骄奢淫逸、腐败没落，看到那些被压迫的奴隶们的有声和无声的反抗，看到封建社会真实的阶级关系及其必然要败亡的历史趋势。所有这些，都远远超过了作者当时主观的创作意图。后者如巴尔扎克和他的《人间喜剧》。巴尔扎克在政治上是个正统派，他处在19世纪法国社会资产阶级取代贵族阶级的时代，能够在他的《人间喜剧》里，真实地反映了当时阶级力量的相互斗争及其消长，"给我们提供了一部法国'社会'特别是巴黎'上流社会'的卓越的现实主义历史"（恩格斯《致玛·哈克奈斯》）。从巴尔扎克的《人间喜剧》看，这些作品的艺术形象所表现出来的思想和作者原来的政治见解，呈现出一定的差异和矛盾。像曹雪芹和巴尔扎克这样的情况，在古典作家作品中是常见的。

　　文艺是用形象反映现实生活的一种社会意识形态。形象地再现客观现实，是文艺区别于其他社会科学的基本特点。在文艺作品中，作家的立场、观点、思想感情，他对现实的认识、解释和评价，不像科学研究工作者在论文中所做的那样，直接地加以阐明，而是蕴含在他笔下的艺术形象里，"从场面和情节中自然而然地流露出来"（恩格斯《致敏·考茨基》）。文艺的形象的特点使作家在观察、体验生活的时候，总是注意、追随、捕捉着各种各样具体的生活形象，并在这一基础上创造出生动的、具体的、能够唤起人们美感的艺术形象来。作家在生活中对某一现象、某一事物、某一人物之所以特别感兴趣，产生了去熟悉它们、追捕它们的强烈欲望，往往是因为这些现象、事件、人物从某一方面给他以深刻的感受，呼唤起他对其他生活的联想，从中得到新的启示，而客观现实生活中的这些现象、事件、人物，就其整体来说，它们蕴含的思想意义往往是丰富的、多方面的，尽管作家是从一定的立场、观点出发对其中的某一方面感兴趣，去观察、体验和感受它，努力把握蕴含着这一思想的形象的整体，并在这一基础上进行加工、概括和想象，做到艺术地再现它。但是，以现实生活形象整体为基础而创造出来的艺术形象的整体，它所显示出来的思想意义，往往就不只是作家着力要表现的那一个方面，还有生活形象客观包含着的其他方面。

曹雪芹的《红楼梦》就是这样。作者从"补天"思想出发，揭露了封建社会的黑暗现实，但由于他非常熟悉封建社会贵族阶级的生活，能够形象地再现这一生活，对生活在那个环境中的各种人物的思想、性格、心理状态等，描写得淋漓尽致，触笔之处又极其深刻，整部作品就像一幅巨大的画卷，在人们的面前展开了封建社会末世光怪陆离的社会生活。今天的读者和文艺工作者，运用辩证唯物主义和历史唯物主义的观点对这部作品呈现出来的艺术形象进行历史的、美学的分析，就不但能够揭示出作者蕴含在他的艺术形象里的那种"补天"的思想，以及他从这点出发对现实所进行的揭露和批判，还能够充分地揭示出作品艺术形象客观包含着的其他方面的丰富意义：在中国封建社会行将崩溃的前夜，通过对当时社会关系的真实描写，来打破人们关于这些关系的流行的传统幻想，动摇封建社会地主贵族的乐观主义，从而不可避免地引起"对于现存事物的永世长存的怀疑"（恩格斯《致敏·考茨基》），在今天，我们凭借作品的这些艺术形象，则可以看到封建社会没落时期的现实生活，具有历史的认识的意义。这种现象的产生和存在，是同文艺用形象反映生活、用形象表现作家的思想这一特点相联系着的，在非文艺作品的科学研究著作中是不可能出现的。

　　作家的文艺创作都受到他们世界观的制约。文艺作品也总是这样或那样地反映了作家的世界观。而作家的世界观是为客观现实决定的。客观现实不断地在发展、变化着，作家的世界观也不可能是固定不变的。文艺要形象地反映生活，作家就必须运用形象思维来进行创作，而形象思维和逻辑思维不同的是，它不但在认识的感性阶段，需要从现实生活的实际出发，积累许许多多的具体的生活形象，就是在认识的理性阶段，也不能离开对现实生活中的具体形象的观察、体验、研究、分析，并随着作家认识的深化和发展，对它们进行取舍、概括和创造，使形象更逼真、更具体，更加能够反映客观现实生活的逻辑。作家进行形象思维的这个过程，是一个相当复杂的过程，它始终受到作家的世界观的制约，但这并不等于说，作家的创作意图，他在开始时对现实的某些观点在创作过程中不可能改变。由于形象思维的特点，作家需要深入生活，熟悉生活，不断地观察、体验、研究和分析生活，需要对生活中的各种具体事件、具体人物以及他们的心理状态、彼此的关系等进行探索，这种对社会现实的观察、对人的性格和人的心理的理解，在一定程度上也能起着辅助作家继续认识世界的作用。不少古典作家由于他们的世界观存在矛盾，在观察、研究现实的过程中，生活给他们以启示，修正或深化了对现实的认识，从而反复修改自己的创作计划，修正自己的艺术构思，不断改变自己对一些事件、一些人物的创造，这样，他们笔下的艺术形象吐露出来的思想（对现实生活的认识、解释和评价），就会和他们原来的创作意图呈现出一定的差异和矛盾。这种差异和矛盾是以作家对现实的认识的转化和变化为前提的。

　　多少年来，只要谈到世界观和创作的关系及其复杂性，人们总要谈到巴尔扎克，仿佛巴尔扎克的思想和创作是一个猜不透的"谜"。巴尔扎克和他的《人间喜剧》，实际上都是他所处的那个复杂时代的产儿，他的正统派的政见和他在《人间喜剧》中展示出来的思想，虽然呈现出一定的差异和矛盾，但这种差异和矛盾，并不是世界观与创作的根本对立的矛盾，不能由此得出世界观与创作可以分离的结论，而只能说明作家在观察世界、揭示现实中对各种生活现象的性质和特点以及他对待这些现象的态度，在不同的时候、不同的问题上存在着差异和矛盾。巴尔扎克在政治上一个正统派，但19世纪法国的正统派是一个复杂的组合，绝大多数是旧皇室的贵族，也有同情贵族的资产阶级。巴尔扎克出身于中等资产阶级家庭，他从中小资产阶级的利益出发，反对代表金融贵族利益的"七月王朝"的统治，不满资本主义金钱关系的过分发展，幻想借助君主制的强权，来限制那些资产阶级的暴发户，因而同情封建贵族，拥护正统派。巴尔扎克在政治上并不是19世纪三四十年代被推翻的封建贵族的正统派的真正代表，他不像当时没落了的封建贵族那样，是从恢复旧皇室强权着眼，要挽回他们已经失去了的"天堂"，而是要为现实社会寻求所谓治病的"良方"。他的这种政治见解和"理想"无疑是反动的、无法实现的。但他对金融资产阶级的揭露，对代表他们利益的"七月王朝"的抨击，对"七月王朝"统治下资本主义现实的深刻的理解，能够在《高老头》《欧也妮·葛朗台》等作品中真实地再现那个社会，揭示出"它使人和人之间除了赤裸裸的利害关系，除了冷酷无情的'现金交易'，就再也没有别的关系了"（《马克思恩格斯选集》第1卷，第253页）。这是他作品的主要倾向。而这矛盾着的两个方面能够同时存在于巴尔扎克身上，有一个基本点，就是对金融资产阶级和代表他们利益的"七月王朝"的激烈反对。由90多部作品汇成的《人间喜剧》，是一幅鲜明、深刻、包罗万象的法国社会生活图画，它的中心主题就是揭露和批判资本主义社会的金钱统治。在《人间喜剧》中，同巴尔扎克的正统派政治见解有较大差异和矛盾的是对封建贵族和共和党人的观点和态度，从正统派的政治立场出发，前者是他所关注和同情的，后者是他政治上的死敌。但是，在《人间喜剧》里，他虽然也对那些末世贵族流露出同情和惋惜，却辛辣地讽刺了他们徒劳挣扎，毫不掩饰地揭露了他们必然灭亡的历史命运，而共和党人，却成为"他在当时唯一能找到未来的真正的人"（恩格斯《致玛·哈克奈斯》）。之所以会出现这种现象，是他在创作过程中对现实做进一步观察的结果。创作一部文艺作品和发表一篇政治宣言不一样，它必须形象地反映生活、表现思想。巴尔扎克为了在他的《人间喜剧》中揭露和抨击金融资产阶级的统治（这在他思想上是非常明确的，正是这一思想主要支配着他《人间喜剧》的创作），他需要"刻画性格、选择社会上的主要事件"，创造"典型人物"，形象地描写一部法国社会的风俗史，他坚持做法国社会这个"历史家"的"书记"（以上均引自巴尔扎克的《〈人间喜剧〉前言》）。于是，他"看到了他心爱的贵族们灭亡的必然性"，"看到了""圣玛利修道院的共和党英雄们"才是属于"未来的真正的人"，正是这两个"看到了"，使他"不得不违反自己的阶级同情和政治偏见"，把贵族"描写成不配有更好的命运的人"（以上均引自恩格斯《致玛·哈克奈斯》），而毫不掩饰地赞赏那些共和党人。在这些问题上，巴尔扎克的正统派的政治见解，被他在现实中看到并且认识和理解了的东西战胜了，正如恩格斯所说的，是"现实主义的最伟大胜利"（恩格斯《致玛·哈克奈斯》）。

对巴尔扎克和像巴尔扎克那样的作家的思想和创作的关系，人们之所以不容易看清楚，是因为这些作家的世界观本来就存在着矛盾，而当他们运用形象思维进行文艺创作的时候，由于现实生活的影响，世界观中矛盾着的各种观点就会发生这样或那样的变化（它们有的消长了，有的则互相转化了），从而赋予他们笔下的艺术形象以新的思想，这个过程，世界观与创作的辩证关系表现得特别曲折和复杂。

形象大于思想的问题，本质上是一个思想和形象、世界观和创作的关系问题，同这个问题相联系着还有若干复杂的文艺现象，都需要进一步深入地探讨。本文仅就形象思维反对论者曾经涉及的一个方面，提出自己一些粗浅的看法，希望通过共同讨论，求得对这个问题正确的认识。

（原载《华南师范学院学报》1978年第2期）

萧殷文艺批评风格论

　　萧殷先生是我国当代著名的文艺评论家和作家。他从17岁开始创作，25岁时为了追求真理投奔革命圣地延安，成为专业的文艺工作者，半个世纪以来，一直在文艺理论园地里辛勤耕耘，先后出版有《与习作者谈写作》《论生活、艺术和真实》《鳞爪集》《月夜》《谈写作》《习艺录》《萧殷文学评论集》《萧殷自选集》等著作。萧殷先生对文艺事业兢兢业业，是属于那种责任感强而又辛勤耕耘的人，他对文艺创作的要求是严格的，对文艺问题的探索和思考也非常认真和严肃。作为一个专业的评论家，他总想为文艺创作的发展尽自己的心力，可以说，他一辈子都在寻找、在解决文艺领域里出现的问题。我们读花城出版社出版的65万字的《萧殷自选集》，就可以看到，他的理论是如何跟随着文艺创作实践前进的，集子里的每一篇文章，都是他所走过道路留下的一个脚印。萧殷先生的评论文章，数量多，有见地，具有自己独特的风格：敏锐、具体，有的放矢和深入浅出。他的评论风格反映出他的文学追求，也表现出一个正直评论家对现实的观察力和审美度。

　　文艺评论要促进整个文艺事业的发展和繁荣，这是作为评论家的萧殷先生毕生所追求的。从这一思想出发，他的文艺评论都是从实际出发，有很强的现实感和针对性；同样是从这一思想出发，他经常呼吁尊重艺术规律，重视解决创作实践中的具体问题；在形式上则不拘一格，做到生动活泼和深入浅出，使它们能为更多的读者所理解、所接受。这种内容和形式的一致性，表现在萧殷先生各个时期的评论文章中，形成了独具一格的萧殷式的文艺评论。

　　敏锐、针对性强，是萧殷先生评论的一个特色。萧殷先生向来反对无目的的、脱离实际的"学院式"的文艺批评。他常说：理论的价值不在于多么深奥或者多么晦涩难懂，而在于它能够解决多少实际问题，对实践有多大的指导意义。不研究实际，从概念到概念，这种理论是没有生命的，是僵死的教条。他的评论文章都是从现实中来，是为了解决现实文艺运动、文艺思潮、文艺创作中的问题而写的。为了及时地发现问题，他很重视对现实的了解、现状的研究，他经常看阅大量的来稿，和许多爱好文学的青年保持联系，了解他们在文学道路上遇到的困难，关注文坛上的新人新作，研究一定时期有代表性的作品和评论，观察文艺的走向，掌握作家、评论家在思考、在探索的问题，进行分析归纳，找出其中的矛盾，然后有针对性地撰写评论。他早期出版的集子《与习作者谈写作》（一、二集），绝大多数的文章是为那些在"文学歧路徘徊彷徨"的青年作者写的，都是针对他们来稿中的问题从理论上给予疏导。由于他论述的问题是从大量的作品中归纳出来的，是一些带有规律性和普遍性的问题，所以他的那些评论文章，在广大爱好文学的青年中有很大的影响，对培养文艺新人也起着促进和指路的作用。

在《萧殷自选集》中，有一组论述主题和题材的文章，这组文章一共十篇，有的写于50年代，有的写于60年代初期，有的写于粉碎"四人帮"之后，它们都是针对各个不同时期创作领域里在这两个方面出现的问题而写的。在《关于主题思想》一文中，他通过分析评论契诃夫的小说《万卡》、希克梅特的诗《没有点着的烟卷》，揭示了主题思想与生活真实描写的关系，批评了50年代中期出现的那种只要思想不要艺术的倾向。他明确指出："所谓'主题思想'，并不是在生活描写之外，附加上一些可以表明作者态度或观点的话语。不是的！作品的主题思想，应当是'水乳交融'地体现在生活——人物——事件的描写之中，即体现在栩栩如生的形象之中。"在这篇文章里，他还谈到主题的非自觉性问题："……也还有这样的主题思想，它并不在作者所要求表达的观点和态度之内，这是什么意思呢？那就是，由于作者深入了生活，洞察了生活的奥秘，并真实地表现了生活的奥秘，因而不自觉地反映了生活的真理，但这真理却远远超过了作者的认识，甚至连作者自己也还不明白他反映了真理。"在50年代，对于创作中非自觉性的种种复杂现象，是没有多少人敢去谈论的，纵使在理论上接触到，也是持否定态度的多。萧殷先生却在他的评论文章中，根据创作实践提供的经验，具体地、明确地阐明这种现象，并且给予肯定，这在当时确实是难能可贵的。《开拓题材、提高艺术质量》《〈伤痕〉是

"眼泪文学"吗？》《悲剧、题材及其它》等文章，是萧殷先生在70年代末期写的，他在这些文章中针对十年动乱时期在题材问题上的种种禁锢，要作家冲破还在流行的"左"的遗毒，冲破题材禁区，写各种各样的题材和人物；对当时一些人反对写悲剧题材、斥之为"眼泪文学"的观点提出不同的看法，满腔热情地支持那些有生活气息、有真情实感、从严峻斗争中涌现出来的作品。他在文中写道："凡在严峻的斗争经历中认清了斗争的实质，同时又饱含着生活的血肉和强烈的爱憎——这就是伟大作品的基础。因此对于这些从严峻斗争中所涌现出来的作品，只能给予热情的辅助，决不能冷漠地加以指责。"（《〈伤痕〉是"眼泪文学"吗？》）不仅如此，他还认为这些作品在题材上"有新的突破，新的发展"，公开地表明自己的态度：不能把悲剧"看成是使人消沉、令人伤感的东西"，"我们都是在读悲剧过程中成长起来的"。以这种热情如火的评论，支持了严冬以后第一批开放的文艺新花，表现出一个真正评论家对现实的敏感和审美的力量。

具体、以小见大，是萧殷先生评论的又一特色。具体，就是对具体问题进行具体的分析；以小见大，就是能做到寓创作法则于具体的文艺评论之中。萧殷先生在自选集《序言》中说："这30多年来，我的主要精力都用在阐述文学创作的基本规律，只是在不同时期所针对的具体情况、具体问题不同罢了。"这是他对自己评论实践的总结，也是我们研究他文艺思想的一根线头。如果我们按编年史的方式读完他各个时期所写的评论文章，就会明显地感觉到，他经常在呼吁尊重艺术规律。他认为评论家一定要掌握艺术规律，否则，就不能准确地、恰如其分地评价作品。他还主张有条件的评论家，要搞点创作，体验作家创作的艰辛。他自己虽然长期从事理论工作，但有生活感受时也写小说和散文。《萧殷自选集》里就选进了他在不同时期创作的23篇作品。因为他是一个有过创作体验、深知创作甘苦的评论家，所以他评论作品时，总是设身处地为作者着想，为他们打算。他不单是指出作品的优点和缺点，给予赞扬和批评，还深入到作者的构思里面，进行分析和解剖，帮助作者总结成功的经验，寻找失误的原因，力图给他们以具体、切实的帮助。他对于那些不尊重艺术规律的简单化的文艺批评非常反感；对于在"左"的思想干扰下，主观主义和形而上学泛滥，复杂的事物被简单化了，文艺作品中的人物形象越来越苍白，情节发展越来越走直线，人物关系越来越简单，生活气息越来越稀薄的现象，有很深的痛感。他不得不反复地在自己的评论中分析这些背离艺术规律的文艺现象，呼吁作家按照艺术法则创作，同时也通过对一些有代表性的作品的评论（包括最佳的和最次的），来阐明文学创作的基本规律。尊重艺术规律，这是所有真正的评论家都这样做的，萧殷先生在这方面的特色，是在于他能够把文艺评论和阐明艺术规律结合起来，把那些人们认为是很深奥的理论讲得具体、好懂。

作家进行创作必须以生活作为出发点，这是贯穿在萧殷先生全部评论中的一个创作论的基本观点。他在前期写的《惊险场面不能填补生活的不足》《离开生活去探求提高准会落空》《从生活出发》《小说不是生活的任意再现》《图解不是艺术方法》和后期写的《作品概念化的原因何在？》《议论能代替生活描写吗？》《关于"问题小说"》等一大批文章中，都尖锐地批评了那些脱离生活追求"技巧"、追求"思想"的作品，反复阐明从生活出发是作家首先必须遵循的创作原则。只有肥沃的土地上才能培育出参天大树和鲜艳的花朵，生活积累的土层愈丰厚，作品的枝叶愈是茂盛，违反生活逻辑胡编乱造情节，在作品中图解概念，都是背离创作规律的。

萧殷先生在评论中不但要求作家应从生活出发来创作，还要求作家能对生活进行深入的发掘。他在《论艺术真实》《关于认识生活》《生活现象的提高和概括》《活得伟大才写得伟大》《为什么把动人的故事写得无血无肉？》《作品概念化的原因何在？》《探索是为了什么？》等文章中，通过对不同问题的评论，从不同的角度，要作家用心去体验生活，感受自己周围的人和事，从生活中发现诗情画意和触动自己心灵的东西，在生活中培养自己敏锐的艺术感受力，思考生活中所发生的事情的社会意义。他常以鲁迅、高尔基的作品为例，说明他们的成功，"主要是由于他们并没有停止在现象的描写上，而是通过现象，看出这现象背后所隐藏的、要经过深深思考之后才能发现的更深刻的意义"（《论艺术真实》）。他认为从生活中发掘出来的思想，才能像火一样照亮了作家的创作，使庞杂的生活现象集中、概括起来，形象化。他说："文学作品不是技术教科书，也不是工作方法的指南。它是生活教科书，只能在精神上给你一些启发，在情绪上给你一些刺激，并在思想上引起你去思考，进而激励你为改造生活去奋斗。"作品能否达到这个目的，取决于作家"在描写生活时所揭示出来的社会意义的深度和广度"（《作品概念化的原因何在？》）。他的这些思想，对于当前文坛上一些思想浮浅的作品，仍然是有针对性的。

艺术贵在独创。文学创作是一种精细复杂的精神劳动。评论家要尊重作家的生活和创作，不能从某一观念出发去强求作家只写什么、不写什么。创作自由是艺术规律决定的，在文学园地里，最不能容忍强求一律和简单化的干预。在萧殷先生的评论文章中，有相当一部分是论述批评方法的，主要是为纠正那种简单、粗暴的文艺批评偏向而写的。他与人合作的两篇长文章——《熟悉的陌生人》和《文艺批评的歧路》，就是针对小说《金沙洲》讨论中的一些批评方法问题，进行评论，是对批评的批评。他在《文艺批评的歧路》中，一开头就说："评价文学作品，不能忽视文学创作规律，不能不顾作家的生活经验、艺术构思和个人风格；也不能撇开作品中特定性格以及他所依据的生活的特定环境；否则，就会把艺术创作简单化，在批评上就会出现粗暴和武断，从而戕伐了创作的生机，妨碍作家的创造性和积极性。"早在讨论《金沙洲》之前，他对于文坛上出现的一些无视现实生活的丰富性和复杂性，拿政治教科书或社会科学著作的原理、原则来硬套作品，从而说作品的是和非的评论文章，已有所感。所以，当《金沙洲》讨论中出现类似的批评时，就马上撰写文章，从批评方法的角度，对这种批评倾向进行评论。他要求评论者在评论作品的时候，要对作品所展示的艺术形象作具体的分析，不要离开作品所描写的社会生活和人物性格去苛求作家。不了解生活，不分析作品，从主观的各种框框条条出发，拿既定的标签硬贴到作品的人物身上，既不符合艺术创造的典型化原则，也背离艺术以个别反映一般的规律。60年代初期，在文坛和理论界不断向"左"转的情况下，萧殷先生撰写的这些批评和理论文章，真可谓是空谷足音。

萧殷先生写的评论，形式多样，生动活泼，丝毫没有"迂"气和"酸"味。有一位青年时期得到他的辅助，现在成名的中年作家对我说："萧殷先生写的评论文章，就像生活那样生动活泼。"是的，萧殷先生的许多文章，都是用"书简""读稿随笔"一类的形式写成的。他认为运用这种形式比较自由，人们读起来也比较亲切，容易为广大读者所接受。文章形式的生动活泼往往与作者思想的活跃有关，但更主要的是萧殷先生有一颗为青年作者的火热的心，他是青年的导师，又是青年的朋友，他深知他们在文学道路上的难处，所以特别着力于帮助他们弄清文学的任务和创作的规律，总想把那些非寻常的、不容易懂的道理讲得更浅显明白。他说他相信一个简单的道理："任何大作家，都不是天生的，都是从稚嫩的不知名的文学青年中产生出来，成长起来的。因此，发现、扶植、培养青年作者，是繁荣创作的一个根本措施。"可见，他的评论的形式，也是反映他的文学追求的。

萧殷先生离开我们已一年多了。他用心血浇灌的鲜花正在文坛上盛开，他所期待、所盼望的文学创作的黄金时代就要到来，文学在召唤着敢于开一代新风的新的评论，让我们评论家齐心协力，去开拓新时期文艺理论的新领域！

（原载《文艺新世纪》1985年第4期，原文题为"论萧殷的评论风格"；收入《新时期广东文学评论选》，花城出版社1989年版）

关于诗的絮语

在世界诗坛上，唐诗宋词是中国诗歌的代表。现在中国五十岁以上的人，小时候结识诗歌，也都是从背诵唐诗宋词开始。这些早早就种植在幼小心灵的诗的根子，成为终生难忘的情感记忆，属于他们生命最深层的一个部分。它所提供的生命情景，激发了人的情志和理想，是人文精神中最宝贵的东西。这种东西有时是讲不清道不明的，但人们可以感觉得到，有的诗人称它为"心灵的活水"。

在中国现代诗坛，也有过群星闪烁的时代，那是郭沫若们、闻一多们、艾青们的时代。当下诗人诗作虽多，而令人记忆最深的似乎就是朦胧诗派。关于当代诗歌的诗性问题，早就有过许多非议。于是，有人认为，现代是科技的时代而不是诗的时代。我认为，我们的时代依然是一个需要诗也能创作诗的时代。科技的发展、资讯的快速，使世界变"小"了，仿佛偌大的地球变成了"地球村"。"秀才"不出门就可知天下事，因为电脑网络一打通，各种需要的知识、资料都出现在眼前。但这一切也带来人际的疏离、人性的失温，在精神上人们并不感到满足和幸福！在日常生活中，我们常常听到人们叹息，叹息自身的孤独和寂寞，叹息爱的失落和真爱的难求！人们渴望并努力要回归感情世界，不断抵抗自我的物化，期望找回人的内在丰富性，向往爱人与被人爱的生活。在这种情况下，总不能够说诗已经不重要了，或者说时代已经不需要诗。所以，科技、资讯发达与诗歌创作并不矛盾。问题是，诗在这种情况下如何自处？如何保持自己的诗性、诗质？

在我看来，诗的本质是情感表达，诗歌是诗人内心世界情感的自然流露。好的诗歌总是激情洋溢，像是作者在情感的饱和点喷射出来的。诗人写诗是情之所至，诗行就是他的心歌。对生活冷漠、没有任何人生触动的人是写不出好诗的。诗与情不可分，情是诗的魂。

诗是意象，意象是诗人智慧幻化出来的。诗思就是诗人的感悟和哲思，好的诗往往蕴含着哲理，禅诗、玄学诗，都是诗和哲学的结合，正如有的诗人所说："诗主情也可以含道。"诗的文化思想的厚度来自哲理，诗歌中的哲思的更高层次是透过意象显示哲理，进入人生深处的哲学领域。因此，诗人的人生感悟是十分重要的。

海德格尔说：诗和思想是近邻。在海氏看来，诗就是思，诗思同源。他认为，世界不在科学，科学是无形的绳索，诗思就是思科学所不思，以诗表达哲学思想。但他不是完全否定科学，而是要在科学之边留一块天地。他主张诗人要去捕捉天籁，探其奥秘。回到奥秘，也就是人生的"回家"之路。海氏的"诗思论"，主要讲的不是诗，而是哲学。但对我们思考诗中所含的"道"有启发。诗源于现实，现实是变动、浮躁的，某种生活和生活现象，对于历史和未来而言，都是过眼云烟。诗人应该去沉思它所蕴含的人生哲理，像海氏所说的那样"去捕捉天籁"，把它变成诗，才能使自己的作品不成为过去。

诗人对人生有深沉感悟才能给诗带来生命感，有生命感的诗才有厚度。中外有成就的诗人都是表现出对人生的某种感悟、追问和逼视。在诗行里沉思历史和人生，道出人共有的命运。记得雪莱在《诗的辩护》一文中曾说："创造的心灵正如一块将要熄灭的炭火，一些看不见的影响，如不时起落的风，将其唤醒成瞬间的光辉。"我从他这段话感受到的是：诗人明了人生幻灭的本质，他的诗行有如人生熄灭前的炭火。这里就有对人生的生死必然的感受，是对人的命运的清楚认识。但是诗是主灵性的，它必须避免理念，它的哲思是形象的哲思、意象的哲思。所有的哲理，诗人感悟到的人的命运，都只能含蕴于诗行之中，或者说，熔铸成意象和形象，这是诗的特质。诗的语言本质上是"扭曲"的语言，和通常使用的语言有别，是但丁说的"光辉的语言"，不是"俗语"（口头用语）。但也不排除一些大家，用寻常口语入诗而获极大成功，如李清照、白居易等。关于诗的语言问题，"五四"以来一直争论不休。当代一些受后现代影响的诗人，语言晦涩，于是又出现了一个"看懂和看不懂的问题"。我主张在诗的语言上，应持一种宽容的态度。诗歌艺术的多样化也应包括语言。关键在于：语言"扭曲"的限度何在？我认为是能创造出诗的美学效果。如若不能，它就离开了诗的创作前提。

中国是诗的国度，从《诗经》开始，诗歌的传统源远流长，中国的古典文论主体也是诗话、词话，传统的戏曲、古典小说都有诗的渗透基因。现代新诗也应该有一个民族性的问题，在接纳外来影响时如何保有本民族的特色，即：如何正确对待本民族诗歌传统的问题。在西方，庞德他们借鉴中国古典诗歌而形成了诗歌的"意象派"。我们的现代诗人如能从传统中吸收养分，也许可以在未来世纪迎来新诗的辉煌时代。

（原载《澳门日报》1998年2月28日；又载《南方日报》1999年3月25日）

全球化语境中的雅俗文学

雅文学与俗文学的关系，是一个老话题。但我们在这里要探讨的不是传统的雅俗文学的关系，而是经济全球化背景下的纯文学与俗文学的关系，这是一个面对当下社会，极具现实性的新问题。

中国文学有三千多年的悠久传统。一是雅文学的传统，一是俗文学的传统。从最古老的《诗经》开始，文学就有雅俗之分。《诗经》分《风》《雅》《颂》三部分，除《小雅》有六篇有目无辞外，共305篇，《风》160篇，《雅》105篇，《颂》40篇。《风》中有许多是原来流传于民间的歌谣，《雅》是典范的音乐，《颂》是宗庙祭祀的音乐。《风》重娱乐，《雅》《颂》重教化，这两种不同的文学，形成了中国文学发展中的雅、俗传统。

传统的"俗文学"，一般是指流传于民间，为大众所嗜好、所喜悦的文学，有别于学士大夫创作的正统文学。郑振铎在《中国俗文学史》中说："'俗文学'就是通俗的文学，就是民间的文学，也就是大众的文学。"还说："中国的'俗文学'，包括的范围很广。因为正统的文学范围太狭小了，于是'俗文学'的地盘便愈显其大。差不多除诗与散文之外，凡重要的文体，像小说、诗歌、戏曲、变文、弹词之类，都要归到'俗文学'的范围去。"①但传统上这种雅俗文学的区分，也并不是一成不变，而是动态的、不断发展变化的。从文学史上考察，它们不是井水不犯河水两种毫不相干的文学，而是经常"对话"，互相渗透和影响，有不少原来是"俗文学"的作品，经历史沉淀过程，演化为经典文学作品，如《三国演义》《水浒传》等。

我们现在所说的纯文学，已不是传统意义上的雅文学，应是指那些有人

① 郑振铎：《中国俗文学史》，作家出版社1954年版，第一章。

文关怀，对人类美好情感有所发现，能艺术地追问、表现社会、历史、人生诸问题的文学作品。它有别于那些追求大众的娱乐性、趣味性的通俗作品。就文学本身而言，这两种作品并不互相排斥，也不是对立的。现在，纯文学与俗文学的关系问题之所以凸显出来，成为大家要探究、讨论的问题，是因为在新的经济全球化的大背景下，由于社会的经济结构、文化环境、大众心理、传播媒介等的变化、影响，消费社会的发展，大众文化膨胀，通俗文学崛起，读者在诸多文化消费中自觉不自觉脱离那种文学的深度享受和审美体验，精英意识在淡化。纯文学写作与读者疏离、脱节，有边缘化倾向，一部分作家放弃深度思考与审美写作，一部分作家则因失去对现实读者的把握而感到困扰凸现出生存的压力和心理的焦虑；而大量的通俗文学却在满足大众消费的商品经济的背景下涌现，它们缺乏或者不愿意介入到一种道德批判和约束之中，商品本性的力量在与人的道德约束力量的较量中往往占了上风。

这是社会转型中出现的一种新的文学态势，当中有许多需要清理和探究的问题，我们必须去面对。

如何解决这个问题？对文学来说，首先是调整自身的视角和立场，纯文学要在不失品位的前提下，寻求与读者相通的途径。

文学作品的价值在于读者阅读之中。通俗文学之所以成为当前文学的消费热点，原因很多，但其中的重要一点，就是它们与大众同乐，拥有广大读者。纯文学应该从这一点得到启发：重视读者。文学创作，就是要提供给别人看阅的文本，读者越多越好。一种文学作品如果只局限于少数的读者，缺少广大的群众基础，是不可能有大的影响的。好的纯文学作品，应该是读者愿意阅读和能够理解的。所以，对纯文学来说，调整自己的视角，改变自己高高在上的眼光，加强大众意识，以自己有审美层次的作品，介入到读者的文学活动之中，是十分必要的。

其次，是革新文学观念，给当代通俗文学重新定位，从人文精神层面上给予导向，提倡纯文学与俗文学互补、互促，共进、共荣。

21世纪是开放、多元的世纪，多元共生，多元选择。文学的态势也如此。在这一大的文化背景下，各种各样的文学创作，作品的深度或浅度的意义，在读者中的影响和接受，都只能通过话语方式实现。

当今，大众文化空前膨胀，通俗文学崛起，是与经济和科技的发展、文学进入市场密切相关，正如有的学者所说，这是时代的产物，其受到大众的欢迎，也是客观存在。问题是，对于我国这样一个刚刚进入到一种商品繁荣和发展阶段的社会来说，文学的这种商品本性的力量显得过于强大，其中有许多本身就不具有文化意味，因而令人担忧和困惑，极需引导。这种引导是多方面的，最主要是人文精神的引导。读者是多种多样的，文学消费也是多种多样的，多元化、多样性是当前的文化现象。通俗文学反映了大众的阅读趣味、娱乐爱好和审美追求，体现了大众多元的阅读心理和价值取向。但通俗文学作家也不应该没有自己的文化立场和思考，通俗写作同样需要思想、需要立场、需要情感，也应该是一种富有个性和启发意义、充满智慧的感性的写作。金庸的武侠小说，之所以受大众欢迎，并且能登堂入殿，进入文学研究的视野，既是广大读者阅读促成的，也同它自身蕴含的中华文化意义和审美价值有关。金庸的作品不仅给大众以审美的愉悦，也有人生意义的启迪，只不过这种内涵是从他所创造的武侠故事中自然地流露出来，而不是纯哲学意义上的思想。获奥斯卡奖的流行影片《卧虎藏龙》，也是一部能给人以审美快乐和美德启迪的作品，同那些滥情、暴力表演，让禁忌与敬畏都迷失在"快乐"中的作品不一样。

我所说的人文精神，其核心是人生意义的沉思与探索，具体说来，就是人的生活目的与价值问题。而这方面，现在的许多通俗作品是很缺少的，问题也是相当多的。所以在重估通俗文学在当前地位的同时，也要看到其所存在问题在社会上的负面影响。

再次，是文艺批评家要对大众保持理性。

现在，通俗文学的膨胀，同大众传播媒介的介入有密切关系。特别是影视业的崛起，许多通俗文学作品被改编成电影和电视连续剧，在黄金时段播出，极大地扩大了这些作品的影响。在这种现象面前，应有批评家"在场"，如何鉴别、判断、分析和阐释，仍是批评家的任务。

无论是对纯文学的困境，还是俗文学的膨胀，都有一个读者的价值心理分析和研究问题。如纯文学读者对人生意义的追问：人是什么？人活着是为什么？人与他人、社会的关系，深沉的历史、政治或人文关怀等。又如俗文学读者心理愉悦、认知愿望、浪漫情怀与精神刺激等的寻求，都要有所了解和探究，敢于去面对和回应。在回应中就有意向，这一过程，批评家的责任、理性、情感，应是三位一体。

近20年来，文学批评的知识性、学术性、学理性已大大加强，但是随着市场经济和世俗化时代的到来，国内社会文化语境的变化，文学的多元化向批评提出了诸多挑战，文学批评在回应现实方面还不够有效，不够有力，如何调整和寻找更有效的切入中国文学的角度和方法，是文学界一个备受关注的问题。正如一些批评家所说，我们确实存在"阐释中国的焦虑"[1]。特别是在大众文化膨胀的情况下，媒体批评兴起，并且发展迅速，带有明显的时尚性、商业性特点，面对新的文本和文化现象，批评应如何回应？从批评家所处的语境和历史的实际看，有两个方面是值得注意的：一是要防止历史和理论的成见，以免对新的文本和文学发展进程中出现的新问题"误读""误解"；一是要在大众化的文学活动中显示自己的作用，要在热热闹闹、世俗化的文学活动中开始自己的思考，建立自己的理性言说空间，既与现实保持有机联系，又不被"媒体化"，避免在某些文学的商业化"炒作"中，成为变相的商业广告，失去了批判性。诚然，在现代多元化的文化、文学活动中，文学批评不可能都去回应，但在面对大众时保持自己的独立性，通过对文学品格的关怀来关怀人们的精神生活，是完全应该的。

（原载《广东社会科学》2002年第1期）

---

[1] 王光明等：《批判：自我反思与学理寻求——关于90年代文学批评的对话》，《新华文摘》2001年第1期。

中西文学
比较

新时期比较文学在中国的复兴

一

中国学者对比较文学的介绍早在五四时期就开始了。从20世纪20年代始，中国报刊上已不断出现一些对中国文学和其他国家的文学进行比较研究的论文和文章，如周作人的《文学上的俄国与中国》①、沈雁冰的《自然主义与中国现代小说》②、冰心的《中西戏剧之比较》③、许地山的《中国文学所受印度伊兰文学的影响》④、查士之的《中日神话之比较》⑤、赵景琛的《中西童话的比较》⑥、钟敬文的《中国印欧民间故事之相似》⑦等。30年代，运用比较方法来研究文学的成果就更多了，其中有不少是对中西文学进行比较研究的，如朱光潜的《中西诗情趣上的比较》，根据中国和西方不同社会、不同文化传统和伦理思想，对中西诗情趣进行比较研究，指出其差异：认为中国的人伦诗在情趣上重伦理、重家庭、重朋友之间的酬谢，西方的人伦诗重国家、重个人、重爱情；中国的自然诗多是对自然情趣的"默契欣合"，而西方则常把自然当作神灵来表现，是一种超乎人而时时支配人的力量，有神秘感；中国的宗

---

① 周作人：《文学上的俄国与中国》，《民国日报·觉悟》，1920年11月9日。
② 沈雁冰：《自然主义与中国现代小说》，《小说月报》13卷7号，1922年7月。
③ 冰心：《中西戏剧之比较》，《晨报副刊》，1929年11月18日。
④ 许地山：《中国文学所受印度伊兰文学的影响》，《小说月报》16卷第7号，1925年7月。
⑤ 查士之：《中日神话之比较》，《小说世界》16卷14期，1927年9月。
⑥ 赵景琛：《中西童话的比较》，《文学周报》5卷15号，1928年。
⑦ 钟敬文：《中国印欧民间故事之相似》，《民俗》7期，1928年6月。

教诗受老庄影响的多为游仙诗，而受佛学影响的往往是有"禅趣"而无"佛理"，西方的宗教诗有较深广的哲理和宗教情操。无论是从课题的范围、研究的方法还是立论的深度看，已是成熟的中西比较文学成果。1931年和1936年，商务印书局先后出版了傅东华翻译的《比较文学史》（洛里哀著）和戴望舒翻译的《比较文学论》（梵·第根著），在中国第一次系统介绍比较文学的历史、理论和方法，引起当时学术界人士对比较文学的兴趣和关注。1936年，开明书店出版了朱光潜的《文艺心理学》，该书用双向阐发的方法，既应用西方文学理论阐发中国文学，也应用中国文学理论阐发西方文学，探索中西方文学的共同规律，是一部有影响、有实绩的专著。40年代，由于社会的变动，文学研究工作受到影响，也仍然有这方面的成果问世。如洛蚀文（王元化）的《鲁迅与尼采》[①]、唐君毅的《中国哲学与中国文学的关系》[②]、郭沫若的《契诃夫在东方》[③]等研究中外文学关系的论文。又如1947年闻一多撰写的《文学的历史动向》[④]，文中论证了古代世界四种最古老文化的发展、交流、变化和融合的过程，研究探讨人类文化发展的历史路线，指出历史给文学提供了"受"的方向。不仅是在当时，就是在今天看来，也是一篇很有学术价值的比较文学论文。但是，从五四时期到40年代，中国比较文学研究主要表现为能从国际角度从事文学研究，实绩是在方法论的运用上，还没有形成一门独立的学科。

50年代以后，中国学术界对比较文学的介绍和倡导中断了一段相当长的时间，这一方面是因为这段时间中西文学交往不正常，文学观念比较封闭；另一方面是受到苏联文艺理论思潮的影响。早在19世纪末，被人们称为苏联比较文学之父的维谢洛夫斯基的《历史诗学》就已问世，这是一本有国际影响的著作。但是，十月革命后，苏联对比较文学持着否定的态度，认为比较文学主张打破民族文学的界限，表现了"世界主义"倾向。1946年，苏共中央提出要肃清文艺学中的资产级思想影响，曾一度把比较文学当作资产阶级的学派重点批

---

① 洛蚀文（王元化）：《鲁迅与尼采》，《新中国文艺丛书》第三辑，1939年。
② 唐君毅：《中国哲学与中国文学的关系》，《中西哲学思想之比较研究集》。
③ 郭沫若：《契诃夫在东方》，《东方杂志》第40卷，1944年6月4日。
④ 闻一多：《文学的历史动向》，《闻一多全集》（一），三联书店1982年版，第210页。

判，斥之为与"世界主义"的反动思想体系有密切关系的反动流派。当时，维谢洛夫斯基虽然已经去世多年，但仍把他的著作拿出来批判，指责他在文学研究中鼓吹"资产阶级的世界主义"，向西方的资产阶级屈膝投降。从30年代中期，比较文学在苏联学术界一直是个"禁区"。中国和东欧各国均受到这种文艺思潮的影响。到了50年代中后期，苏联开始为比较文学恢复名誉，并且加入国际比较文学组织，到60年代初期又沉寂下去，直到70年代才一改以往态度，不但在国内提倡比较文学研究，还派出数量可观的学者参加比较文学国际研讨会。这些年来，他们在比较诗学和美学的研究方面都显示出一定的优势。中国50年代的文学观念、美学理论，基本上是从苏联引进的，学术思想也受到他们的影响， 这段时间虽然有一些比较文学的论文出现，如冯雪峰的《鲁迅与果戈理》（1952年）[1]、戈宝权的《陀思妥耶夫斯基的作品在中国》（1956年）[2]、范存忠的《〈赵氏孤儿〉杂剧在启蒙时期的英国》（1957年）[3]等，但从理论上倡导比较文学的论文却没有。50年代与60年代之交，随着苏联比较文学的解冻，学术界出现了一些比较文学和比较文艺学的论文，这些论文有的被翻译到中国来，如聂乌波科耶娃的《有关研究各族文学相互关系与相互影响的一些问题》[4]、康拉德的《现代比较文艺学问题》[5]、萨马林的《外国比较文艺学现状》[6]。但是这些译文的影响主要是在文艺理论界，而且人们的着眼点更多是放在文艺理论的研究方法上，并没有把他们和中国二三十年代的比较文学成果联系起来。在这之后的十几年，特别是"文革"的十年，中国的文学和学术遭到严重的摧残，比较文学就更无人问津，致使这一从"五四"以来就

---

[1] 冯雪峰：《鲁迅与果戈理》，《人民日报》1952年3月4日。

[2] 戈宝权：《陀思妥耶夫斯基的作品在中国》，《译文》1956年第4期。

[3] 范存忠：《〈赵氏孤儿〉杂剧在启蒙时期的英国》，《现代文艺理论译丛》第4辑，人民文学出版社1962年版。

[4] 聂乌波科耶娃著，舒栋译：《有关研究各族文学相互关系与相互影响的一些问题》，《现代文艺理论译丛》第4辑，人民文学出版社1962年版。

[5] 康拉德著，周南译：《现代比较文艺学问题》，《现代文艺理论译丛》第4辑，人民文学出版社1962年版。

[6] 萨马林著，楚荧译：《外国比较文艺学现状》，《现代文艺理论译丛》第4辑，人民文学出版社1962年版。

起始的文学之"流"，至此完全中断了。

二

20世纪70年代末80年代初，随着我们国家改革开放政策的推行，中外文化交流日多，东西文化在中国汇集合流，新的形势要求人们拓展文学研究领域，比较文学就在这种新的形势下在我国重新兴起：老一辈学者热心倡导，介绍学科的历史；新从国外留学回来的青年学者积极参与，引进新的学科理论；一些在文学研究领域里辛勤耕作的大学教师和研究人员，为了扩大视野，改变过去比较单一的思维模式，也纷纷在这方面做了不同程度的尝试。如果说，80年代初在中国出现的文化"热"，反映了意识形态领域里全面改革的要求，那么，比较文学"热"出现稍早，也是由改革触起的，大的时代背景是一样的，它同样是从一个方面反映了学者们在改革的现实面前，渴望突破、超越的精神和愿望，不能仅仅看成是一般情况下对某一个学科的继续引进和倡导。

总观1977年以来到80年代我国比较文学的研究成果，回顾比较文学在新时期所走过的道路，基本上是经历了两个阶段：1977年到1985年中国比较文学学会成立是第一阶段；1985年中国比较文学学会成立到80年代末是第二阶段。我完全同意这样一种看法："比较文学在中国的复兴是以钱钟书的巨著《管锥编》1979年在中国的出版为标志的。"①钱钟书的《管锥编》对比较文学的各个方面——交叉学科的研究、文艺理论的双向阐发研究、渊源影响的研究、翻译媒介的研究都有独创的建树，其中最大的突破点是他坚信人文科学的各个学科都是彼此联系的，它们互相交叉和渗透，而且能跨越国界和衔接时代，主张突破各种学术界限，打通整个文学领域，以寻求共同的"诗心"和"文心"，探索"造艺之本源"。比较文学兴起的前一阶段，报刊上发表了几百篇比较文学论文，多数是研究中外文学交流中已经存在的事实联系，特别是中国现代文学与外国文学的联系。例如鲁迅是中国少有的世界型的作家，他的思想、他的作品，都是中西文化融合的结晶，在这一阶段影响研究的成果中，有不少就是

---

① 《中国比较文学年鉴》，北京大学出版社1987年版，第17—18页。

发现、整理、分析鲁迅与外国文学客观联系的资料，研究其影响的起点和终点，是中国新时期比较文学复兴中一个相当热门的研究课题。此外，也有研究中国古代文学、近代文学和外国文学关系的。这一阶段，平行研究的成果也不少，如中西文学的文体比较、主题比较、文学作品中的情节结构和人物形象比较等。这些论文打破时空关系，研究不同国家文学的异同，有助于开拓文学研究的疆域，但就成果本身而言，有深度、有分量的不多。还有一些阐明比较文学学科理论和方法论的论文，这些论文对扩大文学研究者的眼界，倡导比较文学研究起了促进的作用。中国20世纪70年代末80年代初出现的比较文学成果，让人们看到中国比较文学事业的蓬勃生机，它正朝着形成一门独立学科的方向发展。

1985年10月，"中国比较文学学会成立大会暨国际研讨会"的召开，标志着中国比较文学研究已进入了一个新的阶段，即建设学科阶段。从这次会议收到的论文和在这以后出现的一系列成果看，有两个突出的特点：第一，比较诗学和美学的研究在中国有了长足的发展；第二，中西文学的比较研究已经形成一种新的学术热潮。通过对具体作家作品的研究评论，探索某种审美意识的形态，阐明某一文学观念，这是中国古代文论家常常采用的形式。近几年来出现的一些有分量的比较诗学和美学的论文，有不少也是采取这样的形式。如刘小枫的《"天问"与超验之问》[1]就是围绕着屈原的《天问》，以西方的超验意识与之对照，对诗人在这首长诗中所提出的170多个问题，联系他个人的历史、思想、理想以及事业上所遭受的挫折、内心的矛盾和最后的自沉，进行深层次的美学的探索，认为"屈原提出'天问'的原因是自己对信念的怀疑，是自我意识所面临的困境，他的悲剧在于，他的追问没有超越追问的前提"[2]。这一结论非常深刻。论文作者通过对一种复杂文学现象的具体剖析，揭示出中国传统审美意识在一个方面的严重倾斜。所以这不仅仅是一篇论屈原《天问》的论文，而是一篇有文化意蕴的中西美学比较研究的论文。又如商伟的《论中

---

[1] 刘小枫：《"天问"与超验之问》，《深圳大学学报》1987年增刊。

[2] 同上。

西诗画比较说及其基础——由读〈拉奥孔〉谈起》[1]，通过对中西方诗画比较说的比较研究，指出中西方美学家对同一问题的不同认识、不同结论，是建立在各自艺术实践的基础上：西方的诗与画主要是叙事诗和情节画，它们的共同特点是以人的行动为表现对象；中国的诗与画多为抒情诗和写意画，本质是抒情的，着重的是心与物的关系。故西方的诗画比较说强调的是人与人的行为关系，着眼点放在它们时空的表现形式的差异，中国的诗画比较说强调的是它们在内容、意趣通用表现功能上的相似。中西诗画比较说提出问题和讨论问题的重心不一样，反映出中西文化的不同特质，认为莱辛在《拉奥孔》中所表述的诗画差异说和中国古人的诗画一律说，正体现了中西不同的艺术观念和人生理想。从而提出东方美学和西方美学一样，同属于人类文化的理论，应该用全人类的眼光，从世界全局的背景上来考察和研究东方美学，特别是中国的传统美学。这篇论文触及当代美学研究中一个非常重要的问题，那就是如何在东西方美学的比较研究中，进一步认识东方美学，特别是中国传统美学，包括它的观念、形态及其发展的状貌。西方自亚里士多德以来，各个时期都有系统的美学著作出现，研究的成果也很多，而中国传统的美学观念，主要体现在艺术实践中，美学理论、美学观点也往往是和作家对作品的评论结合在一起，思维形式和表达方式都和西方不同，重体验而少思辨，这是中西方不同的文化背景形成的。所以在比较研究中弄清它们的异同，从国际角度对中国传统美学和美学史作进一步的整理、研究，在20世纪国际文化交流日益广泛深入的情势下，显然是迫切需要的。如上述这样的研究成果还有好些，拿它们和新时期前一阶段同类成果比较，无论是理论意识的强化还是所触及问题的深度，都向前跨进了一大步。在中西诗学比较方面，《中西比较诗学》[2]是一部运用比较方法研究中西古典文论异同的专著，全书共分六部分，分别从文化背景、艺术本质、艺术起源、艺术思维、艺术风格、艺术鉴赏等六个方面进行理论上的对比研究，在具体论述中西艺术共同规律的同时，着重于展示中西古典文艺理论的不同特色和独具的理论价值，阐明发掘和研究中国古典文艺理论的世界意义。由于中西

---

① 商伟：《论中西诗画比较说及其基础——由读〈拉奥孔〉谈起》，《深圳大学学报》1987年增刊。

② 曹顺庆：《中西比较诗学》，北京出版社1988年版。

诗学范围很广，重要的理论问题很多，也很复杂，况且中国古代文艺理论中的一些问题，学术界争议较多，书中有些问题的看法，人们不一定都会同意，但作为新时期出现的第一部《中西比较诗学》的专著，作为一种言之成理、持之有据的学术见解，它有开拓性的意义，也能给人们以有益的启迪和参照。除此之外，东方各民族文学的比较研究也在崛起，如收在《东方比较文学论文集》[①]中的各篇论文，就所研究的课题本身来说，都很有意义，当中有的课题是在这之前未有人论及的。

中国比较文学学会成立以后，使中国的比较文学学者有可能以这个学科的群体出现在国际的比较文学领域，在世界比较文学大潮的涌动下急起直追，阔步前进。近三年来，中国学术界不但出现了数以百计的比较文学论文，还出版了数量相当的译作、教材、专著和论文集。尤其可喜的是北京大学出版社出版了第一部《中国比较文学年鉴》[②]，它的问世，大大地推动了学科建设和这个领域的学术交流。到目前为止，全国已有两个比较文学的公开刊物——《中国比较文学》（上海外语学院编）和 *Cowrie*（苏州大学编）；有十几所大学成立了比较文学教学和科研机构，20多所大学开设了比较文学课程，北京大学、复旦大学等还招收了比较文学研究生。事实说明，比较文学已成为一门独立学科在中国出现，势头很好。

三

比较文学是具有国际性的文学研究学科，从近十年来比较文学在我国复兴和发展的势头看，它已经大大地促进了中国的文学研究。它那种从国际角度研究文学的视野与方法，为学者打开了一座储藏丰富的研究宝库，既扩大了文学研究的领域，又增进了中外学者的智力交流。具体表现在下列几个方面：

第一，进一步打破了文学研究的封闭状况，为学者的文学研究提供了观察问题的新的视点。例如对鲁迅的研究，过去成果很多，大多数学者都能做到

---

① 参见卢蔚秋主编：《东方比较文学论文集》，湖南文艺出版社1988年版。
② 杨周翰、乐黛云主编：《中国比较文学年鉴》，北京大学出版社1987年版。

把鲁迅放在中国历史的发展中进行分析和评价，但思维方式比较单一。近几年来，比较文学的复兴拓展了人们的视野，出现了一些别开生面的论文和专著，这些论文和专著的作者从中西文化融合的角度研究鲁迅，既注意探索鲁迅和外国文学的关系，也重视研究鲁迅对传统文学的承传和革新，通过研究世界型作家鲁迅的思想和他的作品，以及对同样处在世界文学大潮中的鲁迅、胡适、林语堂等作家的比较研究，展示世界文学对中国现代文学的影响，总结中西文学融合的经验，使鲁迅研究有了新的突破。

第二，促进中国文学和文学研究自觉地面向世界，科学地看待国与国之间的文学交往与影响。比较文学是带有国际性的开放型学科，它的复兴，必将推动中国文学和文学研究进一步地走向世界。从这个时期比较文学的成果看，有相当一部分是清理中外文学之交的，其中比较多的是微观研究，主要是研究某一作家、某一作品和外国某一作家、某一作品的关系。尽管从理论上对文学横向借鉴的经验作宏观研究的成果尚少，但微观研究是宏观研究的基础，微观研究的成果日多，就必然会激发人们到历史的深处去对问题进行宏观的探究，寻找中外文学相互影响的规律，从而促进有世界意义的中国文学和文学研究的发展。

第三，催发了文学研究中的比较研究，使更多的学者具有自觉的比较意识。在文学领域里，作品的特色和作家的个性，只有在同他者比较中才相得益彰；某部作品或某个作家是否有真知灼见，也只有在比较中才能显示出来。所以，文学研究不能不伴随着比较，"我们应提倡有意识的、系统的、科学的比较"①，学者们有自觉的比较意识，能运用比较的方法来研究作品，不仅有助于我们把握作品的特色和作家的个性，而且也有利于克服那种以一国的文化、文学作为规律的轻率态度，使我们的认识更为全面和完善，从而把文学研究的整体水平和境界升华到一个新的高度。

第四，推动学者们去建立一种文学的世界性的观念、一种更为博大的文学观。比较文学的研究具有总体文学研究的特点。它在中国的复兴，使人们视野扩大，注意到国际性文学问题的研究，或者是通过某一特殊文学领域的研

----

① 杨周翰：《比较文学和文学史》，《复旦大学学报》1984年第4期。

究，达到对世界范围内同一领域的某些规律性问题的理解，在研究自己国家文学的时候，也能做到高瞻远瞩，从世界文学的高度看待中国文学，以我们具有民族特色的东西，充实、丰富世界文学。这种更为广大的文学观念的建立，必将使我们文学研究的现状产生深刻的变化。

在中国，比较文学要有长足的发展，并且能够在国内外学术界展示出新的前景，应该大力提倡中西比较文学研究。这首先是中国当前文学研究发展、深化的需要。从理论看，中国现代的文艺理论基本上是从西方引入的，我们一直是用外国人的文学观念和术语来解释、阐明中国的文学现象。开展中西比较诗学研究，沟通中西文学范畴、观念，认识它们的异同，研究它们的相互影响和融合，将为我们探讨具有中国民族特色的文艺理论提供条件。从作品作家的现状看，西方文学对中国现当代文学的影响是明显的，中国现当代的许多著名作家都是从西方名著中吸取养料，不通过中西比较文学研究，梳理文学上的种种"血亲"关系，就不能认识这些作家作品中外国文学影响的基因，很难把作家论、作品论写好，也无法编写出科学性较强的中国现代文学史。从中国文学未来的发展看，中国文学正在走向世界，为了认识中国文学在世界文学中的地位和作用，也必须探求、研究文学的总体规律。中西文学各发自不同的文学源体，彼此跨度很大，对这两种不同的文学传统进行比较研究，可以从中归纳出某些带有世界性的文学总体规律。其次是中国学者应该为比较文学这门开放型国际性的学科做出贡献。近几年来，国际上一些比较文学研究者已开始注意和重视对东方文学的研究，当代西方一些比较文学权威还提出整个比较文学研究应转向东方。[①]中国地处东方，是东方的文明古国，文学的传统源远流长，跟东方各国文学之交的历史悠久，同西方各国的文学关系也很密切，为了在东西方比较文学研究中做出贡献，很有必要把现在正在兴起的中西比较文学研究深入下去，并注意东方各国文学的比较研究，创建和发展有中国特色的比较文学流派。

但是，要把中西比较文学研究深入下去，有几个问题是值得我们反思和探讨的：一是要克服过去一些比较文学成果只停留在影响、异同上的浅度比

---

① 当代法国文学权威艾登堡曾声称整个比较文学方向应该转向东方。

较，而未能在这一基础上从理论高度对问题做出价值判断。由于中西方文化背景的差异，历史情况、文化传统、文学与各学科互相渗透的程度不同，文学的形态、文学的历史发展道路、作家作品所蕴含的审美意识也就不同，所以比较中西文学的异同，往往要牵连到别的领域和学科的问题，如文学与历史、哲学、心理学、语言学的联系等，要是对大的背景不了解，就难以认识和把握它们之间的区别和联系，就不能作深度的比较。二是要认识到中西文学发展的不平衡，注意到时差和它们的不同步。中西文学是在不同的文化背景下发展起来的，一些类似的文学现象在中国和西方不是同时产生的，在进行中西比较文学研究时，就必须注意到这一情况，因为中西文学的相互影响情况是比较复杂的，"授→受"往往不是在同一时间，这个过程有长有短，各国文学和中国文学的相互影响、渗透及其发展和延续的过程也是多种多样的，不能只对它们作同时序的一般的比较，而要从问题出发，作具体细致的比较，从各种特殊复杂的文学现象的比较研究中，去概括一般的规律。三是要提倡纵向和横向的研究相结合。纵向研究和横向研究的性质是不同的，作用也不一样，纵向研究主要是看影响，理顺国与国之间文学之交的历史，有文化关系史、文学关系史，用影响研究的方法，弄清授者与受者的关系，影响有先有后，要知道这种影响是A→B，还是B→A。横向研究不一定看影响，主要是研究不同国家出现的类似的文学形态和现象，它们之间可能有接触和影响，也可能没有任何接触和影响，所以要根据实际情况运用影响研究或平行研究的方法对它们进行研究，对那些没有影响关系的文学的类同现象的研究，可以不必顾及时差，只是拿彼此相似的A和B作比较，联系它们的文化背景，探索文学发展中的某些共同形态和规律。纵向研究主要是从比较和历史的角度去寻求中西文学内在和外在的特质，或对中西文学发展史上某一阶段、某些文学思潮、流派和文学现象及其发展进行比较研究，做出科学的判断；横向研究要做到近观细察，运用交叉比较方法，去追索中西文坛上各种类似的文学现象，包括过去的和今天的，把握它们固有的特点。在一般情况下，要先有纵的认识，才能作横的比较，所以这两者是不可分开的。

为了使中西比较文学的研究，能在世界比较文学宝库中做出贡献，还要重视宏观的研究。不但要注意研究中西文学中的不同体系和形态，研究具体的作家作品，也要重视研究它们的历史和发展，特别要注意中西文学发展过程的比较研究。现在有一些论文已注意从学科角度来研究文学的发展过程和行为，也有的论文专门对不同社会形态的文学进行宏观的比较研究，这种比较研究有的是综合性的，有的只就某一方面进行比较，也有的是经验性的。这些，都是从宏观角度进行的尝试。当然，这种宏观的研究，是建立在日益活跃和深入的微观研究的基础上，从国际上的经验看，微观研究的经验多，宏观研究的经验少，宏观研究又常常是和理论研究密切联系在一起的，过去忽视理论研究是造成宏观研究成果较少的直接原因之一。现在，西方的比较文学学者已注意到这个问题，并且认为未来世界的比较文学研究有以理论比较为主导的发展趋势。在这方面，中国的学者是有优势的，我们应该发展这一优势，用以缩短学科建设上起步较晚的差距，在拓展中西文学比较研究上走前一步，在实践上和理论上为比较文学在世界范围内的发展做出贡献。

（原载《广东民族学院学报》1989年第1期，原文题为"中国比较文学的复兴及其走向"）

中西戏剧接触、影响和融合

比较文学在世界上兴起，至今已有一百多年的历史，但学者们对中西戏剧的比较研究，起步较晚，成果也没有别的领域多，有不少"生荒地"正等待人们去开拓。由于中西戏剧分属两个不同的艺术源体，具有不同的特质，中西的戏剧观念，中西戏剧所体现的宇宙观、人生观和美学观念，极不相同，对它们进行纵向和横向的比较研究，有助于人们认识中西戏剧在创作上和发展中的异同及其原因，并进而促进中西戏剧的相互借鉴，还能引起人们对戏剧总体规律探求的关注。但无论是中国还是西方，戏剧领域都有很丰厚的艺术遗产，戏剧发展的历史绵长悠远，作家作品众多，而且涉及很多专门的知识，要分门别类从各个方面对中西戏剧进行比较研究，实在是一件艰巨而又细致的工作，并非少数人所能承担。台湾学者、国学专家俞大纲先生在施叔青女士的《西方人看中国戏剧》一书的序中说："面对着透过2000年来文化层而成长的中国舞台艺术，我们仍是一个无知的学童。去认识它、继承它、发展它，将是全民的文化责任，慎思躬践的功夫，应当先从个人做起。"①当我面对中西戏剧舞台繁花似锦的剧目时，确有"无知学童"之感，只有本着"从个人做起"的精神，才有勇气涉足这个领域。本文主要是通过中西戏剧在发展过程中的接触，研究它们的相互影响，特别是它们如何彼此吸收和促进的过程，希望在探索中西戏剧关系方面，起抛砖引玉的作用。

---

① 俞大纲：《西方人看中国戏剧·序》，施叔青《西方人看中国戏剧》，台湾联经出版公司1976年版。

一

中国与西方文化的接触，早在古代希腊、罗马就开始了。英国汉学家翟理斯（H.A.Giles）著的《中国与中国人》一书就曾略述中国古代文物风尚与古代希腊的若干关系。其他的一些学者，在追溯中西关系史的时候，也指出在我国先秦两汉的文化中有明显的西来成分。中西文化的接触，是与中西交通相联系的。在公元前三世纪的时候，罗马人就从事中国丝绸的贸易。继罗马人之后是波斯人，中波交通维持了相当长的时间，物质上的交流接触很多，中国的物质文明传入波斯，传到欧洲各国，而西方的各种宗教也被带进中国。公元七八世纪，阿拉伯人同东方贸易频繁，中国文化通过阿拉伯传入欧洲，给欧洲以影响。至今人们谈到历史上东方文化对西方的影响时，都没有忘记阿拉伯人在这方面的贡献。12世纪蒙古人征服欧洲，东西方物质文化接触更为广泛。16世纪初，葡萄牙商人把商船开到中国海岸，许多中国商品，特别是美术工艺品，通过葡萄牙输入西欧英、法、德各国，因而引起了西方上层社会对中国美术的兴趣。17世纪荷兰及英国两东印度公司同葡萄牙争夺海上贸易，从广东运载中国商品到欧洲，其中有许多中国的美术工艺品流到法国，当时以法王路易十四为首的整个法国贵族阶层都在追求中国的美术品，在凡尔赛宫内外，"中国趣味"非常流行。18世纪初，法国自己也有商船到中国运货，中国商品直接输入法国。

法国上层社会的"中国趣味"，早在16世纪就有所表现，到17世纪末18世纪初，发展形成了一种思潮，这一方面是因为这个时期大量的中国商品输入法国，其中有不少是美术工艺品，引起了法国人对中国美术的热烈追求；另一方面是耶稣会教士著作的宣传和影响。从13世纪开始，欧洲的传教士就不断到东方，到中国传教，他们以游记、书信、报道等形式把中国的情况介绍给欧洲读者，引起了西方人对中国这个东方大国的兴趣和注意。到了18世纪，中国古代的主要经典和儒家学说，经意大利和法国传教士的翻译和介绍，在欧洲知识界和上层社会已有所流传，并且产生了一定的影响。18世纪震荡欧洲的启蒙运动的先驱者，就曾向中国古代哲学家和孔子的儒家学说寻求借鉴，从中汲取合乎他们理性法则的思想材料。法国的百科全书派有不少人是热心研究中国思想的，孟德斯鸠和伏尔泰都曾和熟悉中国的基督教徒和耶稣会教士接触，伏尔泰还以中国文明为楷模，来抨击现实中被基督教神学封闭的欧洲社会。他说："中国是世界上唯一的将政治和伦理道德相结合的国家。这个帝国的悠久历史使一切统治者都明了，要使国家繁荣，必然依赖道德。"①由于中国的哲学、道德适应了欧洲启蒙运动的需要，所以成为当时启蒙运动倡导者吸取精神力量的源泉之一。

与当时大的文化背景相适应，18世纪的欧洲也出现了表现中国思想的戏剧，剧场中有中国情趣的喜剧和歌剧，很受欢迎。法国是18世纪"中国戏剧热"表现得最充分的国家，这种倾向最先是从宫廷开始的。早在1667年法国宫廷的一次大规模的祭典中，路易十四就把自己化装成中国人参加典礼，使人们大吃一惊。1699年，经常出入宫廷的布尔哥格公爵夫人，让一位到过中国的传教士穿着中国服装参加舞会，受到与会者的热烈欢迎。1700年，在法国宫廷举行的一次庆祝舞会上，演出了一个名为《中国天子》的节目，在这个节目中，化装的中国天子身穿黄袍，坐在一顶货真价实的中国轿子里，被身着中国锦衣的30名乐工抬进舞场，用中国式的鼓乐和管弦乐伴奏，人们在一片惊喜赞叹声中翩然起舞，场内群情高涨，气氛十分热烈。宫廷里如此，在公共剧场里，以中国为背景和中国题材的戏剧也非常流行。据依戈尔逊在《18世纪中国与法国》一书的记载，1723、1729、1753、1754、1755、1764、1778、1779各年，法国舞台上均有中国题材的新戏上演。其中较为人所知的有《中国人》《回国的中国人》《中国乐》《文雅的中国人》《中国孤儿》《中国与土耳其芭蕾舞剧》等。此外，社会上还出现了由中国经德国传入法国的灯影戏。18世纪的法国，是欧洲文艺、美术、戏剧效仿的中心。这一时期，欧洲其他国家也出现类似的"中国戏"，在意大利有《中国孤儿》《中国女奴》《中国偶像》等；在英国有《中国孤儿》《大官人》等。可见，在当时的欧洲剧坛，"中国热"已是信而可证了。

18世纪的欧洲出现的这些"中国戏"，只能说是当时欧洲人想象中的中国人的戏，从内容到形式，都和真正的中国戏剧相去甚远。因为那个时候，欧

---

① 转引自霍尔巴哈：《社会体系》第1卷，第88页。

洲人对中国传统戏剧并不了解，他们只是凭着自己微薄的一点概念，以及当时所流传的有关中国历史和社会的一些知识，去进行创作和表演，所以在这些戏里，常常出现这种情况：故事和人物是中国的，而音乐、舞蹈和表演的形式却是意大利和法国的。它们不同于其他欧洲戏剧之处，仅在于这些戏剧取材于中国，以中国社会为背景。而这种欧式的"中国戏"在当时的欧洲剧坛之所以能够形成一种热潮，既有社会历史文化方面的因素，也有戏剧自身发展的内在原因。17世纪，从法国发端的古典主义戏剧，曾一度统治欧洲剧坛，在欧洲戏剧史上写下了光辉的一页。但古典主义是封建专制政治的产物，无论是思想或艺术都具有明显的保守性，而且过分强调理性，把理性绝对化，把古希腊、罗马的文学艺术，看作是任何时代不变的标准和典范，将它们的文学法则说成是永恒的法则，要作家在创作时严守，最终必然限制了文学创作的发展。到了17世纪末18世纪初，原来盛极一时的古典主义戏剧已日益衰落，不能满足广大观众的要求。新的创作虽不算少，但质量很差，剧坛极不景气，特别是法国戏剧，是以全面衰落的状况进入18世纪的。这个时期的许多作家，为了掩盖作品思想内容的贫乏，追求雕琢浮夸的形式，以吸引观众，戏剧面临着危机，人们盼望着新的戏剧的出现。而这种欧式的"中国戏"，对于当时的剧坛和观众，都是一种新鲜的东西，兼之戏中表现的那种"切合实用"的中国哲学和道德思想，对西方人和他们的社会也是很有用的。它们能够在观众席上获得一片惊喜赞叹之声，正反映出人们对那些形式主义戏剧的厌倦和不满。

18世纪欧式"中国戏"的出现和流行，并非偶然，也不是一个孤立的文化现象，它反映出当时欧洲人的一种思想倾向、一种渴望突破"自我"的探索精神。这种思想精神和中国戏剧本身并没有多大关系，因为在1733年元剧《赵氏孤儿》传入欧洲以前，欧洲还没有一个真正的中国戏。在这之后，欧洲人对中国的传统戏剧也很不了解，在当时出现的那些中国题材的戏剧中，直接和中国戏剧有关系的，是几个《中国孤儿》剧本，它们都是《赵氏孤儿》的改编本，所以要探索中国戏剧对西方剧坛的影响，《赵氏孤儿》的西传应该是我们的一个重要探测点。

二

元代纪君祥作的杂剧《赵氏孤儿》是第一个传入欧洲的中国戏剧，也是18世纪唯一在欧洲流传的中国戏。《赵氏孤儿》全名《赵氏孤儿大报仇》，又名《冤报冤赵氏孤儿》。赵氏孤儿的故事出于《史记》，后来汉朝刘向的《新序·节士》篇和《说苑·复思》篇也有记载。纪君祥在原来故事的基础上加工创造，把它变成一个杰出的悲剧。剧本写的是春秋晋灵公时，凶残跋扈的武将屠岸贾，用计在灵公面前诬告文臣赵盾不忠，将赵盾一家诛绝，连不满月的婴儿也不放过。赵家医生程婴冒死救出孤儿。屠岸贾为了追杀孤儿，假造灵公朝令，要把晋国内半岁以下一月以上的小婴杀绝。程婴求救于归隐老臣公孙杵臼，并表示愿让自己的孩子代孤儿去死。公孙杵臼是一个忠贞爱国、视死如归的老义士，为了救出赵氏孤儿，也为了拯救全国半岁以下的婴儿，情愿牺牲自己，和程婴的孩子一起殉难。程婴将赵氏孤儿抚养。孤儿长大后，杀屠岸贾，为赵家报仇。作品通过生动的人物形象和惊心动魄的故事情节，揭露了屠岸贾凶残狡猾、惨无人道的罪恶行径，歌颂了程婴、公孙杵臼等为正义而斗争的行为和精神。剧本以程婴为线索，紧紧抓住搜孤、救孤这一中心情节，一波未平，一波又起，自始至终充满着浓烈的悲剧气氛。这个剧本于1732—1733年间传入法国，1734年2月，巴黎的《水星杂志》上发表了它的几节法文翻译的戏文。1735年，巴黎耶稣会教士杜赫德编辑的《中华帝国志》出版，该书的第三卷登载了马若瑟的《赵氏孤儿》法文译本，这是《赵氏孤儿》在欧洲的第一个译本。元代杂剧是综合性的艺术，不但有完整的故事情节，还有歌唱、音乐和舞蹈，杂剧的剧本由曲词、宾白和科泛三部分组成。曲词就是唱词，宾白是人物的对话和独白，科泛就是动作。但是，马若瑟的《赵氏孤儿》译本没有把剧中的曲词翻译出来，只用"此处某角吟唱"点明，然后把唱段删去，这种译法，使剧本的韵文、音乐的因素无从体现，中国戏曲在演出上的特点也给抹杀了，所以这个译本是不完整的，实际上只是原剧本的一个框架，或者说是一个节译本。尽管如此，由于在这之前，还没有人做过这样的工作，欧洲人对中国戏剧知道得非常少，在出版的耶稣会多卷的通信集中，也极少涉及中国戏剧。马若瑟的这个译本，是第一次把一个真正的中国悲剧介绍给西方读者。作为中西戏剧交流的先声，这个译本的影响和在文学史上的价值，是不可低估的。

《赵氏孤儿》法译本在《中华帝国志》登载之后，在欧洲广泛流传，英译本、德译本、俄译本就相继问世，并且引起了剧作家们的兴趣，1741—1759年，在英国、意大利和法国，先后出现了四个它的改编本《中国孤儿》。其中英国哈切特（William Hatchet）的《中国孤儿》是欧洲最早的改编本，于1741年出版。作者在这个剧本卷首的献词中说："异国的产品，地上长的也好，脑子里来的也好，只要有益或有趣，总能够得到人的欣赏。多少年来，中国把它的农产品供应给我们，把它的工艺品供给我们；这一次，中国的诗歌也进口了，我相信，大家也一定会感到兴奋。"[1]看来，他是很重视《赵氏孤儿》的"进口"的。他改编的《中国孤儿》共五幕，前三幕的剧情与原剧基本相符，后两幕改动很大，跟原作有出入，但从全剧看，仍保存原来剧本的轮廓和主要情节，如弄权、作难、搜孤、救孤、除奸、报恩等。在剧中，他把原剧里所有人物的名字都改变了，剧情发生的时间也从原来的20年压缩为一个月，重心不是忠与奸的斗争，而是放在揭露朝政上，主要是借剧中萧何（即《赵氏孤儿》中的屠岸贾）的罪行，来影射、讽刺现实中的英国首相瓦尔帕尔（Sir Robert Walpole），迂回曲折地反映18世纪三四十年代交接时英国的政治状况。剧本没有严守"三一律"，还按中国戏曲有歌唱的形式，插进了十几支歌曲。因为他没有看过中国戏曲，也不理解元剧中歌唱的作用，更无从体会中国戏曲那种"曲白相生"的妙处，只能根据杜赫德的《中华帝国志》中对中国戏剧的不准确的介绍，把歌唱安排在剧情激越的地方。[2]这些歌曲与元剧中的曲词毫无共同之处，但这是哈切特的一种尝试，说明他努力要使自己的剧本具有东方色彩。哈切特的本子始终没有演出过，这一方面是因为该剧是诗剧，很难在台上排演；另一方面也因为他的剧本实际上是一个戏剧形式的政治讽刺作品，很难通过当时英国的"戏剧检查法案"上演。[3]因为没有上演，所以这个剧本的影

---

[1]　转引自范存忠：《〈赵氏孤儿〉杂剧在启蒙时期的英国》，《现代文艺理论译丛》第4辑，人民文学出版社1962年版。

[2]　杜赫德不了解中国曲词在戏曲中的作用，在《中华帝国志》中向读者介绍，说中国戏剧里的人物在感情激动时就歌唱。

[3]　英国在1737年施行"戏剧检查法案"，对戏剧进行政治审查。

响主要是在文学方面，但他在剧中加插歌曲的做法，却引起了后来戏剧史家的注意。①

在欧洲四个《赵氏孤儿》的改编本中，影响最大的是法国文学泰斗伏尔泰改编的《中国孤儿》。这个剧本于1755年上演和出版。在它之前，欧洲戏剧界除了有哈切特的改编本外，还有意大利歌剧作家麦太斯太西渥（Metastasio）的改编本《中国孤儿》。但伏尔泰的《中国孤儿》有完全属于他自己的构思，他改编这个中国悲剧，是和他想把非欧洲世界的观念引入欧洲的一系列工作联系在一起的。作为一位杰出的启蒙运动倡导者，伏尔泰对中国的政治、哲学、道德有十分浓厚的兴趣，他常常借用中国的材料，来阐发自己的主张，抨击西方的社会。杰尔查文在《伏尔泰哲学思想中的中国》中曾经指出：伏尔泰笔下的中国"总是哲学化了的"，又说："《中国孤儿》是伏尔泰用'哲学的中国'的观点从事创作的最大实验。"②伏尔泰向来重视社会文明，深信理性、智慧和道德的力量，他不同意卢梭归真返璞的主张，他说："理性与智慧，跟盲目的蛮力相比，是有天然的优越性的。"③伏尔泰的戏剧观念是新古典主义的，由于中西戏剧观念、中西戏剧艺术的特质极不相同，他用西方的戏剧观念来衡量《赵氏孤儿》，认为这个戏在艺术上不符合悲剧的要求。他说："《赵氏孤儿》只能与16世纪英国或西班牙的'悲剧'相提并论……它的剧情活动长达25年之久，正如莎士比亚与罗伯德维加可怖的闹剧一般。这些作品美其名曰'悲剧'，其实不过是不可置信的一堆故事而已。"④他还批评这个剧本缺乏人物与戏剧情节的描写，未能处理好感情与理性的关系等。但他仍然对它感兴趣，并且把它改编成《中国孤儿》在巴黎上演。主要是被戏中的道德精神所吸引，希望用它去战胜现实中的君主霸道。《赵氏孤儿》原剧表现的是忠与奸的斗争，主题是歌颂贤良和忠义。伏尔泰为了借它来表现自己的思想，在改编时，对戏的背景和情节都作了很大的改动。他把剧中故事发生时间改在宋末元初，把朝廷内部的忠与奸之争，改为两个民族之间的

① 尼科尔：《十八世纪前半期英国戏剧史》（1929），第112页。
② 杰尔查文：《伏尔泰哲学思想中的中国》，第88、113页。
③ 《伏尔泰全集》第5卷，第296页。
④ 转引自《中西比较文学论文集》，第263页。

斗争，即智慧、道德和蛮力之争，并且按新古典主义的法则，把剧情集中，重点突出救孤和搜孤的情节。戏剧时间从原来的20多年压缩成一昼夜，加插入恋爱故事，删去原剧中孤儿长大后复仇的情节，把结局处理为双方在道德精神感召下和解。剧本写成吉思汗征服了中国，追杀前朝遗孤，大臣盛缔为了掩护遗孤，决心献出自己的儿子，代替遗孤去死，此事被盛缔的妻子奚氏道破。而成吉思汗在若干年前就爱上奚氏，此时便提出如果奚氏同意改嫁于他，这一切可以免予追究，但奚氏爱夫爱子，宁死不从，盛缔和奚氏的献身精神，感动了崇拜蛮力的成吉思汗，最后，他赦免了他们，也赦免了遗孤。伏尔泰很重视剧中盛缔这个人物，认为他身上体现着一种崇高的道德精神，这种精神可以战胜蛮力。伏尔泰的剧本上演以后，引起了广泛的注意，在法国和欧洲剧坛上出现了热潮，人们为它所表现的昭然大义所感动。伏尔泰剧本的上演，除了像他自己所希望那样，产生了道德思想方面的影响外，还有他自己意想不到的影响，那就是演员在演出时，为了"逼真"地扮演中国人，服装、动作都不按当时舞台上的常规，令那些温文尔雅的18世纪仕女观众疑惧不定，甚至认为有伤风败俗之嫌。但在这之后，法国演员不再穿着时髦的晚礼服上台，开始注意到根据戏中人物所处的时代、身份、年龄来设置"戏装"，舞台上的道具、布景也因剧而异，不墨守那些陈旧的排场，观众们也逐渐适应这种写实主义的手法，因而在舞台上蔚然成风，在客观上成为欧洲剧场艺术向写实主义发展的开路先锋。

在伏尔泰之后，英国剧作家阿瑟·谋飞（Arthur Murphy）也改编了一个《中国孤儿》，谋飞承认他的剧本受到伏尔泰的《中国孤儿》的影响，并且从他那里吸取了营养。但他不赞成伏尔泰在剧中插入恋爱故事，认为这样做反而冲淡了剧情。谋飞这个剧本写的也是鞑靼人入侵中国的故事，但把救孤、搜孤等情节放在幕前，由人物在戏里追述。戏开始时，真假孤儿都已是20岁的青年，鞑靼人第二次入侵中国，攻陷北京城，继续搜寻前朝太子，欲置之于死地，怀疑遗臣盛缔的儿子就是遗孤，铁木真召盛缔拷问，盛缔为救太子，宁愿牺牲自己的儿子，此事被他妻子道破，盛缔夫妇因此而死。后来真孤儿得知消息打进来，杀死铁木真，为家国报仇。谋飞的剧本基本上是根据伏尔泰的剧本改编的，但他比伏尔泰的本子更接近原作，剧本的背景和人物设置虽然取自伏尔泰的《中国孤儿》，但他笔下的铁木真和盛缔在性格上很像《赵氏孤儿》

中的屠岸贾和公孙杵臼，最后的"大报仇"和原作极其相似，他的独创在于把戏剧时间推后了20年，让真假孤儿长大成人，直接介入戏剧矛盾亲自报仇雪恨。谋飞的《中国孤儿》也和伏尔泰的一样，着眼点主要放在追求"新颖的品德"，宣传"孔子的道理"。[①]这个剧本在伦敦上演和出版，上演时伦敦的德和瑞兰剧院特别为它制作了一套名贵的中国布景，精致的中国服装、道具等也非常考究，舞台上的"东方色彩"引起了英国观众的浓厚兴趣。谋飞的《中国孤儿》在伦敦上演成功，进一步扩大了《赵氏孤儿》在欧洲剧坛的影响。

关于谋飞的《中国孤儿》在演出上如何成功，当时文献里有比较详细的记载。熟悉当时剧院情况的詹姆斯·蒲顿说："舞台上出现了一大堆光彩夺目的外国服装——中国人的服装以及比他们更勇武、更有画意的侵略者的服装。"[②]1759年4月25日至27日的伦敦《劳埃德晚邮报》上也说："服装是新鲜、精巧、别致；布景是宽敞、整齐、妥帖。一开始，就看到宫殿里的一个大厅，大厅深处可以看到篡位者的宝座。戏里也谈到这宫殿是如何的富丽堂皇，但这描写一点也没有超过舞台上的实际情况。此外，还有一个祭坛，是一座新奇精巧的建筑。"[③]从这一报道，可以看到当时的人们对舞台上的东方布景和道具的关注。而舞台效果良好是这个戏演出获得成功的重要因素。谋飞自己在这个剧本的献词里就说："观众们对这戏的欢迎远超过我自己的奢望。"

除了上述几个《中国孤儿》剧本外，据德国文学史家们的记载，德国伟大诗人歌德也曾对《赵氏孤儿》发生兴趣，他从杜赫德著作的德译本中阅读过这个剧本，想根据它的情节改编一个剧本《埃尔彭罗》（*Elpenr*），献给他的朋友斯坦因夫人，但始终没有完成。歌德，这位18世纪的大文豪，对中国文学有与众不同的锐利、透辟的眼光，他曾把中国文学同英国文学、德国文学作过有趣的比较，借以阐明中国文学的性质。遗憾的是他的《赵氏孤儿》的改编本未能问世，我们无法了解他对这个剧本的具体的观点。

《赵氏孤儿》传入欧洲以后，也引起批评界的注意。如果说，《赵氏孤

---

① 谋飞：《中国孤儿》序幕，转引自范存忠《〈赵氏孤儿〉杂剧在启蒙时期的英国》，《现代文艺理论译丛》第4辑，人民文学出版社1962年版。

② 波顿：《西顿斯夫人回忆录》第1卷，第138页。

③ 《劳埃德晚邮报》第4卷，1759年4月25—27日。

儿》的改编者，着眼点主要在这个戏的伦理主题，那么，批评界的批评则主要是针对剧本的艺术。他们多数是用新古典主义法则来衡量这个剧本，批评它没有严格遵守戏剧规律，违反了"措置得体的惯例"。但英国批评家理查德·赫德（Richard Hurd）有自己的看法，他在《论诗的模仿》一文中，抛开新古典主义者的戒律充分肯定《赵氏孤儿》，认为这个戏是模仿自然的成功作品。他拿《赵氏孤儿》和古希腊悲剧作家索福克勒斯的《厄勒克特拉》作比较，指出它们有相似的地方，说中国作家和希腊作家在不同背景、条件下能写出相似的作品，是因为他们都是"自然的学生"。他还断言："中国诗人《赵氏孤儿》的作者对戏剧作法的最本质的东西并不是不熟悉的。"①在新古典主义戏剧观念占统治地位的西方剧坛，赫德的评论，是一种别开生面的评论，对习惯于自己一套的欧洲人如何去看待和接受不同艺术传统的东方戏剧，有启迪和促进作用。

三

17、18世纪中西文化的交流，耶稣会传教士起了很大的作用。18世纪末19世纪初，中西通商频繁，到中国的欧洲人日益增多，对中国社会的实体有更多的了解，现实的中国取代了"理想的中国"，他们的那种"中国热"就逐渐消退。戏剧界的情况也是如此，同18世纪相比，19世纪欧洲人对中国戏剧的反应是比较冷漠的。但是，这个时期，由于中西文化接触和交流比前一时期多，传入欧洲的中国戏剧也比较多。1817年和1829年，英国先后出现了约翰·弗兰西斯科（John Flancisco）翻译的两个元剧：《老生儿》（武汉臣作）和《汉宫秋》（马致远作）。1832年，法国学者朱利安翻译的元剧《灰阑记》（李行道作）法文本问世。1834年，朱利安的《赵氏孤儿》散文韵文译本出版，这个译本填补了一百多年前马若瑟译本的缺陷，使欧洲的读者得以了解《赵氏孤儿》全剧的真貌。与此同时，朱利安还撰写和翻译了一些关于中国戏剧的学术性文章。这些，都有助于西方人对中国戏剧的了解。1841年巴任·爱内（Bain

---

① 帕西：《中国诗文杂录》，第22页。

Aine）翻译的《琵琶记》（高则诚作）法文本问世。他在《琵琶记》的译文序中说"《琵琶记》极富教化作用"，并称它为"中国戏剧的里程碑"。应该指出，当时的西方学者翻译介绍中国戏剧，注重的仍然是中国戏剧的伦理道德主题和教化作用。他们要读者注意和重视这些戏剧中的道德意识，而对于中国戏剧的艺术价值和象征主义的表现手法，剧中的音乐、舞蹈因素的互相渗透等，则没有注意到。造成这种现象的主要原因是他们没有直接观看过中国戏剧，对中国戏剧独特的艺术形式不了解；同时也因为19世纪西方的戏剧艺术是向写实主义的方向发展，而中国传统的戏剧艺术是象征主义的，彼此标准不同，不容易相互了解。直至1860年，中国京剧团第一次到欧洲演出，①欧洲人才有机会观看到真正的中国戏剧，对中国戏剧独特的舞台艺术和表演技巧有了一些感性认识。到了19世纪末，西方文坛上出现了反写实主义的思潮，象征主义、表现主义、超现实主义等流派兴起，与这些相适应，西方人对东方的剧场艺术也有所关注，中国戏剧中的那种象征主义的表现形式、充满想象力的舞台、艺术化的扮相和动作等，引起了西方艺术家们的注意，他们开始重视研究中国戏剧艺术的价值。于是，就出现了20世纪西方艺术家"朝东看"的倾向。

20世纪，随着中西文化交流的增多，翻译到西方的中国剧本也日益增多，还出版了不少介绍和研究中国传统戏剧艺术的著作，剧场上也开始出现中国的传统戏剧。1924年，德国诗人克拉本特（Klabund）改编的《灰阑记》在柏林演出，获得很大成功。在这之后，西方人开始注意东方各国的艺术。1930年，中国著名京剧演员梅兰芳访美演出，1935年又访苏演出，这两次演出在美国和苏联的反应都非常强烈。梅兰芳是享有盛名的中国艺术家，他在演出中的优美的姿态、唱腔、做功、动作、语言，很令西方的观众着迷，也为西方的戏剧家打开了一个新的世界。当代西方剧场中流行的开放式的戏剧结构、象征性的动作、讲唱交错和夸张的化装等，都与中国传统戏剧的西传和影响有密切的关系。

20世纪西方一些艺术家，为了寻求戏剧改革的道路，曾在不同程度上借鉴中国的传统戏剧艺术。在这方面，德国作家布莱希特就是一个突出的例子。布

---

① 1860年，中国京剧团到巴黎演给拿破仑三世看，后来又在美国的旧金山演出。

莱希特是西方现代杰出的剧作家之一。他生活和创作的年代是20世纪上半叶。他立足于自己的时代，为了改革当时德国没有生气的剧坛，想探索一种适合于表现当代社会生活的戏剧，在1929年就提出"史诗剧场"的主张。布莱希特提出"史诗剧场"，在理论上，是要扩大亚里士多德在《诗学》中所论述的"戏剧"定义的范畴。亚里士多德在《诗学》中，曾论述史诗和戏剧的不同之处，认为史诗优于戏剧，因为史诗可以表达庞大的故事，而且能够增加诗的优美，吸引观众的注意。布莱希特的"史诗剧场"主张在戏剧中引进"史诗"型的说白，并加进抒情的成分，在结构上反对严守"三一律"，提倡用戏剧形式讲故事，以人物为中心，编织故事，一段一个小故事，一个剧本可以分许多段，当中插上歌唱、解说，还有"定题诗"一样的诗行，点明题旨。他认为这种戏剧能够比较自由、开阔地表现当代的社会生活，使演员和观众在演戏、看戏时能保持清醒的头脑，不会产生生活幻觉，有利于观众对戏剧所讲述故事的思考和分析。布莱希特所提倡的"史诗剧场"，同中国传统的戏剧有相通的地方。中国传统戏剧是叙事体的，比较自由，不受时空的限制，而且有歌唱、念白和科泛，具有史诗、戏剧、抒情诗的特质，而且中国传统戏剧所演的故事大多是观众所熟知的，演员的表演是程式化的，在客观上存在布莱希特所希望的那种"间离"效果，所以当他在莫斯科观看梅兰芳的演出之后，就为中国传统戏剧艺术所吸引，并且按照他的戏剧观和艺术原则吸取中国戏曲艺术中对他有用的养分，用它来补充、印证和发展自己的理论，增加他的戏剧的鲜明特色，建立自己的戏剧流派。

布莱希特著名的"间离"论，就是在看了梅兰芳的表演以后提出来的。梅兰芳在1935年访苏时，在莫斯科音乐厅演了6天，共主演了6个戏：《宇宙锋》《汾河湾》《刺虎》《打渔杀家》《虹霓关》《贵妃醉酒》。这些剧目，歌唱、表演、舞蹈俱全，各有特色。布莱希特当时流亡苏联，观看了这些演出，还参加了苏联艺术界召开的座谈会，在会上听了梅兰芳的一段清唱，他认为梅兰芳在表演中处处使人感到有观众存在，打破了"第四堵墙"的幻觉，令他大开眼界，也为他的戏剧艺术指出了一条新路。他在1936年写的《中国戏曲表演艺术中的间离方法》一文中，系统阐述他对中国戏曲的看法，他拿中国戏曲的表演方法和欧洲演剧方法相比较，提出中国戏曲的演剧方法是"间离"的表演方法，而不是演员完全融入角色的"共鸣"的表演方法。他认为中国戏曲中演员与角色的关系、舞台与观众的关系，以及戏曲表演特点各方面，都与欧洲传统戏剧有明显区别，为了在德国建立一种新的戏剧，必须研究和借鉴中国戏曲的演剧方法。他在这篇论文的开头说："这篇文章简要地论述了一下中国古典戏剧表演艺术中间离方法的运用。这种方法最终在德国被采用，正是在试图建立亚里士多德式（即不是建立在共鸣基础上）的戏剧（亦即叙事戏剧）的时候。"①在谈论中国戏曲表演的特点时，他非常重视中国戏曲表演中的象征主义手法，认为象征性手法是使中国戏曲具有"间离"效果的巧妙方式。他说："人们知道，中国舞台上大量采用象征的手法。……各种人物性格通过直接勾画的特定脸谱来表示。双手的某些动作，表示用力开门等。所有这些都久已闻名于世，并且几乎是无法照搬的。"②他指出中国戏曲和话剧表演的不同特点之一，就是它凭借程式来刻画人物性格，演员在表演中十分讲究眼、手、腰、身的配合，有自己一套严谨的科学的表演程式和方法。布莱希特戏剧理论的一个美学思想，就是戏剧要把人们习以为常的事物，通过艺术的折光，令人感到陌生和震惊。在他看来，中国戏曲的程式化手段就具有这种艺术力量，所以他不仅从审美上而且从理论上给予高度的评价。他说："这是很高的艺术，很有表现力的方式，但丝毫没有过火的、爆发性的演技。演员要表白角色精神错乱的心情，但表白的方式方法是采用外部手段（指'叩甩发'）。这该是舞台上表演激情的正确方式方法。久而久之，一些诸如此类的特别手段便从许许多多可能的手段中精选出来，积累起来，经过仔细的思考和实践，经过广大群众的公认和批准，在舞台上保留下来……"③布莱希特的"间离"论的实质，就是要演员和观众在演戏和看戏的时候都保持冷静的态度，不要他们完全投入戏的情节之中，希望观众能思考戏中提出的问题，实现戏剧的启迪人生和改造社会的作用。在这方面，中国戏曲的经验，对他的理论的发展，起了重要的推动作用。

在创作上，布莱希特也很注意吸收中国戏曲的艺术经验。他在1938—1939

---

① 转引自《论布莱希特戏剧艺术》，中国戏剧出版社1984年版，第224—245页。
② 同上，第245页。
③ 同上，第20页。

年写的《大胆妈妈和她的孩子们》和1943—1945年写的《高加索灰阑记》，都明显地借鉴了中国传统的手法。《大胆妈妈和她的孩子们》写一个随军女商贩，带着两个儿子和一个哑巴女儿，拉着一辆装满货物的篷车，在炮火中到处奔波做生意。在漫长的战争岁月里，她的孩子们都先后死去，最后，只剩下大胆妈妈一个人，拉着破篷车，继续在做她的生意。在这个剧本里，每一场都插入歌唱，时空的变化也很大，在现代欧洲戏剧中是一个中西融合的别开生面的戏。50年代，当布莱希特亲自导演这个戏的时候，就更加自觉地借鉴运用中国戏曲时空不固定的舞台经验。在戏里，他让大胆妈妈拉着篷车，唱着歌，在空荡荡的舞台上滚动，一转眼，就走过了波兰、梅仓、巴燕、意大利，这和我们戏曲中的"跑圈"是一样的。《高加索灰阑记》是从元剧《灰阑记》脱胎而来的，戏的背景、故事、人物和原则完全不一样，只是套用了原剧的审案故事，即"灰阑"断子的情节。布莱希特十分欣赏这个情节的智慧和妙想，但在内容上却有所出新，它表现了作者对现实、对社会的新的理解。在艺术表现上也运用了中国戏曲的一些手法，如用楔子、"定题诗"、歌唱等，是布莱希特史诗剧的代表作之一。

在20世纪的西方文坛上，美国的史考特（A.C.Scott）也是一位热心于中国戏剧的学者和艺术家。他曾长住中国，爱好中国戏剧，是中国戏剧在西方忠实的传播者之一。他曾亲自导演过中国戏剧《四郎探母》和《蝴蝶梦》，获得好评。此外，法国作家纪隆（Jean Genet），也很推崇东方戏剧。他曾观看过中国评剧团的一次演出，对中国传统戏剧的艺术手法、演员服装、舞台设计等极感兴趣，并且把这些运用到他自己的剧作里。事实上，在20世纪的西方剧坛，由于艺术家不满足于写实主义的手法，"朝东看"，借鉴东方戏剧形式，特别是中国传统戏剧的象征主义手法，已经不只是几个作家的事，而是形成一种倾向，一股"朝东看"的热潮。

四

中国戏剧传入欧洲，是从18世纪开始的，而西方的戏剧传入中国，却是20世纪的事情。由于中国长期对外采取闭关自守的态度，在鸦片战争以前，中国人对西方一直是一无所知的。19世纪中叶到20世纪初，随着中国门户开放，中西文化接触增加，中国人对西方文化的反应日益强烈。"五四"前后，伴随着新文化运动潮流的到来，中国文学进入了一个革命的时代，这个运动的先驱者在向西方寻求民主和科学的同时，也以极大的热情向西方吸取文学艺术的营养，西方的戏剧就在这样的背景和气氛下传播到中国来。

西方戏剧在我国演出，最早是从外国人办的学堂开始的。1902年，上海圣约翰书院和徐汇公学的学生，先后用英语和法语演出西洋话剧。1907年2月，我国留日学生在东京组织"春柳剧社"，公演《茶花女》和《黑奴吁天录》，效果很好，为中国戏剧打开了一个新世界。同年秋天，"春阳社"在上海成立，在爱提西戏园演出话剧，因为是以对话为主，又有配合剧情的具体的布景，所以很受观众的欢迎。辛亥革命以后，留日学生吴我尊等回国，于1914年在上海成立"春柳剧社"，演出《茶花女》《空谷兰》《复活》《娜拉》《神圣的爱》等西洋话剧，在社会上产生很大的影响。由于话剧影响日大，话剧剧园与日俱增，艺术界一些人提出要学习西方戏剧名著的创作方法，建立中国自己的话剧，一些新文学杂志就纷纷刊载西方戏剧名著的译作和评论。1918年，《新青年》出易卜生专号，刊载了易卜生的《玩偶之家》（《娜拉》）、《国民公敌》和《小爱约翰》，在知识分子中产生了强烈的反响。胡适创作的独幕话剧《终身大事》，也在《新青年》上发表。在这以后，翻译过来的西洋剧本相继出现，当时介绍得比较多的是易卜生、萧伯纳、契诃夫、高尔基、王尔德等作家的作品。但是翻译过来的西洋剧本虽多，要把它们搬到舞台上演出，对于不了解西方人生活的中国演员来说，仍然有很大困难，所以就有中国作家创作的剧本出现，如陈大悲的《英雄与美人》《父亲的儿子》《维特风化》《良心》《虎去狼来》《幽兰女士》《不如归》，蒲伯英的《道义之交》《阔人的孝道》，任仲贤的《好儿子》，侯曜的《复活的玫瑰》《山河泪》《弃妇》《可怜闺里月》，熊佛西的《青春的悲哀》等。这些作品，在思想和艺术上，都不同程度地接受了西洋话剧的影响。1921年，沈雁冰、陈大悲、欧阳予倩等13人组成"民众戏剧社"，出版《戏剧月刊》。1932年，田汉等在上海成立"南国社"，在话剧创作和演出上积极促进戏剧运动的发展，从此以后，话剧就在中国剧坛上大步前进。

中国第一代的话剧作家都是喝西方戏剧名著的奶汁长大的。"五四"时期，在西方诸剧作家中，对中国话剧影响最大的是易卜生。鲁迅在谈到《新青年》易卜生专号时指出，易卜生那种"敢于攻击社会，敢于独战多数"的精神，对五四运动的参加者，是有鼓舞作用的。[1]而在易卜生被介绍到中国来的各种剧作中，《娜拉》的反响是最强烈的。《娜拉》是表现妇女解放主题的，妇女问题也是当时中国迫切需要解决的社会问题，所以，易卜生笔下的娜拉，就成为鼓舞中国妇女要求解放的榜样，成为反传统和妇女解放的象征。易卜生的戏剧敢于正视现实，面对现实的社会问题，这对我国第一代的话剧作家影响很大。向培良在《中国戏剧概评》中曾提到当时直接应易卜生而起的社会问题剧作家有胡适、熊佛西、侯曜等。我们拿胡适的《终身大事》同易卜生的《玩偶之家》（《娜拉》）作比较，就不难看出它们之间的血缘关系。

胡适是中国最早系统地介绍易卜生作品和思想的人。早在1914年7月开始，他就阅读易卜生的作品，并且写出他自称为"代表我的人生观，代表我的宗教"的《易卜生主义》，[2]还根据他"译书须择其与国人心理接近者先译之"的原则，[3]翻译了易卜生的《玩偶之家》，后来又仿效《玩偶之家》，创作出中国自己的独幕话剧《终身大事》。《玩偶之家》的女主人公娜拉，结婚以后成为丈夫海尔茂在家中的"玩偶"。剧本开始时，海尔茂行将出任银行经理，得意洋洋中打算辞退银行里的一个道德不好的职员，而这个职员正是娜拉的债主，因为在这之前，海尔茂曾一度患过重病，娜拉出于真挚的爱情，在没有其他法子的情况下，瞒着海尔茂假冒父亲的名字借债救活了他。现在，债主借此要挟娜拉，要她求海尔茂保全他的职位，不料海尔茂知道原委之后骤然翻脸，恶毒地咒骂她是"下贱女人"。后来债主受到娜拉女友的感化，不再要挟他们，并且退回借据，海尔茂又要娜拉继续当他的"小鸟儿""小松鼠"。娜拉在这场突变中痛感自己在家庭中的"玩偶"地位，拒绝了海尔茂关于家庭神圣的宗教和道德说教，毅然出走，离开了"玩偶之家"。"娜拉出走"，是对19世纪70年代资本主义社会中不合理的家庭关系的否定，娜拉用她的行动，揭

---

① 鲁迅：《集外集·〈奔流〉编后记三》。
② 胡适：《藏晖室笔记》卷12。
③ 胡适：《藏晖室笔记》卷12。

开了资产阶级家庭甜蜜温柔的动人纱幕，喊出了妇女解放的呼声。胡适的《终身大事》是在《玩偶之家》影响下创作的，剧中的主人公田亚梅是中国社会中中产家庭出身的女子，留学东洋时与陈先生自由恋爱，遭到父母的反对和阻拦，在强大的家庭压力下，田亚梅没有屈服，而是下决心自定终身，跟着陈先生"私奔"。20世纪的中国，婚姻自由是反对封建道德礼教的重要内容，胡适从易卜生的《玩偶之家》"输入"叛逆的精神，注进他的《终身大事》中，创造出中国的娜拉——田亚梅。从表面看，这两个戏的情节、结局是不一样的，但娜拉的"出走"和田亚梅的"私奔"，都突出地表现了妇女解放的主题：娜拉的"出走"，是同资产阶级虚伪家庭关系决裂，去寻求自己在社会中的真正地位；田亚梅的"私奔"，是对封建道德礼教的背叛，决心走婚姻自主的道路，思想倾向是一致的。在艺术上，胡适的《终身大事》是不能同易卜生的《玩偶之家》相比的，《玩偶之家》是世界名剧，又是易卜生的代表作，现实性、论争性强，戏剧结构精巧，剧中的情节和人物形象也极其真实和深刻，是一出充分体现和发扬了欧洲戏剧的现实主义传统的戏。《终身大事》是一个独幕话剧，情节简单，人物性格单一，有很明显的模仿的痕迹，虽然不完全像向培良在《中国戏剧概评》中所说的是"一个极笨拙的仿效"，但毕竟是取西洋剧本的精神创作的，比较概念化，基本上是我国"五四"前夜一种关于妇女解放的观念的图解，艺术上是粗糙的，表现出中国话剧新生的幼稚。

　　随着我国现代话剧的成熟和发展，易卜生现实主义戏剧的精华，为更多的剧作家所认识，而且有机地融化到他们的剧作之中。我们从曹禺、洪深、田汉等作家的作品中，都不难发现这种中西融合的特质。以曹禺的《雷雨》为例，《雷雨》是中国话剧史上最成功的作品之一，在国内外都有很高的声誉。这个戏写的是带有强烈的封建色彩的资产阶级家庭的腐朽堕落史，从内容看，同易卜生的现实主义家庭剧有某些相似之处，形式和结构也明显地带有西方"工匠剧"的特点。在戏里，作者将周家前后30年的许多矛盾冲突，集中在"一个初夏的上午"到"当夜两点钟光景"的一天之内，而且基本上是放在周朴园的客厅来展开的。全剧四幕，结构缜密，情节虽然错综复杂，但许多线索彼此交织，互相衔接，一环紧扣一环，随着剧情的发展，悲剧气氛越来越浓，最后逼出了一幕活生生的现实主义大悲剧。这个戏在艺术上是按照西方戏剧

"三一律"的原则来创作的，和中国传统戏剧有明显不同。胡适在《易卜生主义》一文中说："易卜生把家庭社会的实在情形都写出来，叫人看了动心，叫人看了觉得我们的家庭社会原来是如此黑暗腐败，叫人看了觉得家庭社会真正不得不维新革命。——这就是'易卜生主义'。"我们读曹禺的《雷雨》，也同样有了这种感觉。我国著名戏剧家熊佛西在谈到易卜生戏剧在中国的影响时说："五四运动以后，易卜生对于中国的新思想、新戏剧影响甚大，他对于中国文艺界的影响不亚于托尔斯泰、高尔基，尤其对于戏剧界的影响至深，我敢说：今日从事戏剧工作的人几乎无人不或多或少受他的影响。"①洪深也高度评价了"五四"时期易卜生对中国话剧发展的巨大影响，认为在创作上"有若干的作家，不仅是把易卜生剧中的思想，甚至连故事讲出的形式，一齐都模仿了"。②茅盾还从新文化运动发展的角度，揭示了这一文化现象的思想实质和意义，他说，"易卜生和我国近年来震动全国的'新文化运动'是一种非同等闲的关系"，他已经"作为文学革命，妇女解放，反抗传统思想等新运动的象征"。③

由于中国话剧是在西方戏剧影响下诞生的，所以在形式上、结构上、演技上，都和西方戏剧相似，而不同于中国传统的戏剧。中国的传统戏剧是象征主义的，而中国现代话剧主要是写实主义的；中国传统戏剧的结构是开放式的叙事体结构，而中国现代话剧的结构虽也有少数是叙事体的，但大多数是封闭式的戏剧体结构；中国传统戏剧在表演上是载歌载舞的，具有做、唱、念、打等艺术因素，而中国现代话剧主要是借助演员在舞台上的对话和动作演出。自从中国现代话剧出现之后，在中国剧坛上，就存在两种不同传统的戏剧。这两种戏剧各拥有自己的观众，因而能够长期共存。但是，近30年来，话剧发展的步伐快，传统戏剧则明显地走下坡路。面对这种情况，一些戏剧研究者就提出演现代戏曲的主张，即用中国戏曲的形式来表现今天的现实生活，以适应现代观众的审美要求，于是就出现了现代戏曲。而戏曲要表现现代人的生活，就不能照搬原来的艺术程式，必须使用一种更接近现实生活的艺术形式，所以就要

① 熊佛西：《论易卜生》，《文潮月刊》第4卷第5期。
② 洪深：《〈中国新文学大系·戏剧集〉导言》，上海良友图书公司1935年版。
③ 沈雁冰：《谈谈〈玩偶之家〉》。

引入一些话剧的因素，借鉴西方传统戏剧的写实主义手法，自觉不自觉地走上中西戏剧传统交融的道路。

从20世纪中西戏剧发展的情况看，它们都在奔向对方，力图通过一种自我否定来达到新的境地。西方一些著名的戏剧家极力在追求东方艺术，借鉴中国传统戏剧中的写意和象征主义手法，赞扬和宣传中国传统戏剧的"间离"效果，希望借鉴它去推翻西方剧坛的"第四堵墙"，在他们的戏剧中大量引入表现性、抽象性的因素。与此同时，中国的传统戏剧在革新它自身的内容的同时，也引进西方戏剧的再现性、具体性的因素，努力求真。西方剧坛"朝东看"，中国剧坛"朝西看"，各自在否定自己，在向对方走去，彼此都在借助外来的艺术因素来打破本民族戏剧的封闭状态，发展自己。中西剧坛出现的这种逆向现象，已引起了许多戏剧家和学者的注意，人们预测，这种"横向"的借鉴，不会使它们失去"自我"，相反，将会给它们带来新的艺术个性，促进它们去创造新的美学效果和价值。

（原载《海南大学学报》1987年第4期）

中西戏剧结构的差异及其成因

戏剧离不开舞台。没有舞台，就没有戏剧。剧本的篇幅、出场的人物、故事的容量、情节的繁简、场景的变化等，无不受到舞台条件的制约。所以，结构在戏剧文学中就显得更为重要。因此，有人说戏剧是结构的艺术。亚里士多德就认为在悲剧的六个成分中，"最重要的是情节，即事件的安排……悲剧艺术的目的在于组织情节（亦即布局），在一切事物中，目的是最重要的"①。中国戏剧是晚出的，戏剧理论出得更晚，但李渔在他初步建立的戏曲理论体系中就明确提出："结构第一。"不仅如此，他们还都阐述了戏剧结构自然、和谐、有机、整一的创作原则。亚里士多德是对古希腊戏剧的总结，李渔则是对中国古典戏曲作法的概括，从他们的理论中，我们不难发现作为同一艺术类型的共同特性。但他们的理论也存在着很大的差异，因为中西戏剧结构本身就各具特色。这些特性的形成与中西戏剧的形成、发展，与两个民族在哲学观、价值观、审美情趣等方面的差异密不可分。本文不仅意在道出这种差异，并试图在其成因方面进行一些理论上的探讨。

首先，中西戏剧结构最明显的差异体现在悲剧的创作上。西方的悲、喜剧是泾渭分明，悲则一悲到底，喜则皆大欢喜；而中国戏曲则难分难解，忽悲忽喜，喜乐相间，纵使是大悲的戏，最后也总得带点团圆的色彩才收场，显得迂回曲折。一部堪称杰作的《牡丹亭》，评论家在它"悲剧乎？喜剧乎？"的问题面前莫衷一是，无可奈何，致使它既不为《中国十大古典悲剧集》所收，亦不为《中国十大古典喜剧集》所容，因为全剧表现了一种深刻的悲剧精神，但又自始至终洋溢着喜剧的气氛。这不仅体现在结局上，且体现于全剧，体现

---

① 亚里士多德著，罗念生、杨周翰译：《诗学·诗艺》，人民文学出版社1962年版，第21页。

在悲剧主人公身上。这不得不令以西方戏剧理论作为衡量中国戏剧标准的评论家头痛。

其实这又何止于《牡丹亭》呢？就是在《中国十大古典悲剧集》中，又有哪一部是一悲到底呢？中国戏曲始终少不了净、丑角色，他们的任务就是在剧中制造喜剧场面，调剂场子的冷热。喜剧基因的发达，是中国传统戏曲的一大特色。从我国戏曲的发展史来看，早在西周末年就出现了供帝王贵族娱乐之用的职业艺人——"优"（倡优、俳优）。这些艺人既能歌又能舞，且以"滑稽调戏"为主。[1]三国时用优人嘲弄犯官，从此产生了参军戏。唐代参军戏的演员在宫廷中仍担任优的职能，以滑稽表演为主。[2]"务在滑稽"的唐参军戏和宋杂剧是戏曲形成的基础，后来的戏曲没像希腊戏剧那样发生悲、喜剧的分道扬镳，而是把滑稽戏、歌舞、说唱、角抵（竞技）等综合起来为演故事服务。唐参军戏中的苍鹘、参军，宋杂剧中的副净、副末这些喜剧角色转为净、丑固定下来，成为不可或缺的组成部分，长期保留在各种戏曲中。《窦娥冤》剧里，在窦娥惊天动地的悲冤中，由净扮演的太守就有一段讽刺性的表演；在《赵氏孤儿》中，屠岸贾威迫程婴对公孙杵臼用刑，紧要关头却插入了一段调笑性的对话；《清忠谱·就逮》一折，在情势危急之时，隔着一堵虚拟的"门"，门外是末、丑心急如焚，门内却是净演的守门人的一段科诨……诸如此类例子，不论是在元杂剧还是在南戏中都俯拾即是，成为戏曲的"眼目"。特别是南戏突破了元杂剧四折一楔子的结构限制，出现了整整一出的插科打诨的场面。《琵琶记》第十出《杏园春宴》和第十七出《义仓赈济》就是以净、丑为主的戏。这种悲喜相间的结构方式不仅调剂了舞台的气氛，而且赋予我国戏曲结构以一种错落有致的节奏感。《雷峰塔》第九折《设邸》中丑、末的一段科白，第十二折《开行》中净、丑的过场戏，第十七折《求草》中净、末等的相互嘲谑……古典戏曲就是这样围绕着生、旦的戏，穿插着净、末、丑的插科打诨，或调笑、或讽刺、或诙谐，构成了西方戏剧所没有的一种独特的韵律。难怪乎唐文标说："中国戏剧所长不在生与旦，而在净与丑。"[3]

---

① 参阅张庚、郭汉城主编：《中国戏曲通史》，上海文艺出版社1983年版，第10页。

② 同上，第28页。

③ 唐文标：《中国古代戏剧史》，中国戏剧出版社1985年版，第250页。

在西方，莎士比亚的戏剧独树一帜。在他的悲剧作品中，就有一些小丑之类角色的插科打诨，他们那幽默、辛辣、慧黠的对话，常常是哲理性的，不仅缓和了剧场的悲剧和紧张的气氛，而且能深化主题。这就使他的悲剧在西方传统的悲剧理论面前被打了折扣。对莎士比亚推崇备至的英国作家、批评家约翰逊就认为："莎士比亚的剧本，按照严格的意义和文学批评的范畴来说，既不是悲剧也不是喜剧，而是一种特殊类型的创新。"①在《麦克白》第二幕第三场有一段看门人的戏，是非常著名的，在麦克白杀了邓肯后的紧张局势中，看门人来了一段近似科诨的唠唠叨叨，对此，尽管"有些人赞美备至，然而在法国演出时，却把它删了……在英国演出时，多半也把它删掉"，因为评论家认为，"这场戏是莎士比亚面对那群特殊的观众的一种让步，这些观众今天是达官官贵人，明天是喜欢穷开玩笑和畅怀大笑的粗野的水手"②。莎士比亚的手法在西方被视为迎合小市民的庸俗趣味，往往被看作败笔。其实不然，莎士比亚自己就曾通过他笔下的人物哈姆雷特这样告诫伶人："……往往有许多小丑爱用自己的笑声，引起台下一些无知的观众的哄笑，虽然那时全场的注意力应当集中于其他更重要的问题上；这种行为是不可恕的，它表示出那丑角的可鄙的野心。"③但是，如果把它作为一种文化现象来考察，莎氏在艺术上采取这种创新，确实与市民文化有关。

在西方剧坛上，让悲喜剧因素同时出现于作品中的作家并非莎士比亚一人。意大利剧作家瓜里尼创作的《牧羊人裴多》就因让悲喜剧人物同时出现，遭到指责。为此，他写了《悲喜混杂剧体诗的纲领》，指出把"悲剧和喜剧的两种快感糅合在一起，不至于使观众落入过分的悲剧的忧伤和过分的喜剧的放肆"④。西班牙剧作家维加也提出："悲剧和喜剧的混合，太伦斯和塞内加的混合，这又是一个人身牛首的怪物，使得它一部分严肃，一部分滑稽，因为

---

① 约翰逊：《〈莎士比亚戏剧集〉序言》，《文艺理论译丛》第4辑，人民文学出版社1958年版。

② 弗·萨赛：《戏剧美学初探》，《古典文艺理论译丛》第11辑，人民文学出版社1965年版。

③ 莎士比亚：《哈姆雷特》第三幕第二场。

④ 伍蠡甫主编：《西方文论选》（上），上海译文出版社1979年版，第198页。

这种多样化能引起大量的愉快，大自然给了我们很好的范例，因为通过多样化，它才能成为美丽的。"①而在英国，莎士比亚的这一创作法，也并非是首创的，他是师承前人并发扬光大罢了。在托马斯·塞克维尔和托马斯·诺尔顿1562年合写的英国第一部悲剧《高布达克》中，每一幕的前面都插入了一个哑剧场面。②在莎士比亚之前仅次于马娄的剧作家格林则主张强调戏剧结构的多样性、复杂性，强调对轻松愉快的喜剧场面及民众的幽默、智慧的运用，无疑为莎士比亚做出了榜样。这些艺术家从民间艺术中吸收养分，尽管他们与宫廷不无关系，但与正在兴起的市民阶级有着更广泛的联系。在当时的英国，戏剧几乎成了一场民族运动，农民也走入剧院，外来者更以进入伦敦剧院为荣，莎士比亚就是为大众剧院写戏的。所谓大众剧院就是为一般市民、学生、店员、水手、士兵、农民和仆役等演戏的剧院。市民的欣赏趣味当然地对戏剧艺术投诸极大的影响。在西班牙，大众戏剧在当时的剧坛上已占主导地位。维加就曾这样声明："我有时是按照几乎没有人理解的艺术来写剧本的，这是事实。……我不让太伦斯和普拉图斯……向我大叫，我只按照那些切望受到群众赞扬的剧作者所发明的艺术来写作。"③这是一个世俗剧方兴未艾、大受欢迎和重视的时代，自然带有民众审美情趣的烙印。而17世纪在西欧戏剧界居于首位的法国戏剧在此时是比较落后的，人文主义戏剧与人民群众没有什么接触，只限于宫廷社会。所以，"在英国，各个阶层都被莎士比亚的剧本所吸引。在法国，即使最优秀的悲剧也引不起民众的兴趣。……很少有悲剧能打动各阶层人民的想象力"④。

中国的戏曲基本定型于宋元之间。这个时期，商业兴盛，戏剧的观众就是广大的市民阶层，本质是一门市民艺术的戏曲，与市民的欣赏习惯和审美情趣密不可分。如元代大都是政治中心，在商业上也堪称东方的中心大都会，我国著名的北杂剧就是在这里获得了进一步的提高和发展的。更何况，中国古典戏曲本身就是在民间编写着自己的全部历史的。如果说中国古代文学史是半

① 维加：《当代编剧的新艺术》，《西方文论选》（上），第220页。
② 参阅廖可兑：《西欧戏剧史》，中国戏剧出版社1981年版，第116页。
③ 维加：《当代编剧的新艺术》，《西方文论选》（上），第218页。
④ 斯太尔夫人著：《德国的文学与艺术》，人民文学出版社1981年版，第95页。

部俗文学史，中国古代戏剧史则是一部完完全全的俗文学史。西方戏剧也起源于民间，但它很早就为统治者所重视，为文人所发展，它已不再是"俗"的了，即使是文艺复兴时期，也未被"俗化"，只不过从民间吸收了一些养料，它依然高居于自己的殿堂。在中国，戏剧不仅源自民间，而且是在瓦舍勾栏中形成、发展、定型的。唐安史之乱以前，宫廷艺术有很大发展，而安史之乱以后，不少宫廷艺人流落民间，使宫廷艺术与市民商人见面，"这一面影响了市民、商人的趣味；但更重要的是从原来比较粗糙的市民艺术吸收了许多养料，并按照市民自己的趣味把它加以改造，就形成了精致的市民艺术"①。戏曲形成之后也只是在民间流传，为正统文人所轻视，所谓"儒家自有名教可乐"，始终登不上大雅之堂，更不能像西方戏剧那样与诗歌并驾齐驱。戏曲形成前后，也曾进入过宫廷或贵族府第，但那多是宴间花前的作乐助兴，"以供贵邸豪家幕次之玩"。戏剧演出则是下九流的职业，不仅演员的身份低贱，作者的身份亦不高贵，他们往往不是得志于当时而散落民间的文人，是些"抑沉下潦，志不得伸"之士，特别是在元代，汉人备受奴役，而贵贬高低的十等职业中，文人居然排名第九，居于"娼""丐"之间，地位卑微之至，他们与民众的关系密切，却不曾有西方剧作家与宫廷之间的那种紧密联系。

两条相反的轨迹，使中西戏剧具有了不同的内涵。在西方，悲剧是伟大人物的写照，喜剧是卑贱人物的写照，这在古希腊就为亚里士多德总结规定了。在这上面，即使是瓜里尼、维加也不予违背，"喜剧和悲剧的区别，在于喜剧所讨论的是卑贱的和平民的种种行为，而悲剧则是王室的和高贵的行动……""悲剧以历史作为它的主题，喜剧则用虚构"②。西方的悲剧主人公都是些身份高贵的人，在中国则没有这种严格的分类，更无这种高贵卑下之分，体裁上没有，题材上也没有，所以，在戏曲中，市井小民也能成为悲剧主人公，王公大人也可在剧中被讽刺揶揄一番。西方的悲剧语言必须是诗的语言，不能是口语，更不能是俚语；而中国戏曲吸收了大量的民间语汇，杂剧讲究的就是本色，不避俚俗，关汉卿就是"本色派"的杰出代表。中国人没有西

① 张庚、郭汉城主编：《中国戏曲通史》，上海文艺出版社1983年版，第35页。
② 维加：《当代编剧的新艺术》，《西方文论选》（上），第219页。

方民族那种极端的悲剧精神，对于一曲凄楚的悲歌中的一点欢笑，观众是乐于接受的。

不把悲、喜绝对化，这是中国人辩证思维方式在文艺创作上的表现。我国古代的朴素辩证法思想相当丰富。商周时《易经》就提出了阴阳交感产生万物的思想。以后，在哲学上、美学上、文学上，这种相对的概念成对成对地层出不穷：刚柔、虚实、动静、通变、偏正、收放、抑扬、疾徐、哀乐、心物、形神、文质……《老子·二章》曰："有无相生，难易相成；长短相形，高下相倾；声音相和，前后相随。"在中国人的思维意识中，这些相对立的范畴是相济相和的。所以古代艺术极强调形式结构的奇正相间、收放相间、虚实相间、起伏相间、疏密相间、曲直相间、动静相间……以达到一种"中和"之美。戏剧悲喜相间结构正是这一参差变化的结构规律的具体体现。《琵琶记》的作者就在剧中让一些苦与乐、贫与富极相悬殊的场面交替出现，造成了强烈的艺术效果，因为"以乐景写哀，以哀景写乐，倍增其哀乐"①。

从艺术传统看，中国古典戏曲比西方戏剧更具娱乐性和消遣性，它源于民间，必然要满足平民百姓消闲娱乐的需要。来看戏的人不是来听取一番关于人生、人性的剖析和哲理，更多是来"图个乐子"，且大多数戏剧是在逢年过节、喜庆吉日、迎神赛会时演出的，如若一悲到底，人们难以接受，所以总得来点科诨杂耍，甚至在跌宕曲折的悲、欢、离之后，如不能真"合"，也常常以幻想的形象来个"合"的结局，以求获得情感心理平衡。

西方的悲剧极少亮色的结尾（当然有例外，如《熙德》），就是莎士比亚的悲剧也都是在血淋淋的惨状中拉上幕布的。而中国则不然（当然也非全部，但却是主导的），赵氏孤儿大仇得报；赵玉娘夫妻团圆，一门旌奖；白蛇、许仙最终皆得正果；窦娥沉冤昭雪，周昌顺则封妻荫子，冤魂得到慰藉；娇娘、申纯亦化作鸳鸯长相厮守；等等。反正大悲带小喜，小喜带大悲，悲中夹喜，喜中寓悲，已成为中国人的一种审美心理定势。

之所以产生这种结局，或者是我们这个民族天生富有乐观精神；或者是作者、观众以这种方式表达在当时还无法实现的善良美好的愿望、理想和要

———
① 参见王夫之：《姜斋诗话》，人民文学出版社1981年版。

117

求，是一种长期压抑的心理状态的曲折表露；或者如鲁迅一针见血指出的那样："中国的文人，对于人生——至少是对于社会现象，向来就没有正视的勇气。"①应该说这些都是原因，但出于伦理教化也是其中一个重要原因。

中国文学与政治道德伦理的关系极其密切，一切以是否"有补于世"为准绳，所以，在中国文学史上，形式主义和颓废主义是没什么寿命的。在真、善、美中，西方强调的是真与美的结合，而中国强调的是"美善相乐"，即把道德境界与审美境界合一，达到"原人伦，美教化，移风俗"的社会政治效果，追求尽善尽美。西方则强调文艺对现实生活的真实模仿、再现和反映，注重艺术的认识作用，在文学作品中对人生进行探索，作哲学、历史、宗教的思考和开拓。所以，在西方，"戏剧艺术就在于把现实搬上舞台"②，而"戏剧作品是一种模拟，说得确切些，它是人类行为的肖像；肖像越与原形相像，它便越完美，这是不容置疑的"③。而我们却把戏曲当作"药人寿世之方，救苦弭灾之药"④，把古人搬上舞台，为的是"丽今声，华衮其贤者，粉墨其匿者，奏之场上，令观者藉为劝惩兴起，甚或挽腕裂眦，涕泪交下而不得已，此方为有关世教文字"⑤，以求"借优人说法与大众齐听，谓善者如此收场，不善者如此结果，使人知所趋避"⑥。在戏剧的审美过程中，中国人是爱憎强烈、倾向鲜明的，他们不仅要欣赏一个故事，还要知道作者的评价和感受，而不像西方那样，作者愈隐藏愈好。所以，中国戏曲并不注重刻画复杂的性格，更不会无所褒贬，戏剧冲突也多是美与恶、忠与奸、正与邪的正反两面的斗争，安排一个惩恶扬善的结局，意在说明，"善有善报，恶有恶报""明有王法，暗有鬼神""天网恢恢，疏而不漏"，告诫人们要在现世做个好人。

---

① 鲁迅：《论睁了眼看》，《鲁迅全集》第4卷，人民文学出版社1982年版。

② 弗·萨赛：《戏剧美学初探》，《古典文艺理论译丛》第11辑，人民文学出版社1965年版。

③ 高乃依：《论三一律，即行动、时间、地点的一致》，《西方文论选》（上），第264页。

④ 李渔：《闲情偶寄》。

⑤ 王骥德：《曲律》，《中国古典戏剧论著集成》（四），中国戏剧出版社1959年版，第160页。

⑥ 李渔：《闲情偶寄》。

中国古代艺术强调的是中和的含蓄的美。《左传·鲁襄公二十九年》中有这样一段记载：季札在鲁国观看周王室的乐舞，"为之歌《颂》"时，他评价道："至矣哉！直而不倨，曲而不屈，迩而不逼，远而不携，迁而不淫，复而不厌，哀而不愁，乐而不荒，用而不匮，广而不宣，施而不费，取而不贪，处而不底，行而不流，五声和，八风平，节有度，守有序，盛德之所同也。"后来，儒家总结整理出一套中庸之道的学说，在文学艺术上提倡"温柔敦厚"的诗教、乐教，主张"怨而不怒""哀而不伤""乐而不淫""以理节情、以道制欲"。产生于儒家学说形成之后的中国古典悲剧往往不肯让矛盾冲突导致完全的破裂和毁灭，引起悲伤与绝望，而是用最后的亮色使理智对情感有所节制、引导，用悲喜相济制造凄缓的悲剧旋律，所体现的悲剧范畴是"哀怨"，不像西方悲剧那样着力渲染悲剧人物的不幸、悲惨和失败，以单一、强烈、持久的悲剧感受"净化"人们的心灵。西方悲剧的音调是激烈的，所体现的悲剧范畴是"悲壮"。因此，在表现人生时，西方是极端的，中国则是和谐的。

其次，就是"三一律"问题。所谓"三一律"，就是时间、地点、人物的一致性规律。这种集中凝练而又约束性极大的创作原则是贯穿着西方戏剧史的。到了近代，已没有人再把"三一律"视作金科玉律，但我们仍能从易卜生等人的创作中体味到这种精神。而中国古典戏曲则从未出现过这种原则的任何端倪。古典戏曲所叙述的故事可延续数千年不在话下，连场景的变化也令人眼花缭乱。

中国的戏剧结构是开放的，戏的开端可以离高潮很远，可以把事件的原因、情节的发展一一用明场处理，统统纳入舞台的框架之内，给人以有头有尾的明晰的完整感，是叙述性的结构、线性结构。"三一律"则是封闭性的结构，戏的开端与高潮接得很近，开始就冲突紧张，而前因及有关的重要情节则往往在冲突的发展中倒叙出来，当时与过去交织纠缠在一起，显得紧凑、逼人，是悲剧性的块式结构。

以莎士比亚为代表的"巴洛克戏剧"，在时间上的纵横驰骋，在地点上的海阔天空、变化无常，是众所周知的。但它仍没摆脱西方艺术结构的块式特点。莎剧场景的变化仍不过是场与场、幕与幕之间的变化。而中国戏剧的结构是线性的流动的，场景随剧中人的上、下场或演员的表演而变化。《汉宫秋》

第三折开始时是灞桥送别,后半部就已到番汉交界处了。《李逵负荆》第四折,开始,宋江等人上场,场景是梁山伯聚义堂;然后李逵上,道:"这碧湛湛的石崖,不得底的深渊。"场景成了李逵行进的山路;待他唱"我来到辕门外,见小校雁行排",场景到了辕门;等他虚走几步,对宋江"见科",他已进了聚义堂;当他们都下场,宋江、鲁智深上场,场景又成了杏花庄;一番打斗,全部退下之后,宋江等人上场,场景已是梁山聚义堂了。中国戏曲的场景可以随剧情而不断变化流动的特点,每部作品都可以提供实证。

产生这两种差别之原因就是中西戏剧形式本身及表演体系的差异。

西方艺术是"再现"的艺术,历来重视"模仿",注重"形式",讲求逼真细节真实,所以西洋绘画采用焦点透视法,以固定的视线和视向观察客观物象,用光线和色彩的变幻来描绘逼真的形象,富有强烈的立体感和真实感。在舞台上则极力通过物质手段给观众制造真实的幻觉,追求"活生生的"生活形象,不加粉饰地进行表演,要求戏剧人物的语言和现实中的人物语言相吻合,演员的表演自然,与日常说话一般,不让观众意识到在演戏,让观众也入戏,使之被"同化"于"被再现的人生"。无疑,最能达到这种效果的就是制造时空的真实,"三一律"是最佳方案。西方人不像中国人那样能与自然"合一""感应",他们更多的是"对立""冲突",时空对他们是一种束缚,所以,他们始终与这种物理性抗争搏斗着。

与西方相比,中国古代艺术是"表现"的艺术,更重"神似",注意把握客观对象的风骨、神韵,着意表现气韵生神的意境美,始终追求"无笔之笔""无墨之墨""无画处有画""笔不到而意周",常用轻淡的笔墨启示出某种想象的意境,讲究的是"写意""传神",文学注重的同样也是意境、神韵、风骨,戏曲舞台上也重视意境的创造。而且中国人"天人合一""天人感应"的自然观、哲学观,使物我能相通、情景能交融,甚至以情驭景,而且排除了自然时空的限制。中国古代艺术追求的是一种心理时空,画家采用的是散点透视法,以流动的视线和变化的视向观察物象,组织画面,创造出一种诗意的艺术境界。同样,戏剧舞台也获得了"自由时空",戏曲的时空意识就是"景随人移",时空结构依靠演员的表演和唱念来体现,"唱段慢极五更天,走一圆场百千里",在空空如也的舞台上,用变形取神的艺术方法,根据虚实相生的美学原则，借意显实，通过演员的一段唱白或虚拟性的表演就能衍生万物，骑马、行舟、园场、进门出门、上楼下楼、上岭下岭……演员用自己的身段描绘出特定的环境，观众借助想象进行三度创作，舞台上的形象与想象中的形象相结合，那么，长街、小巷、大殿、厅堂、江河湖海、高山大川、风雨雷暴就在舞台上出现了，达到了容纳万物的效果。在戏曲舞台上，不是环境说明人物，而是人物表现环境；不是时空限制人物，而是人物规定时空。

中国戏曲有一套程式化和虚拟化的表演体系，舞台上的说话行事，是艺术程式化了的，什么水袖、方步、云手、翎子功等，表现的就是人物的各种心态，如抖髯——惊慌、恐怖，甩髯——激动、愤怒，托髯——感伤、慨叹，这些程式成了演员与观众间的协约。"不经过艺术修饰的啼哭在中国古典戏剧中却令人感觉不自然。"[1]人物扮相的脸谱化，表演的程式化、虚拟化，景物、道具的象征性，科白的韵律化和大的唱段，与西方戏剧所追求的逼真感大相径庭，舞台上的一切都进行过艺术加工，与现实生活相差很远，人们很难把舞台上的戏当作生活的真实，观众在意识到戏剧的虚构性同时又同化于虚构的戏剧之中，"离间效果"产生了，时空也就自由了。

有冲突才有戏剧性，没冲突就没什么戏了。在西方，戏剧的最高潮往往临近尾声，因为高潮过去，矛盾解决了，冲突不存在了，戏也就完了。但中国有的戏剧却在冲突结束之后还来一段抒情的戏，如《汉宫秋》和《梧桐雨》就是典型的例子。这两个杂剧，冲突在第三折已全部结束，戏该收场了，第四折在西方人看来无疑是"蛇足"，它只是悲剧主人公的内心活动和情感的抒发。但这两出杂剧历来被称赏的恰恰是这两段抒情戏，它们是这两出悲剧的重点段落，因为中国传统戏曲是诗化的戏剧。

我国是个诗的王国，诗又以抒情诗居多，所以我国的绘画与诗是相通的，常有浓厚的诗的色彩。以诗为代表的中国文学，其内核就是"言志抒情"，强调的就是以情动人、以情感人、以情化人、以情入人，甚而"感天地而动鬼神"，而诗、词、曲"源本于一"与诗有着同一母体，戏曲自然也"应物斯感，感物吟志"。中国从抒情诗发展到叙事诗经过了漫长曲折的路程。

---

① 布莱希特：《论中国人的戏剧》，《戏剧学习》1982年第1辑。

《乐府》中出现过一些《陌上桑》之类的作品，直至南北朝时才有《木兰词》《孔雀东南飞》，唐代之后才有较大的发展，叙事诗中也往往带有浓厚的抒情色彩。诗从四言到五言，从五言变成七言，又变成词，词又变成曲，所以戏曲被视作剧诗，当然带有浓厚的抒情色彩，在再现中表现，借叙事以抒情。西方戏剧与诗的关系也很密切，悲剧是赞美诗，喜剧是讽刺诗。而西方的诗源是史诗，在西方，叙事诗比抒情诗发达，抒情诗也带叙事性，与中国恰好相反。所以，中国戏剧与西方戏剧以行动的逻辑编故事的"情节结构"不同，而是从控制情绪的角度构造故事，是"感情结构"，感情线索浓重。

（原载《暨南学报》1990年第4期）

中西小说的渊源、形成过程比较

　　小说是一种表现力最强的文学样式。同诗歌和戏剧相比，小说兴起较晚，但却发展很快。在现代，无论是中国还是西方，无论是哪个国家，小说都是拥有最多读者的一种文学样式。

　　中国古代"小说"概念十分含混，在语义上同我们现在所指的小说完全不同。"小说"这个名词最早见于《庄子·外物》篇："饰小说以干县令，其于大达亦远矣。"指的是与高言宏论相反的琐屑之谈，不具有文体的意义。东汉初年，桓谭在《新论》中说："若其小说家合丛残小语，近取譬论，以作短书，治身理家，有可观之辞。"首次在文体意义上运用"小说"这个词。稍后，《汉书·艺文志》中也说："小说家者流，盖出于稗官，街头巷语、道听途说者之所造也。"所谓"街头巷语、道听途说"，也就是"丛残小语"，就是琐屑的形式短小的"短书"。这一观念，后来因袭下去，成为中国古代正统文人对"小说"的一种根深蒂固的认识，从汉到清2000年间没有发生根本的变化。所以，中国的古小说，多为形式短小的琐语。清代纪昀编的《四库全书》，将小说分为三类：杂文、异闻、琐语。把各种各样的杂著称为小说，却不包括在清以前已出现的唐传奇和宋元以来的白话小说。这正说明中国古代历史典籍中"小说"的概念，同我们现在文学概念中所讲的小说是不相同的。我们现在所指的小说，应具有叙事性、形象性、虚拟性、散文性等基本要素。本文也是以这样的认识为基点，来追溯中国小说的渊源及其产生、形成过程，并以它同西方小说的渊源和产生、形成过程进行比较。

　　无论是中国还是西方，都很早就出现叙事文体，如神话、史诗、寓言、实录、故事、传奇等。但是，小说作为叙事文体最成熟的类型却是很晚才出现的。在中国，唐传奇是最早的小说。在西方，小说的形成是在文艺复兴前后，它的成熟和繁荣还要更晚一些。小说作为各种文学样式中最后崛起的一种文学样式，18世纪以来它的成就是令人吃惊的。许多读者还把它看作吸收丰富人生经验、寻求哲理和道德指导的一种途径。比较中西小说的渊源及其产生、形成过程中的异同，既有助于我们探索小说这一文学样式产生、形成的规律，对于我们认识中西小说在美学上各自具有的特色，也是很有意义的。

一、中西小说的渊源

西方小说的渊源，可以直接追溯到古希腊的神话和史诗。古希腊的神话以口头文学的形式在各个部落流传了几百年，现在通常所见的神话是从奴隶制古典时期各种古籍中搜集、编写的。古希腊神话包括神的故事和英雄传说两方面的内容，神话故事主要是关于开天辟地、神的产生、神的系谱、人类的起源和神的日常生活的故事；英雄传说是关于远古的历史、人和自然斗争的各种英雄故事。公元前9世纪至公元前8世纪出现的《荷马史诗》（《伊利亚特》和《奥德赛》），在公元前6世纪正式写成文字，是欧洲文学史上最早出现的重要作品。荷马的时代是欧洲社会从原始公社制向奴隶制过渡时期，《荷马史诗》中有不少古希腊的神话。荷马时代，部落之间经常发生战争，《伊利亚特》描写的特洛亚战争，就是一次部落之间的大战，在这次大战中，一些部落联合攻打特洛亚，毁灭了这座城市。《伊利亚特》就是一部古代战争的史诗，也是一部英雄的史诗，史诗歌颂了战争中的英雄。《奥德赛》是描写希腊英雄俄底修斯在特洛亚战争之后离家和还乡的故事，写他离家之后，历尽千辛万苦，不怕困难，在不可想象的困难中表现了英雄的本色，是一部描写航海生活和家庭生活的史诗，既有浪漫的幻想，又有写实的特色和抒情的氛围。《荷马史诗》是经过世世代代的人相传下来的，当中有"人类童年"时代才可能有的天真美丽的幻想，也有人类早期那种朴素的以人为本的思想。根据亚里士多德的叙述，古希腊时代史诗的种类很多，荷马这两部史诗包括了各类史诗的特点。《荷马史诗》是近代欧洲史诗的典范，后来欧洲的许多作家都从这两部史诗的故事和人物形象中取得素材。古希腊的神话和史诗，在后来的悲剧中留下了深刻的痕迹，同时也直接影响到西方小说的产生。

　　中国古代没有像《荷马史诗》那样的作品，但有丰富、美丽的神话传说，它们同样是中国小说产生的源头。在中国古代的神话传说中，有许多是记载远古人们同自然作斗争的，人们借神话歌颂敢于与自然搏斗的英雄，传播与自然斗争的经验，寄托战胜自然的理想。如女娲补天、精卫填海、夸父逐日、鲧禹治水等神话都集中体现了远古人民征服自然的强烈愿望。这些神话是劳动的产物，神话中的英雄是远古人民智慧、力量和愿望的化身。这些古代的神话，开始在民间口头流传，经过群众长期的艺术加工，日益丰富和系统化。中国古代的神话传说没有专门的集子加以记载和保存。屈原的《离骚》《天问》《招魂》《九歌》等诗歌里，有不少神话传说的材料。《庄子》《韩非子》《淮南子》《列子》等哲学著作里，也保存了一些神话传说。《山海经》《穆天子传》记载的都是神话传说，可视为这方面的专书。《山海经》非成于一时、一人之手，记述的有名山大泽、奇花异草、珍禽怪兽，以及鬼神灵怪。《穆天子传》记载周穆王游猎中所见种种。明胡应麟说它"文极赡缛，时有可观""颇为小说滥觞"。[①]《山海经》和《穆天子传》是后世志怪小说的发端。

　　中国唐传奇以前的小说，通常称为古小说，古小说还不是小说，而是小说的原始形态。中国古代的神话传说是古小说发展的基础。中国古代的神话传说没有明显的界线，而且互相渗透，有不少神话中的英雄，在民间不断流传加工，后来就变成传说中的人物。但同神话相比，传说中的人物，较接近现实的人，现实性比较强，情节相对也曲折些。神话传说本身是故事，有简单的情节，有人物形象，这些都直接间接地为后世小说的产生奠基。

　　从中西小说的渊源看，都可以追溯到远古的神话传说，它们都是在古代神话传说的基础上发展起来的。不同的是西方在古希腊就出现了最早的叙事文体"史诗"，神话传说对后来小说所产生的作用主要是借助于"史诗"；中国古代神话传说虽多，但记载杂乱疏略，对后世小说影响较大的主要是志怪一类。

---

　　① 胡应麟：《少室山房笔丛·三坟补逸》，中华书局1958年版。

二、中西小说形成过程的异同

小说同西方叙事文学在形式上的区别，在于小说是一种散文作品，而西方早期叙事文学作品是用诗体记述的。中古时期欧洲出现的少数用散文写作的叙事文学，是从史诗向后世小说过渡较早出现的一种文学形态。中古欧洲的英雄史诗中，有一类是反映氏族社会末期的生活，主要是歌颂部落的英雄，多以神话或历史的人物事件为依据。在这一类史诗中，冰岛的《埃达》《萨迦》占有重要的地位。《埃达》是诗体。《萨迦》是散文叙事文学，内容包括史传、英雄传说、旅行记、家族史话等。在这些作品中，保存了北欧神话传说和史传故事的丰富材料，具有很高的历史价值和文学价值，向来为欧洲文学史家所看重。作为西方较早用散文写作的少数叙事作品之一，《萨迦》在小说形成过程的作用，也同样应引起人们的注意和重视。除此以外，十二三世纪，在西欧骑士文学的繁荣时期，也出现了散文体的骑士传奇。当时，骑士文学最兴盛的是法国，但法国北方骑士文学的主要成就是骑士叙事诗。骑士叙事诗一般篇幅都比较长，内容多是写骑士对贵妇人的爱情，也有写他们冒险和征讨的故事，情节离奇，故事大都是虚构的，在虚幻故事中表现骑士精神。在这些骑士叙事诗中，写大不列颠王亚瑟和他的圆桌骑士的作品比较多。13世纪还出现了这一题材的散文体骑士传奇。当时流传的《奥卡森和尼柯莱特》，就是一部用散文和诗交错写成的作品。亚瑟传奇不仅在当时最为闻名，它们的结构形式、人物性格刻画和心理描写等，对后来欧洲的长篇小说有一定的影响，而它们当中的散文体的作品，在语言形式上，同后来的小说应有更为直接的联系。13世纪以后，用散文写的更多，便逐渐发展成为故事小说。

西方早期的叙事文学，最发达的是史诗，从史诗到小说，有一个从诗体向散文体发展的过程。中国古代的叙事文学，最发达的是史传文学。史传文学本质上是历史，用散文写的，不是诗。从史传到小说，有一个艺术化的问题。史传文学记叙的是现实生活中发生过的事实，是历史的实录；小说叙述的是现实生活中发生过或可能发生的虚构的故事，虽然它们都是叙"事"的。中国的史传文学，如《左传》《战国策》《史记》等，对后代的文学，尤其是小说的创作产生了深远的影响。从对小说影响的角度看，《左传》以写错综复杂的历史事件见长，且有许多戏剧性的故事和场面；《战国策》以记言为主，当中有许多奇行异智的记述；《史记》写的人物传记，是以写人物为中心来反映历史的，人物性格鲜明突出，又有比较完整的故事结构，人物活动背景也很广阔清楚，达到了史传文学的高峰，在那些刻画人物的传记中，已包含着小说的某些因素。所有这些，对中国后来的小说都有极为重大的影响。

小说之所以能够完成史诗无法完成的艺术使命，具有独特的审美价值，就是因为它是以散文语言为工具，是散文体的叙事文学。用"诗"叙事，只能粗略地摹写，"空白"太多。随着人类社会的发展，现实生活日益繁杂多样，文学要表现复杂的人生，在作品里创造充分具象、情境逼真的人生世界，已非以"诗"叙事的形式所能完成。而以散文体为语言工具的小说，在这方面却具有无可比拟的优越性，它能自由自在地运用散文语言创造出富于价值和美感的艺术世界。所以，用散文体叙事是小说同史诗和讲唱文学的区别，也是小说的艺术规定性之一，从西方早期的史诗到散文体叙事作品的出现，也成为催发小说产生的一个必要的前提条件。

小说同实录文学的重要区别，在于它描写的是"虚拟的人生"。所以，中国古代的史传文学，虽然在当时已达到了相当高的水平，但它们写的是历史上的真人真事，不具有艺术的虚构性，还不是小说，只能说它们当中孕育有小说的因素，为后来小说的产生提供了某些借鉴，使中国小说在其酝酿、形成的过程中获得了自己的特殊营养。

三、中西小说的初级形态比较

中国小说的最早形态，是魏晋南北朝的小说。魏晋南北朝小说的形成，是直接受到史传文学的影响，还没有最后摆脱依附历史著作的状态，只能说是小说的雏形。为了把它区别于唐传奇以后的小说，人们通常称之为古小说。古小说大致可分为志怪小说和志人小说两大类。中国古代第一个对古小说进行分类的是明人胡应麟，他在《少室山房笔丛》中，把小说分为六种：志怪、传奇、杂录、丛谈、辨订、箴规。①现在看来，丛谈、辨订、箴规三种，不具有文学的意义，是属笔记。前三种中的传奇，始出于唐，不在古小说范围，他举的例子，除个别篇目外，主要也是指唐人作品。在古小说范围内的只有志怪和杂录两种，而这两种正是唐前的志怪小说和志人小说。

中国古代迷信巫术，秦汉以后，又盛行神仙之说，汉末开始传入佛教。从魏晋至隋，神怪的故事，广为流传，形成了侈谈鬼神、称道灵异的社会风气，产生了许多志怪小说。这些小说，充分地表现了当时流行的神秘思想与宗教迷信。正如鲁迅所说："中国本信巫，秦汉以来，神仙之说盛行，汉末大畅巫风，而鬼道愈炽；会小乘佛教亦入中土，渐见流传。凡此皆张皇鬼神，称道灵异，故自晋讫隋，特多鬼神志怪之书。其书有出于文人者，有出于教徒者。文人之作，虽非如释道二家，意在自神其教；然也非有意为小说，盖当时以为幽明虽殊涂，而人鬼乃皆实有，故其叙述异事，与记载人间常事，自视固无诚妄之别矣。"②

这就说明，志怪小说的兴起与社会上宗教迷信的风气是密切相关的。志怪小说内容十分庞杂，大多属于神仙灵异、佛教因果报应、人鬼交往的故事。这些故事基本上可分为三类：一是炫耀地理博物的琐闻（如托名东方朔的《神异经》《十洲记》等），二是夸饰正史以外的历史传闻（如托名班固的《汉武帝内传》《汉武故事》等），三是讲述鬼神怪异、人鬼交往的故事（如干宝的《搜神记》）。这些故事最有小说意味的是第三类。干宝的《搜神记》中有许多美丽的民间传说，其中《干将莫邪》《韩凭夫妇》《李寄斩蛇》等，是人们所熟知的作品。《搜神记》里还有不少动人的爱情故事，如《兰岩双鹤》写一对在兰岩隐居了数百年的夫妇，化成了比翼而飞的双鹤，后来一鹤被人杀害，另一鹤就常年哀鸣，呼叫它的爱侣，声音极其哀切。又如《吴王小女》写吴王小女紫玉爱上了童子韩重，同他私订终身。后来韩重去齐鲁游学，临行请他父母代为求婚，吴王不允，紫玉仇怨郁结而死。韩重回来以后，到墓前哀哭，紫玉鬼魂出来同他相见，并邀他进冢团聚，经历了三天三夜人鬼之间短暂、悲楚

---

① 胡应麟：《少室山房笔丛·九流绪论》，中华书局1958年版。
② 鲁迅：《中国小说史略》，人民文学出版社1953年版，第47页。

的团聚，故事曲折感人。此外，刘义庆的《幽明录》中的《庞阿》《卖粉女子》都是描写爱情执着的故事，也很动人。志怪小说在文学史上留下的影响是深刻的，它们为唐代传奇的出现准备了条件。

志人小说的兴起也有一定的社会基础。东汉后期，上层社会形成了一种品评人物的风气，叫做"清议"，那些善于品评的人称为名士。魏晋以后，士大夫好尚"清谈"，讲究言行举止，品评人物的风气极盛，因此，就有人把一些知名人物"清谈"的内容、风度、影响等记录下来，编成志人小说。志人小说同志怪小说不同，是写人，不是写神怪，是面对现实，直接反映当时社会的生活。南朝刘义庆的《世说新语》就是这类作品的代表作。它把汉末至东晋间士阶层的遗闻逸事，分为36类进行记述。这类作品的特点是善于即事见人，通过生活中的某一场面、一次精彩的对话，用细节描写的方法，写出人物的特征，语言精练、生动，对后来《三国演义》等历史题材小说，有直接的影响。

艺术内容的虚构性是近代小说的规定性。作为小说的雏形阶段，志怪小说比志人小说有更多的小说因素。志人小说基本上记真人实事，志怪小说则是虚构的，在此类作品里，有丰富的想象和幻想，有比较鲜明的人物形象和相对完整的情节，这些因素在后来各个时期各种条件的作用下，不断地增长、扩大、完善。到了唐代，又吸收了《史记》等史传文学刻画人物的手法，随之演变出相当成熟的文言短篇小说（传奇）。唐以后，白话小说兴起，志怪题材仍占极大比重，宋话本有灵怪、烟粉、神仙、妖术诸类，明清章回小说有神魔小说一门。其他小说同样含有程度不同的志怪成分，在艺术想象和表现方法上接受志怪的启示和影响。

在西方，中世纪欧洲流行的传奇故事，对小说的形成和发展有很大的贡献，主要是开拓了艺术想象的世界。神话和传奇都具有活跃不受限制的思维，但神话"是一种无意识虚构，而不是有意识虚构；原始精神并没有意识到它的创造物的意义"[①]。传奇是一种有意识的虚构，作者通过这种虚构在作品里创造一个完整的艺术世界，具有早期小说的本质特征。

十一二世纪，西欧各国封建制度已完全确立，出现了骑士阶层，与此相

---

① 恩斯特·卡西尔著，甘阳译：《人论》，上海译文出版社1985年版，第94页。

适应，出现了骑士文学。骑士文学包括骑士抒情诗和骑士传奇，同后来小说有密切关系的是骑士传奇。骑士传奇不同于英雄史诗，没有历史事实根据，作品的内容是出自诗人的虚构，大多是从民间传说和古希腊、罗马的故事延伸出来的，主要是表现骑士的生活理想和爱情追求，表现出一种冒险游侠的精神。骑士传奇题材狭窄，在构思上多以一二人物为中心组织故事情节，重视人物内心活动的细腻描写，人物的对话比较生动活泼，故事较长，在艺术上已具有近代长篇小说的框架。

小说的发展，与商业文化的发展、城市的兴起分不开。在西方，最早的城市文学是韵文故事。西欧各国从11世纪开始，随着手工业和农业的分工，商业的发展，产生了城市，形成了从事工商业的市民阶级。城市文学是适应市民阶级文化娱乐的需求而出现的，其主要特点是反映的社会面广，故事性和讽刺性强。当时最流行的《列那狐传奇》，就是一部故事性和讽刺性都很强的作品。这部作品的主要情节是写列那狐和依桑格兰狼的斗争。作品借野兽写人，把动物人化，赋予它们以人的思想、感情、语言和行为，来影射中世纪封建社会的现实生活，表现当时新兴市民阶级的某些意识和观点。在城市文学中，长篇叙事诗《玫瑰传奇》占有很重要的地位。《玫瑰传奇》的作者是雅典诗人威廉·德·洛利斯，写作的时间是13世纪30年代前后。《玫瑰传奇》原是一部纯爱情题材的作品，作者未写完就去世，而由若望·德·墨恩续作，那已经是40年后的事，所以上下两部思想内容极不相同，上部写的是骑士爱情，下部则是表现市民阶级的思想，触及了当时的许多社会问题，批判禁欲主义和蒙昧主义，谴责教皇和贵族，是中古时期有影响的作品，也是中古欧洲最早表现人文主义思想萌芽的作品之一。中世纪的城市文学表现市民对世俗生活的兴趣，具有较多的现实主义的因素，它所创造的是与现实有重合之处的虚构世界，这些故事的主题和模式，为后来的小说提供了表现现实的基因。

韦勒克认为，小说偏重于"表现现实生活中的事"，而传奇偏重于"叙述不曾发生过的事"。"小说是现实主义的；传奇则是诗的或史诗，或应称之为'神话'。"[1]可以说，传奇是小说的"幼年"，它与小说不同之点，就是

---

① 韦勒克、沃伦著，刘象愚等译：《文学理论》，三联书店1984年版，第241页。

它的虚构是超现实的，当它发展到面向现实的时候，小说就产生了。

拿中国小说的雏形——魏晋南北朝的志怪小说、志人小说，同西方小说的初级形态——骑士传奇和韵文故事比较，它们在中西小说形成、发展过程中所起的作用是很相似的。如果说，志怪小说和骑士传奇对于后来小说的贡献在于它们的虚构性，那么，志人小说和城市文学则为后来的小说展示了人生的客观性，而虚构性同叙事的客观性的结合，正是小说同纪实文学、抒情文学和戏剧的区别。

四、中西小说的诞生及其发展

中西小说都是在古代故事的土壤上孕育形成的。故事是类别最广的文学形式，小说是讲故事的一种特殊形式，但它叙述的是现实生活可能发生的故事。小说和故事明显的区别在于：小说不仅讲一个故事，它还通过故事塑造人物，反映社会生活，抒发和分析感情，展示人物对他们所处的时代和社会环境的反应，并给这一切灌注以思想，使其具有一种结构和审美的意义，有一个整体的连贯性和效果，既能引起读者感情的共鸣，还能启发读者对人生现实、社会历史等各种问题的思考。

从中国小说的发展史看，中国小说的正式形成应当在唐代，其标志是唐传奇。唐传奇直接继承了六朝小说的传统，又接受史传文学的哺育，从而有了巨大的发展。根据现在保存的材料，单篇的约40多篇，专集也有40多部，总共不下400篇，其中广为流传的也有数十篇之多，从中可以看到当时传奇创作的盛况。关于唐传奇，鲁迅在《中国小说史略》中说："小说也如诗，至唐代而一变，虽尚不离于搜奇记逸，然叙述宛转，文辞华艳，与六朝之粗陈梗概者较，演进之迹甚明。而尤显者，乃在是时则始有意为小说。" 这是符合实际的论断。我们拿唐传奇同六朝的志怪、志人小说作一比较，六朝的志怪、志人小说，一般都很简短，记事写人，只是"粗陈梗概"，志怪小说所记的神鬼故事，也还不能说是有意虚构，而是作者相信神鬼的存在。唐传奇虽有明显的志怪小说影响的痕迹，篇幅也不很长，但记事写人都比较细致，情节的发展，从头到尾，整个故事有始有终，作者在叙述故事的同时，也表现人物的感情，并且注入自己的思想，使读者读了，不但知道故事的内容，还能在情感上引起共鸣，从中得到某种启迪。所以，无论是从思想内容还是艺术表现上看，唐传奇的出现，才标志着中国小说的正式诞生。

唐传奇的发展经历了三个阶段：一是从初唐到盛唐时期，是唐传奇的兴起和初步发展的阶段。这一时期的作品，写的仍属于奇闻异事，艺术上未脱尽六朝志怪模样，结构也未有肌体，但篇幅已较完整，描写较细致，颇有故事性，已初具传奇规模。这时期留下的作品不多，只有《古镜记》《补江总白猿传》《游仙窟》三篇，都不是好的作品。二是中唐时期，这是传奇的鼎盛阶段。这一时期，名家辈出，佳作甚多，现在流行的唐传奇的名篇，多出在这个时期，代表作有蒋防的《霍小玉传》、白行简的《李娃传》、元稹的《莺莺传》等，这些作品艺术上相当成熟，不但结构完整，情节曲折动人，而且开始刻画人物性格，并且有了显著的成就。三是晚唐时期，是传奇进一步发展的阶段。这一时期，作品的数量大大增加，还出现一些专集，如牛僧孺的《玄怪录》、薛用弱的《集异记》、裴铏的《传奇》、李复言的《续弦怪录》等，这表明传奇在当时已成为独立文体，受到人们的重视。在内容上除了写志怪爱情婚姻外，还出现了大量豪侠主题的传奇，如《红线传》等，但这类作品有较大的局限性。

唐传奇的繁荣是从中唐开始的。中唐以后，城市经济在盛唐的基础上得到了进一步的发展，长安、洛阳、扬州等地手工业、商业繁荣，城市居民大为增加，优伶娼妓也多了起来，文人士子与她们的关系相当密切，写反映他们生活的传闻轶事，以及某些民间的爱情故事，一时蔚然成风。这是爱情题材传奇产生的社会基础。这一时期，唐代政治日益腐败，社会矛盾很多，宦官专政，党争迭起，失意之人对功名的追求产生了幻灭感，从而采取了逃避现实的态度，人生如梦，求仙访道，颓废感伤的情调浓厚起来，所以就产生了沈既济的《枕中记》和李公佐的《南柯太守传》一类的作品，这些作品反映了封建统治阶级内部的矛盾斗争，讽刺了一些知识分子热衷功名的思想，具有现实政治意义。

唐传奇之后，白话小说兴起，取代了文言小说，成为小说的主流。鲁迅在《中国小说的历史变迁》中说："这类作品，不但体裁不同，文章上也起了变革，用的是白话，所以实在是小说史上的一大变迁。"①

小说本质上是一种市民文学。中国小说之所以诞生于唐代，是因为唐代出现了工商业繁荣的城市，产生了市民阶层，与此相应，也出现了同他们的文化生活相适应的文学——小说。但唐传奇是用文言文写的，是出于文人之手。到了宋代，市民阶层壮大了，为适应市民的文化生活需要，"说话"业十分发达，"说话"艺人同书会文人合作，共同创造了用白话文写的话本。宋代话本往往是相传颇久的集体创作。它们反映了新兴市民阶层的某些要求，具有一定的民主思想。其中最突出的是两点：揭露冤狱，鞭挞官场的黑暗；表现妇女反抗封建礼教的思想和行动，著名的话本《错斩崔宁》和《碾玉观音》就是这两方面的代表作。

宋代话本是中国古代白话小说的开端。到了明、清两代，又演进成章回小说，并产生了许多伟大的著作，如《三国演义》《水浒》《西游记》《金瓶梅》《聊斋志异》《儒林外史》《红楼梦》等，其中又以《红楼梦》成就最高，它的出现，标志着中国古典小说艺术发展的最高峰。"五四"以后西方小说创作方法传入，同中国传统结合，形成了新小说。有学者在回顾中国小说发展历程之后说："从神话传说、寓言故事、史传文学到小说正式诞生的唐代，经历了千余年；从唐传奇到章回小说，经历了四五百年；从《金瓶梅》到《红楼梦》，经历了约二百年；从《红楼梦》到'五四'，经历了百余年……从这历程看，小说的发展，从一个阶段到下一阶段之间的间隔，越到后世时间越短。"②这一论断是符合中国小说发展的历史实际的，但他没有揭示出这种现象的原因。现在看来，这种现象的出现，是与社会前进的步伐日快，外来文化影响增多，小说在面向社会现实以后自身影响的扩大等各方面的因素密切联系在一起的。

同中国小说的诞生相比，西方小说的诞生差不多要晚四五百年。无论是中国还是西方，小说的出现，都是与商业文化的发展、城市的兴起分不开的。文艺复兴是14—16世纪在欧洲许多国家先后发生的文化和思想上的革命运动，

---

① 鲁迅：《中国小说的历史变迁》，《中国小说史略》，人民文学出版社1973年版。

② 徐君慧：《古典小说漫话》，巴蜀书社1988年版，第9页。

它标志了资产阶级文化的萌芽，反映了新兴资产阶级的要求。人文主义是文艺复兴时期形成的资产阶级思想体系，人文主义者主张一切以"人"为本，来反对神的权威。这是因为"中世纪把思想体系的一切其他形式……都合并在神学以内"[①]，因此，"一般针对封建制度发出的一切攻击必然首先就是对教会的攻击"[②]。资产阶级为了反对教会，就要肯定现世生活，肯定人的价值和权利，要求个性解放，提倡平等。文艺复兴时期西欧的新文学也是以人文主义思想为内容的。这种文学是欧洲资产阶级文学的开端，内容上注重反映现实，艺术上抛弃了中古的象征的梦幻文学，用写实的手法，发扬和丰富了欧洲文学的现实主义传统，为近代欧洲文学中的各种文学体裁奠下了基础。欧洲早期具有近代特点的短篇小说，围绕一个或几个主人公的经历并以广阔现实社会为背景的长篇小说，都是在这个时期出现的。

意大利人文主义作家薄伽丘的《十日谈》，在欧洲的小说史上开了近代短篇小说的先河。《十日谈》写10个青年男女，为逃避黑死病，在佛罗伦萨乡间一间别墅里住了10天，每人每天讲一个故事，讲了100个故事。这些故事有不少是取材于中古的民间故事，通过这些故事，作者揭露了贵族的罪恶和教会的腐化，否定了中世纪的宗教世界观和禁欲主义道德观，表现出文艺复兴初期的民主倾向。在艺术上它发展了中古的短篇故事，不仅叙述事件，还塑造人物，对现实作生动的描摹和概括；重视结构技巧，使用框形结构，把100个故事镶嵌在一起，成为一个有机的整体；用散文写作，语言丰富，文笔精练、优美。《十日谈》问世以后，给欧洲后来的小说以很大的影响。此后，意大利短篇小说风行，许多短篇小说家都继承薄伽丘的传统，写出了反映现实的作品。

文艺复兴时期最早出现的一部长篇小说，是法国著名作家拉伯雷所写的《巨人传》。16世纪的法国，骑士阶层衰落了，骑士传奇已不受人欢迎，人们从听故事到读故事，散文故事和小说应运而生。拉伯雷的充满人文主义精神的长篇小说《巨人传》，就是在这个时期问世的。作品里的三个巨人，食量过人，纵情享乐，作者以赞赏的态度描写他们享乐的人生观，嘲讽禁欲主义，揭

---

① 恩格斯：《费尔巴哈与德国古典哲学的终结》，人民出版社1957年版，第46页。

② 恩格斯：《德国农民战争》，《马克思恩格斯全集》第7卷，人民出版社1959年版，第12页。

露宗教迷信如何妨碍社会的发展。在这部作品里，作者把一些优良品质赋予他理想的巨人，在表面上荒诞不经的巨人身上，让人们看到和感受到人的力量。巨人，是人文主义者拉伯雷理想的化身。《巨人传》共五部，结构并不严密，作品的故事是用几个主要人物的活动贯串起来的，人物塑造未脱类型化的影响，有明显的口头文学痕迹。但它是文艺复兴时期的一部巨著，也是法国长篇小说的发端，作品以市民语言为基础，通俗易懂，开创了欧洲通俗小说之路，对后世的作家影响很大。

16世纪中叶，西班牙产生了一种流浪汉小说。西班牙城市发达较晚，流浪汉小说就是城市发达的产物。流浪汉小说多描写城市下层人民的生活，它们的代表作是《托美思河的小拉撒路》，简称《小癞子》。小说由主人公小癞子自述他的经历，通过小癞子曲折的流浪史，描写了社会上各个阶层的人物，讽刺、揭露僧侣的欺骗、贵族的空虚、西班牙社会的腐败。叙述生动自然，语言简洁流畅，作为当时一种新的文学体裁，很受广大读者的欢迎。《小癞子》问世后，被译成各国文字，模仿它的作品不胜枚举。Wilbur L. Cross在他著的《英国小说发展史》中说："这种流浪汉文学就是文艺复兴初期那狂放的言论走入近代小说的一条大路。"[1]

文艺复兴时期西班牙最有成就的小说，是塞万提斯的《堂·吉诃德》。如果说，《小癞子》一类的流浪汉小说是对骑士传奇的一个间接的攻击，那么，《堂·吉诃德》则是从正面毁灭"传奇全部有害的荒谬"[2]。小说故意模拟骑士传奇的写法，描写堂·吉诃德和他的侍从桑科·潘扎的游侠史，通过写堂·吉诃德离家出走，扮演游侠骑士，闹出无数荒唐可笑的事情，最后几乎丧命，临终时，醒悟过来，抨击骑士制度和骑士传奇。由于塞万提斯在小说中对人物刻画的成功，堂·吉诃德一直是欧洲文学和世界文学中的一个著名的典型。它的成功，标志着欧洲长篇小说进入一个新的发展阶段。

16世纪中叶到17世纪初是英国文艺复兴的繁荣时期。这时期的小说创作，主要是继承中世纪骑士传奇和韵文故事的传统，其中最出色的作品是锡德尼的

---

① Wilbur L. Cross著，王杰夫、曹开元译：《英国小说发展史》，五洲出版社1969年版，第12页。

② 塞万提斯：《堂·吉诃德》自序。

《阿刻底亚》。还有一种是反映社会下层流浪汉生活和经历的，如纳施的《不幸的旅客》和狄罗尼的《纽伯利的杰克》，后者是英国现实主义小说的先声。17世纪中叶以后，约翰·班扬的寓意小说《天路历程》，也是一部有相当影响的小说，它通过一系列寓意形象反映现实，采用口语，语言生动有力，情节和人物也写得比较鲜活。

18世纪是欧洲的启蒙运动时期，在18世纪文学中，最能体现时代精神的是启蒙文学和英国的现实主义小说，而18世纪英国文学最主要的贡献也是小说。这个时期的小说主要是现实主义的。它继承了流浪汉小说的传统，面向现实生活，反映初期资本主义社会的种种矛盾，以严肃的态度对待社会问题。笛福、斯威夫特、理查生、菲尔丁、斯摩莱特等是这个时期最有成就的小说家。笛福的《鲁滨孙漂流记》是一本以第一人称写的长篇小说，作品反映了资本主义原始积累时期资产阶级的精神面貌，主人公鲁滨孙是作者心目中的理想人物，作者赋予这个人物各种良好的品质，把他塑造成资产阶级的英雄。这部作品的成功，使笛福成为英国文学史上第一个重要的小说家。斯威夫特的《格列佛游记》是一部讽刺小说，全书共四卷，通过医生格列佛航海漂流的经历，运用象征影射、直接谴责、反语、夸张、对比等手法，讽刺、抨击英国的政治和殖民主义。理查生的《帕美拉》是一部书信体的小说，他突破以主人公的经历作为小说主要线索的传统写法，从日常的生活中提炼情节，在描写人物行动的同时，注意分析和描写人物情感和心理，能引起读者感情上的共鸣。菲尔丁是18世纪最杰出的小说家，他的代表作《汤姆·琼斯》通过弃儿汤姆·琼斯同乡绅女儿苏菲亚的恋爱故事，展开18世纪中叶英国社会真实的人生图画，全书创造了40多个人物，几乎包括了社会各阶层，反映的生活面十分广阔。18世纪出现的这些小说，已不再是脱离现实的虚构的故事，都是从现实生活取材，以普通人为作品的主人公，小说语言一般是日常生活用语，情节结构虽未能完全摆脱流浪汉小说的影响，但已注意集中和概括，重视艺术的真实性，塑造了有典型意义的人物，而且为后世提供用自传、日记体和书信体创作小说的成功经验。所有这些，标志着西方现实主义小说创作已进入一个新的发展阶段。

18世纪以后，小说的河流日益开阔，到19世纪获得了更加蓬勃的发展，出现了大批的名家名作，其繁荣发展的状貌，各种各样令人炫目的小说杰作，层出不穷，直至汇成无法阻挡的巨大洪流。

比较中西小说的渊源和形成过程，可以得出下列的结论：第一，小说本质上是一种市民文学。中西小说的出现，都与城市建立、市民聚集、市民文化兴起密切相关。第二，中西小说的形成，都是在吸取神话传说、纪实文学、寓言故事等文体的特征发展而成的。第三，中西小说的前期，多是叙述神怪、荒诞不经的事，后来才写流传于人世间的事，进而经历了一个由事及人到写人做的事的过程。关于"事"的叙述，在中国，主要是出于史传；在西方，主要是出于史诗。而"人"的描述，中国是出于志人小说，西方是出于世态散文。在人和事的叙述上，西方还有一个从韵文到散文的转变。第四，中西小说在形成过程中，都是从无意识虚构到有意识虚构。立足于现实生活的虚构情节的出现，是小说形成的一个标志。第五，传奇在中西小说的形成和发展中有特殊的意义。但西方的传奇是"神话的"，是叙事文学中超现实想象的一个分支，它在西方小说形成过程的作用在于：拓展了有意识的艺术虚构，使叙述的"事"具有了情节的性质。中国的传奇是现实的，当中虽也有不少怪异的事，但都是作者用以体现、说明人生的。唐传奇中的故事，多是立足于现实生活，它以曲折奇幻的情节吸引读者，使读者接受、理解它的"世界"，从中得到某种人生的启示，已是相当成熟的中国小说。

（原载《学术研究》1994年第2期）

中西艺术性格理论比较

　　文学作品中的典型人物，很早出现了，但探索、阐明艺术性格的理论，却有一个形成和发展的过程。从学术史上看，任何一种学说和理论的产生，都有其历史的必然性和继承性，理论家们也只能在历史条件允许的情况下做出自己的贡献。由于中西方诸多不同的因素，在中西文学批评史上，艺术性格理论的提出和发展，时差较大，进程也很不一样，各有自己的起点和历史。在过去相当长的一段时间，我们在这个问题上所引用和阐发的理论，几乎都是"进口"的。如果按照时间的顺序，把中国古代文论中有关人物形象塑造的观点汇集起来，对这个问题作历史的考察，弄清它的来龙去脉，特别是它在不同时期的具体内容，就不难发现，明代以后，我国一些著名的文论家，都曾在不同程度上对文学作品中的人物性格问题进行探索，当中有许多艺术上的真知灼见，它们实际上就是我国古代的艺术性格理论。中西方文论家对人物形象性格的立论，都是以各自的文学创作实践为基础，自然不会完全相同。西方的艺术性格理论，从古希腊的亚里士多德开始，经过罗马时期、中世纪、文艺复兴、17世纪的古典主义、18世纪的启蒙运动，以及后来的德国古典美学一直到马克思主义，形成了科学典型理论，已有定评。我国古代的艺术性格理论在怎样的程度上和西方的典型理论相通，它具有哪些特点，是一个有待研究的问题。

一、西方艺术性格理论的产生和发展

　　西方社会带有明显的商业特征。与商业性社会相适应，文学艺术、美学思想，均偏重客观形象的再现，以描写人物为主的模仿再现的叙事文学传统特别发达，古希腊的史诗和戏剧（特别是悲剧），都是重视故事情节和人物的行动、命运的，它们是西方典型理论产生的土壤。文学艺术创作的实践，提出了人物形象塑造的问题。怎样总结文学艺术作品中塑造人物的丰富经验，给予理论的说明，就历史地提到了理论家、美学家面前，为他们的研究开辟了广阔的道路。在西方美学史上，最早在艺术领域讨论艺术性格问题的是柏拉图。他在《理想国》第五卷中写道：

> 苏：如果一个画家，画一个理想的美男子，一切的一切都已画得恰到好处，只是还不能证明这种美男子能实际上存在，难道这个画家会因此成为一个最糟糕的画家吗？
>
> 格：不，我的天啊，当然不能这样说。①

柏拉图美学思想的核心是理念论。他认为只有理念才是真实的，艺术永远低于理念世界，否认艺术的真实性。在这里柏拉图从他的理念论出发而提出"理想的"这么一个概念，论及艺术性格这一理论问题。但应当说首先对这一问题进行理论探索的是亚里士多德。他在《诗学》第九章中说：

> 显而易见，诗人的职责不在于描写已发生的事，而在于描述可能发生的事，即按照可然律或必然律可能发生的事。……因此，写诗这种活动比写历史更富于哲学意味，更被严肃地对待；因为诗所描述的事带有普遍性，历史则叙述个别的事。所谓"有普遍性的事"，指某一个人，按照可然律或必然律，会说的话，会行的事，诗要首先追求这目的，然后才给人物起名字；至于"个别的事"，则是指亚尔巴德所做的事或所遭遇的事……②

在这里，他虽然没有直接提出艺术典型的概念，但他通过对文学创作特点的论述，已经从理论上谈到文学作品中的人物应该是个别性和普遍性的统一

---

① 柏拉图著，郭斌和、张竹明译：《理想国》，商务印书馆1986年版，第213页。
② 亚里士多德著，罗念生、杨周翰译：《诗学·诗艺》，人民文学出版社1990年版，第28、29页。

体。而他所说的普遍性，不是柏拉图所说的抽象的理念，而是事物的可然律和必然律，即一定社会发展的规律性。在《诗学》第十五章中，又具体指出刻画一个人物的性格，应采取适合人物个性特点的语言和感情方式表达出来，使读者"仿佛置身于发生事件的现场中"。[①]在《诗学》第二十五章中，他进一步提出艺术作品中的人物可以比现实中的人物更美的论点。[②]也就是说，作家可以根据可然律和必然律虚构创造艺术性格，这实际已接触到人物塑造的典型化问题。亚里士多德的这些论述，是从古希腊的艺术实践总结出来的，都是符合创作规律的精辟见解，是西方最早的艺术性格理论。

亚里士多德的《诗学》，是他的讲演提纲，即所谓"秘传本"，亚里士多德死后，曾被埋没在地窖里近两百年之久，到了公元前100年左右，才重新面世。《诗学》中关于人物性格的这些论述，在当时和以后的一段时间，没有引起人们的注意和重视，从罗马时期到欧洲18世纪的启蒙运动，在西方占统治地位的艺术性格理论是贺拉斯的"类型说"。贺拉斯是古罗马诗人，他在《诗艺》中，要求作家刻画人物应注意人物性格的类型特点。他的"类型说"有两个主要的观点：第一，要求人物性格的创造，应"自相一致"。如果写传统的人物就要切合传统人物的性格特征。譬如写阿喀琉斯，就必须把他写得急躁、暴戾、无情、尖刻；写美狄亚就要写她的凶狠；写伊娥，就要写她的流浪；写俄瑞斯忒斯，就要写他的悲哀。如果写新创造的人物，那也必须注意他的性格特征从头到尾都要一致。第二，他提出，文学作品中的人物性格和语言要切合人物的身份、职业、地域和年龄特点。贺拉斯的"性格论"有一定的合理因素，也有很大的局限性。按他的要求，传统的人物性格定型之后，就不能发展；各种人物性格只有"类"的共性而没有人物个性，有明显的形而上学的印记，在创作上必然导致人物性格定型化和类型化。贺拉斯的"类型说"后来经过波瓦洛为代表的新古典主义者的宣传和补充，在西方的文坛上影响很大。从贺拉斯到波瓦洛，这中间虽然经过文艺复兴时期，出现过莎士比亚、塞万提斯等伟大作家，但在艺术性格理论上并没有向前迈步。一直到了18世纪启蒙运动

①　《诗学·诗艺》，第49页。
②　《诗学·诗艺》，第101页。

时期，在这方面才有了新的发展。启蒙运动者狄德罗、莱辛等比较重视人物的个性刻画和感情表达，并且初步提出人物性格与环境的关系问题，虽然他们对人物性格的认识还未能完全冲破贺拉斯"类型说"的樊篱。

18世纪末到19世纪初期，德国古典美学家康德、歌德、黑格尔等，运用辩证法和历史主义观点，总结文艺创作经验，全面地论述艺术性格问题。康德在他的美学著作《判断力批判》中，提出并且论述了"美的理想"和"审美意象"问题。在西方，典型和理想常常被美学家们互换使用，早期的性格理论多是论述艺术理想的，康德没有使用典型的术语，他所说的"美的理想"就是艺术典型。《判断力批判》包括导论、上卷审美判断力的批判和下卷目的论判断力的批判。他在上卷第一章美的分析第十七节中谈到"美的理想"时说："观念在本质上是一种理性概念，而理想则是把个别事物作为适合于表现某一观念的形象显现。"[①]这样他就把感性的个别形象与一种最高度的尽管是不确定的理性概念统一起来，阐明了艺术性格的理性理念与感性显现的辩证关系。而他所说的"审美意象"，实际上就是一个如何创造艺术性格的问题，是指想象力形成的一种形象显现，这种形象显现，是感性的、具体的、个别的，它蕴含着无限的理性内容。康德所提出的"美的理想"和"审美意象"的理论，标志着西方的艺术性格理论已从"类型说"向"理想说"转变，在德国古典美学中影响很大。在德国古典美学家中，歌德是最注意实际的，他反对以抽象的哲学思辨指导创作，由于他本身是一个作家，有丰富的创作经验，所以他能够从理论和实践结合上来回答创作中的理论问题，他的人物性格理论也是这样形成的。他认为艺术创作的基本规律是从现实出发，在特殊中显出一般，通过创造一个显出特征的有生命的整体，来反映世界，他不赞同古典主义的"性格说"。他写道：

> 类型概念使我们漠然无动于衷，理想把我们提高到超越我们自己；但我们还不满足于此；我们要求回到个别的东西进行完满的欣

---

① 康德著，宗白华译：《判断力批判》上卷，商务印书馆1964年版，第74页。

赏，同时不抛弃有意蕴的或是崇高的东西……①

他在同爱克曼谈话中，多次强调作家必须抓住特殊，掌握和描述特殊，在特殊中表现一般。他说：

> 我知道这个课题确实是难，但是艺术的真正生命正在于对个别特殊事物的掌握和描述。此外，作家如果满足于一般，任何人都可以照样摹仿，但是如果写出个别特殊，旁人就无法摹仿，因为没有亲身体验过。你也不用担心个别特殊引不起同情共鸣。每种人物性格，不管多么个别特殊，每一件描绘出来的东西，从顽石到人，都有些普遍性；因此各种现象都经常复现，世界没有任何东西只出现一次。②

对于当时德国文艺理论界所关心的理想和特征的对立问题，他认为作家从显示特征开始以达到美，将理想和特征统一起来。在歌德看来，作家笔下显现一般的个别，应该是"一个活的整体"③。他特别推崇莎士比亚，认为哈姆雷特就是莎士比亚笔下的一个显出特征的有生命的整体。歌德关于艺术典型这些见解，是具有独创性的。德国古典美学在黑格尔身上达到了顶峰。黑格尔在《美学》中，给艺术美下过一个定义："美是理念的感性显现。"而这也就是他关于理想（即典型）的定义。黑格尔认为，"美的生命在于显现（外形）"。在艺术作品中，"理想就是从一大堆个别偶然的东西之中所拣回来的现实，因为内在因素在这种与抽象普遍性相对立的外在形象里显现为活的个性"④。所以理想艺术的真正中心是人物性格。他还明确提出理想性格应具有3个基本特征：第一，理想性格应具有丰富性和整体性。他们"每个人都是

① 《收藏家和他的伙伴们》第5封信，见朱光潜《西方美学史》下卷，人民文学出版社1979年版，第420页。
② 爱克曼辑录，朱光潜译：《歌德谈话录》，人民文学出版社1978年版，第10页。
③ 爱克曼辑录，朱光潜译：《歌德谈话录》，人民文学出版社1978年版，第137页。
④ 黑格尔著，朱光潜译：《美学》第2卷，商务印书馆1982年版，第166页。

一个整体，本身就是一个世界，每个人都是一个完满的有生气的人，而不是某种孤立的性格特征的寓言式的抽象品"①。第二，艺术理想性格应具有基本的突出的性格特征。"每一个人有每一个人的特征，本身是一个整体，一个具有个性的主体。"②第三，理想性格应具有本身的一贯性。"如果一个人不是这样本身整一的，他的复杂性格的种种不同的方面就会是一盘散沙，毫无意义。"③黑格尔还运用辩证发展的观点论述了性格与环境的关系，认为理想的性格必须和理想的环境形成一个统一的整体，理想的环境应是一个"无限错综复杂的关系网"，它是自然环境、人化的环境和精神关系的总和，它们统一地形成理想的人物存在的外在世界。黑格尔在《美学》中关于艺术理想的论述，使西方艺术性格理论进入了一个新的发展阶段。但是，康德和黑格尔都是客观唯心主义的哲学家，他们虽然力图用辩证法去总结艺术经验，引导了人们从整体上、从理性与感性、客观与主观、一般与个别、必然与偶然的对立统一中去认识、理解文学作品中的"理想性格"，然而他们的辩证法是唯心的辩证法，他们所说的"一般"，是指普遍的理性概念，而不是现实生活的客观规律，这就使他们的性格理论始终没有离开唯心主义的美学体系。

在西方，科学的典型理论的出现是在马克思主义产生以后，马克思、恩格斯从现实中从事实践活动的人出发，来探讨典型人物的性格特征，把黑格尔头脚倒置的艺术理想论倒置过来，使它建立在唯物的、现实的生活基础上，着重阐明了共性与个性、性格与环境的辩证关系，提出了共性与个性的统一、"真实地再现典型环境中的典型人物"的艺术原则。④马克思主义的典型理论，是在马克思主义科学世界观形成的过程中产生的，是对西方美学史上的性格理论的科学总结。

西方的艺术性格理论是以他们的艺术实践为基础，与古希腊以来流行的"模仿说"也有密切的联系。西方的文学艺术旨在追求世界客观形态惟妙惟肖

① 《美学》第1卷，第303页。
② 《美学》第2卷，第343页。
③ 《美学》第1卷，第307页。
④ 恩格斯：《致玛·哈克奈斯》，《马克思恩格斯选集》第4卷，人民出版社1972年版，第462页。

的模仿，所以很早就孕育出他们的性格理论。同西方不一样，中国文学艺术追求的是超越客观形象的神韵意味，认为形态只是透视无形实在物的线索，这种美学观着重于主观情感的表现，它的社会基础是宗法式和农业性的中国古代社会。所以，在中国漫长的封建社会中，一直是抒情性的文学占统治地位，发自抒情文学的"意境说"成为中国文论的精髓和核心。叙事文学兴起较晚，有关人物形象塑造的理论诞生较迟，且不系统，因而不大为人们所注意，影响也没有西方的艺术性格理论大。

二、中国艺术性格理论的流变

我国艺术性格理论的出现，是在叙事文学兴起之后。我国魏晋时就已经有"古小说"，但"古小说"还不是小说，是小说的初级形态。"古小说"大致可分为志怪小说和志人小说两大类。中国小说的正式形成应当在唐代，其标志是唐传奇。中国文学史上的名篇如蒋防的《霍小玉传》、白行简的《李娃传》、元稹的《莺莺传》、沈既济的《任氏传》等，就是唐传奇的佳作。这些作品塑造了一系列性格鲜明的女性形象，艺术上已相当成熟。宋元以后，新兴市民经济兴起，与此相适应的市民文学（小说）和杂剧也有了长足的发展，它们面向广泛的社会阶层，现实性强，作品中人物形象的塑造也颇有特色。在中国文学史上，唐传奇、宋话本、元杂剧对后来的文学都有很大的影响，但由于我国封建社会的正统文人，总是尊崇经史，贬斥小说和戏曲，视之为末技，在这种封建的正统文学史观支配下，明代以前的文学理论却未能反映出这方面的创作成果，更谈不到专门论述文学作品中人物性格的问题。到了明代，随着新兴市民经济的发展，不但涌现了大量的短篇小说，而且长篇小说《水浒传》《三国演义》《西游记》《金瓶梅》等也相继问世，文坛上才相应地出现一些小说批评理论文章，其中也有对作品中的人物性格进行评论的，这可以说是我国最早出现的艺术性格论。在这方面，比较有见解并且给后人以深远影响的是明代的思想家、文学理论家李贽。李贽有关小说理论的论述，主要是包含在《焚书》《藏书》《初潭集》等几部著作中。其中《初潭集又叙》和收在《焚书》卷三的《忠义水浒传序》是专论小说的文章，后者是现存《水浒传》最早的序文之一。这两篇文章提出了重要的小说理论观点，对后世影响很大。明代早期的小说评论家，为了抬高小说的地位，往往将小说比之于史书，《水浒传》流行以后，有不少人就拿它同《史记》比较，李贽也把《水浒传》和《史记》并列，明确肯定《水浒传》的思想艺术价值。他在《忠义水浒传序》中一开始就指出："《水浒传》者，发愤之所作也。""发愤著书说"在中国文学批评史上由来已久，但都用于论经史诗文，李贽则用之于小说创作，这对于长期把小说看作消遣玩意的旧文学观念，显然有了突破，是一种新的小说观念。正是从这种新的文学观念出发，他十分重视总结小说创作的经验，在中国文学批评史上开辟了新的领域，提出了新问题，并且在人物形象的塑造上做了某些新的理论概括。

李贽对文学作品中人物性格的评论，多采用评点的形式。《藏书》和《初潭集》是李贽编辑的人物传记和笔记小说集，在两部书中，有他对所选史传和小品的评点。此外，他还对《水浒传》《西厢记》《琵琶记》等小说和戏曲做过评点。现在我们所能看到的署名李贽的《水浒传》评点，主要有两种：一种是容与堂刊一百回本《李卓吾先生批评忠义水浒传》①，一种是袁无涯刊一百二十回本《李贽评忠义水浒传》②。对于容本、袁本李贽评语的真伪，学界一直有不同看法，现也有学者根据资料和评语观点考证出容本为叶昼伪托本。这两个评本思想倾向不同，但艺术见解有许多类似之处，而且都是用传神论的观点来分析和评论作品中的人物，有共同的美学见解。李贽、叶昼的小说评论中性格论十分突出，最主要的有两点：第一，提出了"传神""逼真""肖物"等范畴，作为评价人物真实性的美学标准。传神论在中国古代艺术理论中最初是在绘画理论领域提出来的，第一个在绘画上明确提出传神论的，是晋代的画家顾恺之。他在自己的创作实践中体会到，传达神气比勾画形体难得多，故主张画家要侧重于传神。小说中的人物塑造与绘画有类似之处，同样有一个画形、画神和正确处理这两方面关系的问题。李贽在《初潭集又叙》中谈到《笑林》和《世说新语》这两部笔记体志人小说集时，借用绘画理

---

① 容与堂刊本的出版时间是万历三十八年（1610）。

② 一名《绣像评点忠义水浒传》。

论中的传神论来评小说中的人物：

> 今观二书，虽千载不同时，而碎金宛然，丰神若一。学者取而读之，于焉悦目，于焉赏心，真前后自相映发，令人应接不暇也。譬则传神写照于阿堵之中，目睛既点，则其人凛凛自有生气也……

在《初谭集》卷十四录《世说新语》说，又反复强调要点"目睛"，要出"神"。容本、袁本对《水浒传》人物的评论，也多处有此类话语。如容本《水浒传》第三回回末总评说："李和尚曰：描写鲁智深，千古若活，真是传神写照妙手。"第二十四回潘金莲向武松吵闹处眉批："传神，传神，当作淫妇谱看。"容本第二十一回回末总评说："此回文字逼真，化工肖物。摩写宋江、阎婆惜并阎婆处，不惟能画眼前，且画心上，不惟能画心上，且并画意外。顾虎头、吴道子安能到此？"袁本第十七回何涛夫妻与兄弟何清说话一节有一眉批："许多颠播的话，只是个像，像情像事，文章所谓肖题，画家所谓画神也。"中国古代小说描写人物的方法与西方不一样，西方作家擅长于人物外貌、心理的精细描写，而传神是中国传统的美学观点，要求作家用省俭的笔墨勾画出人物的神态，把人物写活。第二，重视人物的个性描写，提出刻画人物性格，要做到"同而不同处有辨"。容本《水浒传》第三回总评说：

> ……且《水浒传》文字妙绝千古，全在同而不同处有辨。如鲁智深、李逵、武松、阮小七、石秀、呼延灼、刘唐等众人，都是急性的。渠形容刻画来各有派头，各有光景，各有家数，各有身份，一毫不差，半些不混，读去自有分辨，不必见其姓名，一睹事实，就知某人某人也。

这是一段很精彩的话。它说明，《水浒传》塑造的人物都有鲜明的个性，同一类型的人物，也能刻画到各各有别，丝毫不雷同。"同而不同处有辨"这句话，有深刻的美学意义。所谓"同"，就是人物性格的类似处，即人物的类型性、共性；所谓"不同"，就是每个人物性格的独特之处，即人物的个性。整句话的意思是要作家在塑造人物性格时，既要注意到他们的共同点，揭示他们的共性，也要写出他们在"同"的基础上的"不同"，其中蕴含有艺术性格的美学原则。人物性格塑造问题，实际上是一个人们对文学艺术反映现实生活的特殊规律的认识问题，中西的文艺理论家在总结文学创作经验的时候，都要面对这个问题。"同而不同处有辨"，同西方德国古典美学家歌德和黑格尔所说的"显现一般的个别""美是理念的感性显现"，内涵相近，都是旨在说明艺术的理想性格必须是共性和个性的统一，不过他们各自用不同的语言来概括这一认识。在李贽和叶昼的时代，能够提出这样的美学原则，在中国，是开创性的，在世界上也是难能可贵的。

李贽之后，随着小说和戏曲的发展，出现了许多小说、戏曲的评论，其中也有不少著作触及到人物性格塑造问题。明代通俗文学研究者冯梦龙，在他所编辑的宋元明话本集《喻世明言》《警世通言》《醒世恒言》的三篇序言中，强调小说有"喻世""警世""醒世"的社会作用同时，也论述了小说的特点。他认为小说中人和事的真假是无关紧要的，关键是要"事真而理不赝""事赝而理亦真"。①这里的"赝"不是虚假，而是指艺术创作的虚构。在他看来，小说中的人和事是可以虚构和想象的，最重要的要做到"理真"，即要符合特定生活中的情理。这和亚里士多德说的要反映事物的可然律和必然律在道理上是相同的。后来，睡乡居士在为凌蒙初的《二刻拍案惊奇》所写的序言中，也谈到文学作品中人物性格的真实性问题。他说：

> 西游一记，怪诞不经，读者皆知其谬。然据其所载，师徒四人，各一性情，各一动止，试摘取其一言一事，遂使暗中摹索，亦知其出自何人，则正以幻中有真，乃为传神阿堵……

这里，他认为《西游记》所写的故事虽属虚幻，而作品中人物个性鲜明，言谈举止符合生活的情理和逻辑，能做到"幻中有真"，仍不失为一部能"传神"的好作品。可见，他是主张小说中虚构的人物性格必须真实地反映人

---

① 无碍居士：《警世通言叙》，世界文库本《警世通言》。

情物理，应具有艺术的真实。对人物性格塑造艺术化过程中的想象、虚构等问题，西方的文艺理论家有过系统的论述，比较起来，冯梦龙、睡乡居士的这些见解，还不十分明确，也不够系统，但用历史的眼光看，都有一定的开创性。

在中国文学理论批评史上，比较明确地认识到人物性格的塑造在叙事文学中的地位和作用的，是清代著名的文学批评家金圣叹。金圣叹的学术领域很广，他的著述涉及小说、戏曲批评和儒学、佛学许多方面。他虽然没有文学理论专著，但他写了3篇《水浒传》序言和《读第五才子书法》《第六才子书〈西厢记〉》，还对他删改过的《水浒传》和《西厢记》作了十分详细的评点，写了大量的批语。他在这些序言、文章和批语中，继承、发展了李贽等人的艺术见解，对小说人物性格塑造作了多方面的精辟的论述，建立了中国古代文学理论中成熟的性格理论。他第一个在文学理论领域使用"性格"这一概念，把"性格"的内涵作为美学范畴在文学理论中运用，第一次提出了以人物性格为中心的创作理论。他在《读第五才子书法》中说：

别一部书，看过一遍即休。独有《水浒传》，只是看不厌，无非为他把一百八个人性格，都写出来。

又说：

或问施耐庵寻题目，写出自家锦心绣口，题目尽有，何苦定要写此一事？答曰：只是贪他三十六个人，便有三十六样出身，三十六样面孔，三十六样性格，中间便结撰得来。

他认为《水浒传》之所以令读者看不厌，就是因为它成功地塑造了各种性格鲜明的人物形象；施耐庵之成功，就在于他是从人物出发，以人物形象为中心来构思作品。他自己对作品的评论，也首先着眼于作品中人物性格的刻画，他在《读第五才子书法》中说："《水浒传》写一百八个人性格，真是一百八样。"在《水浒传序三》又说："《水浒》所叙，叙一百八人，人有其性情，人有其气质，人有其形状，人有其声口。"性情、气质，是人的精神世界，形状、声口，是人的外貌和语言，是见之于外的。金圣叹分析《水浒传》

的人物，能够做到由外及内、因内见外，十分深刻。金圣叹对《水浒传》中人物形象的评论，一是能细致分析各个人物性格的复杂性。如在《水浒传》第二十五回总评说武松兼有"鲁达之阔、林冲之毒、杨志之正、柴进之良、阮七之快、李逵之真、吴用之捷、花荣之雅、卢俊义之大、石秀之警"；二是注意分析同一类型人物不同的个性特征。如在《读第五才子书法》中说：

> 《水浒传》只是写人粗卤处，便有许多写法，如鲁达粗卤是性急，史进粗卤是少年任气，李逵粗卤是蛮，武松粗卤是豪杰不受羁勒，阮小七粗卤是悲愤无说处，焦挺粗卤是气质不好。

他的这些分析，达到了前所未所有的高度。特别是他对武松性格中的各种因素互相错杂、渗透，结成一个有艺术生命的整体的分析，极其精辟，是人物塑造上的艺术经验的总结，有如歌德所说的"单一的杂多""是一个活的整体"①，与黑格尔对《伊利亚特》中阿喀琉斯的"这是一个人"的评论也很相似。②性格论是金圣叹文学理论的精华，他的性格论比较侧重于个性化评论，对人物性格的共性论述不多，但这并不等于他对此不重视，他在《读第五才子书法》中曾说，《水浒传》中人物，"任凭提起一个，都似旧时熟识"。这是他对成功人物形象的概括，也是他对理想性格的要求。过去，我们的文艺理论常引用俄罗斯民主主义者、文学批评家别林斯基的名言："每一个典型对于读者都是熟悉的陌生人。"③而金圣叹的这一见解却鲜为人知。从时间上看，金圣叹要早于别林斯基一个半世纪左右，但他们对艺术性格的认识却如此相似，由此可见，金圣叹的人物性格论，在当时达到了相当高的水平。

西方文艺理论家研究艺术性格比中国的学者早，但由于受到古罗马贺拉斯"类型说"的影响，在很长的一段时间，他们都是强调类型性格，到18世纪启蒙运动时期才比较注重个性，而真正把性格问题作为文学创作的核心问题来

---

① 朱光潜：《西方美学史》下卷，人民文学出版社1979年版，第431页。
② 黑格尔著，朱光潜译：《美学》第1卷，商务印书馆1982年版，第303页。
③ 参见别林斯基：《论俄国中篇小说和果戈理君的短篇小说》，《别林斯基选集》第1卷，上海译文出版社1979年版。

研究，是德国的黑格尔，那时已是19世纪初期。金圣叹以人物性格为中心的创作理论，出现在17世纪中期，比西方要早得多，这在中国和世界的文学批评史上，都是值得人们注意和重视的。

金圣叹对文学理论的贡献，主要是在探索小说艺术方面，而在他的小说艺术理论中，性格论是最有创新意义的。金圣叹以后的小说评论家，都在不同程度上接受了他的影响，如毛宗岗评《三国演义》、张竹坡评《金瓶梅》、脂砚斋评《红楼梦》，无不继承他的理论。他们在评论作品的过程中，也提出了一些人物性格理论的新见解：毛宗岗在总结《三国演义》的12条叙事方法中，提出"叙法变换"的新看法，[1]即作家描写人物时可以变换叙事视角、观点。张竹坡评《金瓶梅》，总结作者塑造人物性格的艺术经验，认为所写人物，"真是生龙活虎，非耍木偶人者"[2]。而且都能够做到"千百人总合一书"，"叙一人，而数人于不言中跃跃欲动"。[3]这里所说的，是一个人物形象的系统结构和完整的性格体系问题。在《金瓶梅》中，出场的人物达200多个，如人物性格不鲜明、人物关系没处理好就会显得平淡、松散，达不到应有的艺术效果。张竹坡着重总结了作者在这方面的创作经验，这对于后人创作和评论人物众多的长篇小说，都是一个很好的启示。他指出《金瓶梅》中人物群像鲜明，人物性格突出，是"妙在用犯笔而不犯也"[4]。所谓"犯笔而不犯"，就是刻意在容易雷同处下笔而写出其不同。这是对容本"同而不同处有辨"观点的补充和深化；脂砚斋在评《红楼梦》中，赞作品中的人物刻画，打破历来小说窠臼，还用"神理"的概念来说明人物形象的神态和内心世界。"神理"是从传神论生发出来的，也可以说是传神论在某方面的具体化。以上这些，都很有新意，可以说，他们是继承和发展了金圣叹的性格理论。

三、中西方艺术性格理论的不同特点

比较中西性格理论，虽然有许多相近和类似之处，但也各有特点，主要

---

① 第四十八回批。

② 第五十九回夹批。

③ 第一回批。

④ 《读法》，第45页。

是表现在下列两个方面：

第一，西方的一些著名的文艺理论家、美学家（如亚里士多德、康德、黑格尔等），同时又是哲学家，所以他们对典型理论的研究，多是从其哲学家体系出发，思辨性、理论性强，不但概念的内涵明确，也有严密的逻辑体系，但对问题的论述多侧重于概括性，美学见解的阐明也比较抽象、深奥，由于受到他们的哲学观的影响，有时还带有一种唯心主义、神秘主义的色彩。中国的文论家多是批评家，主要是凭借传统的理论和个人的体验来评论作品中具体的人物形象。他们的志趣不在于探讨深奥的哲理，而在于总结创作经验，阐明自己对文学创作的具体看法和主张。运用的方法是传统理论与创作实践的结合，而且多采用评点的形式，生动活泼，平易近人，常常是通过隽永的比喻、形象的语言来表达思想，就是精辟的美学见解也是很自然地在评语中流露出来。但概念的内涵不够明确，也缺乏理论的系统性。

第二，西方很久以来就流行"模仿说"，西方早期的文学作品基本是以人的行动为表现对象，文学观念也是以人为中心、以行动为中心，所以艺术性格理论很早就出现，成果多，内容丰富，也有深度。中国传统的文学观念是重诗文而轻小说、戏曲，文学理论着重探索的是心与物的关系，是人的情感表现和意境的创造，而不是人与人的之间的行动关系。性格理论也是如此，主要是体现在作品的评点之中，只有读过作品的人，才能理解，如果不读作品，就难以领会其中的道理。这种理论形态同西方不一样，带有一定的虚拟性，如传神论以及由此派生的"神似""神情""神理"，都是要我们结合作品的描写才能获得理论上的共识。中国古人的人生观和艺术观是充分艺术化的，批评家也有诗人气质、修养、情趣，从某种角度看，中国的性格理论在形态上也是艺术化的。

由于中西文化传统、文学观念确有自己强调的重点，所以艺术实践和文学理论也呈现出差异，这种差异的表现是多方面的，中西艺术性格理论在形成、发展中所走过的不同道路和形态，也是这种差异的具体表现，它们各有自己深刻的文化根源。

（原载《广东社会科学》1989年第4期，原文题为"中西典型性格理论比较"）

中西灵感说与文化差异

中西文论范畴绝非孤立的文论现象而首先是一种文化现象。由于中西传统文化的相对封闭自足，各自的文论产生与运作几乎不相干，因此，在不同文化系统中把握不同文论范畴的文化规定性尤其重要。只有经过深入的文化比较我们才能发现中西文论范围各自的有效空间与差异，也只有在中西文论范畴各自归属的文化境域中，才能恰当地把握其真正的语义。为此，本文拟通过中西灵感说这一论题来考察、展示中西文论范畴构造与运作的某些基本特征。

中外许多著名的作家在谈到自己的创作经验的时候，都不同程度地描述创作中曾经出现的那种不由自主的偶然性与突发性的创造力，正是这种奇特的力量，推动他们去创造出各种瑰丽多姿的艺术形象。这就是文艺理论上通常所说的灵感。本文所要探讨的，不是作家在创作中灵感闪现的具体状态，而是通过比较研究中西方灵感理论与文化差异，探索把握中国传统灵感论的特色。中西方灵感理论都在发展中，经历过许多的流变，20世纪以来，中西文化交往增多，还彼此互相影响、渗透。从文化的眼光看，中西古代的灵感论更具有"根"的意识，故本文立论的主要对象是中西方古代的灵感理论。

一、中西灵感说的流变

中国古代文论中，没有"灵感"这一概念。但论述灵感的文论却很早就出现了。公元3世纪，陆机在《文赋》中就曾描述过文学创作中灵感闪现的情景，他说："若夫应感之会，通塞之纪，来不可遏，去不可止。藏若景灭，行犹响起……"他所说的"应感之会"，就是一种灵感现象。公元5世纪，刘勰在《文心雕龙·神思》中，更具体细致地描写了作家在灵感状态下的创作活动："文之思也，其神远矣。故寂然凝虑，思接千载；悄焉动容，视通万里；吟咏之间，吐纳珠玉之声；眉睫之前，卷舒风云之色；其思理之致乎，理故思为妙，神与物游……夫神思方运，万涂竞萌，规矩虚位，刻镂无形。"所谓"神思方运，万涂竞萌"，说的就是当灵感闪现时，作家的创作欲望极强烈，想象极为丰富，无数生动形象纷至沓来，思绪如泉涌。唐朝张怀瓘在《书断》中也谈到灵感在书法创作中的作用，说灵感不来时，"或笔下始思，困于钝滞"，"心不能授之于手，手不能受之于心"。而灵感涌现时，则"意与灵通，笔与冥运，神将化合，变出无方"。苏轼在《书蒲永升画后》一文中，描述蜀人孙知微为成都大慈寺寿宁院壁作画，初时，他"岁经营度，终不肯下笔"，突然"一日，仓皇入寺，索笔墨甚急，奋袂如风，须臾而成，作输泻跳蹙之势，汹汹欲崩屋也"。苏轼在这里描述的，是画家孙知微在灵感爆发时作画的状态，从中可以看到灵感对艺术家的创作，有十分重大的影响。明代著名的哲学家、文论家李贽也曾在《焚书·杂说》中对灵感状态作过极其生动的描绘，他说："且夫世之真能文者，比其初皆非有意于为文也。其胸中有如许无状可怪之事，其喉间有如许欲吐而不敢吐之物，其口头又时时有许多欲语而莫可所以告语之处，蓄极积久，势不能遏。一旦见景生情，触目兴叹；夺他人之酒杯，浇自己之垒块；诉心中之不平，感数奇于千载。既已喷玉唾珠，昭回云汉，为章于天矣，遂亦自负，发狂大叫，流涕恸哭，不能自止。"中国古代文化中对灵感的描绘和表述是各种各样的，如一些文论中所说的"感兴""天机""神思""灵气""妙悟"等，就是一些与灵感有关的概念，其中的"感兴"是指艺术创作发展到高潮时的高度兴奋状态，也就是灵感，由于中国古代文论的概念内涵具有多义性和不确定性，相同的概念在不同的文论中往往有不同的内涵，上面举出的这些概念，虽然都与灵感的闪现有这样或那样的联系，但为了准确把握古代灵感论的实质，就必须对这些概念所表达的不同内涵做具体的辨析，从中概括出中国传统的灵感说。

在西方，灵感这个概念，最早出现在古希腊。原意是指神的灵气，也就是说，神灵凭附在艺术家和诗人身上，使他们在创作时具有一种超凡的艺术创造力。追溯西方灵感概念的历史渊源，灵感问题是古希腊哲学家德谟克利特首先提出来的，他说，"荷马由于生来就得到神的才能，所以创造出丰富多彩的伟大诗篇"，"没有一种心灵的火焰，没有一种疯狂式的灵感，就不能成为大诗人"。^①由于德谟克利特的许多美学著作，大部分已经失传，从仅有的一些断简残篇里，我们难以真正把握他关于灵感的理论。从我们现在能够读到的西方古典文论看，柏拉图在他的《伊安篇》中提出的灵感说，是西方古代普遍流行的灵感理论，他认为：

> 凡是高明的诗人，无论在史诗或抒情诗方面，都不是凭技艺来做成他们的优美的诗歌，而是因为他们得到灵感，有神力凭附着。科里班特巫师们在舞蹈时，心里都受一种迷狂支配；抒情诗人们在作诗时也是如此。他们一旦受到音乐和韵节力量的支配，就感到酒神的狂欢，由于这种灵感的影响，他们正如酒神的女信徒们受酒神凭附，可以从河水中汲取乳蜜，这是她们在神志清醒时所不能做的事。抒情诗人的心灵也正像这样的，他们自己也说他们像酿蜜，飞到诗神的园里，从流蜜的泉源吸取精英，来酿成他们的诗歌。他们这番话是不错的，因为诗人是一种轻飘的长着羽翼的神明的东西，不得到灵感，不失去平常理智而陷入迷狂，就没有能力创造，就不能作诗或代神说话。^②

在柏拉图看来，诗人不凭理智而凭灵感写作，诗人不是在诗人神志清醒时写出来的，而是在如醉如狂的状态下写成，有如情人的热恋、巫女的呓语、醉酒后的疯狂。诗人之所以能创作出好的诗歌，是有神力的驱使，根据神发出的诏语、输给的灵感进行创作。柏拉图的灵感说，有两个主要的观点：第一，灵感状态是"迷狂状态"；第二，灵感是"诗神启示"，诗人是神的代言人。概括地说，灵感就是"诗神凭附时的迷狂心理"。柏拉图对灵感的认识，与古希腊的宗教信仰分不开，古希腊人认为，人间的各种技艺，都是神传授的，柏拉图的神秘的灵感说，同样出于古代的这种观念的影响，柏拉图的灵感说对

---

① 转引自朱光潜：《西方美学史》上卷，人民文学出版社1982年版，第35—36页。

② 柏拉图著，朱光潜译：《伊安篇》，《文艺对话集》，人民文学出版社1963年版，第8页。

后世影响很大，但随着历史的发展，那种神秘的色彩就逐渐消失。后来，黑格尔在《美学》中也论及灵感问题，他说："想象活动和完成作品技巧的运用，作为艺术家的一种能力，单独来看，就是人们通常所说的灵感。""灵感就是这种活跃地进行构造形象的本身。"①黑格尔认为，灵感是一种效率的艺术想象，在这种状态下，灵感点燃了作家长期积累的东西，许许多多的意象刹那间奔驰而来。

二、中西方灵感说的异同

从中西古代文论所展示的灵感状态看，中西文论家都把灵感和作家的艺术想象联系在一起，是艺术想象最活跃、最丰富的时刻，由于它的闪现，使作家、艺术家的创作达到高发状态；而且认为灵感的闪现，并非人的意志可以控制的，不是招之即来、挥之即去的东西。在这方面，他们的立论有许多相同和类似之处。但是，在揭示、探究灵感来源和论述灵感状态时，却有明显的差异。

在探究灵感的来源问题时，中西古代的文论家都论及灵感与宗教的关系，即"神"与灵感的关系。柏拉图把灵感看成是"神性的着魔"，获得灵感的诗人是"着魔于神的人"，是因为有"神凭附着"，灵感来源于神力，诗人是神的代言人。也就是说，灵感是神赐的。中国古代文论家钟嵘在《诗品》中有"神助"之说。严羽在《沧浪诗话》中也提出"入神"和"悟入"，而且认为这种艺术的"悟"有如"禅"之"悟"，他说："禅家者流，乘有大小，宗有南北，道有邪正；学者须从最上乘，具正法眼，悟第一义；若小乘禅，声闻、辟支果，皆非正也。论诗如论禅：汉魏晋与盛唐之诗，是第一义也。大历以还之诗，则小乘禅也，已落第二义矣；晚唐之诗，则声闻、辟支果也。学汉魏晋与盛唐诗者，临济下也。学大历以还之诗者，曹洞下也。大抵禅道惟在妙悟，诗道亦在妙悟。"（《沧浪诗话·诗辨》）后来，明人胡应麟谈到严羽的这一见解时认为："严氏以诗喻禅，旨哉！禅则一悟之后，万法皆空，棒喝

---

① 黑格尔著，朱光潜译：《美学》第1卷，商务印书馆1982年版，第363、364页。

怒呵，无非至理；诗则一悟之后，万象冥会，呻吟咳唾，动触天真。"（《诗薮》内编卷二）显然是赞同严羽的见解。李渔在《闲情偶寄》卷三中也有文章"通神"的立论，他说："文章一道，实实通神，非欺人语。千古奇文，非人为之，神为之，鬼为之也，人则鬼神所附者耳！"从表面看，中西文论家都谈到"神"与灵感的关系，仔细考察，他们所说的"神"的内涵并不一样，柏拉图认为灵感是神赐给诗人的，是"神性的着魔"，他所说的"神"和"神性"，是一种神秘、不可知的神力。钟嵘、严羽等则只是借用宗教的语言来描述灵感，说明其莫可名状、知而难状和不思而至、不能自止的情景，认为这种情景，与人们的"参禅""悟入"有极相似之处，是一种比喻，以"禅"喻诗。这种比喻，在古代的一些作家、诗人笔下也常有出现。唐人释皎然在《诗式》中说："有时意静神王，佳句纵横，若不可遏，宛若神助。"南宋诗人戴复古在《论诗十绝》中有一首："欲参诗律似参禅，妙趣不由文字传。个里稍关心有悟，发为言句自超然。"韩驹《赠赵伯鱼》诗云："学诗当如初学禅，末悟且遍参诸方。一朝悟罢正法眼，信手拈出皆文章。"他们在谈到诗歌创作的灵感现象时，都认为这种现象同"参禅"有相通、相似之处，其中的"若""似""如"就是比喻的意思，并非要诗人在"参禅"中去获取诗的灵感。严羽自己在《答吴景仙书》中也说："以禅喻诗，莫此亲切。……本意但欲说得透彻。"中西方古代的灵感论都呈现出和宗教的密切关系，尽管主论的内容不一样，但有一个共同的诱因是不容忽视的，那就是：文学创作中灵感闪现时的不自觉状态，与人们进入宗教的不自觉思维状态有相似之处。

在解释探索灵感闪现的现象时，西方文论家多强调灵感闪现时那种暴风骤雨式的情感狂热，柏拉图的灵感论的核心是"迷狂"。他所说的"迷狂"，不是疯狂，而是神感应后出现的情感激越的状态。他在《斐德若篇》中举出了四种迷狂的状态：预言的迷狂、宗教的迷狂、诗兴的迷狂、爱美的迷狂。在谈到诗兴的迷狂时他说：

此外还有第三种迷狂，是由诗神凭附而来的。它凭附到一个温柔贞洁的心灵，感发它的，引它到兴高采烈神飞色舞的境界，流露于各种诗歌，颂赞古代英雄的丰功伟绩，垂为后世的教训。若是

没有这种诗神的迷狂，无论谁去敲诗歌的门，他和他的作品都永远
站在诗歌的门外，尽管他自己妄想单凭诗的艺术就可以成为一个诗
人。他的神志清醒的诗遇到迷狂的诗就默然无光了。①

　　这就是说，诗人的创作是凭灵感而不是凭技艺，好的诗不是诗人神志清
醒的时候而是他在陷入迷狂状态时写成的。诗人在创作过程中，由于灵感的出
现，使他进入忘我境界，获得创造的狂喜，审美情感高度激发。"迷狂状态"
就是柏拉图所描述的灵感现象。在柏拉图"迷狂说"的影响下，古罗马的朗吉
努斯在《论崇高》中，也很重视灵感闪现时作家的创造激情，说它"像剑一样
突然脱鞘而出，像闪电一样把所碰到的一切劈得粉碎"。而中国的文论家严羽
等在论述灵感时却强调"悟入"即所谓"酝酿胸中，久之自然悟入"（《沧浪
诗话·诗辨》），着重探求的是触发灵感的途径，主张在"静"中求"动"。
刘勰在《文心雕龙·神思》篇中就说"贵在虚静"，要艺术家排除杂念，洞明
百物，专心致志，把现实中的千景万象集于胸中，沉思寂想，诱发灵感的出
现。"悟入"是触发灵感的突破口，"虚静"是"悟入"的前提。刘禹锡说
"虚而万景入"，意思就是内心虚静，才能使万象萌生。苏轼在《送参寥师》
一诗中云："欲令诗语妙，无厌空且静。静故了群动，空故纳万境。"苏轼说
的空静，也就是刘勰所说的"虚静"，认为"静"和"空"，不但可以触发和
把握现实生活的各种景象，还可以了解和认识它们的变化发展及其内在规律。
明代谢榛在《四溟诗话》中，曾以自己的切身经历说明意静然后能神旺，随之
文思机转，势不可遏：

　　凡作文，静室隐几，冥搜邈然，不期诗思遽生，妙句萌心，且
含毫咀味，两事兼举，以就兴之缓急也。予一夕欹枕面灯而卧，因
咏蜉蝣之句；忽机转文思，而势不可遏，置彼诗草，率书叹世之语
云："天地之视人，如蜉蝣然；蜉蝣之观人，如天地然；蜉蝣莫知

　　① 柏拉图著，朱光潜译：《斐德若篇》，《文艺对话集》，人民文学出版社1963
年，第118页。

人之有终世，人莫知天地之有终也。"（卷三）

这里描述的是虚静的精神状态如何促进诗人艺术灵感的爆发。由于诗人进入到虚静的境界，灵感自然涌现，佳句脱颖而出。

中西方古代的灵感论都看到情感在艺术创作中的重要作用，但西方的"迷狂"，着重说明的是灵感闪现时那种狂热、狂喜、忘我的不由自主的状态；中国的"悟入""虚静"，则注重灵感的生发，要诗人在"虚静"中自然"悟入"，即在静中诱发灵感的闪现。这并不等于说：西方灵感论追求的是"动"的灵感状态，中国灵感论追求的是"静"的灵感状态。事实上，无论是西方还是中国文论家，都认为灵感闪现时情感状态是激越的、活跃的、突发性。苏轼有诗句："作诗火急追亡逋，清景一失后难摹。"他还说："我文如万斛源泉，随地而出。""大略如行云流水，初无定质，但常行于所当行，常止于所不可止。"他在论画时说："故画竹必先得成竹于胸中，执笔熟视，乃见其所欲画者，急起从之，振笔直追，以追其所见，如兔起鹘落，少纵则逝矣。"①南宋词人姜夔也说："其来如风，其止如雨，如印如泥，如水在器，其苏子所谓不能不为者乎。"②明代剧作家汤显祖说过："自然灵气，恍惚而来，不思而至。怪怪奇奇，莫可名状。"③这些都是作家对灵感涌现时情感状态的生动描绘，同西方文论家描述的灵感状态是一致的。

比较中西方古代灵感理论，西方文论家往往是强调灵感的突如其来和它的不自觉，中国文论家则十分重视诗人对灵感的主动追求。中国"虚静"说的特点就是要作家从"静"中去求"动"，获得"妙悟"，使"感兴"萌发。与此同时，也强调功夫和知识的积累。刘勰说过："积学以储宝，酌理以富才，研阅以穷照，驯致以绎辞。"④宋人吕本中也曾经说："悟入必自功夫来，非侥幸可得也。"又说："悟入之理，正在功夫勤惰间耳。"⑤清人陆桴亭说：

① 《中国美学史资料选编》下册，中华书局1981年版，第35、39页。
② 《白石道人诗集自叙》，《四部丛刊》本。
③ 《玉茗堂文之五·合奇序》。
④ 《文心雕龙·神思》。
⑤ 《苕溪渔隐丛话》前集，卷49，《海山仙馆丛书》本。

"人性中皆有悟，必功夫不断，悟头始出；石中皆有火，必敲击不已，火光始现。然得火不难，得火之后，须承之以艾，继之以油，然后火可不灭，故悟亦必继之以躬行力学。"①清人袁守定说："文章之道，遭际兴会，撼发性灵，生于临文之顷者也，然须平日养经馈史，霍然有怀；对景感物，旷然有会。……忽忽相遭，得之在俄顷，积之在平日。"②可见，丰富的生活和艺术经验的积累，正是作家、诗人能够深入艺术妙处的灵感的基础。中国古代灵感论重"妙悟"、重创作主体的主观能动性的发挥，特别注意灵感的生发和达到灵感的功夫。

三、中西方灵感论的文化差异

中西方灵感理论这种追求上的差异，反映了中西文化的差异。西方社会，基本是一个宗教性的商业社会，无论是古希腊、罗马的奴隶社会，或者是中世纪的封建社会和近代的资本主义社会，都带有宗教性和商业性的特点。所以他们的社会生活、他们的文学艺术和美学思想，都具有明显的宗教性印记。特别是古代，"神"经常或隐或显地出现在人们的生活和文学艺术中间，美学思想也常常同"神"的观念粘连在一起，这就使他们的一些理论始终笼罩着某些宗教的色彩。柏拉图的"神凭附着"的灵感论，作为他灵感论的核心的"迷狂说"，也反映了西方传统文化的这一特点。按照柏拉图超现实的美学观点，诗歌是不能写出真实的，但面对具体的作品，他又不能不承认有些诗歌是反映了真实，为解释这一矛盾，他就乞灵于"神"，认为处于狂迷状态的诗人，在神的感召下，就有可能说出真理，因为此时他成了神的代言人，他并不理解自己所写东西。柏拉图的"灵感"说本身就含有"神助""神启""神来附体""神灵感发"等意义。在这方面，从古希腊的文学作品中，我们可以看到它的深远的文化根源，在《荷马史诗》里，就有呼告诗神缪斯和酒神祭者如醉如狂的兴诗，还有女祭司的宣示和阿波罗的神谕，这些都从不同角度暗示灵感

---

① 《桴亭思辨录辑要》卷3，《丛书集成初编·哲学类》。
② 袁守定：《谈文》，《占毕丛谈》卷5。

得自于"天赋"和"神力"。柏拉图的"灵感"说就是植根在这样的土壤上，并赋予它理论的形态。

中国社会，基本上是一个宗法式的农业社会，这样的社会重现世、重"人本"，社会思想是现世的，美学思想也是现世的。中国也有宗教，但中国社会中"神"的观念没有西方那么强化，信神与不信神，并没有像西方那样形成尖锐激烈的社会矛盾，中国的神仙也是很现世的，神性同人性没有太大的区别，此岸世界和彼岸世界是统一的，文学作品里的神仙是人化了，并不那么神秘。中国人信佛教，佛教多讲禅定虚静，在虚静中求悟。中国古代灵感论中所强调的"虚静""悟入""妙悟"，与这一文化背景有密切的联系。

西方古代的文论家，对文学艺术和美学问题的探究，重论证和说理，逻辑思维严密。古希腊最有影响的柏拉图和亚里士多德，都是以论证的精辟和体系的完整而著称于世。中国古代文论家，深受儒、道两家思想的影响，这两家的思想虽很不一样，但都重视做人。儒家要做圣人、仁人，所以在美学思想上主要是倡导"文以致用"，重视文学的社会功能。道家要做真人、至人，把文学艺术作为修养身心、陶冶性情的工具。在这两种传统思想的影响下，中国的美学著作，少有西方的分析性和系统性，而更多是带有直观性和经验性。我国古代美学著作具有体系的是《文心雕龙》《原诗》《乐记》等，但绝大多数是经验形态的，是作家、诗人创作和鉴赏的经验谈。中国古代文论家、作家关于灵感的诸多描述，有很多就是他们自己的经验之谈，如要从"静"中求"动"，要重视功夫和知识的积累，等等，都是创作经验的科学概括，有很深刻的美学内涵，闪耀着古典美学的理性主义光辉。中国传统的古典美学讲究从"有法"到"无法"，意即作家、诗人必须在刻苦的磨炼中去掌握特定的艺术规律和技巧，然后把它"化"为自己的东西，使自己在创作时能做到"从心所欲不逾矩"。中国古代灵感论重视作家、诗人主观能动性的发挥，要他们识学储宝，排除杂念，专心一致地追求，直至感兴神旺，也同样体现了从"有法"到"无法"的古典美学法则。

中西灵感论都出现比较早，但我们过去在文艺理论上谈到灵感的问题时，多是引用西方的理论，因为西方文论家有关这方面的立论比较集中、系统，而我国古代文论家主要是通过对具体创作状况的描绘来体现理论内容的，不像西方文论家那样寻根问底和逻辑性强。中西灵感论的差异，也反映中西思维模式和理论形态的差异。中国传统的文化思维模式，是一种意会，中国的古典美学偏重于感性形态，往往是指出其要领，并没有讲多少道理，人们接受它，主要是靠意会和体味。中国古代灵感论也具有中国传统文化思维模式的这一特点。通过对中西灵感理论的比较，探索它们的异同，不但有助于我们认识中西方作家、文论家在创造和理论中反映出来不同的文化心态，同时也将进一步引起我们对中国古典美学中一些独具特色的范畴和概念，如神思、虚静、感兴、意境、文气、风骨、神似、物化等的注意。这些范畴和概念是在中国文化土壤中产生的，是中国传统文化的产物，如何根据中国的思维模式，对它们做"破译"和研究，把握其相对稳定的基本内涵，并予以科学的阐明，这对于中西文化的交流和互补，对于建立和发展具有中国民族特色的美学理论，都是很有意义的。

（原载《学术研究》1992年第1期）

论中西诗学之比较

——《中西比较文艺学》导论

"诗学"作为"文论""文艺学"的原初状态，是来自西方古希腊亚里士多德的古典文论。亚里士多德的《诗学》，是西方文化传统中第一部系统的文艺理论专著。亚里士多德生前著作很多，如《工具论》《逻辑学》《形而上学》《物理学》《伦理学》《政治学》《修辞学》《论灵魂》等，涉及的领域很广，横跨自然科学和社会科学。他的文艺理论，在不少著作中均有所触及，而专门研究文艺问题的，今传有《诗学》和《修辞学》。在《修辞学》中，他运用心理学来研究修辞和雄辩，开了后世文艺心理学的先河。《诗学》是一部未经整理的讲稿，他在这一著作中，全面地阐述了自己的文艺观，包括诗的起源、诗的历史和诗的特征。当时古希腊的文艺主要是由戏剧（重点是悲剧）、史诗以及抒情诗构成的，亚里士多德在分析悲剧的基础上把三者结合在一起研究，探讨文艺规律。所以他在《诗学》中论的不是狭义的诗的技艺，是包括戏剧、诗歌、批评在内的文艺理论。在那以后，很长一段时间，人们把研究文艺理论的著作都称为诗学。我在这里所说的"诗学"，指的也不是狭义的"诗"的学问，而是广义的各种文学的学问和理论，即对文学的理论研究和科学探讨，也就是当今学术界所说的"文论""文艺学"。本书所论的中西比较诗学各题，是我们近几年来对中西文论中具有可比性的若干文学理论问题、范畴进行比较研究的成果，我们之所以这样做，是基于对目前诗学现状和未来前景的思考，同时也是对中国诗学根基的有意识的寻找。

长期以来，我们在文艺学学科上所讲的诗学，都是沿袭西方的；所使用的概念、范畴、观念、原理，绝大多数是"舶来品"，实际上是存在一个中国"缺席"的问题，或者说，在这个领域里基本上是"欧洲中心主义"统治着，我们所熟悉并且不断在传授的诗学，并非是真正具有世界性意义的诗学。本世纪后半叶，随着世界上殖民体系的土崩瓦解、第三世界的崛起，"欧洲中心主义"也随之动摇，人们越来越感到在文化发展上要摆脱原先的局限，必须重视文化的外求和横向的拓展。为探讨带有普遍意义的文化模式，实现全球共享，必须重视"他种"文化的研究，要用平等的态度对待"他种"文化。在西方还是"欧洲中心论"的时代，东方文化在西方被当作是"他者"和"非我"，处于被压抑、受排斥的地位，现在在新的文化形势下，人们已逐渐认识到任何体系和中心都是相对的，一个文化体系要发展，同样也需要外求，西方文化外求的参照系主要是东方，而东方文化要确定自己本土文化在世界的地位，使它为人们所认识、所接受，也需要以发达地区文化为参照，求得自己的发展和更新。面对东西方文化必然交会的前景，无论是文化还是文学，在21世纪，人们研究的目光将转向全球。为此，诗学学者如何从本学科的现实出发，建立新视野，以开放的态度，通过对不同国家不同地区的诗学研究，特别是对欧洲文化区域以外的诗学进行有深度而非盲目欧洲中心式的阐释，认识、探讨各类不同文化框架中的普遍文学现象，有如一些学者所提出的全球范围内各民族共同拥有的"诗意表达"等，谨慎探索这方面前行的途径，建立一种真正具有世界性的诗学体系和理论，应是我们在面向21世纪时必须去面对的问题。

由于东西方文化、文学有极大差异，有很不相同的素质，要建立真正具有世界性意义的诗学，就应有东方各国诗学学者的参与，去做大量的艰苦的工作，因为现在形成的诗学框架并不是建立在世界整体的文学研究基础上，而是以西欧的文化、文学作为基点，忽略了许多遥远的有悠久历史的文化、文学，却又用这个本来未能涵盖它们的狭隘框架去框定它们，这就与我们现在所追求的要建立一种以"为整个人类走向大同之域"（季羡林语）的"诗学理想"有很大的距离。在东方，中国的文化、文学不仅源远流长，而且独具特色；在诗学范畴和观念以及入思的方式上，都与西方有很大的差别。这就使处于完全不同文化背景下的西方诗学学者，难以进入其中，彼此的互相印证也十分困难。中国的诗学学者如能摆脱过去比较封闭的思维模式，用一种开放的眼光来审视中国传统诗学，以西方的诗学为参照，打通中西方诗学之间的那堵"墙"，对它们进行比较研究，一方面是寻找本民族诗学在世界诗学中的地位，一方面是去发现本民族诗学和世界上其他民族诗学之间的会通点，这对中国诗学的走向世界和世界性诗学的形成都是很有意义的。

在世界比较诗学的研究史上，中西比较诗学的研究起步较晚。但近代以来，我国的王国维、蔡元培、鲁迅、朱光潜、宗白华、钱钟书、王元化等一批著名学者，都曾在这方面进行过有益的探索，做出过一定的贡献。20世纪中后期，美籍华人学者刘若愚、叶维廉等，也先后在西方和中国出版了中西诗学比较研究的著作。现在，这一领域的研究已日益蓬勃地展开，并且出版了一些相关的教材和专著，但一种坚定的从国际角度的"诗学对话"尚未真正开始。比较文学的真义就在于跨文化、跨国别、跨学科，越来越趋向于多元化的文学总体研究，正如韦勒克所说，"比较文学是一种没有语言、伦理和政治界线的文学研究"，因为"一切文学创作和经验是统一的"①，正是文学中的统一、共同的东西，使不同文化体系中的文学具有一种互相对话、互相比较的可能。诗学作为反映着不同文化、文学精髓的聚焦点，它们之间的相互比较和对话也同样是必要和可能的。当然，这种比较不是以一种诗学模式去套另一种诗学，也不是用一种诗学模式去"攻克"另一种诗学，而是突破各种界限，作"文心"上的沟通，把握异中之同，了解同中之异，从中概括出更具有总体性和规律性的话语。

早在20世纪60年代，法国著名的比较文学学者艾金伯勒就说过："历史的探寻和批判的或美学的沉思，这两种方法以为它们是势不两立的对头，而事实上，它们必须相互补充：如果能将两者结合起来，比较文学便会不可违拗地被导向比较诗学。"②现在，比较诗学在比较文学研究中已备受关注，从事中西比较诗学研究，困难在于对中国古代文论的把握。在这方面，美国著名华人学者刘若愚的研究成果值得我们重视。刘若愚用英文撰写、出版于1975年的专著

---

① 韦勒克：《比较文学的名称和性质》，见《比较文学研究译文集》，上海译文出版社1985年版，第144—145页。

② 艾金伯勒：《比较文学的目的、方法、规则》，见《比较文学研究译文集》，上海译文出版社1985年版，第116页。

《中国的文学理论》①，从探求东西方超越历史文化差异的世界性文学理论出发，在介绍中国自成传统的文学理论的同时，以西方文学理论为参照，把艾布拉姆斯在《镜与灯》中提出的艺术四要素理论加以改造，用以分析中国传统文学批评，把中国古代文论分为形而上的、决定的、表现的、技巧的、审美的、实用的六种理论，力图从中整理出一个有机的整体，建立一个分析中国传统文学批评结构的理论框架。他还分别从纵向和横向考察了上述六种理论的出现、发展和相互关系与作用，并将其与西方相似理论作比较。他在运用现代的、理性的眼光清理解释中国传统批评理论的特点时，清醒地看到了自己面对着的种种困难，如中国传统文学批评所用术语的多义性和不确定性、中国传统文学批评的诗化特性等，这些常常使人难以领会其确切的意义，在西方文论中也很难找到与它们具有相同含义与等价的术语和概念。为了揭示和辨别隐藏在某一术语中的某种潜在概念，寻求更精确的意义，他提出要注意每个术语运用时的上下文答案，考虑批评家的基本思想倾向、他所举的例证"以及他对同一术语在文学批评和其他著作中早期或当代的用法等等"②。这些都是十分重要的意见。他在将中国传统文学批评理论与西方相似理论作比较时，也是先从纵向探究了中西不同文化背景中的源和流，在这一基础上才从横向作进一步的考察比较，如书中对中国的玄学论与西方的模仿论以及表现论异同的比较，就不仅清理和解释了中国玄学论的流变及其特点，又揭示了它与西方的模仿论和表现论的某些相通之处。由于中西方历史发展的不平衡，可比的文论在中国和西方往往不是同时产生的，中西比较诗学研究很难在历时的方向展开，所以这种以共时研究为基础，打破时间先后次序，在中国文论和西方文论总体范围内进行某些问题的综合性的比较，应受到我们的特别注意。

刘若愚在《中国的文学理论》第一章"导论"中曾阐明他写这本书的终极目的：

---

① 刘若愚著，田守真、饶曙光译：《中国的文学理论》，四川人民出版社1987年版。

② 刘若愚著，田守真、饶曙光译：《中国的文学理论》，四川人民出版社1987年版，第3—4页。

我写这本书有三个目的。第一个也是终极的目的在于通过描述各式各样从源远流长而基本上是独自发展的中国传统的文学思想中派生出的文学理论，并进一步使它们与源于其他传统的理论的比较成为可能，从而对一个最后可能的普遍的世界性的文学理论的形成有所贡献。我相信，对历史上互不相关的批评传统作比较研究，例如对中国的批评传统和西方的批评传统作比较研究，在理论的层次上比在实际的层次上会有更丰硕的成果，因为特殊作家和作品的批评，对于不能直接阅读原文的读者是没有多大意义的。而且某一具有自身传统的文学的批评标准，也不能应用于其他文学；反之，对于属于不同文化传统的作家和批评家的文学思想的比较，则或许能揭示出某些批评观念是具有世界性的，某些观念限于某些文化传统，某些观念只属于特定的文化传统。反过来这又可能帮助我们发现（因为批评概念通常是建立在实际的文学作品基础上的）哪些特征是所有文学所共有的，哪些特征限于用某些语言写成或产生在某些文化传统上的文学，哪些特征是某种特定的文学所独具的。因此，对于文学理论的比较研究，可以更好地理解所有的文学。[①]

可见，作者撰写这本书，立意是很高的。正如他自己所说，他的终极目的是要对世界文学理论的形成做出贡献。他在书中提出的要探求"世界性的文学理论"的观点，应是当今诗学研究者的一个共同的"理想"。它可以牵动人们去做各种各样的尝试，朝着这个目标努力去做。在我看来，刘若愚这本书的突出贡献在于：他能用一种跨文化的眼光，以今天更发展了的科学文艺理论，来清理中国的传统文论，探讨、剖析那些暧昧朦胧的术语，展示其蕴含着的艺术理论，在与西方文论的比较中，提出了益人心智的精湛见解。这是只有"单文化"眼光的学者所不能做到的。

在中西比较诗学研究中，著名华人学者叶维廉也有多方面的成果。我们

---

① 刘若愚著，田守真、饶曙光译：《中国的文学理论》，四川人民出版社1987年版，第3—4页。

读他的论文集《寻求跨中西文化的共同文学规律》①，可以看到，他一直在探讨下列两个问题：一是寻求跨中西文化的共同的文学规律，也就是力图在跨文化、跨国别的诗学之间，寻求共同的文学规律、共同的美学"据点"；二是试探现代西方文学理论被应用到中国文学研究上的可行性及其可能引起的危机。他认为，在欧洲文化系统里，寻找共同的文学规律是比较容易的，因为不存在"批评模子中美学假定合理不合理的问题，而是比较文学研究对象及范围的问题"。由于在欧洲文化系统中进行比较诗学研究，是单一的文化体系中的比较得出的艺术原则，不一定适合各种不同文化系统中的文学，无法构成可以放诸四海而皆准的美学据点的批评模式。但长期以来，"不管在文学研究或文化研究的领域里，批评家和学者们都往往以一个体系所得的文化、美学假定和价值判断硬加在另一体系的文学作品上，而不明白，如此做法，他们已经极大改变了，甚至歪曲了另一个文化的观物境界"②。为了避免这种"垄断的原则"（以甲文化的准则垄断乙文化），不再重犯这种歪曲本源文化美学观念的错误，他提出应重视对各种不同文化系统的理论作比较和对比研究，特别要重视中西方文化、文学的比较研究，做到互照互对、互比互识，以开拓更宽的视野，互相调整、互相包容。这样做，既让西方读者了解到世界上有许多源于不同文化的文学作品和不同的美学假定；也让中国读者了解到儒、道、佛的架构之外，还有与它们完全不同的观物感物程式及价值的判断。他也借用艾布拉姆斯所提出的有关作品形成的四要素，即世界、作者、作品、读者为条件，再加上自己所认识的新的要素，打破艾氏从西方批评系统演绎出来的四种理论（模拟论、表现论、实用论、作品自主论）的架构，而根据作品产生前后状况，总结出五个必需的据点：（1）作者；（2）作者观、感的世界（物象、人、事件）；（3）作品；（4）承受作品的读者；（5）作者所需要用以运思表达、作品所需要以之成形体现、读者所依赖来了解作品的语言领域（包括文化历史因素）。他认为在这些据点之间，有不同导向和偏重所引起的理论，从大的方面看有下列几种：（1）观感运思程式的理论；（2）由心象到艺术呈现的理

---

①　叶维廉：《寻求跨中西文化的共同文学规律》，北京大学出版社1987年版。

②　叶维廉：《寻求跨中西文化的共同文学规律》，北京大学出版社1987年版，第35页。

论；（3）传达目的与效用的理论；（4）读者对象的确立；（5）传达系统自主论（语言）；（6）作品自主论；（7）起源论。以上是叶氏提出的新的理论框架的建构。

在国内，曹顺庆著的《中西比较诗学》①，是我国文艺理论界第一本系统研究中西比较诗学的专著。他按我们现行的文艺理论框架，从艺术本质论、艺术思维论、艺术风格论、艺术鉴赏论几个方面，对中西方相应的文论进行比较研究，侧重点则放在长期被西方忽略的中国传统文论上，在比较中着重是对上述几个方面的古代文论进行纵向的梳理和横向的阐明，眼光和视野已超出了本国的文化系统，这就使他所阐发的理论具有创意和特色。

黄药眠、童庆炳主编的《中西比较诗学体系》②，是20世纪90年代以来在国内有影响的比较诗学著作。这部书打破了近半个世纪以来我国关于诗学论述的基本模式，面对中西比较诗学存在的特殊困难，为了跨越两种文化之间的鸿沟，给予文化背景的比较以"非同一般的重视"，并且以此为前提和起点，确立全书的结构，由文化背景比较进展到范畴比较，把"诗学范畴作为诗学观念的'网上纽结'"③，从而展开中西诗学影响的事实比较。全书由背景比较、范畴比较、影响研究三编组成，这显然是一种新的探索，它开阔了人们的视野，其积极的意义在于倡导以跨文化的比较方法，来寻求中国诗学自我超越的途径和前景。

在国别比较诗学方面，有狄兆俊著的《中英比较诗学》④。该书以西方文论中的实用理论和表现理论为框架，把中英两国相对应的诗学联系起来进行比较研究，建立中英诗学比较研究的理论框架——功用诗学和表现诗学，并且分别探索中英诗学二重性的内涵，以无用和有用、功利和超功利、客观和主观三个方面来展示中国诗学二重性内涵；以主观和客观、教育和怡情、情感和

---

① 曹顺庆：《中西比较诗学》，北京出版社1988年版。

② 黄药眠、童庆炳主编：《中国比较诗学体系》，人民文学出版社1991年版，第4页。

③ 黄药眠、童庆炳主编：《中国比较诗学体系》，人民文学出版社1991年版，第4页。

④ 狄兆俊：《中英比较诗学》，学苑出版社1992年版。

理智来展示英国诗学二重性内涵，并从中英诗学二重性探索其共同的规律和特殊的规律，为进一步探索诗学深层结构开辟了新的蹊径。该书在西方文论的参照下，对中国传统诗学（如道家审美理论中的表现理论等）提出了一些新的见解。这些见解并非没有商榷的余地，但能给人启迪，能引起人们去思考和探索。此外，朱徽编著的《中英比较诗艺》①，对分属于不同民族、不同时代、不同语种的中英诗歌，在艺术技巧和语言特色方面进行比较研究，分析其异之处，寻求"契合"点。作者用现代批评理论作为指导，把中英诗歌放在纵向的历史发展和横向的不同文化的观照中进行观察分析，对中英不同诗艺技巧作比较研究。全书分上下两篇，上篇分别比较研究中英诗艺中的格律、修辞、描摹、通感、象征、张力、复义、意识流、用典、悖论、想象、移情、变异与突出、汉诗英译中的语法、中英十四行诗等问题，下篇主要是比较研究中英著名的诗人、诗作，许多见解精辟独到。由于作者视野比较开阔，能从不同民族文化相互对照、比较以及相互交流、影响的角度，去认识、概括中英的诗艺，特别是中国的传统诗艺，这就为跨时代、跨语种、跨民族界限的诗艺研究开拓了一个新的局面。

如上所说，中西诗学比较，在中国学界，还是一个新的课题。因为这种植根于不同文化土壤、不同理论体系之间的比较，确实难度很大。现在，中西学者都注意到要寻找能解释东西方文学的文艺理论框架，注意研究欧洲文化区域以外的诗学体系、现象，为创建真正具有全球性的诗学在做各种各样的探索。中国古代文化，源远流长，在东方很有影响，中西诗学比较研究应是世界比较诗学中的一个重要的课题。尽管中西文化差异很大，如果我们能在文化思维上"打破垄断"，从双方出发，以开放的、平等的、兼容的态度，进行研究，而不是以一种体系的理论原则去套另一种理论体系，是可以进入共相研究的，也可以日益靠近我们所寻找的真正具有全球性诗学框架的理想。

中西比较诗学的先行者早就指出，从事中西比较诗学研究困难很多，进行这种比较必须对中西文论都有相当的了解。西方文论，从古希腊柏拉图、亚里士多德开始，经过长期的发展，文学的概念、范畴，一般都有严格的科学内

---

① 朱徽编：《中英比较诗艺》，四川大学出版社1996年版。

涵，其理论的发展脉络和历史也是非常清楚的。比之西方，中国古代文论专著不多，理论方面的研究工作起步较晚，而且在相当长一段时间，只是少数人做的事情。中国古代的文论家，比较多是凭借传统的理论和个人的体验来评论作品，他们的志趣主要不在于探讨深奥的哲理，而在于总结经验，阐明自己对文学创作的具体看法和主张，而且采用评点的形式，生动活泼，常常是通过隽永的比喻、形象的语言来表达思想。这种理论形态带有直观性、经验性的特点，重体会，讲究妙悟，往往不把话说尽、说死，理论观点和美学见解，都是自然地在批评话语中表现出来，观点、见解随作品流动，只有读过作品的人，才能深刻理解它，如果没读作品，就难以领会其中的道理。有的理论是"诗化"的、鉴赏式的，带有一定的虚拟性，要弄清楚它，还得反复琢磨和借助想象，所以理论的效果经常是评者与读者共同创造的。同西方的科学型文论不一样，中国古代的文论，更多是艺术化的，它的体系是潜在的。这样的理论是需要"解读"的，而要准确地"解读"，又十分不容易，首先是要对它作历史的"还原"，历史的"还原"必须建立在资料搜集和积累的基础上。这方面的工作，过去我国从事古代文论研究的学者已做了许多，有不少成果问世，但我们拥有的是一座丰富的理论宝库，要拿它同另一种形态的理论作比较，使其有可能"相遇""对话"，还要寻求一种彼此沟通的渠道。

重要的是构搭"相遇"的"桥梁"和寻求"对话"的"中介"。

中西异质文论有许多难以沟通和相互理解的因素，因为彼此都难以摆脱自身的思维方式和文化框架。但中西文论都是人类文艺实践经验的结晶，必然蕴含有人类历史发展的一般规律所决定的共同性，应是异中有同，所以可以通过比较，从表面差异很大的中西文论中寻找它们的共同规律。困难在于：中国古代的文论家大多是通过对具体作家作品的批评来体现理论内容，言简意赅，理论的弹性较大，许多概念、范畴，如意境、形神、文气、风骨等，不但在不同情况下有不同的含义，同一内涵表述的概念有时也很不一样，所以就要在"还原"的基础上对它做一番"破译"的工作，以当代话语进行新的解读，再将其同西方文论作比较，在比较中寻找中西文论的"同"和"异"，做到"借异而识同，籍无而得有"，找出文学的共同规律，也认识各自的特点以及在不同文化背景中产生的文学的特殊规律。

170

中西诗学比较研究，是在"异质""异源"的中西文化之间进行，彼此差异的跨度很大，要相互沟通、理解很不容易，故要有"对话"的"中介"，即找出一些文学创作中必然会出现的问题，互证互对，互比互识，在比较中看中西文论家在各自不同的文化系统中如何对这些问题做出回答，形成怎样的概念、范畴和理论，有哪些"同"和"异"，从而进一步实现中西诗学的互识、互证、互补。

中国古代文论是中国古代文艺思想、美学思想的结晶。随着世界文化交流的日益频繁，已有不少外国汉学家著文阐明它在世界诗学中的特殊地位和理论价值。但由于语言和文化的"边界"，西方的学者要真正跨越文化，把握它的实质，困难仍然很多。所以要使中国的传统文论能够走向世界，与各民族诗学交流、比照，在相互汇通的过程中，共同熔铸出新的诗学概念、范畴和命题，使诗学进入世界和现代性的新阶段，中国的诗学研究者应肩负起更多、更重的责任。当然，这种世界性诗学理想的实现，应是一种开放的、"将成"的、不断变化发展而又多元共存的群体的探索。我们只能从"我"做起，以一种开放的眼光和方法，在中西比较诗学的研究上，努力去探索"自己"谨慎前行的途径。

近几年来，我们就中西诗学中的若干具有可比性的问题展开了自己的研究，形成了这部二十多万字的著作《中西比较文艺学》。全书除导论外，共分上、中、下三编凡七章。上编"中西文学观念比较"，主要从文学本质的形而上设定，挖掘中西文论之思共有的深层自然主义信念及其差异；从主导性文学观的文化偏向入手分析中西文化的文化境域及其主题性焦点。该部分力图从内外两个层次上清理中西文论的运思和言述理路。中编"中西文论形态比较"，是对不同类型文学理论的比较；中西方文学理论在其长期的历史发展中形成了不同形态，同时也产生了大量的对文学的哲学形而上学的理论，本编主要是从中西叙事理论、中西抒情理论、中西形上理论进行比较研究。在中西叙事理论比较中，着重从中西方叙事理论的传统——诗史之分：志与事、一般与个别；中西叙事理论的不同特征——文史哲：历史旨趣与哲学意味；文学叙事：理与事、文与事；作为文学叙事的历史与哲学等方面论述中西叙事理论的异同。在中西抒情理论比较中，着重是从心性设计，理性与情性的冲突、兴论与表现论诸范畴之比较，作为心学和心理学的中西方抒情诗学三个方面进行论述。在中西形上理论的比较上，主要是从形而上学与中西形上理论的相关性、中西形上文论的主要形态、中西形上文论的内涵三个方面进行描述、分析和阐明。下编"中西文论范畴比较"，从范畴的"文化特征"和"语义特征"入手，采取个例阐释的策略，经由对一些主要范畴的比较研究来昭示中西文论范畴的建构、运作与功能差异，此外由于中西文论范畴众多，每个范畴都有其独特意义，在各自不同的理论体系中有其独特的地位和作用，有的具有可比性，有的不具有可比性，在本编中我们只选取其中具有可比性的四对范畴：神思与想象、比兴与隐喻、雄浑与崇高、教化与净化进行比较，同时力图对有关问题做出较深刻的阐释。

我们的研究还希望在以下几个方面做出尝试：

第一，注重各个论题自身"理论依据"的反思和说明，力图打破"垄断"，克服"随意性"。

第二，从中西方不同文化出发，注重中西文艺学视野的融合，坚持研究者跨文化的"文艺学立场"，纠正比较文艺学研究中的"欧洲中心主义"，也防止"中国中心主义"。

第三，重视中西文艺学的系统性，坚持在不同文艺学系统中考察我们所选取的命题和范畴，在中西文艺学的观念、命题、范畴的共时性比较研究中，力图对它们的"结构方式""系统规则""文学相关性""文化相关性""话语模式""功能模式"等问题有所关注。

第四，在所涉及中西文艺学各题的研究中，注意到将"可比性"和"不可比性"的论题、范畴区别开来，努力做到实事求是地看待中西文艺学之间的关系。

第五，中西文艺学范畴是中西文艺学体系各自网结和基本词汇。由这些范畴构成的系统是中西文艺学最隐蔽的"理论真实"。对它们的比较研究有助于我们走向这一"真实"，使我们更深入理解作为"路标"的文艺学范畴性质、功能、系统性等问题，特别突出这一研究，是为前面所说的中西文艺学的互识互补，为建立新型的、更具世界性的现代文艺学理论探索道路。

第六，我们力图在更深广的"文艺学"的视野中对中国文论和西方诗学进行比较研究，同时为了避免"文论"和"诗学"这种传统命名方式的历史局限，在更具包容性的命名之下展开我们的研究，我们将本书命名"中西比较文艺学"。

中西比较文艺学是以中西文学理论比较为核心的研究领域，它包括中西方不同国别、不同民族文艺学的比较研究。由于中西方文化出自不同的源体，文化的跨度很大，所以中西比较文艺学也是一种难度很大的跨文化文艺学研究。本世纪后半叶以来，随着比较文艺学研究的兴起，中国文艺学的巨大价值已日益被人们所认识，有的学者还断言："比较诗学的一个未来发展方向，就是中西比较诗学的兴起和繁盛。"①相信在不久的将来，会有更多的这方面的成果问世，为这一领域的研究提供各种理论依据和路数，使中国文艺学的推出和西方诗学的引进更具有可通约性和规范性。

（原载《暨南学报》1998年第2期）

---

① 陈惇、孙景尧、谢天振主编：《比较文学》，高等教育出版社1997年版，第230页。

南粤文学
评论

开掘、理解、创造

——也谈广东文学创作如何突破

　　我认为，广东中青年作家的作品要在全国有大的影响，必须在作品的深度上下工夫。我所说的"深度"，不只是指作家的思想，同时也包括作品的艺术。也就是说，要努力创造出有思想深度和深刻美的文学作品。几年来在全国获奖的作品，都是思想上开掘深、有高度审美价值的力作。有些作品由于作者能够敏锐地捕捉到人们心中所有、人人笔下所无的东西，对它进行深刻开掘，思想恢宏，艺术形象饱满，就能长时间扎根在读者心中。在广东的文学作品中，这样的作品比较少。最近，有同志从西安参加全国作协召开的评论报刊会议回来，不无感慨地说：广东的文艺理论批评，在全国是处于"第三世界"。广东的文学创作是否也处于"第三世界"？我没有对此作全面的研究和比较，不敢下这个结论。但从近两年来我省几个报刊发表的"关于广东文学创作如何突破"的笔谈文章看，我们是不满意自己这种现状的。在我看来，广东的文学创作起码有三个"不相适应"：一是与广东经济建设、改革开放走在全国前列的状况不相适应，我们的文学创作落后于生活的步伐；二是与广大读者的需求不相适应；三是与广东历史上在全国文学创作中的地位不相适应。我们缺少有巨大生活容量、有深度的文学作品。现在大家都有一种紧迫感，渴望广东文学创作能起飞，能跃上去，希望我们中青年作家能创作出无愧于我们时代、我们社会、我们地区的"拳头产品"。

　　作品的深度问题，首先是一个对生活开掘的问题。我们要善于发现和开掘生活，在敏锐地捕捉到生活的闪光的东西的同时，注意对它作深层性的开掘，了解和把握住它的历史基因和社会构筑，做到立体、全方位地观察和表现生活。从新时期广东文学界发表的作品看，我们的多数作家对生活的感受力是比较强的，对于改革开放中出现的一些新的东西、有地区特色的东西，在文学作品里都有不同程度的反映，《雅马哈鱼档》《南方的风》《急流》等，就都是作者从当代的生活激流中采写来的。但也要看到，我们对于生活深层的开掘力比较薄弱，现在我们正处在一个生活急剧变化的时代，随着生活的迅速发展，对旧的东西的冲击，观念的更新，人的感觉、心理的变化……我们的作家不但要去感受这一切，还要深刻地理解这一切，从中去开掘深邃的思想之意，去追求新的美的艺术。我所说的"理解"，就是对生活的价值的探索和开掘，没有深入的开掘，就不可能有深刻的"理解"。我们有些作品之所以太浅、太直，不够耐看和有味，缺乏深入的开掘，对生活理解不深，思维力不够，未能真正把握住它的认识价值和审美价值，恐怕是其中很重要的一个原因。

作品的深度问题，还有一个作家的眼光和视野的问题。我们的作家当然要立足于写自己最熟悉的生活领域和感情经历，写当代跳动的生活和思想。但今天的生活是从过去发展来的，一些复杂的生活现象常常是过去和今天的许多矛盾的交织，不了解过去，就不能深刻地认识、表现今天。如果我们有历史的眼光、开阔的视野，能够做到像一些同志所说的，"用历史眼光来观照现实，以当代意识去反思历史"，我们的作品就具有历史的穿透力，在某种程度上就有了自己的"深度"。现在有些作品题材虽好，容量不大，缺乏深度，就是因为在我们的思维中，还没有架起现实和历史之间的"桥"。《雅马哈鱼档》在题材上有新的开拓，表现的生活有地方色彩，但作者从中要挖掘什么，给人什么，还比较模糊，不够清晰。黄虹坚的中篇小说《橘红色的校徽》，是一部具有一定历史穿透力的作品，她在错综复杂的现实关系中，找到新与旧的交接点，使作品有相当的思想深度和广度。不甘平庸的作家都追求作品的深度，为了使广东文学创作在这方面有所突破，我们应当总结、学习有关的创作经验。

作品的深度问题，从艺术的角度就是要追求深刻美。现在我们的作品在这方面跟不上读者的美学要求，其主要原因之一是艺术性比较薄弱。列夫·托尔斯泰在创作《教育的果实》时，在日记上写道："对形式完美性的这种关怀是件怪异的事情。这种关怀不是枉然的，但只有当内容完美时才不是枉然的。如果果戈理将自己的喜剧写得粗糙而松懈，那么今天的千百万读者就不会去拜读它了。"（《列·尼·托尔斯泰论文学》）阿·托尔斯泰断言："一个不能引人入胜的剧本是思想、见解和形象的坟墓。"（《阿·尼·托尔斯泰选集》）技巧起源于观察生活、洞察生活的深处，雷同化是因为作者没有生活，不能创造出独特、具体的生活图景。广东的作品在揭示严酷的现实和表现重大生活方面往往比不上北方，这与对生活的熟悉与理解有关，还有一个对现实生活是不是很敏感、很关心的问题。作家应有个人的追求，同时又要与人民、与时代息息相通，这样才能与读者产生共鸣。梁晓声的《今夜有暴风雪》，写得多么惊心动魄啊！因为它是作者用自己的心血和生活糅合出来的，读后使人久久不能忘怀，广东的同类作品这种情绪的感发力就没这么强。当然，生活并不等于艺术，艺术的关键是要把我们所发现和开掘到的东西做具体的、独特的、个别的表现。艺术上的革新、创造和模仿是不相容的，但是革新、创造并不排斥对古典遗产和他人经验的学习和借鉴。阿·托尔斯泰在谈到苏联现代作家的艺术成就时说："我们继承了二千五百年来的经验……我相信现代作家如果不研究古典作品的规律，要想获得成就只能是偶然的。"（同上）学习他人成功的经验，主要不是掌握法则和手法，而是思考他们如何独特地运用那些法则和手法，学习他们如何在自己的创造中艺术地合理组织和表现生活的经验，消化那些他们给总的艺术宝库带来的新的、珍贵的东西。伟大的作家都是艺术上的革新者，真正的革新者不是模仿者，也不是"移植者"，而是那些能够在生活中看到新的事物，同时又能够将这种事物体现在艺术上有充分价值的形式里的人。在艺术上，我主张既要纵向地继承，也要横向地引进和借鉴，但从根本上说，我们应该发展属于我们民族自己的东西。我们的国家、民族有自己的人生观、价值观、道德观和审美观，在这些观念和心理中埋藏着我们的民族魂，我们的作品表现的是中国人的民族生活、民族意识、民族感情，我们应该继承和发扬我们民族的文学传统，在这一基础上大胆创新。要创新，要深刻地表现当代人的生活和思想，外来的引进和借鉴也是必要的，因为现在的中国已不是锁闭式的，当代人的生活习惯和意识常常是"杂交"的，特别是在改革开放的今天，人们的心理反应非常敏感，我们当代的作品应该比过去的作品更注重人的主观性，从各个角度多方面、多层次地表现人的感觉、心理和感情，在这方面，外国优秀作家揭示人的主观性的创作经验是值得我们借鉴的，但无论是继承还是借鉴，都是为了创造出当代有深刻美的民族文学。从文学史看，艺术手法、艺术技巧是在无数的创造中发展的，我们也只能在自己的创作实践中掌握它、发展它。

（原载《广州日报》1986年3月21日）

他找到了自己的"路"

——读朱崇山的《流动的雾》

朱崇山的长篇小说《流动的雾》，由江西人民出版社出版。我有幸在这部小说问世之前读到书的校样，它是我至今所能读到的反映特区生活的最好的作品。正如作者自己所说的，这部作品凝结着他七年来在特区生活中积累的感情，我在阅读小说的时候，就深深地感到这种潜在的感情的力量，正是它，使作品的艺术形象显得更加真实和凝重。这些年来，随着国家开放、改革经济形势的发展，特区这个"窗口"已为全国所注目，人们早就在盼望着反映特区生活的佳作问世，《流动的雾》就是一部反映特区深入改革的别开生面的佳作。

《流动的雾》给我的一个深刻的印象是：作品的艺术探索力和感发力强。《流动的雾》写的是特区的生活，但它有别于一般正面描写特区开放、改革的作品，它描写的不是特区高歌猛进的生活，而是特区在调整时期的"苦恼"，写人们在改革过程中遇到的种种问题，特别是在这些问题面前各种人物心灵的碰撞、事业和爱情的曲折。整部作品情节是淡化的，主要人物的性格是鲜明的，各种人物的心路是复杂、清晰的。在作品里，作者集中笔力描写的是特区变动的生活和生活的走向，以及变动生活中人们思想感情的流程，它所触及的是特区改革中更深层次的问题。

朱崇山是作协广东分会的专业作家，他于1980年冬到特区生活，和那里的人们一起开创新的事业，先后出版过小说集《影子在月亮下消失》、长篇小说《南方的风》和《朱崇山中篇小说集》等作品，在这些反映特区建设生活的作品里，他以新颖的情节、生动的人物，真实地传达出20世纪80年代对外开放带来的新气象、新信息。拿《流动的雾》和《南方的风》比较，《南方的风》主要是描写特区开创时期开放和禁锢的斗争，艺术地展现特区从开创到初具规模的艰难历程。《流动的雾》着力表现的是特区改革深入时期的各种矛盾和困难，人们的不同心态、生活和思想的历程。比之前者，它在表现社会文化心理方面有新的开拓。特区是当代文明辐射的一个"窗口"，也是东西方文化接触、影响融合敏感的区域，节奏快速的经济改革，促使人们观念的变化，社会的文化心理也随着发生变化，新旧交替，新与旧的碰撞，旧中有新，新中有旧，交织糅杂，这是历史流动必然出现的一种现象。生活本来就复杂多样，历史的发展也是多渠道渗透的，作为有机发展过程中一个个不可单独割取的环链，新的观念、新的思想，在它们刚刚出现的时候，会留存着一些旧的杂质；旧的观念、旧的思想，在它们还没有完全在历史上消失的时候，也不是完全没有一些合理性的质素。朱崇山在《流动的雾》中所描写的，正是这种新与旧交替过程中人们思想感情的流动，它不是规则的、定型的，然而却荡漾着生活的真实的美。它引导人们去思索，思索开放改革中出现的新问题，思索人生、社会和历史，探究那流动的生活的底蕴。同时也激发人们去追求，追求生活流程中出现的新的、美的东西，尽管这些在作品中还不是那么确定的，有如"流动的雾"，但却具有一种艺术的感发的生命。

　　《流动的雾》中的各种人物，很难用革新和保守、文明和愚昧简单地去框定他们，林明和林向宇父子俩在改革上都是勇猛的闯将，但是在道德、审美、价值等观念上却又存在着明显的"代沟"。伍大左和伍若土父子都是特区建设中学者型的人物，他们正直诚实，尊重科学，在工作上脚踏实地、埋头苦干，但是在爱情、婚姻的挫折面前表现出来的文化心理也有很大的差异。在老一辈中，林明和伍大左、林向宇的母亲历史学副教授陈果千和女总经理方芳子，都是多年深交的老朋友，然而在改革开放湍急的生活漩流中，他们所采取的态度、表现出来的感情和气质，也是各自有别的。在年轻人中，林向宇和伍若土、杨萌、王颖、梅芝和洁玲，对待人生的态度也很不一样。在作品里，作者重笔浓墨描写的是这群在当代意识观照下的男女青年，写他们的观念如何在改革的大河中变化、流动。林向宇和杨萌原是一对青梅竹马的恋人，而且早已得到双方父母的同意，为此还把杨萌从遥远的鲁镇接到特区来，杨萌优雅、文静，是传统文化意识美的化身，她对于急骤变化的现代生活多少有点"隔"的感觉，而林向宇则完全是以主人翁的姿态介入现代的经济运动，面对时代的冲击波，用自己的身心去拥抱改革中沸腾的生活，这就便他和杨萌之间有了一段精神上的距离。所以当他第一次遇见伍若土的女朋友王颖，就深深地被这个具有竞争意识的女大学生所吸引，并且热烈地爱上了她。围绕着林向宇和王颖的爱情的发展、杨萌和伍若土的失恋，林、伍两家平静的家庭生活被打破了，林明责备儿子的失信，果千担心杨萌的命运，伍大左为儿子失恋后的沉默而苦恼，一切的精神关系都被搅乱了。四个青年之间的友谊和爱情也因此发生了裂变，心灵和心灵经历着无数次的撞击，林向宇的"苦恋"、杨萌的哀怨、伍若土的虽失仍希望失而复得，还有王颖信奉的"自由选择的爱情观……"。最后，谁也没有回到自己原来的位置上去。通过这些，作者写了改革中的人生，揭示出变动中人物内心的隐秘，写了年轻人的审美观的变化和人与人之间宽容的意识，使作品有了比较丰富的意蕴。

朱崇山曾在《南方的风》扉页上这样写道："世界上已经有大大小小的路，但路还是要靠人去走出来。"文学创作的路也是如此。读完《流动的雾》，我觉得朱崇山的审美理想正在实现，在反映特区题材的小说中，他已经走出了自己的"路"。

（原载《广州日报》1987年7月15日）

用艺术沟通大众的感情

——程贤章、王杏元的《胭脂河》评析

    程贤章、王杏元的《胭脂河》，是广东1987年推出的三部引人注目的长篇小说之一。同杨干华的《天堂众生录》和朱崇山的《流动的雾》比较，《胭脂河》有它自己的特色，作者以富有民族传统的绘声绘色的描述、引人入胜的曲折的情节、完整的故事等，得到广大读者的青睐。据说这部小说在江西人民出版社出版以后，很快就销售一空。这一反馈回来的市场信息告诉我们，广大读者乐于接受《胭脂河》这部长篇小说，在呼啸跌宕、奔腾向前的艺术长河里，像《胭脂河》这样继承和发扬我国叙事文学传统的小说，同样有它不可低估的地位和力量。

    在《胭脂河》中，作者通过写抗日战争期间，退守在广东清平县的一支国民党军队，为了守备转移到那里的临时中央金库，在粤北山区的一段生活以及他们之间的明争暗斗，反映了那个非常时期的社会情况和人心动向。作品着重描写了三个青楼妓女出身的官太太：胭脂女、相思豆和黑蝴蝶，展示她们曲折的生活道路和命运。这三个女性，小时候都受尽苦难，长大以后又因为无依和貌美而堕入青楼，成为名妓，后来各嫁了一位国民党军官，现在又都随军到胭脂河来。胭脂女的丈夫许云仙是这支军队的驻防司令，相思豆的丈夫陈有源是驻防副司令，黑蝴蝶的丈夫刘魁是参谋长，他们都负有防守中央金库的重任。这三个人虽都是国民党的军官，但由于出身、经历、文化教养不同，性格和气质各异。许云仙是一个狡猾刁钻、老谋深算的恶魔和色鬼。陈有源是一个名门出身、有文化素养的青年军官，有一颗爱国之心，不甘身陷泥淖，在黑暗里苦苦地寻觅着走向光明的道路。刘魁则粗野蛮横、心毒手狠，是许云仙的一条鹰犬、一把杀人的大刀。他们各有心思，彼此之间有许多的防患和争斗，每

个人周围的人际关系又是错综复杂的。作品以环绕他们的政治斗争和他们之间的矛盾为本事，为生活在他们身旁的三个侠女型的妓女，编织了一个又一个的传奇故事，用描绘世态风俗画的工笔，细腻地刻画出她们不寻常的性格。

也许是因为胭脂女、相思豆、黑蝴蝶三人的生活经历大体相同，在作品里，她们的性格也有许多共同的地方：她们都富有同情心，愿为拯救那些穷苦的山民出力。她们虽出身青楼，但性格并不柔弱。三个人在晨运中练枪，就像三只矫健的燕子，由于长期的肉体上和精神上遭受蹂躏，内心深处不无苦痛和幽怨，生活上也还有过去青楼留下的痕迹，却都不是一般的弱女子，常常是路见不平，就出力相助，而且刚直不阿、敢作敢当。胭脂女为救出在饥饿中逼不得已上船抢粮的山民，一气之下，把在山区为非作歹的胡一彪枪杀，杀人之后入狱，在监狱里还干出一番轰轰烈烈的事情，夜杀老狱长，放走囚禁在大牢里的山民。由于刘魁深夜在家里杀死黑蝴蝶，相思豆为了给自己的结义姐妹报仇，深夜只身独闯龙潭虎穴，用计和刀刺死刘魁，事露后，仍理直气壮，当众揭露刘魁的种种罪行，供词中没有半点含糊，在人生和生命面前表现出一种无畏的精神。

记得在1987年举行的"87广东长篇作品讨论会"上，有同志说："《胭脂河》的真正价值，在于人性描写。"这一看法不无道理，我很有同感。在作品中，我们从胭脂女、相思豆和黑蝴蝶身上，确实看到了人性的苏醒。她们处在恶劣的政治环境里，在禁锢人性的罗网中挣扎，为了维护自己的独立人格，争取过正常人的生活，不断地自强、自为，敢于冒生命的危险去做一些自己认为应该做的事情，包括追求一种真正的情爱。她们原先都是妓女，都是生活在社会最底层的备受摧残的人。结婚以后，除相思豆外，胭脂女和黑蝴蝶的精神处境并没有大的改变，她们的感情生活依然是一片黑暗。为了争取过真正的人的生活，她们一直在寻觅一种真正的情爱。如胭脂女对洪少山、黑蝴蝶对阿丹，虽然这些在现实中还是模糊的、不确定的，更多的是存在她们自己心中，有点像梦，而且常常是和她们的情欲混杂在一起，不一定能为对方所接受，但在她们内心深处，这一切却是真实和诚挚的。如果说，胭脂女和黑蝴蝶在家里，只不过是许云仙和刘魁这两个荒淫无耻的色鬼的玩物，那么，相思豆和陈有源却是一对有真正爱情的恩爱夫妻。他们都不满于国民党军队内部的腐败，不愿在这个黑色染缸里沉沦，渴望冲破黑暗，走向光明。他们的心是相通的。相思豆从良以后对陈有源的由衷的爱恋，也同样表现了她的人性的觉醒，因为她也和胭脂女和黑蝴蝶一样，曾经被人践踏过，有过人性被扭曲的经历，但她最后在现实生活中找到了真正的"自我"，在精神上得到了一定程度的补偿。她和陈有源的爱情是现实的，而不是梦幻的，这是她的幸运，也是她最终能走向光明的所在。

《胭脂河》能拥有一个巨大的读者群，很大程度是在于它故事和人物的传奇性。从故事的布局到人物的构架，这部小说都保有中国传统小说的艺术特色。一般来说，长篇小说含量大，内容多，情节复杂，既可以是故事的编造，也可以是历史的虚构。中国传统的长篇小说（章回小说）是从民间说话人的"话本"发展起来的。说话人必须讲惊心动魄、生动活泼的故事，才能吸引听众。故事性强、情节曲折，是中国传统小说的特色。为此，后来文学界还有中国人"吃故事"之说。《胭脂河》的故事布局是对过去以讲故事为主的章回小说的继承和发扬。作者从较长的生活过程中，从广阔的活动空间，选取了富有历史意义的生动情节，加以巧妙的安排，构成完整的故事。尽管事件复杂，头绪繁多，但在作品中他们却能把故事的来龙去脉交代得一清二楚，把曲折的情节描写得有声有色，使它在审美上具有一种叙事的张力。作品重视"讲故事"，却不会因此而淹没了人物性格，而是做到在故事中活现人物。小说里的六个主要人物都有形有神，有血有肉，有一定的艺术感染力，能在广大读者的心灵中激起回声。文学的回声是艺术表现力引起的。《胭脂河》写的是三个妓女从良以后的故事，她们在一种特殊环境里的生活和命运，故事挑扬起伏转折，而且往往是一波未平，一波又起，令读者很难预拟其局面，做到引人入胜，又不失历史的真实感。

中国传统的传奇文学常常有不够"真"的弊病，因要出"奇"而失"真"，有"太戏"[①]之嫌，尽管人们也可以从中得到愉悦的满足，却难以做到真正动情。《胭脂河》作为新时代的"传奇文学"，在情节的安排上是煞费苦心的，做到了出奇制胜，但它并没有因此而失"真"，而是达到"奇"和

---

① 李卓吾批评《琵琶记》。

"真"的统一。作者在这里不只是"编造故事"，而是用真实的艺术形象，特别是三位女主人公的不平凡的经历和遭遇，她们的善良、正直的性格，去沟通读者的感情，使人感动，这就很不容易。文学欣赏者向来都是求真、从善、爱美的，《胭脂河》之所以广受读者欢迎，我认为这方面的成功是很重要的因素。

程贤章、王杏元都是擅长描写农村题材小说的作者，王杏元的《绿竹村风云》，程贤章、廖红球的《彩色大地》，都曾经给我留下很深的印象。由于他们长期生活在人民中间，对自己的描写对象十分熟悉，他们的作品具有鲜明的地方色彩和浓郁的生活气息，有一种来自生活的质朴的美。《胭脂河》在题材上、艺术上都和他们以往写的作品不同，是他们在新时期为大众创作的一个新实践，也是他们在探索文学通向大众之路的一种新尝试，实际上是用自己的实践提出一个俗文学创作的问题。我个人认为，重视俗文学创作，是对文学本性的一种新认识。俗文学不是庸俗文学，而是指那些能用艺术沟通大众的感情、为他们喜闻乐见的作品。对俗文学的注意和重视，是目前的文化背景和广大市民读者的需要，也是商品经济与文化碰撞之后出现的正常现象，在这方面，《胭脂河》的问世，是有它自身的价值的。

（原载《广州文艺》1988年）

在"祸水"深处

——读何卓琼的长篇小说《祸水》

读完何卓琼的长篇小说《祸水》，我的第一个感觉是，这部作品和她过去的作品明显不同，它跨过她的过去，到达了一个新的层面。这当中，有她对艺术的苦苦探索，也有她对生活的新的理解和思考。看来，她早就不满足于对自己熟悉生活的"模仿"，虽然要做到这一点，也不容易，尤其是她所"模仿"的，是一个相当男性化的"电力世界"，作为女作家，她能如此从容地步进这个"世界"，了解它，并且艺术地把握它，实在是很难得的。《祸水》展示的依然是这个"世界"中的人和事，但她追求的，不只是现实的、世俗的、生活化的真实图景，而是人的生命形态、历程、命运的实质和人生的真谛。这些是积淀在生活深处的东西，不容易被人们所认识。她在《祸水》中，对它们做了较深的发掘，这在她的创作上，无疑是一种突破，或者说，是一种自我的超越。

不知为什么，我觉得她在写这部小说的时候，一定是骚动不安，有过许多的困扰和苦恼的，这种不安、困扰和苦恼，不是别人给她的，而是来自她的内心，是现实在她心中的折光。生活给她以启示，她急于把它表现出来，感情在她笔下流泻，但思想还不那么明晰，存在着某种模糊性。这是人们在挣脱自己习惯的力量时常常会出现的精神状态，我认为她似乎也是这样。

关于她作品中的几个主要人物，人们已谈得比较多，我想补笔的是：她对书中男女主人公的态度以及他们蕴含的美学意义。我认为，林大田和薛妹，在作品里都有自己的生命形态，从她对他们的态度看，她偏爱薛妹，却很尊重林大田。在作品里，她一直用饱蘸着感情的笔来描写薛妹，无论是写她的过去还是今天。薛妹的命运实在令人同情，她年纪轻轻，就遭受严重的打击，是一个在精神上曾经"死"而复生的人。由于知青生活的艰辛，在她的恋人阿强猝然死去的时候，她本来是没有力量生存下来，如果不是那个老场工的阿婆来到她床前，说了一番"关于死的谶言"，让她相信"天意""命运"，在生与死之间找到一条精神上的通道，冥冥中常常感到阿强灵魂的存在，在孤独的时候，给阿强烧香、烧纸钱，怀着一种难以理喻的神圣感。阿强于她，有如一场梦，一场美梦和噩梦，现在的她，依然是在"梦"里，她无法与过去告别，她的感情和她的心，都只和过去维系着，所以甘愿独自到无人居住的桃花站做测量工作，在那个"一人世界"里凭借着回忆度日。她的孤独和内向，她那变化无常的情绪，发自心底的悲怆和迷惘，别人无法理解，总感到有点神秘、有点怪。直到在十万年一发的洪水中，她掉入狂涛骇浪之中面临着真正的死，死里逃生，才又感到生的可贵、生命的可贵，重新燃起对人生的热情，对从耳机传来的林大田的亲切慰问，有了某种心的感应，最后做出"重大决定"，离开桃花，回站去。在薛妹年轻的生命历程中，经受了两次生与死的搏斗：一次是在阿强死后，一次是在洪水中她面对着自己的死。第一次使她从现实走向自我，第二次使她从自我回到现实，前者是历史积淀的东方宗教力量在她身上的表现，后者是人的生命意识的复活。我认为作者对薛妹灵魂的这种刻画是深刻的。但与此同时，作者太偏爱这个人物，花太多的笔墨去描写她的体态和外形，有些地方也写得太露，容易使读者的注意力集中到那些方面，而忽视了所揭示的人物的精神曲折和文化心理。我国古代文论向来重视写"神"，有"神似""神理"之说，"神"才是人物形象的"活命之水"，如能让读者更多地注意作者笔下人物内在的东西，把那些多余的、容易引起人们误解的笔墨省去，艺术的客观效果会更好。

如果说，薛妹是一个带有宗教神秘色彩的人物，那么，林大田却是一个非常现实的人。他本是山区农民的儿子，上了大学，成为一个水利专家，出洋四年，回来后担任青峰山电厂厂长。他相信科学，向往现代精神文明，他原来那种传统的小农观念，在当代生活的大潮中一次又一次地受到冲击，内心深处，常常出现新与旧、情与理的交战。他是电厂厂长，在十万年一发的"祸水"中，承受着四方八面的压力，也在这十万年一发的"祸水"中，他内心的感情世界失去了平衡，有了他和薛妹潜伏情感的爆发。洪峰对青峰山的压迫，洪峰期间薛妹的"失踪"，现实和感情都在逼迫着他，他要对洪峰进行双重的报复，依靠科学，也凭借自己的胆识和情感的力量，他终于战胜了历史上的特大洪峰。作者在书中抒写的林大田率领电厂职工抵抗洪峰这一幕，既是惊心动魄，又有曲折的情愫，在艺术上是很成功的。尤其是洪峰过去后，林大田在水库边上踯躅，看着浩瀚的神秘的拱形苍穹，感到了"宇宙的实在，自己的实在，自己跟宇宙融为一体，他顿然感到了那看不见的冥冥之中神奇之力，那力像一柄主宰一切的权杖，在驱使自己。同时，又分明感到了那权杖的另一端就紧紧握在自己手里。是的，天人合一，宇宙不可分，命运之神在宇宙，在自己。是宇宙和自己合谋主宰了自己的命运。就是说，命运有一半就操在自己手里"。那氛围、那意蕴，有点像诗，但又不是诗，是一个现实的人，经过一场激烈搏斗之后，对人生、对命运的顿悟！人类和宇宙本来不可分，谁也不能超越天人合定的轨道。这就是历史，是宇宙的历史，也是人类的轨迹、人的生命的轨迹。林大田的顿悟，实际上也是作者的顿悟。这当中不无生命的哲学和人生的哲理。但是，令我迷惑的是，故事并没有在这里结束，而是让林大田在"顿悟"之后冲进薛妹坝顶的小屋，接着，笔锋掉转，又写了好些汤慕洁和陈明明之间的世俗的事情，还让林大田突然失态，在陈明明面前大发关于爱情与婚姻不能统一的议论，把好不容易凝聚、形成的哲理氛围驱散尽了，我虽然不敢断然说这是败笔，但我为此感到惋惜。用现代戏剧的行语来说，本来已经有了一个哲理性的"强调的结局"，却牺牲了，反而给小说安排一个人为的世俗的结局（我所指的是故事情节的结局，而不是作品的尾声），而从作品的整体看，前者要比后者合适得多，美学上的意义也大一些。

（原载《广东作家》1991年第1期）

敞亮的情感空间

——秦牧散文精选《花街十里》前言

　　早在20世纪五六十年代我就是秦牧散文忠实的读者，他曾经是那个时代许多青年心目中的一座丰碑。后来，我在广东文艺界的各种文学活动中，曾多次聆听秦老的教诲，他一直是我所尊敬的著名作家、一位人格高尚的长者。秦老虽然在1992年就离开了我们，但在文学世界里，他仍与我们同在。我应约编这本散文集子，正是为了纪念这位远行八载的文坛长者；我认为纪念一位远行的著名作家，最好的方式就是让人们重温他那些像钻石一样闪烁着光辉的作品。

　　正如许多论者所说，秦老的散文具有很强的生命力和历史穿透力。半个多世纪以来，他共写了18部、300余万字的散文，他的散文不仅在全国获奖，还被选入大学、中学教材，为国内外各大图书馆所收藏。秦老散文最大的亮点，就是体现在文中作家高尚的人格，这种高尚的人格具有一种无形的力量，激发人们去追求真善美，并从中领略、体味人和生命的价值。

　　秦老的散文领域海阔天空，烛照多面。他以自己独创的艺术风格，在作品中抒发对社会人生的看法，倾诉对大千世界的情感和哲理体悟。无论是写人、记事、咏物、抒怀，都有一种健康向上的文化氛围。我们读他的名篇《花城》和《菱角的喜剧》，就可以感受到日常的生活如何在他的心中笔下被诗化，这里有他面对生活时的冥思和冥思后的光和热的放出。《花城》写的是一年一度的广州年宵花市，他在文中描述那"十里花街"的情景，在历史中形成的节日情调中，听着卖花和买花者互相探询的春讯，在笑语声喧的花海里，他深深体味到"亿万人的欢乐才是大地上真正的欢乐"。从中我们领略到作家之心和大众之心是如此相通、相照。在《菱角的喜剧》里，他从人们常见的只有两个角的菱角，到自己发现还有三个角、四个角和无角的，想到事物的复杂性、多样性，感悟到不能把事物简单化、绝对化；对事物的认识，不仅要掌握它的一般性，还要掌握它的特殊性。由细微的发现引申出深广的道理。秦老的写作有一个突出的特点，就是能够准确地切入对象，把握捕捉对象通向诗意、哲理之门，将其化成精神和思辨、襟怀和他生命所渴望、期待的东西。没有哪一种文体比散文更能见出作家的情操。秦老是一位有高尚人格的作家。他心胸开阔，在精神和情感世界里，有自己敞亮的空间，他的散文常常是直抒胸臆，有一种直白的坦率，而笔底又有深深的感情在。我们读他的散文，往往能从他对许多新奇事物的描述中，从他对这些事物引申出来的见解里，感觉到作家那颗赤诚、热烈和容易激动的心。他的作品总是充满对人间的爱和人生的憧憬。在《哲人的爱》中，他写青岛医学院沈福影教授生前身后的奉献精神，赞颂他的无私的爱，"哲人"在人生道路上的峥嵘脚印诱发出他种种联想，"渴望能够有个和这个神圣灵魂对话的机会"，使自己的灵魂得到鼓舞、净化。在这篇文章里，他是把"哲人的爱"当作自己的生命节日来欢庆、来纪念的。他以此把握着自己，也以此影响、激发广大读者。在《榕树的美髯》中，他借榕树和它富有生命力的"气根"，赞美倔强的生命。他从一株株古老的、盘根错节、丫杈上垂着一簇簇老人胡髯似的"气根"的榕树，想象它像"那种智慧、慈祥，稳重而又饱历沧桑的老人"，是那种"智者不惑、仁者不忧、勇者不惧"的人物，因而文思如涌，使自己、历史、自然浑然一体。当中既有时代的天幕在徐徐升降，也有发自作家肺腑的人性深层的声音。

秦老在《海滩拾贝》一文中曾说："一个人在海滩上漫步，东拾一个花螺，西拾一个雪贝，却很容易从中领会这种事物之间复杂变化的道理。因此，我说，一个人在海滩上走着走着，多多地看和想，那种情调很像走进一个哲理和诗的世界。"我读秦老的散文，就有如置身于一个哲理和诗的世界。在这个世界里，我听到了时代脉搏的律动，看到了智慧、思想的光环，也感受到作者内心真实的情感。他用他饱蘸感情的笔，"点评人生"，报道人间的喜讯，也揭示那"历史缝隙里教人伤心的秘密"。是喜是忧，是爱是憎，都不由得让我们的灵魂接受了一次又一次精神的洗礼。

秦老散文的功力在于写实，在写实中蕴含着深刻的理趣。他的抒情也常常是寓于理趣之中。秦老写作的对象，都是他在人生之旅中的所见所闻所感，当中有许多是奇特异常、人们很少留心的事物，他以自己广博的知识和对生活的真知灼见，采撷，"解读"，融化，深入发掘它们的内涵，使文章具有哲理和思想和魅力。如《菱角的喜剧》《花蜜和蜂刺》《秋林红果》《"石果"的秘密》《人和稗草的战争》《花街十里一城春》等，就是他这类文章有代表性的作品。秦老写作中这种饶有趣味的散文，不是少数几篇，在他结集的每本书中都屡见不鲜。在这方面，由于秦老散文的研究者已论说很多，不需要我作更多的提示、介绍，我只是想说，他文中的"趣"，不是一般的趣味，也不仅仅是艺术技巧，而是与他个人文化气质和艺术个性密切相关的一种审美取向，是奇思和诗意的完美融合，是一种带有秦老自己体温的艺术表现方式。

秦老的许多散文，还保持着传统散文的情采和神韵。在《土地》《古战场春晓》《社稷坛抒情》《天坛幻想录》《青史流芳究竟是谁》《长街灯语》《长城远眺》等篇章中，我们就看到他与传统文化精神的依联和承传。他把自己的写作对象置于一定的历史文化观照之下，赞美古今人们对国家、民族的感情和创造精神。在古代文化和历史人物留下的脚印中，让历史与现代交接，感受、展现民族文化的辉煌，有一种穿越时空的力量。由于他出身于华侨家庭，童年和少年时代是在海外度过的，内心深处有"游子"的情结，使他对祖国大地、民族历史有一种特殊的视角和感受、一种与生俱来的沧桑感，"总想为人民的幸福出一点力"。所以在那山重水复、莽莽苍苍的大地上，他常常感受到民族文化的凝聚力，这种感受潜行于他各种各样的作品里。他的《祖国之爱》《在遥远的海岸上》《中国人的足迹》等文章，都倾注着对祖国和人民深沉的爱，有一腔浓厚的民族情怀和绵邈的感慨；在情怀与感慨中又深藏着坚韧，有如是一曲曲民族的恋歌。

在"告别过去"成为一种时尚的今天，理想和信念在这种时髦的文化时尚中遭受践踏，秦老的散文依然在诉说自己的理想之梦，保持自己的崇高品格。他以生花的笔，不断为国家、民族走向真善美而努力，就是在十年浩劫中命运周折的时候，也能爱憎分明，坚持走自己的路。他的一些文章，如《写给一个喜欢骑马的女孩》《鬣狗的风格》，就对人世间的一些失衡和丑恶现象进行揭示和鞭挞，从中可以看到他是如何以自己坦荡的胸怀、凛然的正气去认识、把握现实。文中虽不无苦涩后的回味，却能给人以守望者的精神和勇气，以抵御各种恶浊的文化时尚。

秦老已经远行，给人们留下无穷的思念！但他的人品文品和毕生创作的大量作品还在，他永远活在我们心中。我现在编选的这本书是从秦老多年来写的八九百篇散文中选辑编成，共89篇，分五辑，约26万字。1987年人民文学出版社出版过秦老自选的《秦牧散文选》，秦老在该书的《序》中曾说："这是我的一本较全面的散文选集，其中作品前后写作时间相距在40年以上。读者手此一册，就可以知道我的散文创作的风貌梗概了。"他还谈到《选集》编排的体例，认为"编排上不按时间为序，而按照体裁和内容来分类"。这本书的选辑、编排，参照了该书的做法。我在选编本书的过程中，得到秦牧夫人、散文家吴紫风大姐的具体指点和支持，我的学生和同事、《秦牧评传》的作者之一黄卓才教授也给我提供许多帮助，使我有可能顺利完成这一工作，在此一并致谢！秦老是当代散文一大家，希望本书的出版，能为海内外读者和秦牧散文的研究者提供一种阅读的机会。

（原载《当代文艺》2000年12月）

远去的岁月

——评范若丁的散文集《暖雪》

　　近来工作忙杂，虽然阅读文学作品的习惯并未改变，但由于时间的关系，一部小说、一本文集到手，总要经过几度停顿才断断续续地读完它。那天，读范若丁的散文集《暖雪》，却是一个例外，我是一口气把它读完的。读完以后，还不忍释手，一种被作品触发起来的审美情思，像藤蔓般缠绕着我。《暖雪》中所写的人和事，都是作者儿童和少年时代所经历的，是一些如烟的往事，在这些如烟的往事里，我领悟到旧中国山区人民精神和意识的沉重、旧社会生活的沉重；我看到了一个孤独、执拗孩子的一颗敏感的心，以及那个不公正世界投影在这个孩子心上的层层阴影。《暖雪》不是回忆录，而是远去岁月留下来的种种心迹，当中不无以往年代生活的纪实和想象的浪漫，但更多的是抹不掉的心和感情的伤痕。

　　《暖雪》共收入了范若丁的16篇散文，每篇都各有特色，但内容大都同作者的家事和童年有关，是写作者从记事到求知时期在故乡"大宅"和开封"小院"的所见所闻，大的时代氛围和背景是抗日战争和解放战争时期。因为都是亲身经历的，所以无论是记事或状人，都十分真切。每个故事都带着当年那种沉重岁月的痕迹，似未有太多雕琢。作者用他体验过人生的曲折的笔，回述一个小孩子眼中的事，是记"实"，又并非全"实"，字里行间，有一种遥远记忆中的清新和自然。《暖雪》是散文集，散文向来是叙事和抒情的多，少有具体完整的人物刻画。但范若丁的《暖雪》，不但有散文的那种诗也似的意境，也有小说里所呈现的那种具体的人生。我们追随着他的笔，在那个深宅大院里，认识了完全丧失了人的尊严的老舅父（《夜嫁》），永远活在凄迷的"灯影"里的五斗（《灯影》），真挚、粗犷、心中蓄满苦水的陈干娘（《陈干娘》），美丽刚强、不向世俗低头、最后死在棺屋黑棺里的月香（《月季》），和善、实干、只看井、不看天、不幸被流弹击中的水夫叔（《水夫叔》），还有木匠雕花郭（《棺屋》），磨工老何家（《老何家》）等。这些人物，一个个都是活脱脱的，每个人物都有自己的故事，每个故事都是一幕真实的流血和不流血的悲剧。这些人物和他们的故事，虽然是从作者童年时代的记忆、感受带出来的，但在他笔下那个童年的万花筒世界里，却又和着一个中年人重温旧事时的情感、目光和思考。这就赋予作品一种悲剧的严肃，使其具有或浓或淡的交叉性色泽，能启人诗思和哲理。它们表现出来的那种人生意蕴，是过去、现在乃至于未来的。文明与愚昧的碰撞，今天对过去的思念和审视，现实和历史的重叠，这一切，在读者心里唤起的感情是复杂的、酸涩的。

范若丁是一位成熟的散文作家，他深懂中原山区的内涵，在《暖雪》的每篇作品里，都注入了作家的文化意识和文化品格。《夜嫁》写的是豫西人家夜嫁寡妇的情景，披红戴绿、掩面而泣的年轻寡妇，在十五朗照的月光下，伴随着悲悲切切的唢呐声，倒骑驴子慢慢向街心走去，还有老舅爷按"规矩"在后面赶着干号，这悠远、凄怆的一幕，是中州的异俗。《打孽》写豫西乡间结孽、打孽，互相斩尽杀绝、挖苗除根的恶习、陋习，是一种愚昧、残酷的复仇意识。《南蛮子》写中州地区那种故步自封、傲视他人的褊狭观念，正是这种夜郎自大的愚昧，才制造出长锁媳妇一类的悲剧。《过阴》和《狐媚子》，是写豫西人的迷信思想和行为，如请法师到阎王爷处为病人求添阳寿，把被视为狐媚子的美丽的姑娘嫁给月亮相公，等等，都是昔日豫西的风情，是一些我们至今闻所未闻、见所未见的奇风异俗。这里有那个时代中州地区现实的侧影和倒影。作者淡笔浓情，在恶中写悲，在悲中写恶，写世人的凄怆，写美的毁灭。很明显，作者是以文化批判的眼光来写当时那些生活的，以同情的态度对待那些默默地死、悄悄地去的生命，他站在今天的高处，审视过去，对自己，是一种缅怀和念旧，对他人，是一种人生的认识。这些作品都有自己的亮点和光环，表现出作家独特的生活见解和底蕴。

散文重韵味，如果只是题材独特而无诗意，就难打动人。我所说的诗意，包括意蕴、意境、意象。《暖雪》中的作品，长短不一，但都饶有诗意，仿佛是在演奏一阕悲凉、凄怆的乐章。作者常常在叙事过程写景，在景中抒情，在抒情中探求人生的哲理。在《夜嫁》中，几段夹在叙事中的情景交融的抒写："凉爽的夜风一阵阵吹来，蛐蛐在草丛中鸣叫，叫声越来越响，变成了悲悲切切的唢呐声。""一大圈人围住一个破败的院门，门旁有一棵枣树，不知何时死的，光秃秃的枝梢，把一个圆圆的月亮都挂破了……""那一夜，我暗暗哭了，不是为哪一个人哭，而是为人的羞耻哭。我第一次感到世界充满了羞辱。"自古以来，人们都说，月是故乡明，月是故乡圆，但在作者心底，"挂破了"的故乡的明月却是如此揪心！这，不是一般的写景抒情，在景物后面的情感的底色，有人的悲剧命运的探究，有丰厚和深邃的意蕴。《河戏》和《纸上的罗曼斯》，是集子里两篇抒情诗似的散文。《河戏》中"小白鱼"的清丽、柔美，她那"咯咯咯咯"的笑声，"我"和"小白鱼"的嬉戏、对话，似梦非梦，像是由片片情思连接而成，许多意象都是幻化出来的，但心灵和感情却是透明和真挚的。《纸上的罗曼斯》从萧伯纳和爱兰·多丽的书面姻缘写起，引出"我"和一个美丽、令人怜爱的小女孩的一段很美好的感情，它是"我"阴郁的童年生活中一个柔和的亮点，这个亮点后来扩大了，但又泯灭了，所以它留下来的不是快乐，而是哀伤。在这两篇作品中，寄托有作者少年时代的一种朦胧的美好的感情。

在《暖雪》中，只有《暖雪》和《秀表姐》是属于今天的，但情与景的交融、现实和历史的交叉重叠，仍有童年的影子在。在《暖雪》里，作者热情讴歌北国春天的庄严美、峥嵘美，赞赏它的凛然个性，意象丰富，意境清新。他写青雾似的梧桐，写花闹得落霞飞雾般的桃林梨园，写残冬初春的那场"暖"人的雪，写梨花似雪花，写雪花如梨花，借景抒情，摇曳多姿，寓情于景，回环曲折。春雪勾起了他许多忧伤的记忆，春雪也给予他许多幻想和希冀。"瑞雪兆丰年"，他开始做着春天美丽的梦，春天朝他走来，他正迎着春天走去。整篇作品以雪为线索，先后写了盼雪、观雪、忆雪、谢雪，层次分明，错落有致，我们完全可以把它当作一首咏雪的诗来读。《秀表姐》写一位执着追求艺术的女声乐家的过去和今天，虽是一篇写人记事的散文，自始至终却有一种酸楚温馨的感情萦绕着。读完以后，我老是忘不了秀表姐那个没有男人的家，忘不了她少女时期头上那个深红丝绒的蝴蝶结……在她几分悲凉、几分欢喜的歌声和琴声中，我也和作者一样，"思绪在多年以前和多年以后之间飞翔"，对人生也有了进一步的理解和顿悟。

　　每个人都有自己的童年，童年的生活的花朵是不容易凋谢的，《暖雪》就是一束保存在作者心底的童年之花，它不只是范若丁的，也是我们大家的。

　　（原载《羊城晚报》1990年7月23日；又载泰国《新中原报》1991年1月16日）

写画、写人、写心

——读国画家林墉的散文

　　我读林墉的文章，总觉得有一种生命的感发力在文中浮动。正是这种浮动着的生命意蕴，深深地引起我的共鸣，他在文中说的许多话，就像是在我自己笔下流泻出来的。

　　我和林墉是小同乡，又是不同时期从潮州金山中学走出来的校友，还是广州大文化圈子里的同人，就地域的文化熏陶而言，比较固定的就是两个地方——潮州和广州。小时，我们都受过潮州古城文化的洗礼，追求文学和艺术之心也是在那里萌发的。几十年过去了，古城的一切，并没有因为时间的流逝而冲淡，有一些在当时是辛酸和痛苦的东西，今天也变成温馨和美好的了。人本来就有一种眷念乡土之情，何况我们都已经年过半百，儿时在故乡的许多事情，已成为遥远的过去，因而就更值得缅怀和追忆。读林墉的《说来惭愧，我……》（载《广州文艺》1990年第7期）、《马跑着，是我》（载《中国当代美术家·林墉》，四川美术出版社）和《姿娘，潮州的（一）》（载《广州文艺》1990年第12期），就处处引发我的联想，它们强烈地唤醒我心中积淀已久的体验，还原了我对生活的看法，那是一种朴素的人生态度，一个流动着的真挚、明净的感情世界。

　　花城出版社出版《林墉奇谈》时，在书的扉页前面，有这么两段话：

　　　　著名画家林墉不仅擅长丹青，且时常随手记下对人生、对社会的思考，形成了一沓很是动人的哲光片羽。这些断章短句，或是谈天说地，或是良朋夜话，或是勾勒文化人的心态和神韵，寥寥几笔，颇见功力。

林墉的奇谈短语闪烁哲理的火花，是真、善、美的升华，而且构思奇特、出语奇妙、韵味奇美，给人以陶醉和启迪。

"奇谈"中的文章，确实是一沓有韵味的"哲光片羽"。这些"哲光片羽"，闪闪烁烁，发人幽思，给人启迪，令人读了，不由得要想：作者对此投注了多少真诚，有多少对人生要义的发现和感悟！人生是一部大书，人人在写，人人在读，人人在体验和感受。《奇谈》中《芒钉集》的片片短语，可以说是林墉从这部"大书"中体验到的，他把它们写出来，又放进这部"大书"中去。林墉善于从日常生活中捕捉住那些能激发他艺术初感的意象，从感情与对象的互相渗透中获得一种启悟。在日常生活里，常常听人们歌颂江河，赞美大海，河的绵长和海的浩瀚，曾经令古今的多少艺术家、诗人向往，却极少人去注意那无声无息的幽深的井。但林墉却从井的沉静，它的"冬给暖，夏给凉"，开掘它那默默、无私奉献的精神，赋予它幽深的诗意。林墉是一位敏感的善于思考的画家，他对事物的观察极其细致，而且在用笔墨再现它们的时候，往往能把握住他心与物的碰撞中产生的瞬间闪电，这种"电光"，照亮了他的画，也照亮了他的文。他在文中关于海水、江水、井水、池水、雨水等水的意象的捕捉，就带有他自身的体验，表现出心与物的契合。从《芒钉集》中的许多短语看，林墉的思维是一种艺术和哲理的混合的综合型的思维，有明显的审美特征。凭借这种思维，他往往能冲破习惯的思维模式，翻出新意。如云的意象，过去的人们多注意它的"轻""淡"和瞬息万变，而他却能用历史的眼光，从刹那与永恒的辨证统一中感到它的"重量"：

云彩的阴影在地面滑动，这就是时间。它轻柔无声地在你身旁滑动，显得如此地缺乏分量，简直是无足轻重。然而，轻柔的一抹，恰好就是历史上唯一的一抹，永远再也回不来了！

那"无足轻重"的"轻柔的一抹"，也是"历史上唯一的一抹"。从中可以看到作家的心力，他如何以自己的体验刷新人们对事物的认识。

"奇谈"中的《大珠小珠》，主要是写人、写文学艺术界熟悉的朋友，写他们的个性、气质和才情，写自己与这些人交往中的亲切感受，没有什么完整的故事，没有首尾连贯的情节，大多是从日常生活的视角，看到、感到什么，就随手记下，或长或短，或叙述或议论，有人生的评价，有艺术的探幽。这是一串别人笔下所无的珍贵的"珠子"，虽是雪泥鸿爪，却能使人由一点推及其他，做到弦外有音。这些从生活中收集起来的"大珠和小珠"，随着匆匆的人生和岁月的流逝，将会日益显示出它们的价值。

林墉在画画之余，喜爱养各种各样的小东西——鸟、狗、猫、鱼、龟等。他说自己常借身边这些小动物来思索世界，得到无穷的乐趣。"奇谈"中的《人情以外》，写的就是他的这种思索和乐趣。他的这组小杂文，共24篇，写得真挚、别致，笔底时时流露出片片真情。他写猫、写狗、写兔、写龟、写鱼、写鸟……写他周围的动物小世界，在他心中，它们也是有生命力的一群，他养着它们，并非把它们当作纯粹的玩物，而是有他自己的寻找和寄托。他曾说："人活着总须有爱心。""我种的、养的那些有声无声的小生命们，都与我的生命共消长、同苦乐。"（《梦话·人语》）所以，他对这些小小的生灵，十分投入，爱护备至，总是想方设法让它们生活得舒畅，使它们不要因为受养而改变生命常态。他关注它们，十分留意它们的动向，判别它们的"品性"，并以一种高尚的理性精神予以定格。他在文中写猫的柔美、龟的沉实、鸟儿的雀跃、猴的丑陋与贪婪、兔的无所作为……对它们的喜爱、情性等细节给以渲染，当中时而旋来一段结语式的议论，写出自己的颖悟，用的是画龙点睛的笔。作家们常常在自己的描写中意识到自己，林墉也是这样。他在这批小杂文里，既审美，又审丑；他对小生命们的选择、感观和评价，是描述性的，但无不惆怅、忧郁的描述，在描写中隐藏有一种更为悠远的东西。他对这些小生灵的态度：遗憾、内疚、欣慰和快乐，正是这样或那样反映出他对人生的态度。他从它们那里获得的感悟和启示，同样寄托着他人生价值的一种思索、对人生意义的一种理解，当中有他的追求和他的所爱。正如他在《画眉》中所说的：

> ……我委实喜欢与自己、生灵有关的清新，即便是清脆的一声鸟啾，也使我的情思在短期内被升召到诚实、清白、自然的境界。

> 没有词句的鸟歌，比有字有句的唱曲，仿佛有着更丰富的内涵。我
> 不以为鸟能教我什么。但，鸟的鸣唱却着实使我的内涵被引发到另
> 一美好的境界。

　　林墉所写的这些小生灵，都不是什么奇珍异物，而是日常生活常见的，但在他笔下，这些平凡的动物却大放异彩。这里，有作者把平凡生活艺术化的一番功力，这种异彩，是从作家某种心灵的哲理启示幻化出来，是他在发掘生活内涵以后构造出来的一种艺术空间，凝结着他对描写对象的锐敏感应和思考。虽说是"人情以外"，实在是人情之中。正是这种感于外而发于内的创作，大大地扩展了杂文的空间，同时也给读者带来一种耐人寻味的美感。

　　如果说，林墉的杂文的特点，是叙说现实和人生，那么，他的画论，则是他在画坛上追索美的心迹。广东旅游出版社出版的林墉的文集《梦话·人语》中，有30多篇文章是论画的，这些画论不拘一格，自由浪漫，有文情，有理趣，有自己独立的艺术追求和见解。老画家黎雄才，在岭南画坛负有盛名，他的虫鸟花卉精品，笔笔挺秀苍劲，神韵兼备，画艺造诣极深。林墉在《巨匠雕虫》一文中，探索黎老高艺的真谛，有所悟，那就是："深入物理与洞察人生。"并从中获得启迪："大师的足迹的意义正在于助你鉴证前行的标线""艺道的承上启下本就是天绳"。他读赖少其豪气逼人的画，就被画中那"似铁的意蕴"所感动，由于画的感召，他有所思，也有所得。他热情地告诉人们，艺术家的追求，"是不竭的创造力的发挥"；艺术家要做的，"是人格的自我完善"；艺术家渴望的，是"美神在他的笔下冉冉升起"（《渴望》）。他写南粤画坛上众多的"独行侠"，寻找他们"独行"的个性。他说李默是"捧着灼热的心来紧贴苍茫的大地"，所以静谧的画里有"苍凉的热切与壮阔的沉重"（《简练·凝聚》）；坚宁的画是用"真的情和狂的笔"写出来的，"有野性、充满人间气息"（《一双烫热、粗硬的瘦手》）；衍宁的画为"乡恋乡情"所"缚"，有维系着"根"和"魂"的茧丝在（《我说衍宁》）；方楚雄的画集是一组"灵秀之歌"，是勤奋、"心地宽纯"的画家之作（《灵秀之歌》）；莫名伯是"醉倒在乡情的描述中"，汤集祥是"在艺林上种上自己的心"，前者在求"犷达"，后者在求"奇兀"（《雷州醉》

《奇兀的那一边》）；许钦松的澳大利亚画，是用"数千年所铸就的艺术程式"来"表达千万里以外的风物"，有形、质、韵，有"中国味"（《中国眼》）……这些文章，之所以能做到笔墨传神，是因为林墉对所评画家的性格、爱好极其了解，对他们在艺术道路上的经历的崎岖曲折有共同的感受，他在文中写人论画，全都是来自自己的心底，是心灵的艺术之声。

林墉论画，不只是就某人的画评画，常常是有所生发、有所出新，力图抓住艺道的"天绳"。他一反传统的"曲高和寡"的说法，在《灵秀之歌》中，提出"和众而可以曲高"。他寻思艺术作品成熟的标志，在《他这里静悄悄》中说："艺术的成熟与否，正在于自己气质在作品中能否有高层次的升华——即精与粗、雅与俗、高与低的升华。有了，就成熟了。"他在多篇文章中都强调艺术家的气质，极看重气质的"潜沉与发挥"。他推崇写实的手法，因写实的手法可以直逼人生，直触心灵和灵魂，所以他热情呼唤："真些、实些、沉些、厚些。"他重视描写对象的突破，认为有了对象的拓展才有了新技法，有了新技法就可画出新境界。他在《〈人物警鉴〉自序》中写道："我在我的小说中，追索着人的正气。""我很以为率直更能包含我的真诚。认真的价值本就只在真诚这上头的！"他在《美的回报》中又说："我，从来，至今，都在追求美。"正气、真诚、美，这就是林墉所追求的。

《姿娘，潮州的》是林墉的新作，这是一篇有地域文化色彩的纪实文章。他文中写的各种各样"潮州姿娘"，虽说是纪实，但既不是传记式的实录，也绝非罗列自己的所见所闻，而是通过他眼中的剪影和心中的感受，描述她们的形神、处境和命运。写人记事，平静自然，散发着浓郁的乡土气息，从中可以看到昔日古镇妇女生活的一斑。他笔下的这些"姿娘"，有女佣（蔡姆）、丫鬟（阿花、阿香）、媒婆（阿弥）、官家（阿姥）、寡妇（美婵姨）、家庭主妇（射鸟姆）、"姿娘仔"（秀芝）……一个个有形有神、有情有性。初读时已觉琳琅满目，读完以后，闭目而思，却有如一幅"潮州姿娘"的长卷。当中给我印象最深的是美婵姨和阿姥。美婵姨是一个有文化、见过世面的"中年姿娘"，丈夫逝去后从外地回潮州定居，人缘极好，平时深居简出。关于她的过去，无人知晓，也无处询问。她家中珍藏的五彩的雨花石，镶着黑边戴大盖帽的军官照片，还有缭绕的敬香和小小红木鱼，总带有几分神秘感，从那时到现在，一直是林墉心中解不开的一个"谜"：人生的"谜"，人的命运的"谜"。关于美婵姨的这节文字，林墉写得很细、很好，有可供人咀嚼、回味的地方。阿姥是一个实干、练达和明智的"老姿娘"，她善恶分明，对弱者和小孩有"定石"般的"非凡的定力"。我在阿姥身上，看到我儿时熟悉的一些长者的影子，以及她们心中的无言的隐痛。

林墉是潮汕文化哺育大的，潮汕文化引导他走出蒙昧、困惑，走上艺术的道路，后来又得到岭南诸名师的教导和指点，现在成名了。我不知道他是否已找到了人生、艺术的归宿，但他已画了许多，写了许多，也思考了许多。他正处在人生、艺术的成熟期，面对可以视为成功的过去，仍感到"惭愧"和"遗憾"。我想，我是能理解他的这种心情的，因为艺术的追求是无止境的，也是深深无底的，谁能面对自己的追求不感"惭愧"和"遗憾"呢？也许，我们将永远"惭愧"和"遗憾"着，随着那不断流去的时光。

（原载拙作《艺术的心镜》，暨南大学出版社1993年版）

港澳文学
评论

论白洛的小说创作

　　白洛是20世纪80年代以来活跃在香港文坛的作家。他文思敏捷，有很强的内聚力和旺盛的创作热情，成果颇多，已先后出版有短篇小说集《赛马日》（1983年）、《香港一条街》（1984年），长篇小说《暝色入高楼》（1983年）、《迷惘的钟声》（1985年）、《诱惑》（1987年）、《新来的香港人》（1986年）①、《若云的爱》（1987年）、《骑师与女人》（1988年），散文集《串起水晶灯》（1986年）。此外，还有在香港报刊上连载过的长篇小说《福地》，该书虽未有单行本出版，然而在白洛创作的一系列小说中，它却是一本有厚实主题的举足轻重的作品。《福地》反映的是港人在"九七"面前的各种反应和心态，据我所知，现在香港尚未有同类题材的长篇小说问世。白洛的这些作品是先后在香港和内地刊登和出版的，有的作品（《暝色入高楼》和《诱惑》）还被电台改编为广播剧播出，香港的读者熟悉他，内地的读者对他也不完全陌生，是一位在香港和内地都有一定影响的作家。

　　白洛出生在柬埔寨的一个华侨家庭，他的童年和少年时期都是在金边市度过的。他自幼爱好文学，初中时已在海外华文报刊上发表过作品，60年代回国求学，读的是中国语言文学系，大学毕业后在内地有过一段艰难曲折的生活经历，70年代初期才到香港定居。这段时间，柬埔寨的国情发生了重大的变化，他的父母亲和小弟弟均在金边遇难，现实让他看到很多，也思考很多，作为一个华侨子弟，他已经无家可归，作为一个大学文科的毕业生，在香港这个商品经济极其发达的社会，他面对的人生道路是那样迷惘，但是，他却在不无困难的情况下，执着追求自己的理想，坚持走文学创作的道路。由于他自己有

---

　　① 原名《漂泊者》。

这样的经历，他对那些从东南亚和内地到香港定居的"新移民"，十分关注和同情，不但了解他们在新地方生活的难处，也很能理解他们在兴衰际遇中的种种心理活动，在他的作品里，经常出现他们的形象，而且字里行间往往流露出一种由衷的感情，使人感到他是把自己的经历和感情都糅合到作品里去。我读他的作品，总感觉到他是以一个"漂泊者"的眼光和心情在观察和感受香港社会的一切，他对香港各种社会疾病的描写，都表现出一种"旁观者清"的冷静。他对香港社会生活的这种投入又不完全投入的态度，使他的作品在表现和描绘那个社会的人情世态上有不同于他人的角度，具有一种属于自己的亮色。

白洛从事文学创作，至今已有15年。这些年来，我一直在注意白洛的创作。当他的这些作品在我的记忆的屏幕上联系起来时，我首先领略到的是那种源自生活和生命的原色力量。无论是《赛马日》还是《暝色入高楼》《新来的香港人》……都以生活自身的质朴，人的生存境况、本相的描写，显示出香港这个高度商业化都市错综复杂的矛盾，以及作者对生活的体验和美学的思考，这些小说虽不能说有轰动社会的效用，但确能启人心扉，引起人们对现实中的种种社会问题的回环探索。

白洛的小说，除《若云的爱》写的是柬埔寨华侨在动乱中的遭遇外，绝大多数都取材于香港当代的社会生活，是这个历史时期社会各个层面的切片。作品中出现的人物，有大小商人、华侨子弟、职员、推销员、演员、导演、工人、骑师、青年学生和家庭妇女……其中有不少是香港的"新移民"，作者通过他们描画了香港繁华世界的现实生活、五光十色的人生。这些作品的格调虽不尽相同，但在把握现实的内在精神上，在为了生存而搏斗的状态上，在对真善美和假丑恶的认识、正视并把它们提高到审美的层次上，在对美的价值的判断上，基本上是一致的。也就是说，作品具体内容不同，人物各异，但审美层面和思维方式趋同，都表现出作者对表现对象的尊重和现实主义的美学追求。

在白洛创作的七部长篇小说中，有三部是描写香港社会的重大现实问题的。地产和股票，在香港这个独成一格的商业都市中，素来占有重要的地位，它关系到每一个市民的生活，也成了人人关心的问题。20世纪70年代末80年代初，香港股票市场陷入低潮，股市曾一度出现狂泻局面，地产物业从投机狂热的"高峰"崩塌下来，市道呆滞，形势日益恶劣，在社会上造成了一系列的恶果,在人们心底留下了创伤。白洛的《暝色入高楼》就是以香港70年代末80年代初这一特定历史时期为背景,以地产商人李志金和大地产商何世昭之间的矛盾冲突作为中心,描绘了香港社会中地产和股票市场翻手如云、覆手如雨的狂潮和跌宕,以及由此而引起的社会和人心的浮动,反映当时经济领域里的竞争搏击,促使人们对香港社会一些带根本性问题的探索和思考,是一部具有现实思想深度的作品。香港是一个华洋杂处的国际性商业大都市,居民都是从四面八方来的。近十年来,随着内地开放政策的实施、华侨政策的落实,移居香港的人数增多,其中有不少是过去从东南亚回祖国求学的华侨子女,他们要在香港站稳脚跟,建立起自己的事业,都必须进行一番激烈的拼搏,面对着由此而出现的种种社会问题,白洛极其敏感,他在长篇小说《新来的香港人》中,通过几个不同时期移居香港的华侨子弟在新环境里拼搏的故事,他们的升降浮沉,他们在严峻人生中所取得的经验教训,要"新移民"以脚踏实地、艰苦奋斗来掌握自己的命运,也希望社会各界人士以宽容的态度对待他们。中英联合声明签订前后,港人对"九七"的反应十分强烈。面临"九七"这个转折点,"东方之珠"的香港是否仍能保有它的光芒?这是许多人心中悬挂着的问题,世界各地的人们也都对此表示关注。白洛在他的长篇小说《福地》中,就反映了这一时期人们的思想、行为、情绪和心理,他在作品中围绕着张氏国际公司的老板张伯炎和他的儿子张念祖的事业,特别是他们父子对"九七"的不同态度,展示出香港商业界在"九七"面前所出现的许多复杂现象,有些人对"九七"后的香港没有信心,用各种手段抽调在港资金,投向国外;有些人对"九七"虽缺乏信心,但又不愿意轻易离开香港这块"福地",处于彷徨观望状态;有些人把香港"九七"和内地的开放政策联系起来,满怀信心,愿意为香港的繁荣和安定尽自己的一份力量。这当中有民族感情和经济利益的碰撞,有历史的因素和现实政治形势的交织,有商业道德和亲子之爱的矛盾,还有内地经济管理机构和外商、港商的不协调,这一切形象地反映了这个时期香港社会的人心及其走向。白洛的这部作品,是1985年9月—1986年12月创作的,作品所表现的内容几乎是跟现实同步,他能够在现实的发展中看到这一切,并根据自己的理解预见未来,表现出对香港前途的信心,这正是他的心光在作品中的折射。

《暝色入高楼》《新来的香港人》《福地》，写的都是牵动整个香港社会的大事件。这样的题材很难驾驭，写不好就容易流于浮浅。但由于白洛对现实生活敏感度强，又善于对来自生活的感受进行美学的思考，经常有自己的发现，在创作中比较尊重表现对象，注意把描写对象置于主体位置，注意对生命隐秘层次的真诚发掘，能透过这些大的事件表现香港商业性大都会的特征，以及在商业文化背景下的人的心态，从大处着眼，形象的描写却很具体。如在《暝色入高楼》中，主线是写李志金和何世昭在地产市场上的角逐和竞争，但也写了李志金一家的感情变化，他三个女儿在"梨庐"的离散，而他们的变化和离散又是和激烈的社会竞争联系一起的。在《新来的香港人》中，写梁南风的哥哥为他安排工作和生活，既主动把一个分公司交给他，又把老奸巨猾的汤原熙作为顾问安插在他的公司里，当"太上皇"牵制他的事业。梁南风觉察到这一点，却又无法摆脱，在苦闷中自己也染上社会的污秽，偏离了生活的轨迹，栽了个大筋斗，差一点连生命都搭上去，才醒悟到要走自食其力的道路。梁南风是70年代从内地到香港的"新移民"，由于他哥哥是大马富商，他不需要像许多人那样去出卖劳动力，可是在充满竞争的社会里他一再受伤，心路是复杂的，最后的醒悟也是用巨大的代价换来的。在《福地》中，写张伯炎欺骗从北京来港的大商人胡采雄，让他收购张氏电子业公司，而自己却暗中把张氏资金抽空，使对方遭受严重的经济损失，这一切，都是在极其秘密的情况下进行的，连他唯一的儿子张念祖也不知道。一个向来在商业界享有信誉的人，在"九七"面前，却做出如此极不名誉的事情，事后悄悄离港出国，带着他的金钱和一颗孤独、负罪的心，永远不再回来，也不能回来。所有这些，都不是生活表层的东西，而是作者向生活作深层开掘才能得到的。

白洛的短篇小说集《赛马日》，都是取材香港社会的日常生活，作品中的人物也多是小人物。这些作品是作者从繁华复杂的都市生活中采撷来的，或者说，是他用自己敏感的心"捕捉"来的。《赛马日》中的作品和他的长篇小说一样，偏重于现实生活本色的客观描写，每个作品的情节都很简单，作者着力描写的是商业文化背景下人的生态和心路。其中《女中豪杰》，表面上写的虽不是人，而是赛马场上的一匹母马，实际上是借有意识、有感情的"马"，表现一种人生的体验、一种潜藏在生活深处的悲剧意识。《四姑转运》写靠卖六合彩为生的四姑，有一种豁达的人生观，在逆境中从不认命，也不郁结，处处与人为善，家境清贫，却生活得安稳。《火的游戏》写一个在青年时期因感情失败而受伤的男性，十多年来，一直没有停止过对女性的报复，以整治女人为快事，直至得悉昔日他所爱的女人被生活逼迫而沦为妓女，才不忍再"战"，也无力去继续这种感情的"战争"，结束他那"火的游戏"。在这个作品里，作者写了人心的变态，既揭示出人性的弱的一面，也在他的自我纠正中揭示出人性的强的一面。《买楼记》写"我"从"买楼"到"退楼"的整个心路历程，十分入微、逼真。夫妻俩为了即将出世的孩子有一个好的生活环境，想方设法买楼，买楼回来却发现再没有钱来养育孩子，为了孩子的养育，他们又不得不放弃买楼的合约。作品表现的是人生的艰难、人在生活面前的困惑。《死因调查》写的是人心的郁结、人的感情生活的失落。张小姐的母亲在车祸中遇难，失去了母爱，后来父亲有了女朋友，她觉得自己已一无所有，在商业都市的种种困扰中，坠楼身亡。张小姐的死，完全没有谋杀的成分。警方调查的结论是："死于无可怀疑。"关于张小姐的死，作品中最后写道：

> 一个妙龄少女，面对着交通失事，面对着家庭的不健全，面对着地盘噪音，还有狂热的士高，还有性，还有……这里头，究竟包含了多少困扰？把一切的一切，串通起来？以至点着了火头，烧呀，烧呀，到了一定的时候，就引起了致命的爆炸！①

在这里，作品通过一个少女死亡原因的剖析，提出了一连串尖锐的、令人深思的社会问题。《赛马日》写的是从内地到香港定居的"新移民"的困态，作品的主人公是一个乞灵于命运转机的知识分子，他犹疑于现实的残酷，却又为传统知识分子谋道不谋食的心态束缚所牵制，因而陷入不可解脱的精神恍惚之中。道义、清高、家庭的人性负担与个人德行的对立，这在金钱社会中已经形成一种难以调和的冲突。购马票的羞耻感与中彩的自得感两种心态交替配合塑成一个被社会风气和重压异化的人。他终究没有泯灭他所固有的且企图

---

① 白洛：《赛马日》，香港书画屋图书公司1983年版，第158页。

时刻固守它，于是心力交瘁的灵魂拼搏、祈望自救的念头煎熬着他，而这一切与现实不容，他无力地颓然倒下。作品虽短，背景却宏大，内地和香港的文化差异以及"天堂"于人性的畸变，在这里都得到一种注释、启示录。

白洛曾经这样写道："文学的一个职责，是反映现实。身在香港，应该多写此时此地的生活。"①在现实主义似乎已经掉价的今天，白洛仍在作品中执着追求真实，以严肃的态度去追求一种平凡的、朴素的真实美，而且不是把自己的笔停留在习惯的道德层面、政治层面上，而是深入到人物的心底，努力做到对生命隐蔽层次的发掘，这是不容易的，也是值得称道的，因为这需要有对这种美的固执追求才能做到。

白洛小说的叙事观点，基本上是传统的全知全能的外视角叙述，有时也以内视角叙述作为补充。他的七部长篇小说和大多数的短篇小说，都是运用这样的艺术表达方式。白洛在创作中所采取的这种叙事观点，是和他的美学追求联系在一起的。由于他追求的是一种平凡的、朴素的真实美，为了把客观的现实生活描写得更真切和细微，有助于人们去感知和认识复杂纷繁变化莫测的人生，他在创作中建构的是一个已认知的虚构世界，运用这种全知全能的艺术表达方式，使自己能对所描写的各种生活事件了若指掌，可以在人物的外在行为和内心隐秘中左右逢源。如《福地》中写各种人在"九七"面前的情状，写张伯炎一家围绕"九七"所引起的心理、感情的变化，亲情爱情的纠缠、冲突和谅解，特定情势下各人对生活的道路的选择，情节线索有明有暗，互相交叉，人物的心理活动流程隐蔽，如果不是用这种全知全能的叙事观点，是很难把这一切交代、描写得那么清楚和具体的。在白洛的几个长篇小说中，这一种艺术表达方式的运用，并不都是一样的，而是各有各的特点。在《暝色入高楼》中，作者着力的是人物外部行为的描写，通过人物对同一事物所采取的不同态度和行为，彼此之间的感觉和反应，在对比和相互的心里探索中，突出每个人的性格特点，深入到人物性格的更为内在的层面。在作品里，李志金的小儿子李嘉明，是一个工于心计的自私的青年，他平时善于伪装自己，时机一到，就不择手段地为自己去攫取利益。在玉龙潭的楼花订价时，他突然背叛自己的父

---

① 陈残云：《读白洛小说——〈香港一条街〉序》，《文汇报》1984年4月1日。

亲，倒到何世昭的一边，使一向把他看作"乖孩子"的李志金，猝不及防，犹如在背后狠狠地给人捅了一刀。但是对李嘉明的"背叛"，读者却不像李志金那样"吃惊"，因为在这之前，作者已通过李嘉宏对他的若干直观感觉为此做了铺垫：在第四章"何李"开幕酒会中，写酒会结束后，嘉明小心地送何世昭父女上轿车，嘉宏的女友丽莉悄声对嘉宏说："瞧，人家多疼女朋友！"嘉宏不吭声，"其实他心里窝着一肚子气，他看不起嘉明那副对何世昭小心翼翼的模样"①。在第五章争夺玉龙潭中，有一段关于嘉宏的心理描写："他知道父亲的脾气，公司的业务秘密，父亲是不会告诉无关的人等的，就算是至亲，也决不例外。嘉明呢，这是个自小就貌合神离的弟弟，从来知心话不多谈两句，不像妹妹嘉宝，连交男朋友的事也不向他隐瞒。"②这两处描写，在行文中都只是一笔带过，但却引起人们对嘉明这个"乖孩子"的注意和思索，有了这些，他后来的叛逆行为就不是突如其来，而是他性格的一种必然。如果说，作者在《暝色入高楼》中叙事视角重点是放在人物性格上，在《新来的香港人》中，主要功力是放在故事的铺垫上，情节、细节描述很细，作品里写的是人们的日常生活，并没有那种不得已的冲突，人物的兴衰际遇，都是对某种人生价值观念选择的结果，作品中庄念潮对生活的困惑、沮丧、痛苦和最后的决心，梁南风的一度沉沦和猛醒，都和他们的价值观密切联系在一起。这部作品写的是普通人在香港社会的生态，故事中寓有深刻的人生哲理，兼之作者把观察点集中在"新移民"身上，所以并不显得一般化，和那些表现社会的"大舞台"的作品相比较，《诱惑》所表现的是"小舞台"的人物和人物关系，他们的得和失、取和舍，如何受到社会金钱"情结"的主宰。程茵是一个有才华的年轻艺人，在她和刘导演未有"约定"之前，她只能演"丫鬟""学生"一类的小角色，在建立了"约定"之后，刘导演发现她，抬举她，"一再地当上了女主角"，从此"红"了起来。"约定"的条件就是占有，背地里的占有。当三年"约定"将满，程茵有了心上人之后，刘导演知道自己不可能再占有她，先是破坏她的爱情，使她的心灵遭受重创，然后在艺术上扼杀她，用软刀子杀人

---

① 白洛：《暝色入高楼》，香港博益1983年版，第73页。
② 同上，第93页。

的方法逼害她，直至把她逼死。最后，还利用她的死，编《程茵怀念特辑》播出，并通过为程茵举办隆重的丧礼和组织记者招待会等，为自己沽名钓誉。这部作品对拜金主义社会中人的关系的揭示，到了令人触目惊心的地步。

全知全能的叙事观点，是传统小说创作的叙事观点。白洛虽然选择了这一艺术表达方式，却并不囿于传统的技法。他在一些作品中描写人的感情、心理时，也借鉴了西方现代主义文学的手法，让内外视角更迭交替、互相补充，做到主观世界与客观世界融汇一体。在《诱惑》的最后，写程茵自杀前的精神状态，把人物的感觉、回忆、梦幻、意识流一起组织到小说的情节之中，使小说有了更大的时空的自由度，从而深化了程茵在现实逼迫下走向毁灭的悲剧。在短篇小说《长发阿三》中，作者借用现代主义的一些手法，很细腻地描写了一个在生活上跌倒再也爬不起来的人的精神状态，作品的后半部，以主人公的思绪流动为线索，交叉描写客观现实，使回忆和现实互相交错，渗透进行，把一个堕落为黑社会魔爪而良心尚未真正死去的人的痛苦，表现得非常深刻。传统的全知全能的叙事观点的局限，在白洛的一些作品中也是存在的，主要是内涵不够深。我们读白洛的作品，虽然觉得他对生活本色的描写是坚实的，但发自形象内在的那种情绪的感发力却明显不足，这一弱点，在《迷惘的钟声》和《若云的爱》中就更为突出。

小说的叙事结构是作品赖以支持的张力。运用全知全能叙事观点创作的小说，结构艺术的魅力主要是来自故事结构。白洛在他作品中主要是借助事件和人物行动建构故事，很少是心理和情绪的。他的几个长篇小说，都是以人物带出故事，一段一段地写下去，由许多小故事构成作品的大故事。在《暝色入高楼》中，他是以李志金和何世昭两个地产商人之间的冲突事件为结构线索；在《新来的香港人》中，他设立了三个人物中心——庄念潮、梁南风、王永炫，写他们在香港的遭遇和命运，用华侨之间特有的友谊和亲情的纽带，把他们联结在一起，采用的虽不完全是线式的结构，但三个人物之间有许多的相联系着的事件，使它成为一个有机的组织；在《诱惑》中，则主要是以程茵这个人物的性格、命运、行动、心理为结构线索。这些，都表现出作者有自觉的长篇意识。白洛长篇小说中比较弱的作品是《迷惘的钟声》和《若云的爱》。前者写人情、人性，写人性在神父心中的苏醒，写商业社会中人们婚姻观念的变化（爱情的淡化，人们在婚姻问题上的讲实际和求安稳），在题材的发掘上有新意；《若云的爱》背景是柬埔寨动乱中华侨的生活，题材特别，通过若云的二次婚变表现人生的无常，颇有漂泊者的沧桑感。这两部作品的结构都不够紧凑，情节也比较平淡、拖沓，加上人为的痕迹明显，故缺乏充沛的情绪力。

就结构艺术而言，白洛的短篇小说是很有特色的。白洛的短篇写的都是现代化都市中人生的断片、生活的浪花。他善于从现实生活中抽取时间、空间、人物、事件相对集中的紧凑情节，"量体裁衣"，搭构出一个一个的小巧的作品。白洛的短篇小说的结构，不拘一格，有的是几个镜头的拼接（如《丽莎三部曲》）；有的是以时间的推移为线索（如《A先生的一生》）；有的则只是一两个场面的特写（如《庄经理》），更多的是以事件和人物行动结构作品，当中不无抒情气氛和意境的创造，所以大都具有一种艺术感发的生命。短篇小说篇幅小，人物、事件不多，作者必须抓住一些艺术的"契机"，才能把作品写好。白洛的短篇小说，在处理故事情节和人物性格转折的契机上，有独到之处：他往往以一个细节或一个场面，或者在充分铺垫、着意渲染之后，把整个情节逆转过去，画龙点睛，点活人物和故事，引起人们的深思，如《赛马日》《爱的陷阱》《梦醒时》《声沉》《歧路》等，均有这种巧妙之处。

白洛今年才42岁，他的创作仍处在旺盛期，过去的15年，他已经从文学创作的崎岖道路上走出来，给我们提供了那么多笔耕的果实。以他那种对事业执着追求的精神，以他的才华和勤奋，我们可以预见，未来的他，一定能够在小说创作上有更大的突破。

（原载香港《文汇报》1988年12月4日；又载《暨南学报》1989年第2期）

诗情·心文·史志

——读曾敏之先生的散文

今年，是老作家曾敏之先生88华诞，又是先生从事文学事业70周年之庆。70年来，先生笔耕不辍，著作等身，在诗歌、散文、杂文和报告文学、古典诗词赏析等方面，都有丰硕的成果，为广大读者创造了一片独特的文学空间，我们很难在一篇文章中对其进行全面的评论，在这里，谨就曾敏之先生的散文创作，谈谈自己在阅读中的一些体验，借此向这位老作家表示深深的敬意！

曾敏之先生早在抗日时期就已开始散文创作，他年轻时所写的那些富有苗瑶民族风情的散文，如《烧鱼的故事》《芦笙会》《遇旧》等，都是发表在当时很有影响的文学刊物《文艺阵地》（茅盾主编）、《文艺生活》（司马文森主编）和《文艺杂志》（鲁彦主编），是那个时候大后方文坛引人注目的一颗新星。后来，他虽投身于新闻工作，但在采编之余，仍写了许多散文和随笔。从20世纪80年代以来他出版的16部作品集、4部自选集看，就有《望云海》《文史品味录》《观海录》《观海录二集》《温故知新》《文林漫步》《曾敏之散文选》《遇旧》等8本散文和随笔集。其中散文集《望云海》独树一帜，颇得文坛好评，《观海录》于1989年获中国作家协会主办的全国优秀散文奖。曾敏之先生自己曾说，他在文化界是属于"两栖"的，即既从事新闻采访，又从事文学创作，文坛的许多朋友认为，曾敏之先生文学创作上最显著的成就是散文和杂文，我很同意这一看法。

曾敏之先生的散文，是诗情、文心、史志交织而成的一个审美空间。无论是他早期创作的作品，还是《望云海》《观海录》中所收的文章，都是文情并茂，无一不是他内心感情和思想体验的结晶。他喜欢诗，一部《全唐诗》伴随他度过大半生，几十年来，他常以旧体诗词遣兴怡情，他所写的旧体诗词，意境开阔，注意炼字、炼句、炼意。他的散文创作也常常巧妙地嵌入一些闪亮、有魅力的诗句，这些诗句是随着他的思绪自然流淌出来的，并非文外的东西，是文中的有机部分，是凝聚他感情的"亮"点。在文中，他以诗为"兴"，以诗为"线"，以诗为"结"，在诗意中发放文情，激起波澜，拓展文章的意境；他还借文中的诗句，抒发人生的感慨，表达内心的隐忧，批判社会的流弊，做到诗文一体，饶有意味。他的散文，不仅有"诗"，还有史家的"志"。他是一位能与时俱进、有敏锐思想的作家，他在文学上追求的是中华民族优秀的文化传统，并以自己的创作实践，承传、弘扬这一传统，他的文章总有益于世道人心。我们读他的《想起了张之洞》《青史是非分》《廉贪述古》《一言堂考证》等文章，就能深深感受到他面对现实问题如何以古鉴今，表明自己的志向。所有这些，都做到浑然天成，是以诗、史之笔写成的美文。

曾敏之先生是一位学者型的作家。他自己在《曾敏之散文选》的自序中曾说，他是"从史学进入文学领域"。我国的传统文化向来是文史不分的，文史之分是在20世纪初传统文化向现代转型之后的事。曾敏之先生的散文，史味很浓，做到古典与现代文脉暗接、历史与前卫互涉融通，是传统与现代的结晶，显得浑厚，有文化底蕴，是沉潜之作。他的散文世界，是一个跨学科的审美领域，其笔触所及，不仅有历史，有古典诗词，还有现当代文学的名家名作、诗学、写作艺术等，在当今的散文家中，极少能跨越如此多学科的。他散文中的那种浓浓的"史"味，以各种形态表现出来的"史"的因素，很显他国学的根基。我们读他为亡友所写的那些祭文，（如《司马文森十年祭》《文传碧海千秋业》《风范难忘》等）都是至情之文，也同样有历史的勾勒，是以时代为经、以人物为纬交织而成的束束心香，是他饱蘸着血泪唱出的悲歌。这些文章感情真挚，是作者用自己心血浸写而成的，虽是新时代的祭文，却是在历史天幕上写的，很有古典散文的韵味，从中可以看到曾敏之先生的深厚学养和人文情怀。

（原载《南方日报》2005年11月6日）

植根民族文化的瑰丽诗境

—— 读香港诗人秦岭雪的《明月无声》

从台湾访问回来，途经香港，同香港文学界的朋友聚会，席上诗人秦岭雪赠我由作家出版社出版的诗集《明月无声》。我虽闲时常读诗，但主要是读古典诗词，新诗读得少，能在心上留痕的更少。读秦岭雪的《明月无声》，我觉得他的诗是真情的自然流露，有诗人对生活、感情、景物、历史、文化的真发现和新体悟，能触发人们审美的情思。我不只是从读者的角度去感受，还有自己的心灵的参与。《明月无声》共四卷，分别是"故国情思""山水清音""明月无声""兰亭逸韵"，收入秦岭雪不同时期创作的一百首诗。这四卷诗，都系在同一条"诗线"上，那就是一个客寓他乡文化人的现代情思。在这一组组的诗歌里，没有失落，没有悲伤，没有漂萍似的放逐感，也没有焦虑不安的孤独感，有的是心与物的感应、对母体文化的体认、对美和美的感情的依归。诗意深处闪光发亮的是诗人心中那个隐喻的故乡，诗人的"诗想"在那里触发，也在那里延伸，形成了一道道新颖、跳跃、撩人意绪的诗景。

秦岭雪是一位文化诗人，他的诗集都是心光和文化的折射。他出生在福建著名的文化古城泉州，在那里度过了儿童和少年时代。青年时期离家读书，后来长期寓居港岛。故乡的景物、山水、花木一直留在他记忆的深处，融入他的心灵，常常让他魂牵梦绕，不可遏止，不能自已。正如他在《向故乡》诗中所抒写的："啊，故乡/无论我走到哪里/都不会忘记/石桥下涓细的流水/热风中鲜红的荔枝。"还有那晨雾中的叶笛、午夜月下的游鱼、晚风里热闹的锣鼓和哀怨的南曲、八月闽南地方的佛诞庙会。故乡丰厚的古文化，开启了他最初的美感世界，孕育了他的文化品位和情操，是他的"诗心"的根的所在。

昔日镌刻在诗人心中的故乡山水，由于空间的距离而酿成超然的诗意，表现出一种更具普遍意义的文化艺术精神。在《唐桑》中，他将自己对故乡景物的追思，溶解在深层民族文化之中，创造了一连串精致、奇崛、有文化品位的意象。他写泉州开元寺唐代的桑树，以及昔日有关"桑开白莲"的传说，一开头："碧绿/一千年/从杜诗中/稻米流脂的日子/不知此时，泉缎/是否比齐纨鲁缟更柔软。"像是诗人把他心中凝聚已久的感情一下子发放出来，接着，从历史的传说，衍化出瑰丽的诗境："传说/最美丽的瞬间/霞光迸射/绽开朵朵雪莲/如碧波荡漾/醉舞万千风帆/如白鹅惊飞/掠过涛头一线/香雾空蒙/吓然素馨牡丹/城野潮涌/倾动紫帽清源/从此/碧玉雕上树梢/玛瑙缀满银盘/春之嫩芽茁起雷劈的枝干/细密的叶子如彩蝶翩翩。"这是多么美、多么灿烂卓绝的景象！最后的结语："风声已断/水手的爱情已经搁浅/而你的心/翻腾如海潮/阳光下/绿成/一盆火焰。"把诗歌推上高潮。整首诗是诗人用自己的感情织成的，有一气呵成之势，语词的华艳美妙一点不给人以"云烂"之感，诗中的种种意象，是从文化的灵视角度，艺术地衍化出来的。在《泉州东西塔》中，他远观近看，写画塔的伟岸、雄姿，还借助想象，写塔的过去和今天，时空交错，古今"对话"层层递进，倾诉自己浓浓的乡恋之思："塔是母亲的鬓髻/故乡的骨脊/游子梦中的情人/渔家举报平安的船桅。"这些诗句是从诗人心灵流淌出来的，表现出诗人的历史、文化情怀，有恢宏的视野和气度。

在《明月无声》中，收入了一批追思古迹、文物、山水的诗，他的这些诗承接的主要是古典诗词的意绪，但也寄托着自己的现代情思。他常常从一个历史的文化景象，进入民族时空，抒写自己的历史文化感情。如《黄河》《东陵慈禧墓》《寒山寺》《崇福晚钟》等，都不只是停留在历史的那一端，而是在"神游"中有现实的历史回响，因而不是纯粹怀古诗、山水诗，既写历史、文化，又超越历史、文化，有鲜活生气。

诗集卷三，有二十八首抒情诗，这些诗写得很美，抒情很缠绵。我们读他的这些诗，透过诗中纯净、凝练的语言和委婉的意象，看到了诗人对青春、爱情和美的缱绻。正如他在诗中所吟唱："有生活就有爱哟/美，永远把年轻的心灵蛊惑"（《相逢》）；"爱，如星尘/以冒昧，以狂痴/以颠倒之旋律/期待的只是/洪荒里第一声霹雳"（《第一声霹雳》）。有一些诗，是写那种不能自已又没有归程的爱情。如"听雨的人回来了/枕上有不眠的星星""你只属于梦境/姹紫嫣红开遍/却如荷叶飘零"（《一握》）；"当碧波长成小草/平添一段心事"（《凤凰树下》）；"断桥依依/依依断桥/苦守着/白雪盈盈"（《相约在西湖》）；"并非所有的传奇都能化蝶/并非所有的呐喊都有回声"（《六朝故事》）。这些诗能游刃有余地处理好虚与实的辩证关系，于抒写的过程中，处处设有虚笔，巧妙地留出"空白"，而且是一种具象化的空白，给人以"千里意悠悠"的美的感觉。有的诗是表现他心中的一份美丽、诚挚的感情，以及他对这份感情的惦记和向往。我们读他的《影子》："水珠有风的影子/宇宙有大海的影子/空气中有你的影子/太阳下山有月亮/月黑的晚上有灯光/停电的夜晚有萤火虫/萤火虫睡着了/你的眼睛有钻石的光芒。"不是纯情感的直陈，是美学上直觉意象的表现。在诗里，水珠、影子、太阳、月亮、光、你，融在一起，蕴藉表现他内心的情愫，为读者提供一种深奥的诠释空间。秦岭雪的这些爱情诗，主要的意义不在爱情本身，而是以诗歌的形式向人们呈现他所发现和曾经体验过的美。他的这束诗，有李商隐"无题"的韵味，有徐志摩"偶然"的悠长，但"明月"高挂是秦岭雪的独造，他诗中的"情"，是明月的纯洁、晶莹、皎亮之情。明月，是他诗里反复出现的一个意象，读他的诗，我们常常感觉到诗人心中有一轮明月悬空，忽起忽落，忽隐忽现，明月是诗人的"情人"，是诗人的追求，是照亮诗人心灵的光。

香港的现代诗人，多是从对西方诗歌的借鉴开始，拓展自己的艺术灵视，以表现现代人的情感和心态。秦岭雪是先从中国古典诗歌和五四新诗的传统入手再借鉴西方诗歌的艺术传达方式，由于他熟知传统，民族文化的"根"给了他丰富的营养，所以他的诗有浓厚的传统韵味；也由于也阅读过许多现代的欧美诗歌，因而能把握诗艺的多变，不为传统所缚，走出自己的诗路。他的诗，无论在结构、语言、意象和用典上，都表现出一种开放的诗歌观念。例如他诗集中被人称为"现代绝句"的"白鸟"："青草还是唐朝的青草/七月晨露里绿得伤心，一条/美妙的弧线/自王维的水田中/逸出/众弦屏息/只一声裂帛。"以淡如水墨的笔，把传统的书画技巧，运用于现代诗的创作，给人以诗中有画、诗画难分的美的感受。这是一种心灵绝对自由的艺术创造。读这首诗，重要的不是去解读他写了什么，而是他感受到了什么，因为这是一首有诗人"心象"鲜度的诗。而另一首诗《连理》，则是现代很前卫的诗，写情爱、性爱，没有铺垫，没有尾声，就只写那情感高潮的一刹那，把特定情景下男女的欢爱形态写到了极致，却又不"色"、不"露"。

诗的要素，是在于诗的情绪与诗的想象的有无，真正的艺术品是不容易解释清楚的。在这方面，秦岭雪可以说是得了诗的真味。他的诗，不仅有独特的文化意蕴，也有艺术的暧昧和张力，而且有不少是只能意会而难以言传的。记得苏格拉底有一句名言："美是难的。"秦岭雪在追求诗的华美上，已有很好的收成，但有时还是显得过于"工"和"刻意"，也许，这正说明美的极致是多么"难"。

（原载香港《文学世纪》2004年第4期）

澳门文化的历史坐标与未来意义

  澳门自1557年开埠，至今已有400多年的历史。400多年前，澳门被历史机遇推到东西文化交流的前沿，成为中西文化交汇的中介。作为中国人了解西方、西方人了解中国的第一个窗口，澳门在历史上东西方物质文明和精神文明交流中起过重要的作用。现在澳门20平方公里的土地上，仍保留有大量的历史文化遗产，包括名胜古迹和文献资料。在澳门，有中华文化背景的妈阁庙、普济禅院，也有西方文化背景的大三巴牌坊、天主教堂，在大街小巷中，还有中西不同风格的建筑群，这些，都表现出澳门地区中西方文化交汇多元、共生的特性。中国和欧洲各国有关澳门历史文化的文献资料也极其丰富，除明清典籍中留下的大量关于澳门历史文化的记载，在澳门本地及葡、英、法、美、荷等国均藏有澳门历史文化的西文档案。面对澳门丰富的历史文化遗产，有史学家断言："澳门可以当之无愧地列入世界历史文化名城之列。""其历史文化价值足以与敦煌文书及其洞窟壁画相媲美。如果东西方学者能够像研究敦煌那样来研究澳门历史文化，同样可以使对澳门历史文化的研究成为一门国际显学。"①当然，现在我们关注澳门文化，并非仅指澳门的文化遗物和资料，它应该包括中西文化交融而形成的新的思想观念和开放精神，因为这当中有未成为过去而是属于未来的东西。澳门是具有世界文化影响和意义的地区，从澳门看中西方文明早期的碰撞和交融，研究她跨文化性质的内涵，包括源流、区域性质、生成原因和嬗变，是一个尚未完全"开封"的学术话题。下面，仅就与此有关的两个问题进行论说。

---

  ① 章文钦：《澳门与中华历史文化》，澳门基金会1992年版，第274—275页。

一、小地区 大文化

今天的澳门是一个只有40万人口20平方公里土地的半岛，地域很小。但一个地区的文化学术意义和价值并不决定于该地区的大小，而是在于她的内涵，她所蕴含的文化学术命题的价值和意义。澳门地区虽小，但历史独特，她的历史文化也是世界任何一个地区所不能取代的。从历史上看，澳门原属广东省香山县，文化上与粤港两地一脉相承，都是有岭南特色的粤文化。在葡萄牙人1553—1557年据居澳门之前，这个小岛已有居民，早在木帆船时代澳门已是中国对外贸易的港口，并且在16世纪初期就名传海外。[①]葡萄牙人入据后，澳门便逐渐发展成中国领土内一个独特的商贸海港。在殖民扩张热潮中，有三个多世纪的时间，澳门地区处于中葡共处分治，既有冲突，也有沟通，有过激烈的碰撞，也有相互迁就和包容。1888年，正式获得"永驻管理澳门"的葡萄牙当局，在澳门地区推行殖民政策，但由于岛上居民绝大多数是华人，澳门文化一直是以中华文化为主导，生活在这里的华人，依然保持华族的风俗习惯，一些土生葡人在澳门的地理人文环境中生活，也不同程度地追随华人文化，学习汉语，看中医、吃中药，甚至入庙拜神。葡国当局逐渐意识到保持华人文化传统对社会稳定的重要性，于1909年制定并通过《澳门华人风俗习惯法典》，将华人的风俗习惯制度化，这就形成了澳门地区中西合璧的独特文化。

澳门文化的中西合璧，体现在语言、宗教、民俗、建筑、饮食等多个方面，澳门是汉、葡、英三语通用的社会。民间用语主要是汉语（主体是粤方言），葡语是澳门政府的官方用语，英语则主要是金融、现代科技、国际贸易、高等教育界等用以与外间世界沟通的工具。此外，还有一种"澳门土语"，这是澳门地区特有的，是一种由16、17世纪的葡语和粤方言的混合的语言，也杂有少量的非洲语、马来语、西班牙语等，以拉丁字母成文，是早期土生葡人使用的"土语"，现在已不再使用，但从一些研究者提供的资料看，"澳门土语"的形成和演变，是受到澳门地区多种语言的影响，与这一地区多

---

① 参阅戴裔煊：《〈明史·佛郎机传〉笺正》，中国社会科学出版社1984年版，第53页。

元文化的背景密切相关，也可以说，是中葡文化在澳门相遇交融的产物。[1]笔者曾多次访问澳门，参观过澳门的庙宇、教堂和各种宗教遗址，对澳门宗教的多元并存有极深的印象。在澳门，东方的道教、佛教、伊斯兰教，西方的天主教、基督教以及鲜为人知的琐罗亚斯德教、巴哈伊教、摩门教，都先后落脚，而且和平共处，各不相扰，表现出这一地区文化的宽容和包容。文化的多元并存，是20世纪的思想，而且是在本世纪后半叶的文化转型期才被广泛认同，但在澳门却是很早就存在的现实。这正如有的学者所说："在中国文化的宏观语境中，在中西宗教融合、中西文化互补方面，澳门文化无疑是先行了一步。"[2]

中欧文化出自两个不同源体，思维观和价值观有很大差异。但400多年前，中欧文化在澳门相遇，从碰撞到交融，使这个地区的文化具有一种特殊的活力和魅力。如果我们不是把文化只置于精神思想的范围，而是看作是这个地区人们生活的总和，就不难发现，在澳门的文化生活中，有不少是中葡乃至于中西文化互相交融的。以澳门的象征大三巴牌坊为例，这个名扬中外的牌坊，就有东西方艺术交融的特点。大三巴牌坊是原圣保禄教堂的前壁，圣保禄教堂历史悠久，在我国古籍中称为"三巴寺"，《香山县志》和《澳门纪略》均有记载。教堂于1835年1月失火焚毁，只有教堂正面由巨石垒成的玄关保存下来，成为和中国式牌坊相似的遗迹，所以人们习惯把它称作"大三巴牌坊"。澳门学者徐新曾对大三巴牌坊的建筑设计和雕刻进行过详细考察，指出：牌坊上结构是由40根石柱组成，组合的石柱又把牌坊分成三个廊，"是典型的意大利巴洛克风格"。但牌坊的装饰雕刻具有明显的东方色彩，是东西方历史、艺术和谐的融汇。牌坊共五层，第一层三个门正门刻着葡文"天主圣母"，左右两门对刻着神圣的耶稣基督字样，而在牌坊的第三层则刻有中文"念死者无为罪""圣母踏龙头""鬼怪诱人为恶"的箴言和警句。牌坊第三、四层左右两端都有近似中国传统的石狮子雕塑，牌坊第四层壁龛安置着耶稣铜像，铜像的两旁刻有西方的野百合花和东方的菊花浮雕图案。这一浮雕图案和日本同一时

① 参阅彭慕治：《澳门文化的交流和合作》，澳门《文化杂志》1987年第5期。

② 见王岳川在《后现代与中国文化建设》第6部分"后现代与澳门"的发言，《中国社会科学季刊》（香港）1997年春夏季卷。

期的装饰图案相似。而石狮子的雕塑显然是受到中国民间舞狮子艺术的启发，与中国庙宇门前左右对称安置的石狮子在意念上也是相通的。徐新根据牌坊的建筑和雕塑，并查证了文艺复兴时期的有关资料，证明："在那个时代的巴洛克建筑上，刻有中文字样的只有澳门的圣保禄教堂。"①他还将圣保禄教堂同罗马圣彼得大教堂、伦敦圣保罗大教堂、里斯本圣心大教堂相比较，认为其他的三个大教堂均未见有大三巴牌坊上装饰雕刻的东方色彩。由此可见，大三巴牌坊虽然是大火之后留下来的一面残壁，但当中却保留了东西文化交流的历史足音和历史记忆，在历史层面上提供了一种新的文化认同，在人们面前展示了一种新的文化思想空间，启发人们去做新的文化想象，它的存在和意义，是世界性的。

澳门400年华洋杂处、中西合璧的历史，使她成为中国和葡国以及各拉丁语国家文化交流的桥梁。澳门地区丰富的语言现象、多元化的宗教、中西融合的建筑，都从不同方面反映了这个城市跨文化的鲜明特色和独特的文化价值。但有一种文化现象是长期被人们所忽略的，那就是生活在澳门的土生族群和他们的文化。居住在澳门的葡人，有相当数量是土生葡人，即有中葡血统的混血儿，他们在澳门出生、长大，生活在以华人为绝大多数、以中华文化为主流文化的澳门，能讲流利的葡语和粤语，他们身上交织着两种不同的文化，在他们的精神世界里，既有葡国文化思维和西方人的价值观念，也有中华民族文化的基因。这种特殊的文化身份常常使他们陷于尴尬的处境。正如土生葡人诗人李安乐在《澳门之子》一诗所描述的："永远深色的头发/中国人的眼睛，亚利安人的鼻梁，/东方人的脊背，葡国人的胸膛""心是中国心，魂是葡国魂""娶中国人乃出自天性"。这些土生葡人一方面确如他们自己所说，是"澳门之子"，是"百分百的澳门人"，另一方面是来自父亲的遗传是葡国文化天然的继承者，自幼在学校接受的也是葡国式的教育。他们生活在双重文化背景中，处在两种文化的边缘，两种文化的渗透、交融、矛盾冲突在他们的生活和精神上有深刻的影响，形成了他们独特的文化心理，一种中西合璧、别具一格的文化思维模式，这种文化心理和文化思维模式，也是400年中葡文化

---

① 参阅徐新：《澳门的视野》，澳门基金会1994年版，第1—6页。

交汇的产物。土生女作家玛尔丁妮在《废墟中的风》一书的序言中有过一段关于土生葡人的描述："四个世纪以来，葡国和中国人之间保持着一种愉快而和谐的关系，这一点体现在这一城市的许多方面：交汇融合的文化遗产、别具特色的城市建筑，还有它的被称为土生人的混血人种。经过这许多年肩并肩的生活，中国人气质一点一滴地渗透在土生人的血液以及他们那带着显殊的澳门人特点的欧洲人外貌上，为他们线条硬朗的欧洲人的面容，注入了柔和的东方之美。"[1]土生诗人欧安利在他的诗中也写道："我身上有来自贾梅士的优秀/和一个葡国人的瑕疵/而在某些场合/又是一套儒家的思想"，"确实，我发起怒来就是个葡国人/但也能自我抑止/以中国人特有的平和"。[2]这是土生作家对自己特殊文化身份的形象剖白，我们从中可以看到土生葡人身上两种不同民族文化交融的人格特征。就澳门的土生族群而言，文化身份复杂而多彩，具有边缘性、交融性，但作为一个群体，他们基本上是照葡国（文化）模式和形态组织自己。这是澳门的一种特殊文化现象，应纳入澳门文化研究的视野之内，这方面的研究成果同样是与世界相通的。

二、历史坐标与未来意义

在澳门半岛上，澳门文化的跨文化性质，几乎随处可见。但澳门自古以来就是中国的领土，中华民族的文化传统在这里源远流长，尽管葡萄牙人据居澳门已400多年，但直至现在，澳门居民中的中国传统氛围还很浓厚，在精神思想范围内仍是"葡河汉界"，使澳门文化既呈现出多元交融又具有和而不同的特性。

澳门很早就是葡萄牙基督教在东方的基地，而且外国宗教是经澳门向中国内地发展传播的，至今澳门仍有30间教会学校，占澳门学校的二分之一，但基督教在澳门华人中的影响却很有限，现在居住在澳门的华人，主要信奉的依然是中国的神佛，本土的文化是根深蒂固的。有人说，当今的澳门，比中国内

---

①   Edith Jorge De Martini：*The Wind amongst the Ruins：A Childhood in Macau*，New York：Vantage Press，1993.

②   Leonel Alves："*Sake Quem Sou？*"，Por Caminhos Solitarios，1983，p.29.

地还要"中国化"。澳门的妈祖阁和妈祖崇拜,就体现了中华文化在澳门的强大背景,具有丰富的中国历史文化内涵。妈祖是民间崇拜的航海保护神,是中国沿海一带(主要是福建、台湾、广东)民俗文化的一种,后来远传海外,随着中国人的足迹遍及全世界。澳门的妈祖崇拜与中国内地的历史文化有密切的联系。相传澳门的妈祖阁最早是福建商人兴建的,从福建的祖庙分香过来,以方便他们的商人往来贸易时祭祀,据澳门学者郑炜明提供的资料,最早的妈祖庙应建成于1488年,距今已有500多年的历史①。由于澳门自16世纪初就是中国对外贸易的港口,古代出海,万里远航,风涛险恶,为了祈求神祐,澳门居民很早就形成了虔诚的妈祖崇拜,一直延续至今。除每年农历三月二十三日的妈祖诞外,每年春节妈祖阁的香火也很盛。如前所说,澳门文化最显著的特征是它的多元性、包容性,但比较而言,在并存的多种文化中,中华文化显然占据最大比重。在澳门,妈祖文化和儒家文化、佛教文化、道教文化同属于中华文化的系统,"整个澳门地区,其实是属于道教系统的妈祖信仰圈"②。从澳门这一文化视点看,这个半岛虽已经历了400多年西方文化的撞击,在深层的精神文化领域里,华人与葡人之间显示出来的文化状态却是和而不同。这同香港和世界上其他殖民地地区很不一样,不能不说是一种奇特的现象。在世界上多元文化崛起的今天,对澳门这个地区的多元文化景观、特别是华人和葡人如何达到和而不同的多元融合,应成为国际学术界一个值得关注的课题。

四个多世纪以来,澳门作为东西文化的接合点,澳门社会"华洋混杂,和平共处",既保留中华文化的主体精神,又包容西方文化,各种各样异质文化在这里共生、共存、积淀、整合、交融、创新,呈现出鲜明的开放性、多元性。在当代,许多有见识的学者都在力求突破西方中心论和殖民主义意识形态,随着西方中心论的隐退和后殖民的到来,必将带来世界多元文化的繁荣,因而国际文化环境越来越显得重要,人们都希望,不同民族相遇合,即使政见相异,也求文化相融。在这方面,澳门文化的多元共生、交汇融合、和而不同的现象,对未来应有所启迪。

---

① 郑炜明、黄启臣:《澳门宗教》,澳门基金会1994年版,第6页。
② 同上,第7页。

如果我们进一步探究澳门文化的跨文化现象——差异性、共同性、多维性，就不难发现，在澳门这块弹丸之地，由于她昔日的历史和长期所处的边缘地位，具有实质性意义的文化中心论早就隐退了，中葡文化、雅俗文化，传统文化与现代文化、东西方各种宗教文化，均能和平共处，做到和而不同，它们之间，从没构成激烈的冲突。随着历史的脚步，澳门文化也有她自身的轨迹，却未见有惊涛骇浪和运动的兴衰。澳门的社会发展过程表明，无论是华人还是葡人，并没有在他们和谐相处的真实生活中表现出那种"非此即彼"的一元文化观。相反，在某些方面彼此的界线还很模糊、混杂，如圣保禄教堂是西方的天主教堂，历史上华人却称之为"三巴寺"，大三巴牌坊原是圣保禄教堂的正面玄关，现在澳门居民却把它称作"牌坊"，西望洋主教堂的圣母塑像，面向大海，澳门人习惯上称之为"面海观音"，在宗教的严格意义上，教堂与寺庙、圣母与观音、玄关与牌坊，完全是风马牛不相及的，初到澳门的人，对这些会感到奇怪，但长期住在这里的居民却习惯成自然，都能接受、认同这一切。在澳门街道上，各种异质性事物并存，不同的肤色、语种、文化习俗共生互渗，给这个地区的文化生活带来各种不同的色彩，有一种带有后现代性质的文化景观。

澳门是一个"跨文化场"，在新的世纪到来之前，从中国和世界文化发展模式，都应给予更多的审视，共同挖掘澳门的传统优势，继续发挥澳门作为中外文化交流的接合点、辐射点的功能，形成一种前所未有的互动力。

记得四年前，在澳门文化司署举办的一次文化研讨会上，季羡林先生曾以《澳门文化的三棱镜》为题发表讲话，他在讲话中指出：在中国五千多年的历史上，文化交流有过几次高潮。最后一次，也是最重要的一次，是西方文化的传入。这一次传入的起点，从时间上来说，是明末清初；从地域上来说，就是澳门。……澳门文化是人类迄今四百多年东西方两种异质文化逆向交流和多元融合的独特产物，澳门的精彩之处和它对于中国历史与中华文化的重要性，也就在于那经由长时期东西文化交融所产生的客观存在的人文价值方面。[1]他

---

① 季羡林：《澳门文化的三棱镜》，澳门《文化杂志》第19期。该文系其1994年5月6日在澳门文化广场展览厅举行《文化杂志》第二系列发行仪式上的讲话。

认为："澳门文化不只是人类一份值得珍惜的文化遗产，它必然要在东方的新世纪里继续闪烁独特的光芒。"①季先生的这些话，应有助于我们对澳门文化的认识，特别是有助于对研究澳门文化的历史和未来意义的认识。

（原载《中国比较文学》1998年第3期，原文题为"澳门文化两题"；收入龚刚主编《澳门人文社会科学研究文选·文化艺术卷》，社会科学文献出版社2009年版）

---

① 季羡林：《澳门文化的三棱镜》，澳门《文化杂志》第19期。该文系其1994年5月6日在澳门文化广场展览厅举行《文化杂志》第二系列发行仪式上的讲话。

文学的澳门与澳门的文学

一

1987年《中葡联合声明》发表以后，澳门这个只有20多平方公里、40多万人口的半岛，日益为人们所关注，在中国众多的区域文化中，哪个地区都没有像它那样，有如此复杂、多元的文化背景和内涵。

400多年前，澳门被历史机遇推到东西文化交流的前沿，成为中西文化交汇的中介。至今，澳门地区仍保留有大量东西方历史文化遗产，包括名胜古迹和文献资料，还有中西文化交融而形成的新的思想观念和开放精神。面对澳门丰富的文化遗产，有史学家断言："澳门可以当之无愧地列入世界历史文化名城之列。"①

"澳门文学"这一概念的界定以及对它内涵的探索和研究，正是在这一背景中凸现出来的。20世纪80年代至90年代初，澳门本土文学界就曾为下列一些问题所缠绕：澳门有没有自己的文学？什么是澳门文学的澳门性？澳门文学的品格应该是怎样的？等等。于是，就有了文学资料的追寻，概念的界定，各种文学座谈会、研讨会的召开，以及文学刊物、社团的创办等一系列引人注目的文学事件。其中特别重要的是1984年3月，《澳门日报》借举办"中国当代作家书画展"期间，邀请香港十多位作家，与澳门文艺界人士座谈，研讨如何发展澳门文学，香港作家韩牧在会上提出"建立澳门文学形象"问题，得到与会者的支持。1986年，东亚大学（澳门大学前身）、《澳门日报》联合举办

---

① 章文钦：《澳门与中华历史文化》，澳门基金会出版1995年版，第274—275页。

"澳门文学座谈会"，约请香港、内地作家同澳门本土作家一起，对澳门的古代文学和现代文学进行研讨，会后，出版了第一本《澳门文学论集》。这次会议的召开，是在中葡联合声明发表的前一年，因而也被认为是澳门向过渡时期转变的一个标志。之后，广泛联合澳门文化人的澳门笔会成立，1989年出版纯文学刊物《澳门笔汇》。1989年5月，澳门五月诗社成立，1990年出版《澳门现代诗刊》。1990年成立澳门中华诗词学会，主编出版《镜海诗词》。这些文学社团、刊物的出现，正是澳门文学在过渡时期转变中走向繁荣、发展的体现，也说明澳门本土作家正在从各个方面为"建立澳门文学形象"而努力。

90年代以来，除澳门以外，大陆、台湾等地也有关于澳门文学的论著出现。人们谈论的问题已不是澳门有没有文学，而是澳门有着怎样的文学。早在16世纪中后期，就有诗人、作家来到澳门，创作了一些反映半岛人们生活的文学作品，如中国伟大戏剧家汤显祖、葡国著名诗人贾梅士，都先后来过澳门，并且创作了脍炙人口的诗章。此后，历代避乱的文人学子不断来澳，为澳门留下了相当丰厚的文学遗产。但是，在澳门，新文学的诞生，并不是在五四时期，而是迟至"九一八"事变之后[①]。这主要是因为澳门地处边缘，远离中国政治、文化中心，也与澳门地区旧文学具有较大的影响有关，这就使澳门新文学一直缺乏一种强大的现代驱动力。特别是二三十年代以后，澳门的东西文化交流中介地位为香港所取代，它就日益为人们所淡忘，所以，今天从文学性的立场来谈论澳门文学，空间并不太大，而如果从文化性的立场研究澳门文学，就会发现其中隐含着的许多具有前瞻性的东西，对于历史学、社会学、比较文化与比较文学的研究，都有启示。澳门文学更多地具有文化学的色彩，从文化上解读它，对当下本土文学创作，也会有所推进，就某种意义而言，它代表着一种建设方向，是本土意识觉醒的标志之一。

从澳门文坛的实际情况看，澳门文学包含了三方面的内容：（1）中西文学中与澳门有关的创作。中国从明代开始即有许多文人到过澳门，在文学创作中留下了"澳门形象"，著名的如汤显祖、屈大均、魏源、康有为、丘逢

---

① 李成俊：《香港、澳门、中国现代文学》，《澳门文学论集》，澳门日报出版社1988年版。

甲等。西方文人中最早到澳门的是葡萄牙大诗人贾梅士，其后有庇山耶、奥登等，以澳门为题材的小说也为数不少。（2）澳门本土的汉语文学。澳门本土的汉语文学，与内地移民有密切关系，再往后又有因战乱或种种政治原因而从大陆与东南亚或其他地方移居澳门的华人。古代的遗民为澳门的旧文学奠定坚实的基础，时至今日，澳门的旧体诗词创作仍十分活跃，一些年轻的诗人可以一方面写非常前卫的"后现代诗"，一方面又写十分古雅的律诗和绝句。80年代以来，澳门的新文学发展迅速，诗歌、小说、散文、戏剧均有不少佳作，在整个汉语文学世界里越来越引人注目。（3）澳门"土生"葡文文学。"土生"（Macanese）字面上的意思即"澳门人"，是一个非常特殊的混血族群，是几百年来中葡文化交汇的产物，在他们身上，最能显现澳门文化的多元性、诡异性。有学者将"土生"框定在三个导标之内，"一是语言，即个人或其家庭跟葡语有一定关系；其次是宗教，指个人或其家庭在一定程度上与天主教认同；最后是人种，即是个人或其家庭有欧亚混血成员"[1]。必须承认，关于"土生"一词的界定确实十分复杂，至今仍存在一定的模糊性，但近几年从社会学、人类学、历史文化学诸方面研究澳门土生的专著论文看，在界定"土生"一词时，都特别强调这个族群的"东方血缘"，实际上指的是欧亚混血儿[2]。19世纪末，就有人收集过澳门的《土生歌谣》，发表在《大西洋国》及《复兴》杂志上，但澳门的"土生"文学形成气候，是在20世纪以后的事情，从20世纪40年代开始，出现了一批重要的作家和诗人。由于语言上的障碍，国内对澳门"土生"文学的研究尚未真正开始，但事实上，撇开了"土生"文学，澳门文学的概念就是不完整的，而更重要的是，"土生"文学实为不可多得的边缘族群的标本，其所包含的历史积淀与文化意蕴，值得高度重视。

澳门独特的存在状态，确实延扩了文学想象的空间。澳门本土文学创作对于澳门生存经验的书写，为汉语文学也为葡语文学提供了独一无二的文学景致。

---

① 贾渊、陆凌梭：《台风之乡——澳门土生族群动态》，澳门文化司署1995年版，第15页。

② 《文化杂志》中文版第20期"澳门土生人"论文特辑，澳门文化司署出版，1994年第3季。

二

自16世纪开始，在澳门这个狭小的空间，就出现了中葡两国文学家抒写澳门的诗篇，它们互不相关、各自发展，未见有很直接的交流与吸纳。尽管葡萄牙人入踞、管治澳门的时间很长，澳门本土汉语文学秉承的依然是中国文学的传统。这种"互相错过"的文学现象，成为澳门文学史上的一种特殊的风景。

澳门原是一个小渔村，人文基础薄弱，澳门文学的出现，在古代，"主要是一种'植入'，而非'根生'"①。最早的澳门文学，是中国内地来到澳门的作家创作的，早期在澳门留下诗作的有明代著名戏剧家汤显祖，他于万历十八年（1590）贬官为广东徐闻典史，于万历十九年（1591）十月曾到澳门，②写了《香澳逢贾胡》《听香山译者之一》《听香山译者之二》《香山验香所采香口号》《南海江》等诗篇，对当时澳门的风物、人情及华夷贸易等均有所反映。明末清初，有许多忠于明王室的仁人志士来澳，也有不少关于澳门的诗作留世，著名的有岭南三大诗家之一屈大均，他在康熙二十五年（1686）至康熙二十九年（1690）曾多次到澳门，③写了一些描述澳门风物特色的诗歌，如《茶蘼花》二首、《澳门》六首和《咏西望洋》等，其中有诗句："广州诸舶口，最是澳门雄。外国频挑衅，西洋久伏戎。"（《澳门》六首之一）表现诗人的忧国情怀。还有著名诗僧迹删和尚（俗名方颛恺），是满族入主中原后削发为僧的明末遗民，他于康熙三十一年（1692）和康熙三十六年（1697）两度游澳，留下十多首关于澳门的诗歌。清中叶宦游澳门或短暂来过澳门的诗人很多，佳作也多。其中清朝第一任同知印光任，就写有澳门诗《濠镜十景》12首，乾隆年间的澳门同知张汝霖，也写有澳门诗16首。作为中国管理澳门事务的地方官，他们的诗作，除写澳门风物外，也寄托有安守疆土的愿望。至嘉庆、道光年间，因中外交往频繁，内地到澳门的名人文士更多，著名

---

① 刘登翰：《文化视野中的澳门及其文学》，《澳门文学概观》，鹭江出版社1998年版，第24页。

② 参阅钱谦益：《汤遂昌传》。

③ 参阅曹思健：《屈大均澳门诗考释》，《珠海学报》第3期，香港珠海书院1970年6月。

《海国图志》的编者魏源，就曾于道光年间来到岭南，到过澳门，与当时驻澳门的葡萄牙管理官员会面，写有长篇歌行《澳门花园听夷女洋琴歌》。还有清道光年间以考据学闻名的大学者何绍基，也曾到香港、澳门游览，留下《乘火轮船游澳门与香港作。往返三日，约水程二千里》一诗。此外，清末维新变法主角之一的康有为、台湾省著名爱国抗日志士丘逢甲，也都到过澳门，有诗作留世。从历史上看，自晚明到民国的200多年，澳门文学的作者，主要是历代四方来澳的遗民、官员、文人学士，也有少数来澳的教徒。他们都是澳门的"过客"，从各自不同的文化身份出发，在诗作中对澳门的自然风光、人文景观作种种艺术的投射，而不是从澳门文化的土壤上孕育出来的。

根据澳门学者郑炜明的考证，在澳门名胜妈祖阁里，有石刻诗二十多首，其中也有澳门本地文人赵同义雍正年间写的一首诗，还有赵氏一族的后人赵元儒在乾嘉时候写的四首诗作。①但因数量极少，很难同外来文人的作品相比。在澳门，第一个本土诗人群体的崛起，是在民国初期出现的"雪社"诗人群，这是澳门文学史上第一个本土化作家群，主要成员有冯秋雪、冯印雪、刘草衣、梁产明、赵连城和周佩贤等，他们出版《雪社》诗刊，还出版诗词合集《六出集》。"雪社"的出现，说明澳门文学有了自己的"根"，也有可能渐次形成自己的文学传统。

如果说，澳门的旧文学特点是"植入"，从"植入"到"扎根"。那么，澳门的新文学却有一个从"寄生"到"自主"然后走向繁荣的历程。由于澳门旧文学影响力强，澳门新文学发展迟缓。"九一八"以后，内地一些爱国作家、学者避难到澳门，才点燃了澳门文坛新文学之火。50年代以后，澳门文学进入了一个探索发展的时期，本土的刊物《新园地》《学联报》《澳门学生》，以及60年代出版的纯文学刊物《红豆》等，都有文学作品发表，出现了一些引人注目的当地作者，如方菲（李成俊）、思放、梅萼华（李鹏翥）等。但因刊物稀少，不少澳门作者，稿件外投，"寄生"于香港。当时香港的《文艺世纪》《海洋文艺》《伴侣》《当代文艺》等刊物，经常发表澳门作者

---

① 郑炜明：《16世纪末至20世纪前期的澳门文学》，《澳门文学概观》，鹭江出版社1998年版，第63页。

的作品。①直至80年代，随着中国内地的改革开放，中资机构的介入，大大刺激了澳门的经济，大量的新移民从内地、东南亚各国移居澳门，这种种的变化推动了澳门文学的发展，作家队伍不断壮大，"建立澳门文学形象"，成为岛内作家的自觉要求，文学创作出现了繁荣的局面，出版的小说、散文、诗歌，数量很多。在小说创作上，特别突出的有鲁茂的《白狼》和周桐的《错爱》，还有林中英、梁荔玲、陶里等的短篇小说。在散文创作方面，比较引人注目的有鲁茂的《望洋小品》，林中英、林蕙等七位女作家的散文集《七星篇》，以及林中英的散文集《人生大笑能几回》《眼色朦胧》，还有李鹏翥的《澳门古今》、徐敏的《镜海情怀》等。同小说、散文比较，澳门的诗歌创作是更为活跃的，澳门写诗的人很多，有"诗岛"之称。诗歌创作在澳门社会生活中拥有自己独立的地位，特别是1989年"五月诗社"成立之后，出版《澳门现代诗刊》和澳门诗人诗集，进一步推动了半岛的诗歌创作。澳门知名的诗人中有土生土长的，如汪浩瀚、江思扬、懿灵；有北上的归侨，如陶里、胡晓风、王文；有内地来澳的新移民，如高戈（黄晓峰）、淘空了、流星子等；还有学者型的诗人云惟利和苇明（郑炜明）。他们的诗风不一，艺术趣味和追求也很不一样，因而诗坛的诗作是多元的，呈现出交互共生的良好态势。

三

澳门文学的特殊品格首先体现在对澳门历史与现世的书写。

至于文学书写中的澳门，不同类型的作家不同的书写，从澳门历史和现在的文学创作看，基本上有两种类型，一为本土以外的作家，另一为生活在澳门的作家。前者对澳门的文学书写基本属于旅行者，他们因为某种机缘与澳门相遇，并从中获得一种灵感和激发；还有的作者甚至不曾去过澳门，却借想象将澳门写进自己的作品。这方面的例子可以举出英国的奥登与中国的闻一多。奥登（W.H.Auden）1938年来中国旅行期间曾短暂地游历澳门，写了一首名为

---

① 参阅凌钝编辑：《澳门离岸文学拾遗》（上下册），澳门基金会出版，1995年5月。

《澳门》的诗，诗作犀利地揭示了澳门内在的怪异与矛盾，掠过表面的场景，他捕捉到了一种远离中心的生存状态所包含着的荒谬本质。而闻一多1925年写的《澳门》则是另一种类型，闻一多并没有到过澳门，他纯然以强烈的民族情怀将澳门塑造成被迫离开了祖国母亲的儿子，一心盼望着回到母亲的怀抱：

> 你可知"妈港"不是我的真名姓？……
> 我离开你的襁褓太久了，母亲！
> 但是他们掳去的是我的肉体，你依然保管着我的灵魂。
> 三百年来梦寐不忘的生母啊！
> 请叫儿的乳名，叫一声"澳门"！
> 母亲！我要回来，母亲！

澳门在这里已完全被定型为民族主义的情感符号，或者说，她的民族主义话语功能已得到充分的发挥。实际上，早在明清时代的一些文学作品中，澳门形象就已着上了民族主义色彩，只不过闻一多的诗流传最广，而且确实写出了一般的中国民众对于被分割出去的领土的典型态度，也可以说确立了大陆母体与被分割领土之间的基本模式——母亲/儿子，以及他们之间的根本联结关系——回归。这一类型的作家有关澳门的文学书写，写作者与澳门之间都有一定的距离，也就是说，澳门对于写作者来说，只是一种奇异的风景，或一种独特的生存状态，或一种民族的耻辱标记。而后者则是以真正的本土立场去书写澳门历史与现世的澳门文学（有人把这一类的作品出现看作是严格意义上的澳门文学成立的标志）。在他们的文学创作中有对于澳门历史题材的挖掘，有对于澳门社会中各式人群的描绘，有对于澳门风光的深情吟咏，有对于澳门社会矛盾的揭露，等等。无论写什么，无论怎么写，写作者与澳门之间总有一种很深的牵连，因为不管他们是新移民或老居民，澳门在当下与未来都是他们的家，是他们的安身之所。因而他们在对澳门进行文学书写时，总是有意无意缠绕着这样的追问：澳门到底意味着什么？

当他们在敷衍历史题材时，不仅仅是为了重现过去，更是为了捕捉到澳门的根。在澳门出生后来移居香港的韩牧在他的诗歌中用"炮台"与"教堂"

这两个意象来象征澳门历史的全部风貌：

占领每一个山顶和高岗的

不是炮台就是教堂

除了炮，你的钟声最响

炮是肉体对肉体的命令

钟声，是一种悦耳的

神的命令

（韩牧《教堂 教堂》）

意识形态的渗透与军事的杀戮，联手进入澳门，那些冒险的传奇、隐秘的欲望，咽哑成历史的残片，供后来者凭吊、冥想。而一些年轻的诗人试图用诗的语言去呈现在时间的烟尘中被掩埋或被修改了的历史真相，如苇鸣、王和对铜马像的省思，既有对历史真相的追索，也写了历史与现在的纠缠，从一个侧面揭示澳门平静的表面其实层叠着波澜起伏的矛盾与抗争。

至于澳门的当代女诗人懿灵透过欲望化的场景，揭示了澳门现世生活的紧张：平静与流动之间，幻想与现实之间，真与假之间，文字触摸的，竟是"一把握不住的苍茫"：

燕子掠过

流动的水和岛上

无数慌张的眼神

描绘着海浪的泪痕

（懿灵《流动岛》）

澳门确是一座流动着的岛屿，它曾经糊里糊涂地成为葡萄牙人的管治区，在幽昧的时光中度过了几个世纪，多的是混杂的面容与匆匆来去的人影。当澳门的作家试图以文字去重塑已逝的历史以及展现正在进行的现在，实则反映了澳门人对身份认同的焦虑与渴望。也就是说，当他们借文字去为已逝的时光及当下的面影造型时，他们其实已展开了一场身份自我确认的心灵之旅。说到底为澳门定位，其实就是在为自己定位，要为自己找到一个不再流动的安定之所。

澳门文学的特殊品格其次体现在对"我是谁"这个身份问题的追问。

澳门本土的汉语文学中，尤其是新移民的诗歌中，不少作品触及身份认同的危机，并由此而产生漂泊、孤独、浮游的感慨。不过，华人新移民的身份认同危机往往是由于环境的骤然变异而产生，并不影响本质上的身份自我确认：我是中国人。也就是说，华人新移民所表现出来的身份问题，大抵上属于情绪性的。

相比之下，土生葡人的身份问题却是本质性的、长期的，几乎难以排解的。是中国人还是葡国人？这是每一个土生不断自我追问的问题。事实上，他们既是中国人，又是葡国人，但同时，他们既非中国人，也非葡国人。我是谁？在澳门的土生文学中，真正成为一个问题。土生剧作家飞文基在他创作的第一个剧本《见总统》中写到土生的身份尴尬，剧中的土生人布治，在澳门出生，在葡国当过兵，但向葡国使馆申领护照却遭拒绝，作者在剧中让布治提出这样的疑问：

我不是葡国人，又不是中国人，究竟是什么人？

身份焦虑与对未来的焦虑息息相关，尤其面对1999年的回归中国，土生葡人的心灵震荡可想而知。这在土生作家阿德（即若瑟·多斯·圣托斯·费雷拉）的诗中有所表达。另有许多作品对"我是谁"则有积极的回应，不再纠缠于"葡国人"还是"中国人"的选择，而是坦然接受土生人边缘的品性，对中葡两方表现出双重的认同：

> 我父亲来自葡国后山省
> 我母亲中国道家的后人
> 我这儿呢，嗨，欧亚混血
> 百分之百的土生澳门人！
>
> （李安乐《知道我是谁？》）

李安乐"澳门之子"的自我确认摆脱了"中""葡"之间的两难，几经寻觅才惊觉，澳门才是真正属于自己的安身之所。在土生文学作品中，无论诗歌，还是小说，澳门往往被描绘成为美丽的花园，是根之所在。当然，对澳门的认同并不能完全消除土生族群内心的不安，这在他们的一些作品中也有所反映。

澳门文学的特殊品格再次体现在对"他是谁"这个跨文化问题的追问。

明清时代的中国文人透过澳门看到的是西洋，魏源《澳门花园听夷女洋琴歌》一类的作品，显现了一个中国士大夫对西洋艺术的理解。"明清时代的澳门诗"，确实是"当时澳门这处窗口"所进行的中西文化交流的反映。①而葡国诗人庇山耶的《中国二胡》一类的作品，折射出一个西方文化人对中国艺术的理解，澳门成为中西作家"互看"的中介，在"互看"中，相互尝试着理解"他是谁"，从而超越文化冲突而达臻文化融合。

澳门本土的汉语或葡语作品中，这类"互看"式的作品，即中国人写土生葡人，葡人、土生葡人写中国人的作品，十分引人注目。散文作品中，吴志良的《作别西天的云彩》和《大学新生的"洗礼"》两篇散文，均取材于他在葡国的学习生活，前者写他在葡国时生活在他周围的亲善的葡人，他和他们之间的友谊；后者写葡国一些大学的所谓新生洗礼，作者对此显然有自己的判断。小说中"互看"式的作品尤为突出。如鲁茂的长篇小说《白狼》和陶里的《百慕她的诱惑》等短篇小说，土生作家中，飞历奇的长篇小说《爱情与小脚趾》《大辫子的诱惑》，更是回溯到历史的深处，再现不同时期澳门的葡人与华人的生活，他在作品中对华人和中华文化所持的态度，已不完全是一个"局外人"的视角和感知。土生女作家江莲达的短篇小说《长衫》和《承诺》，女主角都是有跨文化意识的华人，表现出土生葡人对华人区生活及文化的关注，以及寻求理解的愿望。

不过，这类"互看"式的作品，真正能够以凝重的历史感与深厚的人文精神来省思澳门不同族群之间关系的，似乎尚未见到。大多数作品还是掠影式

① 章文钦：《明清时代澳门诗所反映的中西文化交流》，《文化杂志》中文版第24期，澳门文化司署出版，1995年第4季。

的，例如最常见的模式是青年男女的爱情、婚姻遭到双方家庭的反对，或者表现中葡人民在生活中的相互同情与帮助。这种"冲突"或"融合"的展示是较表层的。因而，这类"互看"式的作品如同澳门历史研究一样，还只是刚刚浮出水面，它所蕴含着的更大的能量，正等待着人们进一步去挖掘与表现。

澳门文学虽然没有像港台文学那样，拥有一些对整个现代汉语文学产生影响的作家作品如白先勇、金庸，但澳门文学仍有其自身的魅力，澳门的作家仍有值得注意的探索精神。除了上面提到的以外，澳门文学中对于当代社会现实的洞察，即对目前人类社会遭遇的某些共同难题如商业化、都市化、核战争、环境污染等的洞察，从一个侧面显示出澳门"小地方大文化"的风姿，以及澳门作家掠过澳门视野寻求"当代性"的努力。陶里、林中英、鲁茂、周桐、汪浩瀚、胡晓风、淘空了、凌钝、苇鸣、高戈、流星子、冯刚毅、懿灵、林蕙、梯亚、寂然等一大批作家，或小说，或诗歌，或散文，多年来辛勤耕耘，为澳门文学的建构做了贡献，而《澳门笔汇》《澳门现代诗刊》《蜉蝣体》等文学杂志几经风雨，仍不断发出澳门的文学声音。1999年的回归，为澳门文学的进一步发展带来契机，使澳门作家置身于更广阔的文学背景，尤其是世界性的汉语文学背景，从而使澳门文学既立足于本土又有厚重的民族基础与世界意识。

（原载《文学评论》1999年第6期，与费勇合作；2005年获"首届澳门人文社会科学研究优秀成果论文类一等奖"；收入李观鼎主编《澳门人文社会科学研究文选·文学卷》，社会科学文献出版社2009年版）

"根"的追寻

——澳门土生文学中一个难解的情结

根据现在能查到的文献资料显示，19世纪就有热心人搜集澳门土生歌谣，在《大西洋国》杂志上发表，还出现了一些土生诗人的诗作。20世纪40年代以后，在澳门的土生族群中，出现了一些重要的作家和诗人，他们的作品是澳门400年华洋杂处、中西合璧历史的反映，具有鲜明的特色。但长期以来这个作家群体及其作品并未引起人们的注意，在大陆更是鲜为人知。

澳门土生葡人，俗称"Macaense"，葡文的直译是"澳门人"。"土生"的定义，至今仍存在一定的模糊性，过去一些关于"土生"的文章，界定都比较含混和宽泛。一般的看法是：有葡国血统的欧亚混血儿、在澳门出生的纯葡裔人士、在澳门以外出生但迁澳定居并接受当地文化的葡裔人士；[1]也有把从小接受葡国文化教育、讲葡语、融入葡人社会的华人包括在内。[2]但近几年从社会学、人类学、历史文化学诸方面研究澳门土生的专著论文中，在界定"土生"一词时，都特别强调这个族群的"东方血缘"或"华夏血液"，主要是指在澳门出生的欧亚混血儿。[3]他们生于斯，长于斯，与这块土地有切不断的血缘的联系。他们能讲流利的葡语和粤语，在他们的精神世界里，交融有中葡两种不同文化的基因，用葡国驻华文化参赞彭慕治的话说，他们是400年历史遗留给中葡共有的一份"遗产"。

---

[1] 参阅盛炎、欧名祖：《中文的官方地位与公务员的中文培训》，《澳门语言论集》，澳门社会科学学会，1992年。

[2] 飞历奇：《在澳门基本法咨委会召集的土生葡人座谈会上的讲话》。

[3] 见《文化杂志》中文版第20期"澳门土生人"论文特辑，澳门文化司署出版，1994年第3季。

但是，长期以来，我们对这份"遗产"缺乏应有的关注和重视，对这一族群中所产生的各种问题和现象的研究，是近十年才开始的。文学方面，在90年代汪春的《论澳门土生文学及其文化价值》①一文发表之前，仅有几篇研究"澳门土语"的文章，②其中虽有个别文章涉及早期土生诗歌的创作情况，也只是提出一些资料和问题，未见有深入的分析和研究。③澳门的土生文学，作为不同文化交汇的结晶，形成了别具一格的文化审美模式，作品的内容丰富、独特，它们以不同的形式从不同角度反映中西文化在澳门相遇、接触以后社会和人心的表现。尽管土生作家在创作中使用的语言是葡语，由于受到特殊生存环境和历史文化背景的影响，作品中表现出来的思想感情、思维方式、心态特征、价值取向、审美情趣等，都有其特殊文化身份的印记，既不同于当地华人，也不同于大西洋彼岸的葡国人。

20世纪以前，澳门土生文学作品极少，20世纪40年代开始，陆续出现了一批作家，并且创作和出版了一批颇有影响的诗歌和小说，其中具有代表性的有李安乐的诗集《孤独之路》；江莲达的短篇小说集《长衫》；若瑟·多斯·圣托斯·费雷拉的诗集《澳门，受祝福的花园》和小说《玛丽亚与欧美勒·若翰的故事》；飞历奇的长篇小说《爱情与小脚趾》《大辫子的诱惑》和短篇小说集《南湾》；爱蒂斯·乔治·玛尔丁妮的《废墟中的风——回忆澳门的童年》；马若龙的诗集《一日中的四季》；飞文基的剧本《见总统》《毕哥去西洋》《西洋，怪地方！》等。由于这些作品的作者本身就是两种文化的载体，生活在中西两种文化层中，接受两种文化的影响，具有一种独特的文化身份，即他们自己所说的"澳门之子"的身份。在土生作家笔下，他们是很认同澳门这块土地的，在他们作品的文化底层，确有一种视自己为"澳门人"的"根"的情绪。著名土生诗人李安乐在《澳门之子》一诗中就热切地表达了他对澳

---

① 《论澳门土生文学及其文化价值》一文是汪春在暨南大学攻读文艺学硕士学位时撰写的硕士论文，论文的主要部分曾在《澳门日报》上连载，后经修改收入刘登翰主编的《澳门文学概观》，题目改为《澳门的土生文学》。

② 彭慕治：《澳门文化的交流与合作》，《文化杂志》第5期，澳门文化司署出版，1987年。

③ 见Craciete Batatha Nogueira在《澳门》杂志1987年8月第4期发表的《澳门传统诗人》一文。

门、对自己的"澳门之子"身份的激越之情：

> 永远深色的头发，
> 中国人的眼睛、
> 亚利安人的鼻梁，
> 东方人的脊背，
> 葡国人的胸膛，
> 腿臂虽细，但壮实坚强。
> 思想融会中西，一双手
> 能托起纤巧如尘的精品，
> 喜欢流行歌但爱听fardos，
> 心是中国心，魂是葡国魂。
> 娶中国人乃出自天性，以米饭为生，也吃马介休，
> 喝咖啡，不喝茶，饮的葡萄酒。
> 不发脾气时善良温和，出自兴趣，选择居住之地，
> 这便是道道地地的澳门之子。①

　　李安乐生于澳门，父母是葡国人，母亲是中国人。父亲很早去世，自幼由中国母亲抚养，家境十分困难。他从小酷爱读书，一心"梦想能成为一个优秀的中葡诗人"。他在诗歌《知道我是谁》中写道：

> 我父亲来自葡国后山省，
> 我母亲中国道家的后人，
> 我这儿呢，嗨，欧亚混血，
> 百分之百的澳门人！
> 我的血有葡国
> 猛牛的勇敢

---

① 引自澳门大学汪春的译文。

又融合了中国

南方的柔和。

我的胸膛是葡国的也是中国的，

我的智慧来自中国也来自葡国；

拥有这一切骄傲，

言行却谦和真诚。

我承担了些许贾梅士的优秀

以及一个葡国人的瑕疵，

但在某些场合

却又满胸的儒家孔子。

…………

确实，我发起怒来

就像个葡国人，

但也懂得自我抑制

以中国人特有的平和。

长着西方的鼻子，

生着东方的胡发。

如上教堂，

也进庙宇。

既向圣母祈祷，

又念阿弥陀佛。

总梦想有朝能成为

一个优秀的中葡诗人。

在这首诗中，李安乐摆脱了"中""葡"之间的两难，对中葡文化在澳门的相遇、交会，对土生人与葡中两种民族文化的血缘联系完全认同，表现出诗人作为"澳门人"的一颗赤子之心。

心系澳门，通过自己的作品来表达对澳门无限热爱和眷恋之情，是土生作家作品中的一个共同特色。在土生作家笔下，澳门美丽得像个花园，西望洋山的晚霞，东望洋山的松涛，白鸽巢花园的树丛，妈祖阁庙的房屋，还有芬芳的植物、繁盛的鲜花……这里，是他们的故土，是根之所在。但是，土生作家对澳门的认同、对自己双重文化身份的认同，不等于现实中不存在身份的危机和焦虑。"我是谁？""是葡国人还是中国人？"是每一个土生葡人现实生活中常常感困惑的问题，也是他们在文学中不断自我追问的问题。土生剧作家飞文基在他创作的剧本《见总统》中，具体写到土生人的身份尴尬。剧中的土生人布治，在澳门出生，长大后到葡国当过兵，背得出葡萄牙境内所有河道和铁路线，有许多葡国朋友，但向葡国使馆申请护照却遭到拒绝，作者让布治在剧中提出这样的疑问："我不是葡国人，又不是中国人，究竟是什么人？"飞文基的另一个剧本《毕哥去西洋》，写一位在澳门出生、长期居住在澳门的土生葡人，已有葡国国籍，退休后决定回葡萄牙去定居，可是在"回国"过程及"回国"后，却感到"人事全非"，使他陷入了一连串的"文化僵局"，他自认为是葡国人，而葡国人并不把他当自己人。他从心底发出哀伤的感叹："最好还是回澳门吧！"很显然，澳门才是土生人的"家"，土生身份的特征和澳门的文化环境具有和谐的一致性，他们在异域认同的困境面前，心和目光总是向着澳门。

澳门土生人是澳门历史发展过程中形成的一个特殊族群，在他们身上承载着中葡两个不同民族的血统，在几百年来葡萄牙管治澳门的情况下，由于他们能掌握葡语和粤语，了解当地情况，成为"葡国官员赖以治理澳门的社会基础，也是联系上层官员与广大市民的中间桥梁，因而在政治上、经济上、心理上都处于远较一般华人优越的地位"[①]。但他们的社会地位又远不如从大西洋彼岸"乘船而来"的葡国人，这正如葡国学者施白蒂所指出："这在最早的一些土生就已明白，乘船而至的帝国王朝的人是发号施令者，自己人虽不多，但想要的自由却无一席之地。""常常见到竹子，弯曲而不会折断，澳门土生有幸深刻感到这完全是他们自己的象征。……当竹子在生长时弯曲了，日后再难复原，为了避免更痛苦，接受这一缺陷特征。因为拥有东方血统，所以澳门土

① 杨允中：《土生葡人——澳门社会稳定、成长、繁荣的重要因素》，《澳门日报》，1990年11月20日。

生便生活在这种痛苦习惯中"①。这种"竹子"般弯曲的心理特征，在土生诗人笔下也常常有所流露，如李安乐在《两座小屋》一诗中所写：

> 途经那座小屋，屋里安息着
> 我深深怀念的父亲；沉思他
> 为何离开了布格德阿基老林
> 来这儿，在这儿挣扎受苦？
> 途经那座小屋，屋里安息着
> 我贤淑的母亲；寻问她
> 为何离开了故乡广东
> 来这儿，在这儿独受煎熬？
> 你俩的灵魂在此相遇
> 神秘的命运把它们吸引在一起，
> 这命运也使我在此诞生。
> 也就在此地，我已倦意深沉，
> 我的乖戾已使我历尽辛苦，
> 但不知我是否也将在这里埋葬②。

在这首诗里，诗人通过对自己身世的追问、感叹，表达他那与生俱来、无法排解的痛苦。诗歌的文化底蕴依然是一个身份问题，这个问题对澳门土生来说，是本质性的、长期的，也是难以排解的。

身份的焦虑与对未来的焦虑息息相关，葡国学者贾渊曾在他的学术著作中指出：在"土生近代史"上，"有一个论调经常出现，就是澳门土生族群快将瓦解"③，这个预告"死亡"的提示，使他们内心深处潜藏着一种忧虑，因而过去每一次更换澳督或任何有关这一族群的谣传都导致一部分土生人移民

---

① 施白蒂：《澳门土生——一个身份问题》，见《澳门研究》，澳门基金会、澳门大学出版，1993年。
② 采用澳门大学汪春的译文。
③ 转引自刘登翰主编：《澳门文学概观》，鹭江出版社1998年版，第373页。

他处。土生族群这种特殊的文化心理在文学作品中投射出来，就表现为无根的心态，而这种无根的心态又常常与他们感情中的"澳门情结"纠缠在一起。

澳门是土生族群诞生之地，在他们心中，生命和根都在这里，他们在这里继承了欧亚两种不同的血缘，这个地方复杂的历史在他们现实生活中留下了复杂的影响，如身份的暧昧和由此而形成的文化教育上的两难处境等。所以，尽管许多土生澳门人现在已入了葡国国籍，但由于这种特殊的文化背景，"生命在别处"，依然是他们心中的一个难解的情结。澳门始终是他们魂牵梦萦的地方，如上述诗人若瑟的《澳门，受祝福的花园》、李安乐的《松山灯塔脚下》等诗歌，都以饱含着情感的诗的意象，表达了他们对这片土地的一种刻骨铭心的感情。在飞文基的剧作《西洋，怪地方！》中，写到葡国旅游的土生人，和一个葡国当地人因误会而发生冲突时，他们就一起唱起了《澳门之歌》，表现出他们虽身在西洋，却心系澳门，澳门时时在他们心中。作者还借剧中葡国人依波利问土生游客阿斯泰莉，为什么不到葡国居住，阿斯泰莉回答说："因为我们的心在澳门！"进一步表明他们灵魂和心之所在。

在一些土生作品中，怀旧的情怀萦绕其间，在对澳门历史的缅怀、追想之中，实际上是在为一个行将消失的族群筑起记忆的文字世界。土生女作家玛尔丁妮在她的自传体文学作品《废墟中的风——回忆澳门的童年》一书的序言中说："她（作者的外祖母）孤独地死了，遥离她的根，遥离她在那儿出生的生活，建立家庭的迷人土地。而我却仍身处一个对我从属的那片土地一无所知的更为遥远的国度。也许因此……她伸出了她的手，带着活在里面的那个小女孩，一起跨越分隔过去和现在的漫长的时间距离，指示我走向我的根，让我更好地认识我自己。"玛尔尼丁出生于一个传统的土生家庭，曾在瑞士和法国受教育，后嫁给一个阿根廷外交官，长期旅居国外。她在这本书中，通过"昨天"和"今天"两个"自我"在暴风雨之夜相见，带出在澳门童年生活的回忆，展示出一个上层土生大家庭错综复杂的生活场景，其描写充满了作者对故土的怀念，有一种重温旧梦的温馨之情，从而表现了作者意识深处对澳门这块诞生之地的历史追寻和体认。由于土生身份的暧昧，土生族群正面临着两难的抉择，玛尔丁妮在她的文学叙述中也表现出某些隐忧。在书中"过去"一章的开头，她通过5岁的"我"面对窗外暴风雨的感受、联想，"我"的内心的恐惧，以及害怕"老屋"会被暴风雨吹走、掀掉，等等，表达对自己生命扎根故地的关注，"暴风雨"则意味着不安全，担心昔日的一切将随风逝去。

当然，也有一些作品，对自己的文化身份和现实的变动有积极的回应。青年土生诗人马若龙，是一位专业建筑师，又是著名的画家，作品多次获葡国评论界的好评，曾任澳门文化司司长，是中葡人民友好协会负责人之一。他的诗集《一日中的四季》，就没有那种无奈的边缘品性。他自己是一个中葡混血儿，具有谋求结合两种文化的素质，从20世纪80年代末至今，曾先后十几次到中国内地参观和交流，非常热爱中国古代文化，对中国当代社会也有一定的了解。他在《祖母的镜子》《黑舌头的龙》《中国》《李白》等许多诗篇中，都直接表达他对中国文化、古典文学的向往，他的一些诗句如《黑舌头的龙》中的"我取得/象牙的坚硬/偷来樟脑的清香/我向碧玉借取他的纯洁/向墨汁求取它的才华/我要用它来创造/一种不被禁止的鸦片"。在艺术上，也模仿中国古典诗歌的手法。他诗集中的意象，大多是飞扬的，感情的基调是热烈的，虽不无怀旧情调。如《祖母的镜子》诗中所写："我的中国祖母/很久未在中式镜子中/出现在我眼前……"还写到镜子犹在，而镜中的中国祖母"却随同最后一场雨/随同那收获的稻穗/一去再也不复返"。但调子是轻淡的，未见有"末世"的愁绪。这应与他个人特殊的文化身份有关。

澳门曾受葡萄牙管治达几百年之久，作为历史遗留给中葡共有的一份"遗产"，土生族群具有鲜明的澳门特征：在土生文学里，我们看到澳门的边缘文化特征——东西文化的混合形态。土生作品的人物、事件、感情发生的背景及时间都是以澳门这一特征地区定位的，本文的撰写，就是试图从一个角度切入，探讨土生文学中土生人的边缘心态，让人们了解在中葡文化影响下产生了怎样的土生文学。

（原载《学术研究》1999年第12期；收入李观鼎主编《澳门人文社会科学研究文选·文学卷》，社会科学文献出版社2009年版）

落叶片片

——流星子诗集《落叶的季节》序

澳门诗人流星子的诗，忧郁、伤感，有强烈的漂泊感，令人读了，不由得想起那秋天里的片片落叶。他在诗里，慨叹"根"的失落、"心"的失落、"情"的失落。他写自己逝去的青春，写以往感情留在心中的阴影（如《恋歌》《落叶的季节》）；写对熟悉故土的怀念，寻找昔日温馨的记忆（如《我要归去》《我在流水河边》《落日》）；写在竞争激烈的社会求生之难，写人与人之间的疏离，写生活的艰难和自己的内心所承受的种种压力（如《情绪·一号》《濠江》《站牌》《搬家》）；写岁月的流逝和人生的阴冷，对现实、时空有无限的低回感（如《无题》、诗集《落叶的季节》），写的都是他对人生的感应，正如有的评者所说，是"自我感知的宣泄"。这些诗，像是诗人用一把刀在剖开自己的心，让那流出来的血自然凝聚而成，每一首诗都是一篇内心的独白。

在这本诗集里，我最喜欢的是《童年》《落叶的季节》和《昨夜的星辰》。我们读他的《童年》一诗：

> 我的童年是一粒酸葡萄
>
> 父亲上山去
>
> 留下孤独的我　于是
>
> 我爬到树上望
>
> 望瘦一个春天
>
> 父亲怎么不回来？
>
> 我求助山　山无语

> 我求助树　树低头
>
> 我哭着从树上跌下来
>
> 遍身是海水——
>
> 我对着荒山叫喊
>
> 没有父亲的日子我咽不下去呀
>
> 风多情地把我搂在怀里
>
> 摇曳我的童年
>
> 我的童年是一粒酸葡萄。

"一粒酸葡萄"，是"童年"的辛酸的意象，是诗的感情的泉眼，是诗人内心的血滴。在这首诗里，有属于诗人心灵故乡的东西，似是用心血酿成的，没有一丝一毫的造作。

《落叶的季节》是一首有情韵的诗，在艺术上颇有自己的特色。在诗里，诗人抒写的是内心那种惆怅不定的情怀，是悠悠的心曲。诗的最后一节，借庄周梦蝴蝶的"典"，拓展诗境，形象结梦、抒情，把意象推广开去："那落叶的季节最好不去想/不要作声/如果有人问你/如何惆怅垂挂眉梢/你只好说/是落叶的季节/有点眼花。"整首诗，情淡淡，意淡淡，失落的惆怅也是淡淡的。散文诗《昨夜的星辰》，是人生旅途跋涉的足音，以"星辰"喻人生，感叹"星空是一页读不懂的天书"，欢乐与痛苦聚合，生与死互克互补，寓人生哲理于"昨夜星辰"之中，写人在浮沉变换的生活海洋中，寻找生命的火光，深感"人渊"的不可测，希望借"星辰"之光，"焚燃一炷生与死、爱与恨的火烟"。语言鲜活，诗意深邃。

流星子诗歌中诗境的创造，往往是在意象和情绪的撞击中升发，从情与景的交融中幻化。如"送别不是人啊是枕边的梦"（《恋歌——寄给死去的爱情·送别》），"我远远地看见我走入冷雨的长街"，"冷冷的长街是一条读不懂的主题"（《无题》），"地球牵着云转/哦　在呼声四起的山谷里/我的头该枕在何方安歇/回答我　夜半钟声响着"（《夜思》），"我对西沉的红日祈祷/若是再升起一个早霞/请给病黄的脸庞/涂抹一层亮光/使它像春花一样开放"（《我在流水河边》），"当秋阳投下多变的眼色/树林互相传递着金黄的语言/多么诱惑啊/我站在秋天里/而我的白纸黑字哗哗地流/如水/如风/一声长/一声短"（《秋》）。这些诗境都能召唤人们审美的感情，虽然它的底色是忧郁和伤感的。

从诗的艺术看，流星子的诗受西方现代派诗歌的影响较大。在他那些表现人生、社会的诗歌中，常常使用西方的"变形"的手法，通过"变形"达到"陌生化"的艺术效果，引起人们去注意和思考眼前的现实问题。如"人们都戴上假齿，一开一合/他们吃起东西来十分不要命/在更远的远处他们假齿长出锋利的犄角/向我俯冲/我狠狠挥起一拳却不偏不倚击中自己"（《情绪·一号》）。"青春被禁在苍蝇沾满的黑色礼服里/不笑而强笑的笑容如暗淡的黄昏/当黑夜的灵车隆隆碾过大地/死神的呼声渗入世纪也渗入潮汐/运走岁月也运走青春/留下青春的灵魂像月光冷冷的独白"（《落日》）。过去，我们习惯于传统的真善美相一致的艺术表现手法，但艺术也可能有另一种空间和另一种组合，即表现人情、人性、命运和理想中美的背离，从中发掘生命的真实和诗意。上面所引的诗句和集子里其他一些面对社会现实的诗：《广告牌》《站牌》《搬家》等，它们所创造的，就是这样一种诗的"空间"。

诗本义上并不是一种关于实在空间中个体事物的叙述，而是诗人借助想象创造出来的驰骋的空间，这种用真情实感和文学语言创造出来的幻想，可以令人在一定的空间联想到现实的事物。流星子的诗，没有传统的音韵，诗句长短不一，但它给我们的感觉是真实的，诗人在这里表现的是他对人生的感受。他无力企及辉煌灿烂的生活，在苦闷中对自身的命运进行艺术的思考，因而诗里的基调是忧伤的。作为一个经历过人生风雨的文化人，我喜欢这些诗歌，也能在艺术上理解和接受它们，但我同时又想到，那些刚刚步入人生即将走向生活的年轻人，不知道他们是否能经得起这样沉重的感情"负荷"。为了年轻的读者们，我希望流星子在他那种难以名状的诗意里，能有更多潜在的热情。

我一向偏爱古典的诗词，对新诗缺少研究。1991年元旦，流星子来看我，并带来他即将出版的诗集《落叶的季节》的稿子，有感于他的诚意，读完诗稿，信手就写这些。我想，新年来了，不久春天也就来了，生活里本来就有春天，我祝愿流星子也能拥有自己的春天，现实的和艺术的。

（原载《澳门日报》1991年7月3日；又载《语文月刊》1992年第6期）

澳门散文角

——林中英《澳门散文选》序

　　不久前，听说澳门基金会正在筹划出版一套文学创作丛书，包括诗歌、小说、散文等各种文体的选集，这应是澳门作家各种文体佳作的荟萃，是澳门文学界在世人面前的一次群体性"亮相"。我相信，它的编辑和出版，将有助于澳门文学走出半岛，也有助于半岛以外的人们了解和认识澳门文学。所以当澳门女作家林中英要我为她编选的这本散文集子作序时，我就不假思索地答应下来。

　　散文是人类精神最直接的语言艺术形式。比之于其他文体，散文的特点是篇幅短小，轻巧灵活，可以自由地抒情状物。优秀的散文作品，都能在短小的篇幅里，把复杂的事物和感情，表达得曲折尽意、绚丽多彩，令人读了不忍释手。中外许多著名的文学家，都写过很好的散文，如雨果的《悼念乔治·桑》、乔治·桑的《冬天之美》、屠格涅夫的《爱之路》、高尔基的《人》、鲁迅的《秋夜》、郭沫若的《石榴》、老舍的《北京的春节》、巴金的《随想录》等。冰心、朱自清、叶圣陶和刘白羽、杨朔、秦牧等散文家的作品，就更为人所知。我国是散文传统源远流长的国度，古代散文名篇留世的也很多，如王粲的《登楼赋》、诸葛亮的《出师表》、曹植的《洛神赋》、庾信的《哀江南赋》、王勃的《滕王阁序》、杜牧的《阿房宫赋》、范仲淹的《岳阳楼记》、欧阳修的《醉翁亭记》等，举不胜举。这些名篇，无疑是我国散文峻拔的高峰。由于优秀的散文都有它独特的精神内涵，既可供欣赏，亦可资揣摩，还有助于我们探窥文学的堂奥，所以长期以来，尽管文坛的潮汐有涨有落，而散文创作的热潮，却一直没有消退。

　　在我印象里，澳门文坛上，诗人多，诗作多，小说和散文的创作似乎没有诗歌那么"热"。读林中英编选的这个散文集子，我才发现，澳门文坛，专门在散文这块园地上耕耘的人不多，但写散文的人并不少，散文创作实际上也是"热"的。只就选入该书57位作家的114篇作品看，澳门的"散文角"还是有它的一方风景。文集中的绝大多数作品是来自澳门本土的生活，写的是作者在澳门这块土地上所见、所思、所感，是他们在各自的人生途程中采撷到的，有世相，也有心象，是半岛生活在他们心中的投影，很有"澳味"。少数作品是取材于岛外旅中的感受和远去故土岁月的记忆，写的是游子心事，所有这些都从不同的方面表达了作者的一种精神向度。

人生之路漫漫，却有许多哲理可以求索，有心的作家必能从自己的人生体验中发现、感悟到这些哲理。这个文集有不少作品是写作者的人生感悟的，如方圆的《最后的一课》和《我的小苦瓜》，前者从老师在"最后一课"送给他的一张英文祷告卡的内容，感悟到在人生的道路上，要能够以平静心去接受不能改变的事实；又要有勇气去改变那些经过自己努力就能够改变的事。后者通过自己在阳台试种苦瓜的一番劳作及其成败，认识到事业的得与失中，自信心是十分重要的。又如凌陵的《信是有缘》，对"缘"的体悟、解释，很有自己独特的视角，她在文中写道："愈来愈相信世间有'缘'的存在"，但"缘有聚，也有散"，缘聚时有艳丽的，缘散时应是"另一份缘的酝酿"，"缘，有尽、有无尽；尽与无尽，全在结缘的两颗心是否一起惜缘"，提出要"随缘"，但也要"惜缘"，颇有"禅"的意味。正如陶里的《冬宵幽兰》，从"兰"在残败的环境中吐露芬芳，"正是作着悲壮的奉献"，联想到"生命是一个悲壮的过程"，人也如是，从而感悟到人也应该像"兰"那样，有一种奉献的精神。整篇作品从"花"下笔，通过"花事"与"人事"的联想，袒露作者的情志，最后回到"花事"上把"兰"的幽香和它的品格，点染得格外醒目，不失为一篇寓有哲理的美文。还如方欣的《黄昏的歌》，写自己对黄昏的感受，一反前人那种落寞的黄昏感，认为每天的黄昏既是一天工作的结束，又是温馨生活的开始，表现出作者对生活的积极态度，如若人人能如是看待生活，就不会有太多的失落和遗憾。

在这个集子里，有一些抒写亲情、缅怀先人的文章，如林中英的《心迹留痕》、永盛的《父亲》、刘羡冰的《妈妈的幸和不幸》、懿灵的《七姐鞋随想》。这些文章都写得素朴、动人，是作家真情的自然流露，共同的艺术特色是寓亲情于娓娓叙说之中，文章里记叙的都是平淡琐细之事，是平凡人家平凡的生活，但作者娓娓叙来，自有一种感人至深的力量。林中英的《心迹留痕》，是一篇蕴藉、沉实的佳作，文章由梦境入题，追忆着，诉说着，用朴素的语言记叙祖父昔日的往事，不卖关子，没有出乎意外的刻画安排，一切似乎都无意出之，和生活过程一样流转自如，字里行间，流露出作者未尽人孙之孝的歉意和伤悼之情。集子里还选入三篇澳门老一代文化人李成俊、陆觉鸣、李鹏翥写的哀悼著名作家萧殷、翻译家丽妮（郭安仁）和香港作家严庆澍的文章，这几篇文章都写得沉郁、凝重。三篇作品都是从作者惊闻噩耗时的内心活动和情感状态写起，写自己如何面对不愿意接受的事实，痛失中脑海、心海还浮现出许多往事，一并把这些一一记叙出来，用自然的笔法，在写实性的追述和描绘中寄寓自己的崇敬和哀悼之情。

散文是主体意识十分强烈的一种文体，所以读者能从中见到作者的心灵。集子里的作品，写自我意识、自我情绪的不少，但没有无奈、无望的感叹，更多的是表现当代城市生活中的各种文化心理，各种各样的精神觉醒、品格和弱点。它们既不是某个人、某种生活的颂歌，也不是过去和现在的哀歌，而是从真善美的角度去透视、感受半岛上人们的生活，描写人世间难得的各种"情缘"，有人情（如谢小冰的《生活就是这样》、白思群的《春雨妩媚》、冼为铿的《邻家的小女孩》）；有书情（如李鹏翥的《书似青山常乱叠》、穆凡中的《窝头·戏曲》和《观众十怕》）；有酒情、茶情（如王和的《煮酒》、白思群的《且将茶叶浸年华》）；有怀旧、怀乡之情（如白思群的《永不回来的风景》、石城的《蛏子乡思》）。散文篇幅短小，对生活的反映难免有局限，但这些作品向读者诉说的都是真话、真情，没有媚态，是平等的倾诉和对话，读者会感到自己同作者靠得很近。

澳门是中西文化最早相遇、长期并存的地方。在澳门23平方公里的土地上，至今仍保留有大量的历史文化遗产。在澳门的名胜古迹中，既有中国文化背景的妈祖阁、普济禅院，也有西方文化背景的大三巴牌坊、天主教堂和葡国广场。中西文化共存，成为澳门文化的特点。在这片土地上滋长出来的散文，也具有这方面的特色，文集中徐敏写的长篇散文《澳门新八景随想》，分别以

"双桥辉映耀濠江""妈阁情意结""松山抒怀""卢园我所爱""一堵残存的门墙""龙环葡韵相思""普济禅院探幽""黑沙踏浪"为题，描述了澳门中葡文化胜景。这篇文章写得很实，但它所传达的是一种跨文化的美的信息。跨文化的特色还反映在一些作者文中对异国情怀的抒写。吴志良的《作别西天的云彩》和《大学新生"洗礼"》、李丽青的《少年亚底尔斯的烦恼》、冯倾城的《她的第二次爱情》、苇鸣的《与妹书》，都属于这一类的文章。吴志良的两篇散文，均取材于他在葡国的学习生活，前者写他在葡国时生活在他周围的亲善的葡人，他和他们之间的友谊，特别是房东弗兰西太太对他无微不至的关怀，因是游子在外，处在陌生的环境里，这种母亲似的关怀，就更令他动情。后者写葡国一些大学的所谓新生"洗礼"，作者对此显然有自己的判断。李丽青笔下的少年亚底尔斯，是印巴裔人，是一个中学生，正处在18岁最好年华，却面临着家庭包办婚姻的苦恼，因为在印巴系文化中，包办婚姻至今仍很盛行，他虽有"抗争"的意识，但只要他还是在那个文化背景下生活，在这种文化没有遭受到大的冲击之前，他确实很难找到新的出路。文章写的是少年亚底尔斯的烦恼，当中不无作者对异族文化的思考和批判。冯倾城笔下的"第二次爱情"，实际上是一场跨文化的爱情悲剧，文中的女主人公爱上菲律宾青年弗特里克·朔多乔，由于文化的阻隔，他们的爱情很快就黯然结束，留下的是情感的"空白"和遗憾。苇鸣的《与妹书》，情和意的表达都十分含蓄，但从文中看，作者对妹妹成为黛丝·高华斯夫人的"幸福"，是有所保留的，为什么？作者也没有明白写出来，他给读者留下文化思考的空间。

正如前面所说，澳门的散文多为真情实景的白描式抒写，有朴素自然、温馨亲切的特点，而极少有古老深沉、高亢辽远的歌唱，但古老深沉、高亢辽远绝不是一个形式问题，它是一种历史的积淀，应是来自悠远的过去，同地域性的文化背景密切相关，我们可以把这作为一个问题提出来，但不能强求，因为这并非是朝夕间的事。

（原载《文艺报》1996年10月4日）

海外华文
文学研究

海外华文文学在中国学界的兴起及其意义

　　海外华文文学，是指中国以外其他国家、地区用汉语进行写作的文学，是中华文化外传以后，在世界与各种民族文化相遇、交汇开出的文学奇葩。它在大陆学界的兴起和命名，始于20世纪70年代末、80年代初，从台港文学这一"引桥"引发出来的，后来作为　个新的文学领域，进入学界的研究视野。

　　海外华文文学命名之初，人们只是把它看作一个与本土文学有区别的新的研究对象，并没有认识到它的世界性和独立学科价值，若干研究成果也未能突破对传统中国文学的理解和诠释。海外华文文学学科意识的萌发，是在20世纪90年代初，更具体地说，是在1993年6月暨南大学中文系和香港岭南学院现代文学研究中心联合召开的"华文文学研究机构联席会议"上提出来的。那次会议，在广州暨南大学召开，共有大陆和台港20个研究机构的学术带头人参加，与会代表在总结、交流经验的基础上，一致认为在新的历史文化背景下，应积极努力，促使其成为富有文学性独立价值的学科之一。之后，才有了学科理念的萌生，有了学科建设的自觉。

　　海外华文文学作为一种历史的存在，它在世界各国的诞生和发展，都与我国五四新文学运动有不同程度的关系，已有近百年的历史。但本文所讲的不是海外华文文学的发生史，而是它在中国学坛被关注和对其进行研究的历史和意义。

一、海外华文文学在中国学界的兴起

　　我国学者对海外华文文学的关注和研究，起始于20世纪70年代末、80年代初，是在我们国家实行改革开放政策之后。首先关注这一领域的是广东、福建等沿海地区的学者，他们早期侧重的是中国大陆以外的台港文学，海外华文文学则是在台港文学"热"中引发出来的。之所以把海外华文文学在学界的兴起定位在20世纪七八十年代之交，是以下列标志性的事例为依据。其中之一：1979年广州《花城》杂志创刊号，刊登了曾敏之先生撰写的《港澳与东南亚汉语文学一瞥》①，这是中国大陆文学界发表的第一篇介绍、倡导关注本土以外汉语文学的文章。其中之二：1979年2月，北京大型文学杂志《当代》刊登了白先勇的短篇小说《永远的尹雪艳》②，这是国内文学杂志早期发表的美华作家写的小说，被喻为"一只报春的燕子"，引起热烈反响。该作品语言精练、意蕴丰富，且运用了反讽、象征、意象等多种艺术手法，成功塑造了一个从大陆到台湾的名交际花尹雪艳，那是一个与历史上的名妓、交际花完全不同的带有魔性的美丽女人，通过她和她芬芳、雅致的"尹公馆"，展现台湾社会的"众生相"——一群在历史转弯时堕落在人生泥沼中徒然打滚的人。通过他们围绕着尹雪艳这个"总是不老"的"美丽死神"，自娱、挣扎、走向衰败和死亡，展现出一个与中国大陆完全不同的特殊的文学空间。

白先勇是台湾旅美作家，小说《永远的尹雪艳》的题材也是取自台湾社会的生活，而且首先刊登在1965年台湾的《现代文学》第24期上。虽然这篇小说写于1965年，是白先勇到美国以后创作的③，应属于美华文学，或旅美留学生文学，但因当时"海外华文文学"尚未命名，学界同人均把它当台湾文学看，并由此发端引出了对"台湾文学""香港文学"的关注。特别是从事中国现当代文学研究的学者，感到以往的中国现当代文学史中"台港文学"的"缺席"，为填补这一"空白"，很快就在学界掀起台港文学的评介、研究热潮，而且于1981年3月，中国当代文学学会就成立了分支机构"台港文学研究会"。

---

① 曾敏之：《港澳与东南亚汉语文学一瞥》，《花城》1979年创刊号。
② 白先勇：《永远的尹雪艳》，《当代》1979年第1期。另据资料统计，1979年最早发表海外华文作家作品的，除《当代》外，还有《上海文学》《长江》《清风》《新苑》《收获》《安徽文学》等杂志，刊登了聂华苓、白先勇、於梨华、李黎共14篇小说，1979年被称为海外华文作品的"登陆年"。
③ 白先勇于1963年赴美。

为推动此项研究，1982年6月，由中国当代文学学会台港文学研究会、厦门大学台湾研究所、福建社科院文学研究所、福建人民出版社和中山大学、华南师范大学、暨南大学中文系等多个单位，在暨南大学联合举办首届"台湾香港文学学术讨论会"。1984年，继续在厦门大学举办第二届"台湾香港文学学术讨论会"。这两次会议的讨论对象都是香港文学、台湾文学，虽有个别海外的学者和作家参加，但未见有提交海外华文文学方面的论文，先后出版的两本会议论文集，也都命名为《台湾香港文学论文集》。[①]

1986年由深圳大学牵头，联合北京大学、中山大学、暨南大学、华南师范大学等国内多所大学，在深圳举办第三届"台港文学学术讨论会"，海外与会作家较多，如美国的陈若曦、於梨华、非马和东南亚的一些诗人和作家，还有少数学者，如当时在美国加州大学任教的陈幼石教授等。提交研讨会的论文中有15篇是研究海外华文作家作品的，[②]因此陈幼石教授对研讨会原来的名称提出质疑，会议更名为"台港与海外华文文学学术讨论会"，从此，"海外华文文学"得以在研讨会上命名。但由于历史原因和地区的特殊性，中国的台港文学与海外华文文学确有若干粘连和切不断之处，因台港两地的作家经常进出国门，和各国华文作家关系密切；海外华文作家中有不少是从台港移民出去的，与这两个地区的文化、文学有割不断的联系，文学形态也有许多相似之处。兼之原先会议的讨论对象是台港文学，所以更改后研讨会的名称依然是以台港文学为"主"，海外华文文学为"宾"。尽管如此，第三届研讨会名称的变更，"海外华文文学"的正式命名，学术上的意义不可低估，其创意在于：学界的关注点已从台港文学扩展到海外各国的华文文学；并且在思想上认识到台港文学和海外华文文学的差异性。此后，海外华文文学逐步进入大陆文学研究者的视域。

1988年在上海复旦大学举办了同名的第四届研讨会。1991年7月，紧接着香港作联、《香港文学》杂志、香港联合出版集团、岭南学院等单位在香港召

---

① 第一届会议论文集《台湾香港文学论文选》，福建人民出版社1983年版；第二届会议论文集《台湾香港文学论文选》，海峡文艺出版社1985年版。

② 第三届会议论文集《台湾香港暨海外华文文学论文选》，海峡文艺出版社1990年版。

开的 "世界华文文学研讨会"之后，广东省社会科学院在广东中山市举办第五届研讨会。由于有澳门笔会理事长陶里先生带领的五位澳门文学界的代表参加，并提交有关澳门文学的论文，于是会议又更名为"台港澳暨海外华文文学国际学术研讨会"。至此，大陆本土以外过去被忽略的华文文学"空间"都被清晰地显现出来，成为大陆学者的研究对象。

从海外华文文学学科意识的萌发、孕育、形成历史看，第五届国际学术研讨会有值得注意之处。一是该次研讨会是紧接着香港"世界华文文学研讨会"召开的，有多个国家、地区的海外华文作家、学者参加，在研讨中，海外华文文学的问题成了讨论的一个"热点"，如东南亚各国华文文学的生存与发展、中华文化与海外华文文学的关系等问题，就备受关注；二是在第五届会议所提交的论文中，出现了三篇以"世界华文文学"为题的论文，它们分别是广东许翼心的《世界华文文学的历史发展与多元格局》、赖伯疆的《世界华文文学的同质性和异质性》和新加坡王润华的《从中国文学传统到海外本土文学传统——论世界华文文学的形成》。[1]这三篇论文从不同的方面论述了如何从总体上认识、把握世界华文文学问题。

之后，1993年8月在江西庐山召开的第六届研讨会上，学者们有感于世界范围内的"华文热"正在升温，汉语文学日益成为一种世界性的文学现象，它同英语文学、法语文学、西班牙语文学、阿拉伯语文学一样，在世界上已形成一个体系，是一种跨国别的语种文学，许多国家也已先后成立了华文文学的机构。于是经过酝酿，大家一致同意将研讨会名称更改为"世界华文文学国际研讨会"，并成立了"中国世界华文文学学会筹委会"。

研讨会名字的更改和"筹委会"的成立，意味着一种新的学术观念在汉语学界出现，即：人们认识到汉语文学不只是中国的文学，而是世界性的语种文学之一，应建立世界华文文学的整体观。也就是说，无论是研究海外文学还是中国文学，都要从人类文化、世界文学的基点和世界汉语文学总体背景来考察。尽管此前在香港召开的"世界华文文学研讨会"，就已启用"世界华文文

① 第五届台湾香港澳门暨海外华文文学国际学术研讨会论文集《台湾香港澳门暨海外华文文学论文选》，海峡文艺出版社1993年版。

学"这一概念，研讨会的主题就是"世界华文文学与华文文学世界"。会议主持人刘以鬯先生在会上还明确提出：华文文学发展到今天，已进入了一个新的阶段，世界华文文学是一个有机的整体，很应该加强这一"世界"内部的凝聚力，把世界华文文学作为一个整体来推动。但当时内地学界对此尚未有明确的认识。所以第六届研讨会的收获和创意在于：通过讨论，学者们已认识到在华文文学研究中应有一种更为博大的世界华文文学整体观，这是认识上的提升，也标志着这一领域新的学术理念的形成。

在这之后，又分别在云南玉溪、江苏南京、北京、福建泉州、广东汕头、上海浦东、山东威海、吉林长春、广西南宁召开了第七、八、九、十、十一、十二、十三、十四和十五届国际研讨会，有关学科建设的一些基本理论问题不断被提出来加以讨论。就大的学术论题而言，经历了海外华文文学"空间"的界定，世界各个国家和地区海外华文文学历史状态与区域性特色的探索，从海外华文文学与中华文化关系探源，到海外华文文学的整合研究，从文学史的撰写，到从文化上、美学上对这一领域各种特殊理论问题以及相关文学母题的研究，等等，成果丰硕，显示出这一新兴学科的学术生机和创造力。

除此以外，特别值得注意的是：经过八年的艰苦努力，2002年5月，作为国家一级学术团体的"世界华文文学学会"，获民政部批准，并在暨南大学召开成立大会，从此结束了学会的"史前史"阶段。学会的成立，不仅有助于加强自身的凝聚力，吸引更多学人参与，特别是吸引对这方面有兴趣的年轻学者进入这一领域，对促进世界范围内华文文学的交流、互动，也有十分重要的意义。

学会成立以后，2003年11月在江苏徐州召开了"世界华文文学教学研讨会"，是这一领域首次全国性的教学研讨会，着重探讨如何保证教学质量和加强教材建设问题，与此相联系的还讨论了学科的命名、释名问题。在会上，有学者提出海外华文文学与海外华人文学的联系和区别问题，与会代表普遍认为："海外华文文学"是指海外华人作家用汉语写作的文学；"海外华人文学"应包括海外华人作家用汉语和非母语写作的文学。此外，有个别学者提出：可否以"世界华文文学"来为学科命名？与会代表就这个问题展开了讨论，不少学者同意这样一种看法：世界华文文学应包括中国文学和海外华文文学，而海外华文文学不等同于中国文学，是指中国以外世界其他国家的华文文学。以海外华文文学命名，虽然有只从地域上去认定这个学科的局限，未能显现这一新兴文学领域的内涵和精神特质，但在更富有历史感和学术深度的命名没有出现之前，现阶段这样认定有助于进入具体操作层面。而"世界华文文学"，如前所说，它是一种新的学术理念，是所有华文文学研究者都应有的一种世界性华文文学整体观。这个会议的召开，一方面是引起这一领域的学界同人对各层次课堂教学，特别是本科教学问题的重视；另一方面是对学科命名内涵的进一步关注。

以上，是海外华文文学在中国学界兴起的历史进程。从中不难看出，学界同人在学科建设与方法论的选择等问题的研讨已有一种可贵的学术自觉，这种自觉正在逐步化为系统的、有深度的学术成果，为这一领域的学科建设奠基。

二、海外华文文学兴起的学科意义

学术史上许多学科在形成过程中的经验说明，学术研究如没有终极目标，就很难探得其本真的意义。因此，把握海外华文文学这一特殊文学空间的根性和特性，探讨这一领域的显现给人们提供了何种新的学术思维，是关系到它是否能够作为一个学科存在的科学性问题。也就是说，从学科建设的角度，我们还要进一步追问：作为一个新的文学学科，它从哪些方面表现了人类生存的独特方式？有哪些是别的学科所不能取代的？它对原有各文学学科有何补充、推动和影响？

20多年来的实践证明，海外华文文学作为一种具有世界性和民族性的汉语文学领域，其学术特色和学科意义已日益为人们所认识：

1. 海外华文文学的兴起，为我们展现了一个特殊的汉语文学空间

作为一个汉语文学空间，海外华文文学的特殊性主要表现在它的世界性、边缘性和跨文化性。

首先，海外华文文学作为一种世界性的文学现象，迄今已有近百年的历

史。虽然引起人们关注和研究的历史只有30年，由于海外华文作家都是处在世界各地，在"他种"民族文化包围下写作，是在不同时空复杂背景下，流动的、富有情感与思想的作家群体或个体，其以华文为文心的情缘、墨缘，以及文学作品中所表现的各个国家、地区华人独特的生存方式，不同民族文化的重叠与交融，具有与中国本土文学不同的研究内涵和文学审美形态，是一个具有世界性和民族性的汉语文学领域，有它自身的活力和张力。

其次，海外华文文学作家是在本土以外用民族语言书写情志，以文学的形式生长在异国他乡，这无论是从居住国或祖居国的角度，都是处在边缘的地位。在他们的作品里，充满异域感、陌生化、放逐和漂泊的无奈，"我是谁？我的根在哪里？"成为他们作品中的一个普遍的主题。因为从文化上他们不属于生存的地方，也不属于故乡故土，自身就是一种双重边缘性的存在，所以海外华文文学具有明显的边缘特征。由于海外华文作家绝大多数是从中国移居海外的华人，而他们移居的国家、地区又是各不相同的，但他们都是生活在异族文化包围的环境里，所以在文学中的文化诉说和表现也就十分复杂和多样，总是这样或那样地表现出中外文化复合的跨文化特色。这也是它区别于中国本土文学的最基本的特点。

2. 海外华文文学的兴起，直接间接地推动了中国文学现有各学科的发展

第一，整合了中国现当代文学，拓展了中国现当代文学的研究视野。20世纪80年代以前，台港澳文学在中国现当代文学史中是"缺席"的，因而这个文学史的"版图"是不完整的。近30年来，作为海外华文文学"引桥"的台港澳文学的研究成果，已不同程度地被运用于中国现当代文学史的教学和教材之中，使中国现当代文学具有了完整的形态。另一方面，海外华文文学的早期发展，是受到中国"五四"新文学的影响和激发，有些国家海外华文文学的拓荒者，就是移居海外的中国现代作家，所以海外华文文学与中国现当代文学之间，常常有一些共同或相似的命题、话语和主题，在其早期，甚至有彼此呼应和同步的现象。20世纪下半叶，随着世界的发展和多元文化的崛起，在新的语境下，海外华文文学有着更加广阔的空间，文学母题的演进、更新，艺术模式的多样化，文学中文化内涵的丰富性，等等，体现出自己鲜明的文学特点。这

些年来，不少中国现当代文学学者，特别是中青年学者，已通过有效的学术研究，探索中国现当代文学的外传及其影响；同时，还吸取不同语境下不同国家华文文学创作与批评的经验，互动互惠，拓展了自身的研究视野，为营造该学科新的学术语境做出了突出的成绩。第二，为文艺学提供一些新的命题，如语言与文化、文化与文学、中心与边缘、世界性与民族性等理论问题的探索，以及这一领域文学作品中表现出来的无根意识、怀乡情结和漂泊心态等带有某种母题性质问题的阐释。近几年，海外诗学家、批评家也成为理论界新的研究对象。学者们对他们著作中的一些新的文学观念、文学研究方法已有所关注，并将其作为更新本学科理论话语时的参照和借鉴。第三，间接地推动了中国古代文学学者对中外汉语文学关系史、世界汉语文学史以及域外汉学的研究。此外，由于海外华文文学在学界的兴起与发展，对英美文学等专业也有一定的促进作用，主要是引起对世界华裔/亚裔英语文学的关注和研究，而且已经出现了不少的成果。

3. 海外华文文学的比较文学意义已备受关注

由于海外华文文学和比较文学都是在改革开放之后才迅速发展起来的，它们发展的过程有相同与相似的背景和路径，有一种不寻常的天生的学术联系，在研究的视野与方法上，有许多可以互通和相互跨越的学术空间与视点。

首先，海外华文文学的兴起为比较文学提供了一个极富创造性的探讨对象和新的学术空间。开放交流、沟通对话，是比较文学作为一门学科与生俱来、贯穿始终的本质所在。海外华文文学是中华文化在世界各国的传播过程，与各种"异"文化接触、对话之后，形成的一个各具特色、丰富多彩的"文学世界"。这中间有许多两个文化圈之间的相互交叉点，这是海外华文作家从自身的体验出发，以文学的形式，表现这些"家在别处"的华人，在双重文化背景中的各种生存状态和情感世界，是他们感受文化差异之后的艺术结晶，极具跨文化特色，对其作解读和文化诠释，是比较文学跨文化研究的一个新领域。

其次，海外华文文学的兴起，还为比较文学提供了一系列新的视域、新的对话模式、新的融合和超越的机缘。海外华文文学在各国"旅行""居住"、开花结果，生成、发育、发展的条件和土壤很不一样，对它在各国国家、地域的起点、传播、中介、影响、融合、变形等的追问，就极具比较文学的价值和意义。

再次，海外华文文学为比较文学的国别、地域比较，特别是理论研究和拓展学科"边界"，提供了新的内容和视点。在传统比较文学的跨文化、跨国别、跨学科和比较诗学研究范式中，未见有关海外华文文学或海内外华人文学的阐释。海外华文文学的兴起，海外华文文学作品中表现出来的纵横交错的文化"边界"，有助于比较文学去发现、拓展新的学科"边界"，使中国比较文学学者在本领域有可能获得新的突破。

事实上，早在1996年，中国比较文学学会会长乐黛云教授在"中国比较文学学会第五届年会暨国际研讨会"的总结发言中就指出："海外华文文学是比较文学即将要去拓展的领域。"1999、2002、2005和2008年，在中国比较文学第六、七、八、九届年会暨国际研讨会上，海外华人文学的研讨均成为会议的一个"热点"。2004年国际比较文学学会在中国（香港）召开的"第17届年会暨国际研讨会"上，乐黛云教授代表中国比较文学学会在大会上作题为"全球化时代的比较文学——中国视野"的学术报告中，谈到中国比较文学20年来的开拓和创获时，也特别推介"海外华文文学与离散文学的研究"。她认为："这种研究从理论上将海外华文文学视为不同文化相遇、碰撞和融合的文学想象，进一步展开异国文化的对话和不同文化的相互诠释"，"已汇入世界性离散文学的研究潮流"。[①]

以上是笔者个人的一些认识，希望能让朋友们对海外华文文学这一新兴领域产生兴趣，有更多的人前来参与，通过学界同人的共同努力，使其成为一个有自己独特研究内涵的学科。

（原载《华文文学》2008年第3期）

---

① 乐黛云：《全球化时代的比较文学——中国视野》，《中国比较文学》2005年第1期。

海外华文文学与比较文学

　　海外华文文学和比较文学是两个不同的学科，但由于这两个学科的对象都是跨国别、地区的，都具有世界性、开放性的特点，因而有许多交叉和可以相互跨越的学术视点，如若有意识地让这两个学科相接轨，既有助于拓展比较文学的学术领域，又能在某种程度上深化和扩大海外华文文学的研究成果。

　　事实上，20世纪90年代以来，在比较文学的高层学术研讨会上，已陆续出现了一些这两个学科交叉的学术论文，1993年在湖南召开的"中国比较文学学会第四届年会暨国际学术研讨会"上，讨论"本土文化与外来文化间的关系"问题时，不少学者认为，这个问题的核心是如何对待两种文化接触的态度。两种文化可以是不同国家的文化，也可以是一个国家内主流文化与非主流文化，而对后者进行探讨中，就涉及海外华人文学在各居住国所处的边缘状态，以及其是否被所在国主流文化接受的问题。与会者还就美国华人文学处境问题展开讨论。1996年，在长春召开的"中国比较文学学会第五届年会暨国际学术研讨会"上，就有笔者和澳大利亚悉尼大学萧虹等五位学者向大会提交了这方面的论文，为此，大会学术组还专门安排一段时间研讨海外华人作家的写作问题。中国比较文学学会会长、北京大学乐黛云教授在大会的总结发言中特别指出："海外华人文学是比较文学即将要去拓展的领域。"1999年，在四川召开的"中国比较文学学会第六届年会暨国际学术研讨会"上，大会学术组把"异质文化背景下的华人文学"作为研讨会的命题之一，并且收到了12篇这方面的学术论文，由于论题新颖，讨论十分热烈，成为研讨会的一个学术热点。与此同时，90年代以来，在学会的全国性刊物《中国比较文学》上，还开设了"海外华人文学研究"专栏，刊登比较文学视野中的海外华人文学研究成果。从上述这些情况看，海外华人文学（包括海外华文文学和海外华人用其他语种创作的文学作品）的研究，已被比较文学学界所接受，并且把它作为一个新的正待拓展的领域在推动。

相对而言，如何把比较文学的理论和方法引进海外华文文学研究领域，人们却关注得较少。本文要讨论的问题是：把比较文学的理论和方法投射于海外华文文学这个特殊的汉语文学空间，可能对海外华文文学研究产生哪些深化和促进。

我国学者对海外华文文学的研究，始于20世纪的70年代末、80年代初，至今已有近20年的历史。20多年来，我们经历了海外华文文学与中华文化关系探源，海外华文文学历史状态和区域性特色的探索以及如何撰写海外华文文学史等重要问题的研讨，已经有了丰硕的成果。近几年，已有学者在进行海内外华文文学的整体研究，还出现了海外华文文学诗学层面的论文和著作。所有这些，都充分表明，这个领域的学术研究正在不断扩展和深入。但是，在这世纪之交，我们如何加速研究的步伐，对这个非常特殊的汉语文学书写空间，它所蕴含的内在的丰富性，作更深的挖掘和多样性的展示，这就有一个进一步拓展视野、观念和方法的更新问题。比较文学本质上是一种跨界限的文学研究，世界视野、开放意识、跨文化、跨国别、跨学科的研究是它的最主要的特征。海外华文文学作为一种世界性的文学现象，在未来世纪，如能借鉴比较文学的视野、理论和方法，将会使海外华文文学这一现象的生成和深化，得到多方面的理论诠释。

从海外华文文学研究领域的实际出发，引进、借鉴比较文学的理论和方法之所以是可行的，是因为海外华文文学作家都是在双重文化背景中写作，他们的作品中常常有两种文化的"对话"，极需要以跨文化的眼光去对其审视和观照。海外华文作家在本土以外从事汉语写作，他们是处在居住国主流文化的"他者"，面对两种不同文化的接触，既有一个自身群体文化归属问题，也希冀能建立同主流文化交流的平等对话模式，但这在现实生活中的主流与非主流文化沟通中是很难实现的。因为在权力结构中主流文化的话语权远远超过了非主流文化的话语权。这就使处于非主流文化的"他者"要自找出路：一是保持本民族的文化传统，在边缘状态生存；二是与主流文化认同，通过各种方式去化解、协调与主流文化的各种矛盾、冲突；三是相互兼容、互识互补，这往往是在一些文化差异不大的国家和地区才可能达到。但无论处于何种状态，都有一个不同文化相遇、碰撞、影响和融合问题，而这些，就会这样或那样反映在他们创作的文学作品中，并非以本土的单一文化的眼光所能理解和诠释。

由于海外华文作家所在国国情不同，作家个人的文化身份不同，他们的文化生存状态和对文化所采取的态度也不尽相同，因而在文学中对两种文化的隔阂、碰撞及其生存状态的感觉和表现就各各有别。为了把握这一研究领域的更具特色的问题，比较文学的多维度比较方法，应是我们进行研究极为重要的方法。

海外华文文学的根是中华文化。生活在西方的华文作家，因为原先的母体文化同所在地区、国家的客体文化相差较大，而且西方社会主流文化总是居高临下"俯视"东方，还有种族上的歧视，很难同客体文化平等对话或完全认同，他们不得不承受许许多多的压力，在他们的作品里，既有个人生活的浪子悲歌式的抒写，也有对中西文化差异的思考和对文化上平等对话的追求。当然，也不排除一些主要接受西方教育的华人作家，或者是在国外出生的第二、三代华人，有可能完全倾向于西方的文化立场，他们对本民族文化只是作为一种纯然的个人和历史的记忆来书写。在东南亚地区，由于华人移居较早，数量多，文化交流频繁，而且有一定的社会经济基础，兼之这一地区的大多数国家过去曾存在于殖民体系的掠夺之中，不像西方世界那样有强烈的文化优越感，华人作家在那个地区生活和创作，虽不无文化疏离和阻隔，但经过不断调整，还是能走上两种文化相互兼容、互识互补的道路。这就自然形成了不同地区、国家华文文学的不同特色。

海外华文作家移居海外，原因是复杂多样的，在他们的背后，隐藏着政治、历史、经济、文化各种关系的交织。他们在异国他乡坚持用汉语写作，实际上是一种生存意志的体现，是在异国文化环境里努力建构自己的精神家园，美国著名华文作家聂华苓就说过："汉语就是我的家。"[①]瑞士华文作家赵淑侠、泰国华文作家司马攻、新加坡诗人陈松沾，都曾在他们的文章中表达与母

---

① 聂华苓：《在第三届世界华文女作家会议上的发言》，《南洋商报》（马来西亚），1993年11月14日第6版。

体文化的这种深切感受。在他们的作品里，我们不断遇到那些跳荡的寻找着的心灵，心灵的呼应千姿百态，文学以其特有的形式，让我们从中感受到文化的归属和认同，对于那些生活在家园以外的人意味着什么。

为了探究海外华文文学的存在及其意义，展示其丰富多样的文化和美学价值，显现这种汉语文学的域外特性，完全可以在研究中引进比较文学多维比较的方法，例如将其同中国本土文学相比较，探索世界华文文学发展的脉络，以及与不同民族文化接触、变异和被认同的程度；将中国本土以外各个国家、地区的华文文学相比较，研究不同国别、地区华文文学的衍变史及其特色；将一个国家、地区不同时期、性别或同一个时期的不同华人作家群体进行比较，探索他们在异质文化背景下的创作状况，特别是在主流文化与非主流文化的碰撞，或同其他非主流文化的接触中，对本民族文化所采取的态度。通过这种多维的比较，把这些植根于海外生活经验的文学转化为一种域外汉语诗学，进一步去促进其未来的发展。

海外华文作家都是在双重文化背景下写作，在他们创作的作品里，有许多不同文化相遇、碰撞和融合的文学想象，对文学想象空间中不同民族文化影响的研究，是比较文学常见的课题，也应该是海外华文文学研究中具有深远文化意义的论题。我们在阅读、研究海外华文文学作品过程中，不难发现，在海外华文作家笔下，在表现华人在异乡生活的同时，也常常涉及他们与不同民族人们的交往和关系，因而在他们的作品里也塑造了一些所在国不同族群的人物形象，如黑人、白人、泰国人、菲律宾人、印尼人、马来人、印度人等，还有华族与其他族群的混血儿。从这些人物形象中，我们接触到处在不同文化体系中的华人作家如何理解、构造异族人物形象问题，这是一种文化的折射。分析、追寻、研究这些文学中的文化现象，从中可以看到华族文化与异族文化相遇时的各种不同状态，也有助于了解作家在两种文化接触时所采取的态度，更重要的是可以将其作为一种文化"对话"的依据，给海外华文文学的跨文化研究提供新的理论研究空间。

华人作家笔下的异族人物形象，是文化中的异质层面的对话，也是民族间的相互看法、想象间的相互诠释。①重视对他们作品中异族形象的研究，进而展示：这个领域的文学怎样以变化多端的形式表现异国、异族，塑造不同于本民族的"他者"形象，是一个极具文化意义的命题。

研究"文学中所塑造或描述的'异国'形象"，是法国比较文学的奠基者之一让—马丽·卡雷提出来的。他认为，这是"文化中的异国层面的对话"，是"民族间的相互看法""想象间的相互诠释"。卡雷的主张，把比较文学意义上的形象学从一般的"形象"研究中凸现出来。近年，形象学在国外，特别是在欧洲大陆发展迅速，已引人注目。笔者正是在这一理论的引导下关注到海外华文文学中的这个命题。

海外华人作家的创作，是处在"自我"与"他者"、"本土"与"异域"关系的自觉意识之中，即使这一意识有时并不那么强烈。他们所创造的异族形象，是在两种不同文化间的差距所作的文学想象，是一种文化现实的描述，这些形象虽来自异族，但他们是经过华人作家的文化眼光、文化心理选择、过滤、"内化"而成的，是作家从一定的文化立场出发，根据自己对异族文化的感受和理解，创造出来的不同于本民族的"他者"形象，已不同于现实生活中的"他"和"她"，而是他们在华族文化中的"镜像"和"折射"，是在两种文化"对话"中生成的，可视作一种文化对另一种文化的解读和诠释。所以在对这些艺术形象进行分析时，追问的重点不在于他们是否忠实生活中的原型，而是在于这种描述、表达，显示出作家所向往的是怎样的虚构空间，作家怎样以文学的形式表现"他者"和"他者"文化，通过他们提出和表现了哪种文化、意识形态的范式，这种想象和描述在多大程度上，出于何种原因而产生了什么样的文化偏离和美学效果。

以东南亚华文文学中的一些"他者"形象为例。他们基本上是分属于三种不同的类型：

一是按本民族的需求塑造"他者"形象，着重表现"他者"对本民族文化的认同，是一种集体化、理想化的文化诠释，其效果是强化了本民族的文

---

① 卡雷：《〈比较文学〉前言》，陈惇、孙景尧、谢天振主编《比较文学》，高等教育出版社1997年版，第165页。

化。菲律宾女作家黄梅的小说《齐人老康》①，女主人公玛丽娅是菲律宾人，她跟当雇员的华人老康生活了二十八年，已是六个孩子的母亲，因为老康来菲之前在中国老家已有妻子，所以一直没有名分，但她并不计较，一年四季不辞劳苦地操持家务，养育儿女，同老康一起渡过许多生活难关。从作品中玛丽娅的思想和行动看，她对华人的生活习俗是很认同、融入的，是一个已经"华化"了的"他者"。异国女人以中国女人的形象出现，这是作者臆造的异国女人形象，并非真正的"他者"面貌。这也是作者怀念故土、故土文化而设计、表现于形象之中的一种新形式。作者在作品中赞扬"华化"的玛丽娅，实际上是言说了"自我"，肯定了本民族的文化传统。因此，作者笔下的这个"异"国女人所扮演的就是一个重要的文化角色。

新加坡女作家孙爱玲在小说《绿绿杨柳风》②中，男主人公韩逸文是印尼人，一个年轻的大学教授，虽然曾在西方接受高等教育，但很认同中华文化，而且深深地爱上了华人寡妇秦勤。他们文化背景不一样，却彼此理解并相互接受，由于各自过去婚姻的历史，又都有了孩子，在新的爱情到来时，不得不去面对以往遗留下来的种种问题，他们最终未能结合。这个没有结果的异族相爱的故事，既朴实又动人，作者在描述时不带有民族偏见，表现的是"本我"在异乡的寂寥以及自己所向往的生活，是一种族群的文化理想。在这个故事里，作者创造了自己文化理想的正面图像，他们作为作家内心的投影被用来补偿他们所处的令人感到陌生的自我和现实的环境。

二是质疑现实的"他者"形象，反映出现实与理想有距离，对本民族的某些保守意识和偏见有"颠覆"作用，表现出来的是文化思想的开放状态。菲律宾女作家范鸣英的《同是等待》和佩琼的《油纸伞》③，女主人公分别是菲律宾人玛蒂丽丝和中菲混血儿李珍妮，由于她们是老一辈华人心中的"番仔婆"和"出世仔"④。这种看法带着排斥情绪，表现出移居菲律宾的老一代华人与当地民族间的隔离状态。他们拒绝自己的儿女同菲人通婚。《同是等

---

① 张香华主编：《茉莉花串》（菲华女作家卷），香港远流出版公司1988年版。

② 杨越、陈实编：《新加坡华人小说十五人集》，花城出版社1988年版，第318页。

③ 潘亚暾主编：《菲华小说选》，花城出版社1993年版，第95页。

④ 中菲混血儿被称为"出世仔"。

待》的男主人公威立，与菲律宾姑娘恋爱，遭到母亲的激烈反对，无法正式成婚，直至有了爱情的结晶，因怕伤害母亲而不敢公开，只好白天下班后到"爱巢"，晚上又赶回家陪母亲，精神上十分痛苦。《油纸伞》写的是两个男女大学生相爱，因女方是一个"出世仔"，遭到男方体面的华人家庭的反对，尽管女方的父亲是华人知识分子，母亲是菲律宾的比较文学教授，有很好的家庭教养，对华族文化有所了解和认同，依然无法保护自己的爱情，只好放弃自己之所爱，出国留学。这两个作品的作者都具有文化的"自省"精神，她们在作品中通过两个母亲无理地拒绝"他者"，批判了传统文化中的那种狭隘、排外的民族观念。作者在作品中所采取的保持距离的文化态度和平实的真实描写，使读者可以接受、理解这两者的"对立"，人们从中听到这两种文化的撞击声，这是来自两种文化"跨点"所发出的第三种声音。在这种声音里，既不缺乏对"自我"的批判性理解，也没有把这种批判理解局限于本民族传统的文化立场上，而是表现出一种开放的现代意识。在这类作品中，被批判的"自我"那种排外、狭隘的民族观念是显性的、直观的，而较隐蔽的"自我"是小说的隐含叙述人，由他在叙述中的语气、角度、态度、评价、感情倾向等主观因素聚合而成的本民族的新意识。

三是表现文化相异性的"他者"形象，用本民族的话语，对各种相异性做出自己的诠释，同时也进行"自我"的审视和反思。新加坡女作家尤今的小说《织布匠》①，写的是印度姑娘茵蒂娜"相亲"和结婚的故事，美丽的茵蒂娜受过高等教育，但观念保守，尽管她向往自由，但没有勇气去争取，最后由家人做主嫁给一个有钱人，把抑郁变成食欲，从此，美丽、迷人的茵蒂娜就一去不返了。这是一个由保守的民族文化酿成的当代人的悲剧。这个故事表现了不同民族的文化差异，也有作者对某种保守的民族文化范式的批判。泰华已故女作家年腊梅的小说《我的上司宇文坦先生》②主人公宇文坦是一个中缅混血儿，经济学专家，在一个跨国公司任高职，工资丰厚，公司还配给他洋房、轿车，但他笃信佛教，长期过着清教徒式的生活，处处自律。作者在作品里刻

---

① 见《广州文艺》1991年第11期。

② 周新心主编：《泰华小说选》，花城出版社1993年版，第264页。

画了这样一个"他者"，既有文化反差的描述，也有两种文化之间的沟通和理解。这应是两种文化教育相遇时人们所追求的理想模式。马来西亚女作家李忆君的小说《风华正茂花亭亭》[①]写的是北印度女子妈妮同华人周承安的爱情、婚姻悲剧。他们年轻时能冲破文化教育障碍，相爱结婚，但在家庭生活中，妈妮所受的西化教育和高层社会背景，使她常常有意无意地"俯视"周承安，而周承安内心深处那种华族的"妇道"观念，也使他难以接受妈妮的思想行动，最后导致婚姻的破裂。这个悲剧故事的酿成，不无妈妮的性格因素，但也有两种不同文化的撞击和阻隔。

　　以上三类只是尝试性的区分，应当指出的是，在具体的文学作品中，这三种类型并非互不相关，有时还是相互包含的。而且这种分类主要是在文化层面上展示"他者"形象的虚构意义，并未对他们作出艺术上的具体分析。如若从艺术的层面切入，这些作家笔下的"他者"形象也是个个有别的。

　　20世纪以来，"他者"形象和"自我"形象的关系一直受到形象学研究者的关注，因为作家在对异族形象的塑造中，必然会引起对自我民族的观照和透视，"他者"形象有如一面镜子，照射了别人，也会反作用于自己，不同文化的差异正是在这种比较对照中更明显地展现出来。现在，世界范围内的移民潮频繁涌动，特别是第三世界的作家移民西方和其他地区，在他们的作品中，"他者"形象和"自我"形象面对面对话，不无碰撞和冲突，叙述人在对母体文化和客体文化进行选择时，表现出来的各种文化态度和深刻矛盾，都有重要的研究价值。在中国比较文学学科发展中，形象学的研究还是一个新的领域，本文将其运用于海外华文文学研究，旨在探索新的理论思路，为这个学术领域提供一个文化与文学研究结合的新视点，从而挑战旧的理论模式。

　　（原载《东南学术》1999年第6期；2005年获"广东省哲学社会科学优秀成果奖二等奖"）

---

① 云里风主编：《李忆君文集》，鹭江出版社1995年版，第27页。

异国的奇葩

——东南亚华文文学一瞥

华文文学在东南亚的诞生和发展，同中国人移居海外的历史密切相关。早在唐代，中国与外国的交通就相当发达，通商贸易比较频繁，随着对外贸易的发展，有不少中国人移居海外。鸦片战争以后，移居海外的中国人逐渐增多，尤其是闽粤沿海一带，每年都有大批破产农民离乡别井，到南洋谋生，在东南亚形成独特的华人社会。但是，那时漂洋过海到东南亚谋生的华人，绝大多数是贫苦农民，在国外旅居，干的也是最底层的体力劳动，没有从事华文文学活动的基础和条件。东南亚华文文学作品的出现，是在华文报纸创办之后。早期刊登在华文报纸上的华文作品，都是旧体诗词和文言小说，数量不多。东南亚华文文学的诞生，是在中国五四新文化运动之后。当时，新加坡的《新国民日报》（1919年）、泰国的《国民日报》（1927年），是较早刊登具有新思想、新精神的白话文学作品的华文报纸。随后，旅居菲律宾的商人林健民于1934年创办了《天马》和《海风》两种文艺刊物，专门发表新诗和小说，菲华新文学的不少作者，就是从这两个文艺刊物"走"出来的。东南亚诸国的华文文学走过了坎坷曲折的道路，经历了从中国的"侨民文学"——各国的"华文文学"的流变，文学观念和艺术思维形式也有了新的拓展，作家们在作品里所反映的，已不仅仅是华人世界里的问题，还有带世界性的普遍社会问题。就是一些反映华人生活的作品，也具有一种比较开阔的视野，从中可以看到古老民族文化心理积淀的溶解和不同民族文化的相互影响和融合。

东南亚的华文文学作家，都是炎黄子孙，都或多或少地受到中国文学的熏陶和影响，与中国文学有一脉相承的血缘关系，但他们又都接受了所在国的文化影响，在所在国的文化土壤上生根、成长和发展，是各个不同国家文学花园里的华文文学，都有自己的内涵和个性。《广州文艺》本期选登的是泰国、新加坡、菲律宾、马来西亚、印尼五个国家的一些华文文学作品，这些作品的作者都是各国华文文坛上的名家。它们有一个共同的特点，就是题材独特，感情真挚，文笔清新质朴，笔底有昔日游子的心影。

泰华文学界擅长写散文的作家多，近几年来在散文创作上取得的成就最大，其中尤以司马攻和梦莉的散文最具特色。司马攻的散文清新隽永，意味深长，他的佳作《故乡的石狮子》《明月水中来》，在泰华文学界无人不知。选进本期专辑的《槟榔》，也是一篇很有意蕴的散文。文章从泰籍祖母喜吃槟榔说起，时而叙，时而议，时而描绘一番，夹叙夹议，有如同新人好友促膝谈心，诉说昔日的旧事，笔若游龙，上下升腾，左右起落，却始终不离"槟榔"，形散神聚，散中见整，散中见聚，集乡情、亲情、灵性、理性于一炉，既有感情的张力，也有哲理的深度，有题旨，但又不是笔直地向题旨靠拢。整篇文章，随着作者思绪的起伏顺势而成，在自然和"错离"中创造出散文的素朴的"美"。梦莉的《在水之滨》，自然脱俗，文字优美，全文以"我"和"湄南河"为线索，写湄南河在"我"心中唤起的种种情思，那是酸涩的，也是凄苦和孤寂的。作者把她对湄南河的各种感情认识凝聚成作品，而这一切又以酷似原有生活的本色状态展现出来。全篇自始至终写的是"我"眼中之河景、"我"心中之苦情。作品里属于"情"的那一部分，写得十分凄雅、蕴藉，"乌龙"和"鹊桥"的意象也提炼得很好，很贴切，能够细腻地表现"我"内心感情运动的起伏变化，既深邃又悠远。范模士和陈博文的两篇小说《象腿小姐》《猎物》，都是当今泰国社会的剪影，前者讽喻意味很浓，有幽默感；后者则在那沉沉夜色里，启迪人们如何去辨别人情的真伪和人性的善恶。范模士、陈博文也常写散文、杂文和诗，是泰华知名的作家。

马来西亚云里风的《"慈善家"》，是一篇带喜剧性的小说。作品的独特处在于：整个故事情节是建筑在子虚乌有的"疾病"上，一次偶然的失误却改变了一个人对生活的态度，真是"假作真时真亦假，无为有处有还无"。正是在"真假"和"有无"中，演出了一幕人生的"悲喜剧"。当中不无某种人生的奥秘和真谛。翠园的散文《雨声》，在故乡杏花春雨的描写中，有多种折叠的乡情和和人生的沧桑感。文中所写的"雨声"，既不完全属于过去，也不完全是今天，而是在特定情景中今昔的融合，是一种积淀在作者心底的情怀，魂牵梦萦，层层叠叠，使作品有一种特有的韵味。读完这则散文，不知为什么，很自然地就使我想起大家熟悉那首歌——《龙的传人》。菲律宾施颖洲的《心爱的书》，是一篇纪实性的散文，作者写自己如何爱书、购书、藏书、译书，浅近、畅远、净练、满纸书香。散文贵在自然，不落人巧和斧斤之迹，有如庄子所说的"天籁"。《心爱的书》一文，作者笔下写的，仿佛就是他心中所想的，毫无造作之弊，似乎没有经过任何加工。鲁迅认为散文家写散文"大可以随随便便，有破绽也不妨"（《怎么写》）。朱自清也主张散文家应当"用笔如舌"（《说话》），实际上都是提倡散文的自然美。读《心爱的书》，我的感觉是有如听一位长者、智者在给我们传播治学的经验，不假借，不着色，自然平实。施颖洲是菲华文学界的一位老作家、翻译家，译作很多，曾获多种翻译文学奖。今年7月，我应邀赴港参加"世界华文文学研讨会"，有机会拜识这位长者，读他提交给大会的论文《由菲律宾文学谈到世华文学的发展》，会间有过几次的交谈，他虽已71岁高龄，仍然热心于世界华文文学事业，并不觉得他同我们之间有什么文化的"边界"和"代沟"。

在这一期所选的小说中，我最称赏的是新加坡女作家尤今写的《织布匠》。作品围绕印度籍姑娘茵娣娜"相亲"和结婚的故事，反映不同民族的文化差异。美丽的茵娣娜，受过高等教育，但观念保守，东方古老的风俗与传统在她心中是根深蒂固的，不可更易的，像一根牢靠的绳子，把她缚得紧紧的、死死的。尽管她向往也喜欢自由，但是她没有勇气去争取，甚至把传统强加在她身上的一切，当作是自己必须去承受的。所以她在任人摆布和被人占有时，虽不无痛苦，但内心矛盾并不尖锐，还有点麻木。在茵娣娜的眼睛里，也会出现过一种梦一样的光彩，在她内心深处，并非没有憧憬和美丽的生活理想，但她固守民族的观念，只是被动地等待，而不是主动去寻找。最后，她嫁给一个陌生的有钱人，也嫁给一个陌生的地方，把忧悒变成食欲，生了五个孩子。从此，美丽迷人的茵娣娜就一去不返了……这是一个发生在现代化社会的古老故事，一个由保守的民族文化酿成的当代悲剧，读了令人震惊、令人心痛。尤今是新加坡最高荣誉的文学奖"新华文学奖"的得主。尤今从16岁开始创作，在新华文艺园地辛勤耕耘，已出版过游记、散文、小品文等30多本著作。她最擅长于写游记，其游记《沙漠里的小白屋》是她的成名之作。她喜爱外出旅行，足迹遍及40多个国家，到过西欧、美加、中东、南美、东南亚以及遥远的北极圈、原始的亚马逊森林。她的游记的一个最突出的特点，就是对异国情调的追求，而且感情纯真丰富，无处不具爱心。《织布匠》不是游记，而是一篇幽婉动人的小说，小说末尾写"我"到新德里探望茵娣娜一段，记述新德里的风物人情，也有游记似的洒脱和鲜净。但作为小说的一部分，一种令人意料不到的情节的发展，它更具有美学的深度，特别是写"我"和茵娣娜久别之后在新德里的"重逢"，作者所创造的那种令人心碎的艺术"发现"，在读者心里引起的审美感情的反应是惊心动魄的。

马来西亚女作家戴小华的小说《九霄惊魂》，实际上是一篇心理小说。作品写的是空姐的生活，因为"大阪分公司接到一通电话说要炸毁这班飞机"。空姐孙仁托病请不明真相的好友顶班，并获得应允，这就使"我""几乎是赴了一场生死之约"，有了一番不寻常的心理经历。小说写"我"从险情的一无所知到获知之后的各种心理活动：起先听说有人要炸毁班机，直觉的反应是"一阵晕眩"，后知道有人已把此风声向孙仁泄露，"突然感到心中像插了一把刀，血在胸中狂流"。这时才深深体会到恺撒看到刺杀他的人竟是勃鲁托斯的那种悲恸欲绝的心情。紧接着，是"我"在直冲万籁之上、云层之下的飞机中，带着残酷的"预知"，怀着紧挨死亡的"威胁"，经历了一路的心理痛苦和折磨。小说的结尾是班机安全降落，机组的全体人员经历了一场"虚惊"，但在这场"虚惊"里，作者在让读者同"我"受尽了许多精神折磨之后，确实给了读者人生的苦果，当然不是作者最后说的"人生如戏"，而是人生就是人生。戴小华是马华文学界新一代的作家，她的第一部剧作《沙城》，是充分反映地方文化色彩的马来西亚华文文学作品，在华文文学界评价极佳。

《广州文艺》本期选登的这些东南亚华文文学作品，都各具特色。但在东南亚的华文文学世界里，还有许许多多的华文文学作品，对于这些异国的华文之花，广东文学界应该开辟更多的"橱窗"来展示它们。著名作家秦牧在《微笑的国度献出了花束——"文学世界"泰华文学作品专辑序》一文中说："在偌大的地球之上，没有华人足迹的地方大概是极少极少的。如果把华人印上足迹的地方——插上鲜花做个标记，那么，世界大地图上，立刻就会出现一座花园了。"我想，我们也可以设想，在有华文文学的地方用鲜花做标记，那么，在世界文坛上，也就会立刻出现一座华文文学的花园。从这个意义上，《广州文艺》今天为广大读者献出了东南亚华文文学的花束，也就值得人们格外刮目相看了。

（原载《广州文艺》1991年第11期）

那一方的风景

——我看欧洲华文文学

记得1991年11月《广州文艺》刊出东南亚华文文学专辑时，我曾撰文《异国的奇葩》介绍、评价东南亚的华文文学。我到过东南亚的一些国家，那里的华文文学界有我的许多朋友，行文中自有情致和思绪在。后来，从各地文友给我的信中得知，这个专辑在东南亚各国华文文学界反应很好，于是，我萌发一个想法，如果《广州文艺》每年能出版一期某一地区的华文文学专辑，将有助于她的走向世界，也有助于中国内地读者对世界各地华文文学作品的了解。

1992年11月，我应邀参加在武汉召开的"中国当代文学国际学术研讨会"，在会上，认识了欧洲著名华文女作家、欧洲华文作家协会会长、世界华文女作家协会副会长赵淑侠女士，会后同游三峡。在旅途中，一起观赏江上的山光水色，彼此畅谈对人生和文学的看法，觉得我们虽然生活在完全不同的社会环境里，但作为一个文学女性，我们对生活的感受、内心深处所追求和向往的东西有许多是相同的，所以虽是第一次见面，却好像是认识了多年的朋友。临别时，我有感于赵淑侠女士对欧华文学的突出贡献，也有感于此间广大读者对欧华文学的陌生，建议她为《广州文艺》提供一组出版欧华文学专辑的稿子，她很高兴地接受了我的建议，并且在回瑞士不久，就把稿子寄来。我知道她那段时间文学活动很多、很忙，连给亲人的信都没时间写，却一直把这件事记在心里，如约为《广州文艺》选稿、寄稿，内心十分感动。因此，当《广州文艺》编辑部的朋友来约我为这组稿子写点什么时，尽管自己正处在工作大忙的"季节"，还是高高兴兴地"从命"。

海外华文文学大致由东西两大板块构成，东方大板块包括东南亚和东亚地区的华文文学；西方大板块包括南北美洲和欧洲华文文学。这些年来，学者们介绍、研究比较多的是东南亚华文文学和美华文学，对欧华的作家作品极少触及，中国内地的读者对欧洲的华文文学可以说是完全陌生的。这种情形与欧洲华文文学起步较晚有关。从历史上看，中国人移居欧洲的时间并不算短，据有关史料记载，早在清朝宣统年间，就有中国人到法国谋生，第一次世界大战时，法国政府还在中国招募15万华工到欧洲，从事战地运输和筑路等劳动，这15万人有许多在战争中死亡、失踪，幸存者大部分几经周折返回中国，一部分则在法国留居。在德国和英国，华人移居的历史还要早些，前者在19世纪中叶就开始了，后者约在清朝的同治年间，当时英国的东印度公司雇用了许多华工，他们中的大部分人后来在英伦半岛定居，并且在那里形成了英国最早的唐人街。中国人移居荷兰的时间较迟，1911年辛亥革命期间，荷兰海员举行大罢工，他们从英国招了一批华人到那里当海员和码头工人，这些人就是荷兰最早的华侨。华侨移居意大利、比利时和瑞士等国的时间更迟，情况与上述各国大同小异。这些早期移居欧洲华侨，绝大多数是从事体力劳动，靠打工维持生活，少数是开餐馆和做小本生意的，文化水平都不高，谈不上有什么华文文学事业。直到20世纪20年代前后，一些中国学生前往法、英、德诸国留学，欧洲的一些国家才先后出现华侨和留学生创办的华文报纸。而欧洲华文文学的兴起，却是20世纪70年代以后的事情。自60年代开始，从中国台湾、中国香港、新加坡、马来西亚等地区和国家陆续有华人移居欧洲，还有不少留欧的中国学生，当中也有华文文学的作者和爱好者，在他们的带动和热心倡导下，到了70年代，欧洲华文文学才逐渐兴起，出现了一批散文和小说都写得很好的作家。1985年，英国已成立了华文写作家协会，会员有50多人。1991年，定居瑞士的华文女作家赵涉侠发起组织欧洲华文作家协会，该会于当年3月成立，有来自欧洲12个国家的会员60多人，这是欧洲有史以来的第一个全欧性质的华文团体，一年多来，他们以文会友，互相砥砺，为推动欧洲华文文学的发展，做了许多具体细致的工作，在他们的努力下，欧华文学正在走向世界。

欧洲华文文学虽然起步较晚，但作家素质较高，作品颇具特色，并且已出现了很有影响的作家和作品。本期刊登的短篇小说《异国之夜》的作者赵淑侠，就是一位在海外华文文学界有国际影响的作家。她从1972年开始创作，12年间共写了二三百万字，从1976年至今，已出版了短篇小说集《西窗一夜雨》

《当我们年轻时》，散文集《紫风园随笔》《故土与家园》，长篇小说《我们的歌》《落第》《春江》《塞纳河畔》《赛金花》。此外，还出版了《赵淑侠自选集》《童年、生活、乡愁》。正如她自己所说：30年来，文学令她"魂牵梦萦，坎坷多事，几经周折，最后还是彼此相属，跟文艺创作这个迷人精纠缠了半辈子"。30年来赵淑侠在异国他乡坚持用华文创作，笔耕不辍，取得了今天的成就，是经历过一番艰苦拼搏的过程的。她曾经描述自己的这种心境："作为一个长居海外的中国作家，处境很尴尬。明明生活在西方人群中偏偏当地的一切文化活动没有你的份，文艺园中没有你的立足之地。这是何等的孤绝和寂寞！因而我对自己说，'必得设法打开局面！'。不过，要打进西方写作圈子、文化界，比别人需要多用十倍的努力，艰苦得很。但是，虽然难，尽管吃力，也还得要做。这该是给中国人争面子的事。"她这样想，也这样做，1989年，她的代表作《我们的歌》，已由联邦德国翻译成德文出版。赵淑侠的作品，主题深沉，技巧娴熟，作品的内容大多是写移居国外华人的生活和心志，特别是他们在双重文化背景下那种无归属的痛苦，抒发天涯游子内心深处的乡情、亲情、民族之情，艺术上有自己独特的构思和风格。这里选登的《异国之夜》，写的也是女主人公在海外定居的孤寂和漂泊感。作品自始至终都在抒发"我"的愁思，在异国定居的"我"，生活安稳、富足，丈夫是一位有名望、地位的科学家，但他把全部精力、感情全投身于科技研究，民族、家庭的观念都很淡泊，她每晚都不得不独自咽下深夜等待的这份凄凉。作者通过主人公在等待中对20年来往事的回忆，借助一定的意识流手法，把她那种在雪夜灯下，孤身只影，如雨如烟的乡情离愁，特别是她内心深处难以排解的寂寞和无所依归的茫然，描写得十分真切、深曲。作品表现的是一种心境、一种愁绪，并没有任何悲剧性的情节，却有很深邃的悲剧意识和感情，作者给我们创造的艺术精神世界是忧伤和苍凉的。《异国之夜》是小说集《西窗一夜雨》中的一篇，过去人们评论《西窗一夜雨》，很少提及这篇作品，触笔较多的是《王博士的巴黎假期》《塞纳河之王》《西窗一夜雨》，赞美这些作品的飘逸、潇洒和优美的意境，事实上，《异国之夜》并不亚于上述作品，是一篇很美的散文化的小说。

20世纪60年代，当欧洲还是华文文学的"沙漠"时，旅居比利时的王镇国，就已经在台湾一些报纸的副刊上，发表了许多描写欧洲风土人情的散文和诗歌，是那片"沙漠"里较早升起的一颗"文星"。本期选登的短篇小说《偶然》，就是他的近作。作品写属于不同国家的男女主人公在一次国际学术会议上邂逅，两颗寂寞的心相遇之后各自的心理活动，以及在这之后互相寻找和短暂接触的过程。男主人公齐凯是移居欧洲多年的华人，中英文均好，但华族文化在他身上仍有最强性的基因，小说描写的侧重点是华人在异域的文化感受，而不是情节，是人物的心态，而不是行为，对两个人物在一起时的心理和情志的刻画把握有度，创造了一种很特殊的艺术氛围。作品细写了人物心理活动的起因和结果，也聚焦式地描写了他们在情与景契合交融时心灵的撞击，但心理活动的描写多用外化、对象化、形象化的手法，文笔老练独到，在一番心路的曲折之后情感的急转，使结尾变得十分凄婉，这是我们阅读小说时所未能料到的，虽是出人意料，却在情理之中。这是一个没有过去也没有未来的故事，实在令人难忘。

本期选登的另一篇小说《异类的接触》，是欧洲专写推理小说作家余心乐的作品，他的作品几乎篇篇得奖，是一位很有潜力的小说家。这篇作品不是推理小说，而是一篇心理小说。作品写的是一个留欧的中国学生公共汽车上遭受伤害的痛苦心态，而陷害他的正是一上车就令他心烦意乱的"洋俏佳人"。因为"洋俏佳人"原来是个扒手，她用巧妙的手段偷了车上一位乘客的皮夹子，事发后，在神不知鬼不觉中把贼赃栽到中国留学生的大衣袋里，一场含冤莫白、丢中国人或亚洲人的脸的大祸就要降临到他的头上，他心里明白，车上那么多人，美丽的"毒蛇"，偏偏挑中他，是利用欧洲人歧视中国人的心态。面对车内众人对他这个黑发黑眼东方客所表示的不屑，"洋俏佳人"在他眼前幻成一具恐怖的"骷髅僵尸"，他在惊恐、愤怒中想起了"隔靴搔痒"的中国成语，给他带来脱嫌的灵感，才避免了被当作扒手抓进牢里。为此，他感叹中华文化的伟大可爱。作者用反衬手法，淋漓尽致地写"洋俏佳人"，如何从美女变成毒蛇，她的狡诈和残酷的行为，把西方社会人性的异化表现得令人不寒而栗。小说里的"洋俏佳人"是西方社会脱离常轨的人，她已在急骤的商业化社会中失落了自己的人格。作品的末尾，作者借助中华文化对"我"的启示，歌颂了华族的文化传统。全篇采用写实方法，但写实之中有一种价值判断，有作者入世的眼光。

　　本期刊登的几篇散文和诗歌，有思乡念国、抒写乡愁乡心的，也有写东西文化差异的。法国华文作家吕大明的《南十字星座》，那种对故乡系念之情，注满笔端，去国十五载，但故国乡情依然在游子的心中梦里。乡愁，成了她心中的"南十字星座"。文中写的"异乡人""旧信""候鸟心境"，都是实实在在的，实实在在的情，实实在在的事，实实在在的境，字里行间，有一缕东方式的忧伤的情韵。丹麦华文作家池元莲的《德国人眼里的中国》，借用西方人的"眼"写中华文化的独特和它不可比拟的魅力。过去，西方总是以自己为核心来理解他种文化，很少了解甚至压抑、排斥别的民族文化，对东方文化往往采取"俯视"态度，现在随着世界经济格局的变化、多元文化的呈现，人们已逐渐认识到任何体系和中心都是相对的，一个文化体系要发展，必须从另一个文化体系寻求参照。西方的主流文化要发展，也不能再固守着原来的"欧洲中心论"，同样需要外求，西方文化外求的参照系主要是东方，所以一些人开始关注东方，但东西方文化出自不同的源体，思维定向、价值观念、表达感情的方式均不一样，因而西方人到中国来，样样都感到新鲜和不好理解。池元莲的这篇散文，不但视角独特，而且从题材到内容，都带有当今全球性文化转型期的特点。林湄的散文《宁静》和《常青树》，写得比较古朴，她是近几年才移居荷兰的华文作家，所以文章的气韵还是一派的中国风味。中国古代的作家和文论家，向来主张"静"中求"动"，刘勰在《文心雕龙·神思》篇中就说："贵在虚静。"诗人刘禹锡也说过："虚而万景入。"意思是要艺术家排除杂念，洞明百物，沉思寂想，在"静"中诱发灵感的闪现，也就是说，要保持内心的宁静，才能万象萌生。林湄在《宁静》中，也视"宁静"为可贵，她看重的不只是宁静的环境，更重要的是宁静的心，并且把它提高到哲学和美学范畴来认识。她在文中写道："宁静是吾所求所爱，在这里，不仅体会到虚空灵静的可贵，也认识到宁静是艺术创作和搞学问的最高境地。"这当中，有她对艺术辩证法的思考和体验。《常青树》写的是她心中的"常青树"，它象征着作者所向往的一种美好感情，或者是她的一段精神生命，作者在文中热情地讴歌它、赞美它，这，对于今天日益缺损灵性的现代文明的读者，应是有所启悟的。林盛彬的三首诗《遗迹》《风》《铸剑》，都是富有人生哲理的豪放的诗歌。历史和现实正是这样：一切人类所创造的庄严的东西，都很难在时空中泯灭，无论它是精神的还是物质的；人们都渴望自由，风是自由空间的象征，如人也能融进"风"中，像"风"那样，也许，就能得到那渴望的空间的自由；千古不朽的剑，必须在熊熊的烈火中熔铸，为了铸出削铁如泥的精钢剑身，就要有人用爱心和烈火去锤打。这三首诗都感情激越，诗人在诗中缅怀历史、歌唱自由，赞美那铸剑的烈火，这是他对生命价值的认识，也寄托有他青春的理想。

欧华文坛，现在正鲜花烂漫，但由于时空的阻隔，我能看到的不多，但我愿把我看到和感受到的，告诉《广州文艺》的读者，让他们知道，在世界那方的风景。

（原载《广州文艺》1993年第12期）

拓展海外华文文学的诗学研究

进入全球化语境的海外华文文学的诗学研究，是现代化精神观照下凸现出来的问题，有待于拓展和建构。20多年来，我国学者对海外华文文学的研究，是很有成绩的，这一领域的丰硕成果，扩大了我国文学研究的空间，显示了学术的开放和进步。但面对新的21世纪，如果我们把这一研究领域仅仅定义在文学范畴内的文本解读，或者是各地区、国家华文文学历史的追踪，显然是不够的。还应该将它放在当前新的大的文化背景下来考察，研究这一特殊文学领域蕴含着的各种诗学问题，获得理论层面的研究成果，来推动学科的形成和发展。海外各地区、国家华文文学有各自不同的历史流程，呈现出不同的状貌，但由于语言和文化的渊源，也有超越历史与国界时空的共同诗学话题，通过对不同地区、国家有代表性文本和重要文学现象的分析研究，在异中识同，在同中探异，在诗学层面展示其生命力和丰富性，从而推动世界格局中的华文文学交流，是一个至今尚未真正"开封"而又极具张力的问题。

2002年5月，笔者曾在《中国世界华文文学学会筹备经过及学科建设概观》一文中说："大陆的海外华文文学研究已有了良好的基础，具体表现在：形成了一支包括老中青几代学者的跨世纪研究队伍；出版了一批学术成果，包括作家、作品的专题研究和地区、国别的华文文学史；建立了这一领域的初步学术规划；完成了学术研究基础性的资料准备。"①随着学会的成立，我们的研究将进入一个新的阶段，我们要在总结过去经验的基础上，把这一领域的研究作为一个"学科"来建设，这就必然要涉及一些至今尚未厘清的基本理论问题，如学科的"命名"，概念、范畴的建立，特色的确认，等等，都必须进行

---

① 饶芃子：《中国世界华文文学学会筹备经过及学科建设概观》，《华文文学》2002年第3期。

多方面的探讨，并对其做有效的归纳和提升，做到有学理性、原创性、独特性，同时又不妨碍思维的多重性和多元化。

海外华文文学的理论研究，是一种直接思考海外华文文学的诗学，其研究对象既是海外华文文学自身，也应包括对这一领域的文学批评、文学研究的研究。这种诗学，是海外华文文学的反思之学，反思的目的，是探索这一领域自身的理论问题，尤其是那些有特色、带根本性的问题。这种海外华文诗学研究与具体的海外华文文学作家、作品的评论有密切的联系，但也有区别，它更重视科学性，注重对这一学科得以建立的"理论依据"的反思，以开放的眼光，寻找、考察这一领域特殊的诗学范畴和方法，特别是中国传统文论的"元范畴"在各地区、国家文化创作中的"演变过程与方式""融合与分离方式""死亡与再生方式"，同时也重视异域汉语写作中的中外"文学相关性""文化相关性"和"话语模式"等问题，还涉及诗学范围的"边缘性""本土性""世界性"以及正在进行的"后现代性"的渗透与尚未终结的"现代性"等问题。这种研究的关键是：要建立海外华文诗学体系，寻找这一领域可以建构体系的"网结"和"基本词汇"，由它们构成体系，因为它们是存在于海外华文文学深入的"理论真实"。我们要走向这一"真实"，深入地理解作为一个学科"路标"的特殊诗学范畴的性质、功能、特征、系统性等问题，为建立一门经典学科奠定良好的理论基础，也使其在世界性汉语诗学中的地位具有一定的规范性和科学性。

重视海外华文文学的理论研究，建设海外华文诗学，是一件长期、艰苦、需要许多学者共同投入的工作，但就当前的学科建设而言，在现有的基础上，组成学术群体，撰写"海外华文文学概论"或"海外华文文学理论要略"一类的教材，不仅仅是必要的，同时也是急需的。因为海外华文文学早已进入大学课堂并成为许多学校的常设课程。要促使其成为一门独立的学科，基础理论教材的建设应是其中重要的一环。回顾20多年来这一领域的研究历史，许许多多学术成果已为学科地位的确立打下了一定基础，但学科的学理积淀还较为薄弱，学科的基本原理、深刻内涵、应用前景、新形态展示等，远未被发掘出来。这种"概论"或"理论要略"教材的撰写，应该有学科基本概念的表述、独特内涵的阐释、相应的理论性话语的建构、合适而有特色的方法论的提出，以及属于这一文学空间的文学形态的展示。要做好这一工作，首要的一点是找准学科研究的立足点，理清这一学科得以建立的相对独立性和有机性（这种有机性是指学科内部各种要素的相互联系），它与别的文学学科的区别和联系，阐明这一文学领域的独特理论价值和魅力。这不是一般的表象性概说，而是学科道理与发展规律的提炼升华和科学表达。

无论是海外华文诗学研究，还是作为教材的"海外华文文学概论""海外华文文学理论要略"的撰写，都要以这一领域大量的文学创作实践和文学批评实践成果为基础。如果理论不是根植于具体文学作品的分析和文学发展的历史研究，它所概括出来的原理、概念、范畴、方法，就失去了存在的依据。任何一种文学，都有一个历史发展过程，考察研究这个过程，过去一直被认为是文学史家的事，事实上，文学理论研究同样要关注这个历史进程，认识其"与时代同时出现的秩序"（韦勒克），历史地分析、研究各种各样的文本，把握该文学领域新旧文学现象的交替及其延伸的法则，找出蕴含其中的矛盾及其转化的规律，其间不仅仅要注意结论的提炼，也要重视结论的产生与展示过程，因为过程中就有规律的存在，而规律的概括就是原理形成的一部分。为此，进行海外华文诗学研究，同样有一个"历史性"问题，从海外华文文学的存在看，最早的国家应有七八十年的历史，晚的只有二三十年的历史，研究者在对其整体考察的时候，必须去面对具体地区、国家的历史，把握历史，深入历史，求同探异，弄清哪些是这一领域文学发展中相对稳定、带根本性的东西，哪些是历史匆匆的过客，大浪淘沙，留住"根本"。当然，这些在今天看来是"根本"的东西，也不是永恒的，它只是某一历史阶段的产物，历史向前发展，又会有新的文学现象出现，人们又要去发现、研究新的问题，探索这些原来被认为是"根本"的东西，如何变化和发展。这是一个动态的过程，每个研究者都是"在路上的人"，而路，是无穷尽的，是永远没有尽头的。

海外华文诗学的确立，应有自己的独特方法论系统。由于海外华文文学是一种世界性的文学现象，本身就具有开放性的特点，其方法论系统也应该是开放的，也就是说，不应局限于某一种研究方法，而应该是立体的、多层次的。既然是学科理论的研究，基本的方法主要是哲学的和逻辑的方法；具体的方法则可以是多样的，如社会学方法、文化学方法、心理分析方法、比较诗学方法、阐释接受方法、新批评方法、结构主义方法、符号学方法、语言学方法、形象学方法等。不同的研究者不但在进入问题的角度上存在差异，在研究的方法论上也往往表现出不同的旨趣。在这些具体方法中，针对我们研究的对象，我认为文学的文化研究和比较研究的方法是值得倡导的，因为海外华文文学文化的根是中华文化，但它们都不是本土的"花"，而是异地、异国的"奇葩"，从整体上看，具有多元文化背景的特点，其文学的文化空间极具张力，蕴含有丰富的文化研究命题。比如，对海外华文作家主体的理论反思，就常常与"文化身份"的理论紧密结合在一起。文化身份是隐藏在社会的各种力量和矛盾之中，由内部差异决定，如种族、性别、阶级、年龄、语言以及个别存在的价值等，都与文化身份相关，故从广义的文化研究看，对作家主体的理论考察，最后都必然要落实到文化身份上。海外华文作家离开本土，对应着不同的被重组和建构的现实，文化身份不断发生变化，文化身份的变化，直接影响到他们的文化想象和创作，形成一种独特、不断变化与发展的性质和形态。纵使他们中的不少人已加入了居住国的国籍，但母语身份和母语存在的那种集体意识，永远不可能改变，新国籍的身份只是理性的，而自身内在的文化心态、倾向却是超理性的，或者说是前理性的。这种理性上和行动上的认同与对民族文化的感情使其时时处于矛盾之中，他们在文化身份上的抗争和碰撞，形成其对生活、人生的独特视点、角度及文学表现方式，这就给他们的作品打上了"身份"的烙印。因此，从文化身份切入研究海外华文作家创作上的特色问题等，是极具潜力和张力的。当前，国际学术界在文学研究方面，有一个明显的转向，就是越来越转向文学的文化研究，更多地关注文学中的种族、性别、阶级、身份等问题，一些传统的文本也因为这些新的理论视角而得到重新阐发，而且这种阐发都做得很细、很具体，常常落实到某一部具体作品的某个具体细节上。从海外华文文学界现状看，理论成果很少。海外华文诗学的建构，要面对大量文学文本，而文本的作者都是在特定的文化、种族、社会性别、政治经济和个人因素形成的立场上从事创作，文化背景、历史语境复杂多样，从文化的视角切入、追问，定可从中提升出有新的价值归属的诗学话语和理论。

关于海外华文文学的比较研究，我曾在多篇论文中论及，现在，我仍然认为跨文化的比较研究方法，十分契合海外华文文学的跨地区、跨国别研究的特点。"比较"本身，就昭示研究范围是一种有距离的关系域，即时间或空间的关系域。我们对海外华文文学研究，既可以在空间关系域做横向的比较，也就是说，我们可以根据不同的空间关系进行比较，如美加华文文学与东南亚华文文学的比较，东南亚地区各个国家华文文学的比较，某一国家的华文文学与大陆本土、台港澳华文文学的比较；不同地区、国家相互影响或文学主张相近的文学与大陆本土、台港澳华文文学的比较；不同地区、国家相互影响或文学主张相近的文学集团、流派的比较，以及不同地区、国家个人诗学主张之间的比较；也可以在时间关系域做纵向的比较，如各地区、国家不同时期华文文学的比较，新移民文学与早期留学生文学的比较，各地区、国家华文文学与华人非母语文学的比较，等等；还可以做时空纵横的平行研究与影响研究，如不同地区、国家现实主义、浪漫主义、现代主义文学的比较，这种比较既是空间上三类诗学的比较，又是时间上前后承续的三类诗学的比较，又如大陆著名作家对海外华文文学的影响研究，寻找其影响的"起点"传播的"中介"、影响者的"接受"及其独创性等，从而发掘在影响中接受者独创的价值。在过去的比较研究中，研究者往往把关注点放在探索两者的相同点和亲和性，这当然是必要的，但对于海外华文文学而言，这种比较的真正价值是在于对其特殊性的发现。

与文化研究和比较研究密切相关的是世界视野和理论视角的观照。面对世界多元文化崛起、东方西方文化必然交汇的前景，海外华文文学如何在理论层面上展示其丰富的空间，除拓展其自身诗学的建构外，还可以把它们作为一种依据，开展对中外文化传播的各种问题的研究，把作为文化记忆的海外华文文学置于理论视野中做"文化阐发"将有助于深化中华民族族性书写的研究，这也是一条极具"文化中国"特色的通向世界文学之路。

（原载《文学评论》2003年第1期）

寻找海外华文文学的世界坐标

据统计，当今世界华侨华人总数已达4500多万，海外华侨已成为世界舞台上一支重要力量。海外华文文学是海外华人的精神史、心灵史，它的背后是中国移民史、中国历史，也关系到居住国历史、中外文化交流史和文学史。

世界性汉语文学的新篇章

海外华文文学的存在，如果从1910年美国华工刻写在加州天使岛木壁上的汉语诗歌算起，至今已有百年历史。百年来，世界上各个国家、地区一代又一代的华人作家创作了许许多多的文学作品，不仅备受居住国主流社会的关注和世界文坛的瞩目，也对中国本土的文学生态产生了积极的影响。

海外华文文学是中华文化与各种不同文化相遇之后开出的文学之"花"，有本民族的基因，也有"世界性"的因素，具有独特的文化意蕴和文学特质。近二三十年，伴随"流散"现象而来的新的移民文学日益受到关注。离开故土流散在异乡的华人借助文学来表达自己在异域的情感和经历，当中有对故土的眷念，也有异国的风光。他们的写作，介于两种或两种以上的文化之间。对本土而言，它有独特的视角；在世界文学中，它又有挥之不去的民族特征。20世纪90年代以来，他们的写作已成为全球化时代世界文学进程中一道独特的风景线，为世界性的汉语文学开拓了新的篇章。

海外华文文学研究的学科形态

海外华文文学研究在中国学界兴起，始于20世纪70年代末80年代初，至今

已有30年的历史。30年来，这一领域的许多研究者对其进行探索和阐释，有了丰硕的成果。但如何在历史、文化和诗学的层面，以世界视野和跨文化视角，对其作整体性的梳理、总结、深化、提升，特别是从中外多元文化互动关系的形象折射角度，考察其独特的文化内涵和文学命题，成为当下一个适当且必要的问题。

海外华文文学研究在中国大陆学界兴起以来，经历了初创期、拓展期，到世纪之交，步入相对成熟的阶段，即具有学科形态的研究。从已经取得的成果及其影响看，这一领域兴起的意义，不仅在于有了许多学术成果，已具备了一个学科的基础和形态，更重要的是它从整体上改变了世界华文文学的格局，不再只是中国以外一些国家的少数民族文学，而是与中国本土文学互动，共同形成一种世界性的文学现象。海外各个国家的华文文学，也因有各种不同民族文化元素的介入而各具特点，并与本土文学存在诸多不同。

百年海外华文文学研究，就是要对百年海外华文文学进行整体性的综合研究，展示其历史轮廓、发展轨迹和整体风貌，并从中总结出海外华文文学发展的基本经验和内在规律，进一步明确海外华文文学在世界文学格局中的坐标，扩大和丰富汉语文学的范围和内涵。

多样性中的整体性研究

海外华文文学基本是由"知识者"的离散（包括留学或移民）而形成。一部百年海外华文文学史可能是一部19世纪末至20世纪中国"知识者"的海外流动史、精神史和心灵史，是海外华人生存史和奋斗史的镜像，从中可看到海外华人在与异质文化碰撞和交汇中传承中华文化，寻找精神家园的心路历程。对百年海外华文文学进行整体性的综合研究，不仅有助于弘扬、发展本民族的优秀文化传统，也将为全球化时代多元文化的共存发展提供丰富的经验。

海外华文文学是中国本土文化外传以后，在世界各国延伸和发展，与各种"异"文化主体之间的多元化"对话"。本土文化向外移动以后所接触的国家、民族的文化可能完全不同，而作为创作主体的个人对各种"异"文化所持态度也各有所别，兼之各个国家、民族的主流文化对外来文化所采取政策并不相同，所以这种"对话"或"会谈"是多重而复杂的。

由于我们面对的是许多两个文化圈之间的相互交叉点，如果只了解自己，不了解"他者"，就很难真切解释这种复杂的"混血"文学现象，认识其中丰富的文化内涵和文学特质。20世纪末以来，学者们对其世界性特征已有较明确的认识，出现了不少探讨各地区、国别华文文学演变和发展的研究成果，但对世界范围内海外华文文学的整体性研究才刚刚开始。由于华人"离散"群体的多样性，形成了海外华文文学的多元化和丰富性。引进比较文学的世界视野和跨文化方法，开展海外与本土及各地区、国别的比较研究，探讨其与各种异质文化交汇以后形成的新形态、新特点，总结这一领域带有普适性的文学规律，追寻全球范围内华文文学共同拥有的"诗意表达"，建立这一领域具有真正世界意义的汉语诗学，应是我们必须去面对和追求的。

当前，随着中国在世界上影响的日益扩大，在文化研究热潮中，"中国经验"成为西方学者的重要研究对象与思想资源。作为中国的海外华文文学研究者，如何在新的语境下，以自己的研究成果展示其世界性和"中国经验"结合的特性，从文化和美学两个方面为中国文化走向世界提供某种有益的启示，是新的历史阶段我们应当努力深化和拓展的工作。

（原载《中国社会科学报》2012年6月27日）

百年海外华文文学经典研究之思

文学经典是文学发展变化过程的集中表现。任何一种新的文学传统的形成、发展，其特质主要是表现在经典著作上。海外华文文学在世界各地存在至今，已有一百多年的历史，无论是西方和东方，都出现了一批优秀的文学作品，探讨这一领域的艺术传统与艺术创造个性等问题，清理出其中一个连贯的经典谱系，辅以国别间文学的影响研究，从历史的、文本承传的角度去解读，展示这一领域所形成的新的文学传统，阐明其与本土的联系和区别，诠释其"新"和"不同"，不仅有助于我们把握这一特殊文学"世界"的发展和律动，了解其特质，而且有利于深化中外文化交流，与本土文学发展互动。

一、海外华文文学经典研究的意义

文学是"人学"，是不同时代、社会人们的认识观、价值观、审美观的形象反映。文学创作指向的是人变化着的活的灵魂，而其中的经典正是这些变化着的活的灵魂的集中表现。对此，学界已有共识。海外华文文学作为一个近百年来新兴的文学领域，其在发展中已经形成了一种新的文学传统。这种传统，既有别于中国古代和现代，也不同于西方和东方其他国家的主流文学传统。如何从世纪的长度，审视百年来海外华文文学的发展，梳理其脉络，对其所形成的新的文学传统进行研究和阐释，在文化上直接关系到近百年中华文化的外传，特别是中外文化频繁相遇和交汇的现象；在文学上就与这一领域的文学经典研究有密切的联系。海外华文文学的经典研究，是一种新的文学经典研究，一是它已突破了"国族"的文学疆界，当中蕴含有许多民族性和世界性多元文化混溶、对接的文学问题；二是作为一种世界性的汉语文学，它具有开放性、跨越性的文化/文学特质。也就是说，海外华文文学经典，是一种新的汉语文学经典。这就要求研究者要以新的眼光和世界性的视野，用心去解读海外华文作家笔下那一幅幅多重文化话语的精神形象图，通过对系列作品深入的剖析，特别是对许许多多优秀作品研究成果的积累，在文学领域里形成一个自身的"张力场"。

何谓经典？20世纪意大利著名作家卡尔维诺在《为什么读经典》一文中，曾给文学经典下了12个定义。①可见文学经典的内涵是无限丰富的，很难从一个方面就将其论说清楚。但文学经典是文学史的重要路标，应有一些不可或缺的共性，中外学者针对不同的经典，有各种各样的界定和阐释。从广义的角度，笔者认同陈众议新近提出的两个方面的概括：一、它必须体现时代社会（及民族）那种高度的认知和一般价值（包括人类永恒的主题、永恒的矛盾等）；二、其文学创作方法的魅力及审美高度，不会随着岁月的更迭而褪色和消融。②沿着这一基本思路展开，笔者认为，经典文本应具有下列三个基本特征：第一，从时间的意义看，它是历代读者的共同选择，经历过不同历史时期读者的检验；第二，从展示的生活深度看，其内容能直接诉诸读者的灵魂，能与不同时期的读者"对话"，具有多种阐释的可能性，有超越社会、时代的意义；第三，从艺术的角度看，在自己的艺术传统中有"陌生"的一面，也就是有自己的创新。文学史上的许多事实说明，任何文学经典的产生，都是建立在对以往经典的传承、翻新，甚至是对前者"颠覆"的基础上，传承、翻新，是指对原先经典优秀传统的发扬和拓展，而"颠覆"，则是指借助以往经典的艺术生命力，在它的启迪下，反其道而行之，创造出另一种新意的经典，而原来的经典并没有因此被"取代"和"淘汰"，反而因此而获得了新的意义。

海外华文文学是一种"离散"文学，世界各国的华文文学都是一时一地华人文心的艺术呈现。一百多年来，这一领域通过不同历史时期各个地区华文作家个人的不断表达、传递、塑造，艺术地展现本民族人们在外的生存状态和生命体验，已涌现出许多优秀的作品，并且以其独特的文化、文学形态在世

---

① 卡尔维诺著，黄灿然、李桂蜜译：《为什么读经典》，译林出版社2006年版，第1—10页。

② 陈众议：《外国文学学术史研究大系》总序，译林出版社2011年版，第1页。

界各地产生了广泛的影响。这些作品是海外华人作家在域外与各民族文化对话之后创作出来的，当中已发生了文化上的"染色体"作用，蕴含有各种"世界性"的因素。因此，这一领域的优秀文学作品，其文化生态往往是多元重叠、丰富多彩，是无数"这一个"的"和"。对这一领域经典文本的确立和阐释，既关系到对这一新兴文学领域的认识、评价，也直接关系到对其形成的新的文学传统特色、价值的展现。

二、海外华文文学经典研究的基础和特殊性

如果从1910年美国华工刻写在天使岛木屋墙壁上的汉语诗歌算起，海外华文文学的存在已有了一百多年的历史，在百年的文学历程中，无论是西方和东方，都出现过相当数量具有开拓性、令人瞩目的著名作家，当中有程抱一、陈舜臣等在历史上饮誉世界的文学大家，还有白先勇、王鼎钧、郑愁予、杨牧、洛夫、痖弦、於梨华、聂华苓、赵淑侠、余心乐、方北方、姚紫、吴岸、黄东平、司马攻、云鹤等一大批作家，他们中有的以其艺术的突破达到一个新的高度，有的在其所在国华文文坛上率先创作出具有开拓性、标志性的文学作品，从而确立了自身在海外汉语文学史上的重要地位，更有活跃在当今海外华文文学领域中具有独特个性和艺术影响的一批中青年作家，如严歌苓、张翎、虹影、陈河、抗凝（林达）、欧阳昱、陈大为、钟怡雯、黄锦树、林幸谦、黎紫书等。这些不同历史时期、不同地域的华文作家通过自己的创作，在世界各个地区和国家传播和扩大了华文文学的影响，参与这一领域文学的经典化过程。正是这些优秀作家作品的沉淀，为我们百年海外华文文学的经典化和经典研究提供了重要的基础。

海外华文文学是中华文化外传以后，在世界各地开出的文学奇葩，是一种处于中外东西文化交汇点上的独特文学现象，各种不同"质"的文化艺术精神、思想元素在这样一个平台上错综交织，丰富性、多元性、复杂性是它的突出特征。面对这样的"文学场"，特别是其中的优秀作品，要对其解读、研究、阐释，如研究者不能以开放的思维，突破传统的"国族"界限，就难以把握这一领域文学的特殊性。从现在我们读到的许多海外华文文学作品看，有三

个明显的特点：一、海外华文作家的作品，隐含着他们离家去国之后"离散"生涯的生命体验，是一种有跨越性的独特精神历程的形象叙写；二、因其创作主体是在"本土"以外，处在各种"异"文化包围的环境里，有多种文化的参照与介入，多数作品具有反思性和多元性；三、这些作品淡化了中国历史传统主题的内容，更多是"离散"华人在外生存状态和生命意识的审美表达，在思维模式上，更加突出了人的主体性，在社会行为模式上，更重视现代价值的普适性和开放精神。这些只是我们在平时阅读中感受到的，今后要在学术的层面从整体上探讨这一领域的文学特质，认识其所形成的新的文学传统，还有待于学界同人的通力合作，从广度和深度上做研究，既要从百年长度梳理其兴起、发展的文脉，也要通过具体文本的阅读，在众多文学作品中寻找、选择出那些具有路标式的文学经典，并对其进行系列的分析和阐释，从文化、文学上展示它们所蕴含的新的质素。

由于历史的原因，以往学界对中国新文学传统和经典的研究，多从意识形态上看待问题，对其传统的形成和经典特色的论说，也多依附于革命历史的线索，因而在思维模式上不同程度存在"现代化革命大叙事"为主线的局限。在对新文学自身特质的寻找、分析中国新文学如何从古代文学蜕变过来的原因时，对其中的各种复杂因素，往往关注不够，少有从文学自身的发展去作更深入的追问，在一些经典著作的研究成果中，也少有从文学传统内在的变化和经典作家独特的人生解读展开其阐释空间。近十几年，一些现当代文学的学者，如黄曼君、陈思和、洪子诚等都曾在他们的著作中反思和论说过这些问题。[1]黄曼君还特别倡导：要通过对经典著作的诞生、阐释和论述，揭示新文化特质与"诗性转向"的思、诗、史关系结构线索。[2]也就是说，要从文化精神、审美诗性与史的定位，对文学经典的真正意义进行分析，通过对具体经典作品的阐释，进一步认识、展现中国新文学传统的特质。他们所论的虽是针对中国新文学传统的研究，但对我们今天开展海外华文文学传统和经典的研究，如何去

① 参阅黄曼君：《新文学传统与经典阐释》，湖北教育出版社2005年版。陈思和：《中国现当代名篇十五讲》，北京大学出版社2003年版。洪子诚：《问题与方法：中国当代文学史研究讲稿》，三联书店2002年版。
② 黄曼君：《新文学传统与经典阐释》，湖北教育出版社2005年版，第43—45页。

突破那种原先可能有的思维定势和某种局限，也是很好的提醒和启示。

经典作品是历史承传的标志。文学经典既是文学传统的集中表现，也是建构文学史的一个重要路标。任何文学经典都是以"诗性"为核心的思、诗、史的结晶。探讨百年海外华文文学形成的新的文学传统，同样要通过经典化过程和经典文本研究，了解这一领域文学经典化复杂的历史变动，展示其在新的文化语境中，思、诗、史不同组合形成的新文学经典特质；从文化和审美的视角，认识其从"本土"到"域外"文学传统的变化、延伸和重构，特别是其独具的审美内容，那种跨界超越的美学品格，以及由此而表现出来的某种原创性，那种能够成为新的经典或新的文学经典性特征。

三、海外华文文学的经典化和经典文本研究

文学经典是经典化过程的结晶。开展海外华文文学的经典研究，首先是要对这一领域的经典化过程进行考察和研究。考察和研究海外华文文学的经典化问题，可以有多种角度，而其中的重要视角是文化上的从"一元"到"多元"。海外华文文学作为"离散"华人在域外生命体验的审美表达，是中外文化交汇的艺术成果，尤其是当中的一批有才情和智慧的优秀作家的作品，这种多元文化、互识互补的特色就更为突出，具有新的文学经典性的特征：从精神意蕴看，这些优秀的文学作品，都有一种多元文化跨界认同的开放品格，在文化和美学上呈现出不同程度的原创性；从艺术审美看，它们涵纳了多个地区移民作家复杂多彩的心灵世界和"离散"生涯独特精神历程的叙写，为读者提供了与中国本土文学不同的审美经验，有新的"诗学"内涵；从文学史的层面看，它们为世界文学史翻开了新的篇章。20世纪以来，国际学界不断质疑现有的"20世纪世界文学史"，认为当中存在明显的"西方中心论"印记，因而提出了重构新的"20世纪世界文学史"问题，其问题的内核正是：文化上应从"一元"到"多元"。而海外华文文学是20世纪兴起、发展起来的具有世界性的华文文学领域，具有从"一元"到"多元"的"跨界"文化、文学特质，作为世界近百年发展中出现的新的文学元素，在现有成果的基础上，开展此领域的经典化问题和经典文本研究，既是"海外华文文学及其研究深入发展的关

键"①，也将为20世纪新的世界文学史的重构提供一个新的板块。因为这个新的汉语文学领域，有多种"跨界"的文化特质，早就突破了中国文学"国族"的范围，是新的20世纪世界文学史重构中不可忽略的内容。

正如许多论者所言，文学经典的生成与确立，本质上是立足于审美接受的群体。而其之所以拥有审美接受的群体，前提是它自身是一个极其优秀的文本，有很高的审美价值，已成为一个开放性的平台，能在各个时代的读者中产生特殊的影响。用卡尔维诺的话说："是一本每次重读都好像初读那样带来发现的书。""是一本即使我们初读也好像是在重温我们以前读过的东西的书。"②因此，笔者认为，在开展此项研究之初，必须着重关注和回答下列这些问题：（1）百年来这一领域已经出版的众多文学作品中，有哪些可称为经典？（2）这些经典是怎样诞生的？有何独特的人生解读和阐释空间？（3）在其存在的历史长度，审美群体对它的阅读、接受、传播和评价如何？（4）作品自身形成了怎样的跨文化超越的形态与模式？在审美方面有何原创性的贡献？

而要回答上述这些问题，首先是要从这一领域大量的资料工作做起。饶宗颐先生在《文学与神明》一书中，曾具体谈到掌握材料在学术研究中的重要性。他说："不论做什么题目，都要材料，这是基础。"还特别指出：对经典材料，更要反复地下工夫。"第一次或者了解不深、不透，第二、三次继续了解。有时需要十次，或者十次以上。"他认为"只有掌握了材料，才有立足之地"③。我们进行海外华文文学的经典研究，同样要以材料为基础。其次是要"直面作品"，在文本的阅读上下工夫。通过对各种文学作品及其相关材料的阅读、比较、筛选，突出文学性，从中选择出更具有心灵感动、更具有审美内容，为社会、受众公认的有代表性的名著。"直面作品"，不是孤立地面对文

---

① 黄万华：《第三元：百年海外华文文学经典化的一种视角》，《学术史视野中的华文文学——第十七届世界华文文学国际学术研讨会论文集》，福建师范大学文学院、福建省台湾香港澳门暨海外华文文学研究会2012年10月，第438页。

② 卡尔维诺著，黄灿然、李桂蜜译：《为什么读经典》，译林出版社2006年版，第1页。

③ 饶宗颐：《文学与神明：饶宗颐访谈录》，三联书店2011年版，第23—24页。

本，而是将文本和历史结合起来（包括文学史、批评史、接受史和传播史），与这一领域的文学历史"对话"。因为同一作品，不同时代的人理解可能不一样，即使是同一时代、不同的人也会有不同的理解，就是同一个人，对同一作品，在不同时间、不同语境，理解也可能会有差异。所以，在这个过程，研究者就要去面对历史上这种种的差异，既要了解人们在各种不同情况下对同一部作品的不同评价，以及他们解读文本时不同的态度和方法，联系他们不同的"文化身份"（一般读者、批评家、专业研究者）、历史背景和文化语境，分析其差异的原因；还要关注本领域特殊的文化、文学问题（如流散者的生存、生活问题等），把握与这些问题相关的特殊文学现象，思考、研究"经典"的选择和确立的依据，阐明其在何种意义上成为经典。

由于百年海外华文文学是一个在文化上有多种中外混融的世界性文学领域，因而还有一个如何从国际化角度看待经典的问题。任何经典都是思想和艺术秩序确立的范本，所以此一领域中的中外文化、文学传统的交融、对接（如古今传承、中外交接），以及因不同地区、国家历史时空的差异而衍生的多重文化观照结果等，也将是我们经典研究的"焦点"问题。也就是说，我们还要从世界文学的角度，通过本领域文学经典化问题的追问和文学经典研究，展示其作为这一特殊汉语文学领域经典著作独特的思想内涵、精神意蕴和审美品格，以及其所表现出来的原创性与新锐性、丰富性与超越性。

百年海外华文文学经典化问题的研究，是关于这一领域文学经典形成过程的研究。而经典的确立，是基于艺术的本体，也就是作品所达到的一种新的艺术高度。所以解读和阐释经典文本，展现其之所以成为经典的审美价值，是本课题研究最具意义的工作。

西方著名学者纳博科夫认为：一部文学作品的经典性和审美价值，"最终要看它能不能兼备诗道的精微与科学的直觉"，因为这样的作品才能给人一种既是感官的，又是理智的快感。[1]可见，作品的艺术本体和读者的审美接受，是文学经典研究的两个重要方面，中西方学者均有共识。由于海外华文文学是近百年新兴的文学领域，因而我们面对的是一种新的文学经典研究，所以

---

① 纳博科夫著，申惠辉等译：《文学讲稿》，上海三联书店2005年版，第5页。

我们的工作是要去开发一个新的"矿藏",这就需要从最基础的"入门"工作做起,除上面所说的搜集资料、探清"史路"外,更重要的是要通过对各种文学文本的阅读、解读,特别是对其中的优秀文本的细读、精读和不断地重读,展示这一领域的优秀作家在文学作品中如何运用语言、结构、文体等创作手段和表现方式,组成不平凡的故事、情节和细节,使作品具有真正的艺术生命,怎样令人读了能产生情感的火花,引起了心灵的震颤。并通过各方面的比较,选择出其中的经典名作,将其拆开、窥探,研究其风格、意象、体裁,从作品的艺术设计和构造,深入到作品内里最具创意和精美的部分,揭示其文学和美学上的不寻常价值,阐明那些经典名作为何得以成为经典,以及它们是如何生成的。

艺术的魅力存在于作品形象的骨骼和思想的精髓里,任何经典著作都是一个独特的"新天地"。我们要真正地了解和阐释它,就必须"进入"到这一个个的"新天地"当中去。作为海外华文文学经典著作的研究者,在艺术上我们要"进入"的是一块以往人们尚未涉足或涉足不深的"天地",除了对其历史进程、文化交汇应有所了解外,还应该具有想象力和艺术感,也就是艺术感觉。因为有了艺术感觉,我们才会在阅读和研究时在自己和作者的心灵之间形成一种和谐关系,甚至随着不断重读和研究日深还成了艺术上的"知己"。记得纳博科夫在讲解经典著作时,曾用一段形象的描述,来说明优秀读者和优秀作家的那种难以言喻的共鸣感。他说:"在那无路可循的山坡上攀援的艺术大师,只是他登上山顶,当风而立。你猜他在那里遇见了谁?是气喘吁吁却又兴高采烈的读者。两人自然而然地拥抱起来了。如果这本书永垂不朽,他们就永不分离。"①笔者认为,这种发自内心对艺术之美的共鸣感,对于文学经典的研究者来说,也是极其重要的。

"文本是历史的,历史是文本的。"我们要从世纪长度探讨海外华文文学的特质及其所形成的新的文学传统。在大的方面,一是要梳理百年海外华文文学发展的历程,明"史实";二是要对体现其历史变化发展的文学经典进行阐释,立标志。前者,学界已有若干或详或略的文学史问世;后者是近期才

---

① 纳博科夫著,申惠辉等译:《文学讲稿》,上海三联书店2005年版,第2页。

提出和被关注的问题。但从探讨此领域所形成的新文学传统的角度，这两者都十分重要，而且它们之间有着密切不可分割的联系。记得陈思和说过："所谓文学作品和文学史的关系，大约类似天上的星星和天空的关系。"构成文学史的最基本元素就是文学作品，是文学的审美，"就像夜幕降临，星星闪烁，其实每个星球彼此都隔得很远很远，但是它们之间互相吸引、互相关照，构成天幕下一幅极为壮丽的星空图，这就是我们所要面对的文学史"①。事实上，任何一个文学的"天空"，都离不开那些"星星闪烁"似的文学作品，它们是"史"的基础、"论"的依据，各种优秀文学传统的生命之"光"，没有它们的"灿烂"，我们就很难观赏到壮丽的文学"夜空"。所以我们在探讨百年海外华文文学存在、发展意义及其形成的新传统时，就不能不关注这一领域那些类似"明星"的文学名著，因为只有通过它们，才能观赏到这一特定"天空"夜幕中的深邃神秘。

（原载《暨南学报》2014年第1期）

---

① 陈思和：《中国现当代名篇十五讲》，北京大学出版社2003年版，第2—3页。

岭南学者
书序

中国知识女性的文学画廊

——殷国明、陈志红《中国现当代小说中的知识女性》序

　　这本书的两位作者，都是我熟悉的青年学者，他们虽然是新时期才走上文学研究和评论的道路，但都有了丰硕的成果。这本专著是他们两人合作撰写的。全书分上篇和下篇两部分，上篇《从传统到现代——被震荡的心灵》（1919—1949），由殷国明撰写，下篇《漫长的道路——永远的追索与寻求》（1949—1989），由陈志红撰写。两部分出自两个人的手笔，却能做到前呼后应，形成一个有机的整体，实不容易。我在阅读他们书稿的时候，除了十分称赞他们在课题范围内所进行的历史探索外，对这一点也特别感到满意。

　　大概是因为自己也是一个女知识分子的缘故，我对这本著作怀有一种特殊的感情，我很小就迷上了文学，对书中论述的那些光彩照人的知识女性形象，十分熟悉，她们曾经在不同时期给我启迪和影响。冰心是我儿童时代的偶像，我的"作家梦"是从读她的《繁星》开始的。冰心是一位有爱心的作家，她早期写的小说和小说中的知识女性，都充满爱的意蕴，很能给人以温暖和慰藉。在"五四"以后崛起的女作家群中，庐隐也是我崇拜的作家。我是在12岁时从家里的书架上"认识"她的，那本绿色虎皮笺封面的《庐隐选集》后来就归我所有，我曾不止一次地阅读它，被她笔下的那些知识女性所打动，有时还和她们一起欢笑和哭泣，以我当时的童稚之心，是不可能真正理解这些艺术形象的思想和美学内涵的，但她们却在我心中激起一种难以抑制的审美感情。也差不多是那个时候，我开始接触鲁迅的作品，由于我并未有人生的阅历，所以在读完那两本暗红色大32开本的鲁迅短篇小说集后，深深感动我的并不是《阿Q正传》《狂人日记》和《孔乙己》，而是《故乡》和《伤逝》，我还背下了这两个作品中的好些段落。第一次阅读《伤逝》，子君的形象就深印在我的脑

海里，子君的不幸不仅在于社会的黑暗，还在于她爱上了一个不能回报于她的涓生，她是一个敢于直面人生的知识女性，但生活在她面前关起了大门，于是，她唯有去死，以死控诉社会，以死来维护自己的人格。文学作品中子君们的命运，常常在我的内心深处唤起一种不可名状的忧伤，给我的性格调上了忧伤的色彩，乃至于大半辈子也没能挥掉它。胡适的《终身大事》中的田亚梅，是五四时期中国的"娜拉"，我在上大学以前没有读过这个剧本，但却很早就从我母亲口中听过这个叛逆女性的故事，因为她在中学时排演过这个戏，她每次讲到"田女士"，都表现出一种凝重和崇敬的神情，后来我读这个作品，觉得并没有她老人家说的那么好，颇有一种失落感。前年春节，我去拜访我母亲青年时代的好友，一位退休来穗定居的女教师，她出身书香门第，一生追求文学而不为人们所知，写过不少很好的绝句和律诗，现在虽年已八旬，但和我谈起五四新文学运动，仍能一字不漏地背诵"田女士"在剧中的对话，感情上也不无激动，我终于懂得"田女士"在她们这一代人心中的"重量"：她是她们在当时生活中所能看到的一点"光"。历史总是向前延伸，文学的画廊也不断在向前构筑，一代的文学哺育一代的人，文学的火炬总是一代代传下去。如果没有现代文学画廊中那么多的知识女性，怎么会有当代文学画廊中的林道静、钟雨和陆文婷……她们都是属于自己的时代和历史的。

随着文学研究的发展，近几年来，报刊上已发表了不少论述女性文学和文学作品中女性形象的文章，我在"传统文学与当代意识丛书"中立这样一个题目，并非因为它是一个热门课题，而是因为"五四"以来文学作品中的知识女性及其所体现的价值，是应该引起人们关注和重视的。知识女性在中国现当代文学中出现，已成一种绵延不断的文学现象。如果我们从整体上对它进行历史和理论、宏观和微观的探索研究，我们就会发现，那是一个多么独特丰富的"世界"！在中国这样一个极端强化的"男性世界"里，文学作品中宏大的知识女性队伍的出现，她们的熠熠生辉的形象，是那个被忽视的"女性世界"穿云透雾发射出来的一道道强光。通过这一道道的强光，我们不但可以看到中国知识女性在各个不同历史时期的生存状态、她们寻求解放的艰苦历程，还可以深深地感受到她们为此而付出的巨大代价。这里，有历史的丰富内涵，也有美学上的迷人魅力。

　　文学作品中的知识女性，之所以不同于一般的女性，值得我们特别去关注，正如这本书的作者在前言中所说的，"是因为她们属于最先意识到自己的价值及其处境和命运的女性，也是最先能够面对世界表达和申述自己的女性。……她们对于历史变迁的敏感，对于外部世界和自己内部世界的深刻的体验"，使她们更能表达、反映"女人内心的情感、欲望和想象"。一句话，她们是作家笔下"女性世界"中最先觉醒的一群。在她们身上，有更多的时代光泽，通过分析和研究她们，我们可以获得一种更深的历史理解。

　　殷国明、陈志红在撰写这本专著之前，就已有了女性文学方面的研究成果，他们是在这一专题的长期研究中确立这个题目的。拿这本专著和学术界的同类论著比较，有一个突出的特点，就是思辨力和历史感强，考察和研究问题的角度、方法不单一，而且有很好的艺术感受力，思维活跃，语言流畅，在分析、阐明问题的时候，既有对文学中知识女性整体的描述，也有对"五四"以来小说中知识女性的出现、发展和变化作历史的探索；既有对同类型知识女性形象的比较审视，也有对某些知识女性典型形象的微观剖析；既能阐明其同中之异，又能概括其异中之同，从中总结出若干带有规律性的文学创作经验。虽是一本学术著作，字里行间，也常常有作者真情的流露，令人读了难以忘怀。

　　这本书研究的对象是文学中的女性问题，从五四新文学运动和女作家群体的出现，进入到她们笔下知识女性的艺术世界，剖析那些走向个性独立的新女性，展示她们如何从传统到现代的曲折历程：她们在不同历史时期面对社会的沉思和寻找精神的寄托、选择的迷惘和对女性人格美的呼唤，她们走向民族解放运动中曲折的心路，以及在新的地平线上新的知识女性形象的形而上的趋势。但书里涉及的远不只是文学的女性领域，在作者笔触较深的地方，在他们论述的具体问题的背后，也有人类社会的共性问题，如对人格力量、人生价值、人的生命意识的理解，社会理想的追求等。在这些方面，两位作者在他们分工撰写的部分，都各有若干精彩哲理的昭示，这是他们在艰苦的美学寻找中得来的，有如一些闪闪发光的小珍珠，很为这本书增光、生色。也许是因为两位作者都比较年轻，所以当他们在对问题作历史的整体描述的时候，也有若干不尽客观和全面之处，思辨的强化和主观感情的介入使有些问题出现观点的倾斜。尽管如此，毕竟瑕不掩瑜，在我看来，它仍然是一本有理论建树和文学见地的专著。在这里，我愿以第一读者的身份，衷心地向广大读者推荐它。

（原载殷国明、陈志红《中国现当代小说中的知识女性》，广东高等教育出版社1990年版）

追逐　探索　思考

——陈剑晖《新时期文学思潮》序

关于文学思潮，近年来人们已经谈得很多，但这的确又是一个不易说得透彻、说得精确的论题。历史在变，社会在流，人的认识在不断更新。社会主义初级阶段的新文学，其新流变所共生的文学思潮，也以一种炫目而难以确定的状态变幻着，它引诱着评论家们去追逐和探究。

读陈剑晖《新时期文学思潮》一书，深感他抓的这样一个题目，实不容易驾驭。但经营了若干年，终于写出了一个模样。之所以这样说，是这部著作在吸取同时代人的研究成果的基础上，以作者自己的认识水平和写作方式，对新时期文学思潮的情状所作的勾画、分析、综合和阐释。作为一本个人专著，它的显著特点，烙上了作者的治学色彩：博采众长且有所生发。将纷至沓来、流动不息的文学思潮，清理出一个较为明晰的模样。作为新时期文学第一个十年中出现的若干思潮论著中之一种，它显示了对文学思潮这个人们讳莫如深的话题的一种思考、一种活泼泼的思维。

不管从体制，从切入角度，对思潮的理解、思潮概念与范畴的界定、内涵的认识以及对思想发生发展流变的描述、背景的阐明等，这本专著都在不同程度上呈现出新的气象，一反那种较为板滞、编年史式的格局和描述性的习惯写法。他把新时期文学思潮的不同形态，作为一个连续性很强、互相渗透并互为作用的生命体来认识。将众多的思想，统挈于新时期急剧变化的思想解放运动这个精神意识嬗变的大背景中把握，并力图在文化哲学层次上对这些思潮作现象概括，划出其走向，追踪其流变，为求将众说纷纭、莫衷一是的新时期文学思潮，理出一个脉络来。虽然由于论题本身的困晦、它与政治的敏感关联等，在某种程度上有时使陈剑晖力不从心，在不知不觉中使某些论证偏离了初衷，在某些方面流失了个性而让共性遮蔽了锋芒，或者在总体上显得宏阔而具体分析却陷于苍白，陷于一般化。但是，这部论著还是以其新颖的表述和思路向我们展示了新时期文学十年文学思潮演变的一个格局，陈剑晖所认识到所理解到的格局。

出于对文学整体论的认识和考虑，此书将"伤痕文学"和"反思文学"这两个发生于不同文学阶段却又交叉关联得极为紧密的文学思潮合二为一，在总体上把握认识，当作一个互为因果、互为照应的文学思潮来认识和描述，这是极为可取的。这种理论眼光贯穿于全书几个主干章节。如《现代现实主义》，它笼括了自西方现代主义文学横移和渗透中国当代文坛以来相应发生的种种文学现象，把西方现代主义文学东方化过程中发生的若干代表性文学流向做整体把握，指出其联系和相互的区别点，形成分析的网络状态。其他诸如对新人文主义思潮、新象征主义诗潮、新时期小说的感觉意象化等问题，作者的判断都带有整体化的考虑意向。当然，细心的读者也许会从这种整体化的考虑和宏阔的概括中发现某些粗疏；也许会对作者笔下这种对新时期文学思潮的宏观概括持一种犹疑的态度；也许会对这种概括的文化背景的哲学与文学渊源要求有更明确更清晰的论证；也许会对作者的某些断语，如对一些新近作家作品的评判产生诘问。这并不奇怪，因为陈剑晖这本书撰写于新时期文学的第一个十年，他无法超越他的时代、他的学识、他的个性。

他毕竟尽心尽力地阶段性地完成了他曾经追逐的文学理想，我们应为此感到高兴。

（原载陈剑晖《新时期文学思潮》，广东高等教育出版社1989年版）

这里春草青青

——谢望新《历史会记住这些名字》序

如果我没有记错的话，谢望新正式署名发表第一篇文学评论，是在1978年，从那时候到现在，时间老人已带着我们走过了14个年头。14年来，他在文学评论园地里辛勤耕耘，有了许多收成。1989年12月，他的第一本评论集《落潮之后是涨潮》，由花城出版社出版。1990年3月，他的第二本评论集《落潮之外的孤魂》，由湖南文艺出版社出版。现在摆在我面前的这部22万字的书，题为"历史会记住这些名字"，是他的第三本评论集子。这样，加上他1984年与人合作出版的《岭南作家漫评》，就是四个评论集了。在商品意识冲击文学的当儿，各种干扰很多，能用心血来酿造文学评论，几年时间连续出版三个评论集子的评论家着实不多。谢望新有才华，也有理论气度和视野，社会实践能力、思辨力和笔力均好，依他的条件和年龄层次，在新时期改革的大潮中，他有各种选择的机会，但他却偏偏选择了文学，把他业余的心力倾注在文学评论上面，不是不知其中的苦处和难处，却甘愿受苦受难，执拗地追求、探索，笔耕不止，这是很不容易的。看来，文学评论已成为他生命的一部分，是他内心深处的一方天地。

我读谢望新的文学评论，常常从中看到他自己的影子。他写的作家论和作品论，都有很浓的感情投入，所以他在文学评论中创造的，不是完全冷静的无"我"之境，而是有"我"之境，而且那个"我"往往是赤诚的、热情洋溢的。这就使他的评论文章具有一种特殊的感染力。中国传统的美学思想，重对艺术形象的直观感受，重体验的探微和联想的丰富，重优美的文字风格，评者的主观思想感情和修养在文论中占着很重要的地位。从谢望新的那些情感化的文学评论中，特别是他那种把自己"感"到审美对象里去的特点，我们看到了中国传统文论这方面的基因。但谢望新是60年代中后期的大学生，他所接受的文学教育和影响主要也是属于这个历史时期的，而这个时期的文学评论是把理性放在第一位，所以在谢望新的文学评论中并不缺少理性的精神。他往往是从具象到抽象，自然地阐发自己对作品的感受，同时又注意在形象分析中进行理论的追索。他对作家作品的那种宏观观察和概括能力，他对新时期各种文学现象断进行的艺术哲学的思考，既有他的脉搏、血流和生命的律动，也处处显示出一个文学评论家应有的理论意识和气质。谢望新在《关于张一弓创作论辩的笔记》一文中曾说："他们是热烈的情感主义者，更是清醒的理智主义者。把握创作是非曲直、成败得失的客观立场，应浸润在评论家的个性和气质之中。"他自己所写的文学评论，正是充分地体现了这一点。

谢望新的这个集子收进他的32篇文学评论，包括三个方面的内容：一是作家、作品论，二是文学批评的思潮、方法论，三是书序。如果说，《落潮之后是涨潮》主要是对广东新起作家的评论，《落潮之外的孤魂》主要是面向全国，对一些有全国影响的作家作品的研讨。那么，《历史会记住这些名字》则更多是对南方文学形态的透视和剖析，并且注意从地域文化角度来考察处于这一空间的文学，探索某种文学形态与孕育它的文化背景的关系。集子里的《羊城晚报副刊史上的一件大事》《转型期的南方军旅文学》《南方，母性的河》《强化南方文化意识》《商品经济中的都市文化与都市人》《特区文学在形成自己的文学形态》《广东文化"三缺"》以及《"广派"文学批评的历史与基本特征速写》等，就是其中有代表性的论作。据我所知，谢望新对南方文学的思考很早就开始了，早在80年代初期，在《文艺新世纪》杂志组织的一次笔谈会上，他就提出了南方文学如何自强的问题。后来，他在报刊上连续发表了《走出五岭山脉》《续谈"走五岭山脉"》《三谈"走出五岭山脉"》三篇文学评论，不断对南方文学问题进行理论上的阐明和追索。经过多年的思考，他在集子的后记《南方文化论纲》中，概括和论述了南方文化的基本形态和特征，并在这一基础上努力捕捉、把握南方文学作品中蕴含着的属于这一地域空间的文化特质。事实上，他这时期所写的文学评论，特别是有关广东的作家论、作品论，都直接或间接地表现了他对这个命题的关注。

《历史会记住他们的名字》虽是散篇的结集，但从作者审美对象所持的态度和评论文章的形态看，却呈现出某种一致性。那就是：心热眼冷，做到情与理的辩证统一。朱光潜在《文艺心理学》中，曾根据人们对审美对象所持的不同态度，划分为"旁观者"和"分享者"两类，认为"'旁观者'置身局外，'分享者'设身局中"。德国美学家佛拉因尔斐斯在他的《艺术心理学》里也有"参与型"和"旁观型"的立论。这种区分不无依据，但在文学评论实践中这两者并不是绝对不能统一的，近代著名学者王国维在《人间词话》中有这么一段话："诗人对宇宙人生，须入乎其内，又须出乎其外。入乎其内，故能写之。出乎其外，故能观之。入乎其内，故有生气。出乎其外，故有高致。"他所说的"入乎其内"，与上面所说的"分享者""参与型"有相通之处。他说的"出乎其外"，又与"旁观者""旁观型"相近。但王国维在这里着重说明的，不是"入"和"出"的区别，而是它们的辩证统一的关系，认为既"入"又"出"，才能使作品具有"生气"和"高致"。王氏的"出入说"谈的是写诗，但这种艺术辩证法的道理，也适合于文学鉴赏和批评。谢望新的评论，既投入又冷静，有对作家作品真实感情的抒发，也有对作家艺术的构思和作品形象的科学分析的探微，在阐明艺术规律的同时，又常常融进了自己对人生、生命、人类、社会的思考，做到有"入"也有"出"、先"入"而后"出"、"入"和"出"融合，这个集子里的多数文章就是这个样子。

我和谢望新在年龄上相差10年，虽不能说是两代人，但10年的时间毕竟是个沉重的数字。他的负荷没有我和我的同龄人重，在文学道路上所受的精神和心灵的创伤也没有那么多，14年的耕耘，已有了丰厚的果实，更何况现在正是春天，到处是春草青青、一派生机，在春天里的春天写作，谢望新的文学精神也应是飞扬的。

（原载《羊城晚报》1992年11月23日；又载《语文月刊》1992年12期；收入谢望新《历史会记住这些名字》，花城出版社1993年版）

在南粤这边

—— 钟晓毅《在南方的阅读》序

读钟晓毅的《在南方的阅读——粤小说论稿（1978—1996）》书稿，我的思想一直在过去与未来之间飞翔，随着她轻快的笔，十几年来广东文坛小说界的一个个熟悉的面子、一篇篇曾令我唏嘘和欢喜的佳作，又一次浮现在我的脑海。我在想，我们年轻的批评家已经在跟踪小说家们的脚步，正在走向他们艺术的深处。这是一个很好的征兆，是一件可以令我们感到欣慰的文事。

《在南方的阅读》，是晓毅对广东新时期小说阅读的结果。从文学创作的实际情况看，一个国家、一个民族的小说常常是记录了该国家、民族的历史。一个地区的小说也是如此，是人们对不同历史时期社会生活的集体记忆，在这个领域里，有许许多多说不完的故事，所以小说对于我们除审美外还有多层的意义。其意义之一，是我们可以从小说来看社会和社会的变化，虽然小说中的"生活"是虚构的生活，是小说家对生活认识、想象、叙述的结果。意义之二，是小说家虚构生活，用艺术的形式叙述生活，当中有人们对小说与生活、小说与历史、小说与理想的种种思考，在某种意义上，它也是人类的心灵史。意义之三，小说中有"大说"，我们可以从中找回许多不该遗忘而被历史遗忘的东西，这些东西原是应该存在的，只不过因这样或那样的缘故在当时不为人们所理解和接受。为此，我一向喜读小说，注意小说评论，也一直视小说创作研究为重要的工作。特别是在今天这个小说多产的时代，从小说创作中引发出来的话题很多，积极拓展这方面的研究工作，无论对于作家和读者都是十分迫切需要的。所以当我得知晓毅的这本著作即将问世时，内心就有一种由衷的喜悦。

作为一本研究粤小说的专著，晓毅的研究视角或切入点的选择颇有新意。她借助自己所掌握的翔实资料，联系新时期广东的社会文化背景，跟踪、辨认粤小说的"行踪"，对其发展的线索以及这个过程表现出来小说观念的演变，作出整体性描述和分题论说，在南北文学比较中阐明新时期粤小说独特的走向和品格，有一种"史"的意味。这就给自己找到并确立了观照和透视地域小说的新坐标。

《在南方的阅读》共九章。每一章都用带有作者体温的语言标出，十分新颖。九章书连成一条线，每一章都是这条线中的一段，分别论说，从"伤痕文学"的冲击波到"知青族"旗帜的举起，从"商战"笔记到岭南农民"失乐园"的吟唱，从都市喧哗到特区时空，再到和平时代的军歌和"以史笔写诗魂"，最后"在沉思中言说"结笔。在每个论题的具体展开中，作者不是只着眼于某一时期一两位有代表性的作家，也不是就粤小说论粤小说，而是将它置于全国小说创作的大背景中，从自己阅读的经验里提取一些与全国相通或具有粤地文化特色的文学问题，有针对性地剖析、阐明，这就使每章书都有一些诱人的"文眼"。透过这些"文眼"，我们可以看到作者是如何以她的见解和感情，去冲破一时一地的局限，有时作者不仅仅是作为一个研究者在言说，还借助作品的故事向读者倾诉，仿佛在传递她生命中的一些重要信息，所以写出的文字就充满了抒情性。我认为，作者在著作中的这种抒写方式和内涵是值得我们珍惜的。

作者在书中论述新时期南方文学的新状态时，曾提出为了超越自己"如何自出机杼"的问题，我对此有强烈的回应。我曾经不止一次地想，南方文学如能在贴近生活的同时也注意到诗意、寓意的超越，在小说创作中更自觉地把来自生活的普遍经验心灵化、情态化，也许会给作品带来更多永恒的因素。

晓毅是从暨南大学校门走出去的，十多年来她专攻广东文学和香港文学，辛勤耕耘，已有不少成果问世，《在南方的阅读》是她园地里的一个新结的果子。在本书付梓前，作为它的第一个读者，匆匆写下这些，以表达我对她的祝福。

（原载《文艺报》1998年1月20日；收入钟晓毅《在南方的阅读》，人民文学出版社1998年版）

一种新的阐释

——林岗《文心探微——明清之际小说评点学之研究》序

  林岗曾在我们博士点攻读博士学位。在这之前他已是国内知名的青年学者，著有《符号、心理、文学》《传统与中国人》（与刘再复合著），还发表了有影响的学术论文，但我未认识他。博士生笔试通过后，他来面试，我想，他是年轻又有为的人，会有学问上的刻意表现，没想到他表现得很平实，除回答我们提出的问题外，并没有任何的张扬，询及他前期的成果时，他的回应也是淡淡的，仿佛他只做了和别人一样的工作。所以他给我的第一印象是朴素和不自满，当然，从他对一些理论问题的答案中，我也感觉到他有深刻的思想。后来，在我主持和组织的许多大小学术研讨会上，又不断加深了我这一感觉。他平时言语不多，每一发言，必有不入俗套的见解，这一点使他在此间博士生群体中享有很好的学术信誉。

  林岗对学术问题、对中国社会有一种深沉的关怀，对自己选定的课题肯下功夫，认真地去读书、思考、辨析、研究，力求做得有新意。《文心探微——明清之际小说评点学之研究》，就是他近几年研究的一个突出的成果。在书中，他对我国明清之际的小说评点，做了系统的梳理，并运用现代美学的观念，将其上升到文化诗学高度做深入的、有独到见解的阐释，提出了一系列新的观点，为古代小说评点研究提供了值得注意的新视角。近十年来国内有不少学者对古代小说评点文本做过研究，同其他人的研究成果比较，林岗这本专著的一个突出特点，是在"晚清文人文化"基础上阐释小说评点文本的价值，发现这是一个有内在思维理路、大体完整的评点学批评体系，并将其分为结构论、文理章法论、修辞论三个核心层次，统一在"文本意识"之下，分别对这三个层次的内涵意义做了精当的论述，使明清小说评点学显示出某种新的意义，从而对80年代的同类研究构成了一种突破，有助于认识这种诗学文体"背后"的社会文化缘由。

还要特别指出的是，林岗在著作中除采取实证的手法外，还运用了中西比较研究方法，他把明清小说评点所体现的美学观念同西方叙事文学的美学观念做比较分析，并由此而追溯到中西哲学宇宙观的差异。在展开阐述自己的思路时，做到既努力探求古人的"文心"，又注意挖掘古人论点的现代意义，体现了20世纪末学术研究的特色。

《文心探微——明清之际小说评点学之研究》虽是林岗这几年写成的，但他对这个论题的关注并非是近期的事，而是他多年思考的结果。他在90年代初曾先后到美国芝加哥大学东亚研究中心、哈佛大学费正清中心访问研究一年，在美国访问研究期间，他所做的也是与这一论题相关的研究，已发表过相关的论文多篇，其中有的收入他新近出版的《边缘解读》一书中。林岗作为一个80年代成长起来的青年学者，面对急骤变化的社会现象和各种各样学术思潮，他有自己的立场、自己的思考、自己的见解和态度，显然是一个有思想和多思、善思的人，为此，我特别喜欢他。我希望通过这本书的出版，有更多的人了解他，了解他内在的学术活力和有创意的学术见解。

（原载林岗《文心探微——明清之际小说评点学之研究》，北京大学出版社1999年版）